Sous l'emprise du destin

SUSAN WIGGS

# Sous l'emprise du destin

BestSellers

*Titre original :* AT THE QUEEN'S SUMMONS

*Traduction française de* MARIE-JOSE LAMORLETTE

HARLEQUIN®
est une marque déposée par le Groupe Harlequin

BEST-SELLERS®
est une marque déposée par Harlequin S.A.


83/85, boulevard Vincent-Auriol, 75646 PARIS CEDEX 13.
Service Lectrices — Tél. : 01 45 82 47 47
**www.harlequin.fr**

ISBN 978-2-2808-1948-0 — ISSN 1248-511X

*Dédié avec affection à mon amie,*
*mentor et collègue d'écriture,*
*Betty Traylor Gyenes.*

# PREMIÈRE PARTIE

Maintenant cette couronne d'or est comme un puits profond
Qui contient deux seaux se remplissant l'un après l'autre ;
Le seau vide dansant dans les airs,
L'autre en bas, invisible et plein d'eau :
Ce seau d'en bas, plein de larmes, c'est moi-même,
M'abreuvant de chagrins tandis que tu t'élèves.

WILLIAM SHAKESPEARE
*Richard II,* Acte IV, Scène i, 184

## *Tiré des Annales d'Innisfallen*

Selon une ancienne et honorable tradition, moi, Revelin d'Innisfallen, prends ma plume pour relater les nobles, justes et vaillantes histoires du clan O'Donoghue. Cette tâche a été accomplie par mon oncle et son oncle avant lui, depuis des temps immémoriaux.

Nous sommes des chanoines du très saint Ordre de Saint-Augustin, et par la grâce de Dieu nous vivons dans l'île boisée de hêtres appelée Innisfallen, au milieu d'un lac.

Mes prédécesseurs ont rempli ces pages de récits de héros fabuleux, de puissantes batailles, de raids pour voler du bétail et d'aventures périlleuses. Maintenant, le rôle de O'Donoghue Mór incombe à Aidan, et mon travail est de faire la chronique de ses exploits.

Mais — puisse le Roi des Cieux pardonner ma plume maladroite —, je ne sais pas par où commencer. Car Aidan O'Donoghue ne ressemble à aucun homme que j'ai connu, et jamais un chef de clan n'a été confronté à un tel défi.

Le O'Donoghue Mór, connu des Anglais comme lord de Castleross, a été convoqué à Londres par la reine qui réclame le droit de nous gouverner. Je me demande, avec un plaisir honteux et peu chrétien, si, après avoir posé les yeux sur Aidan O'Donoghue et son entourage, Sa Majesté Sassenach n'en viendra pas à regretter sa convocation.

REVELIN D'INNISFALLEN.

# 1

— Combien faut-il de nobles pour allumer une chandelle ? demanda une voix rieuse.

Aidan O'Donoghue leva une main pour arrêter son escorte. La voix féminine l'intriguait. Dans la rue encombrée de Londres, derrière lui, sa garde personnelle de cent soldats interrompit aussitôt sa marche décidée.

— Combien ? cria quelqu'un.

— Trois ! répondit la première voix du milieu du parvis de la cathédrale St Paul.

Aidan poussa son cheval en avant pour pénétrer dans la zone qui entourait la grande église. Une mer de bouquinistes, d'indigents, de filous, de marchands et de vauriens s'agitait autour de lui. Maintenant, il pouvait voir celle qui avait parlé. Encore que, il la voyait à peine, distinguant tout au plus une petite boule d'énergie frénétique qui haranguait la foule depuis les marches de l'église.

— Un pour appeler un serviteur pour vider le sac, lâcha-t-elle d'un ton traînant en imitant l'ivresse, un pour battre le serviteur à lui faire perdre les sens, un pour bâcler le travail et un pour en blâmer les Français.

Ceux qui l'écoutaient clamèrent leur dérision. Puis un homme cria :

— Cela fait quatre, la fille !

Cette fois, Aidan détendit ses jambes pour se dresser

dans ses étriers. *Des étriers.* Quinze jours auparavant, il n'avait jamais utilisé ce genre d'objet, ni un mors arrondi. Après tout, peut-être cette visite en Angleterre avait-elle son utilité. Mais il pouvait se passer de tous ces caparaçons luxueux sur lesquels lord Lumley avait insisté. En Irlande, les chevaux étaient des chevaux, pas des marionnettes attifées de satin et de plumes.

De sa position élevée, il put en voir davantage : un chapeau cabossé enfoncé sur des cheveux emmêlés, un visage sale et rieur, des habits déchirés.

— Bon, rétorqua-t-elle à celui qui l'avait apostrophée. Je n'ai jamais dit que je savais compter, à moins que ce soit les pièces que vous me jetez.

Un homme à l'air rusé, dans des chausses ajustées, la rejoignit sur les marches.

— Moi, je garde mes sous pour ce qui me divertit.

D'un geste téméraire, il passa un bras autour de la fille et la serra contre lui.

Elle porta les mains à ses joues en feignant la surprise.

— Monsieur ! Votre braguette flatte ma vanité !

Un tintement de pièces ponctua des éclats de rire. Un gros homme qui se tenait près de la fille brandit trois torches enflammées.

— Six pence que tu ne peux pas jongler avec.

— Neuf pence que je peux, aussi sûr que le cul blanc de la reine Elizabeth est assis sur le trône, brailla la fille, attrapant adroitement les torches et les lançant en l'air.

De plus en plus intrigué, Aidan guida son cheval plus près encore. L'énorme jument florentine qu'il avait baptisée Grania s'attira quelques regards noirs et des jurons marmonnés de la part des gens qu'elle bousculait sur son passage, mais personne n'osa défier Aidan. Même si les Londoniens ne pouvaient pas savoir qu'il était le

O'Donoghue Mór de Ross Castle, ils paraissaient sentir que le cavalier n'était pas du genre que l'on houspille impunément. Peut-être était-ce la taille prodigieuse de la jument ; peut-être le bleu dangereux et glacé des yeux du guerrier ; ou, plus probablement, la lame nue de l'épée courte fixée à sa cuisse.

Laissant son impressionnante escorte, dont la présence intimidait les Londoniens, se disperser hors du parvis, Aidan s'approcha encore. Il voulait *la* voir de plus près. Déjà, elle jonglait avec les torches. Les tisons enflammés encadraient en tournoyant son visage couvert de suie, fendu d'un grand sourire.

C'était une étrange demoiselle, semblable à une poupée de chiffons qu'on aurait cousue avec des restes : de grands yeux et une bouche plus large encore, un petit nez, des cheveux hérissés qui auraient mieux convenu à un garçon. Elle portait une chemise sans corselet, des pantalons qui tombaient et des bottes si vieilles qu'elles auraient pu être des reliques du siècle passé.

Et cependant le Créateur l'avait dotée de la paire de mains la plus délicate et la plus habile qu'Aidan avait jamais vue. Les torches tournaient encore et encore, et quand elle en réclama une autre, celle-ci rejoignit aisément le cercle tourbillonnant. Elle les passait d'une main à l'autre, de plus en plus vite. Alors, l'homme au gros ventre lui lança une pomme rouge et brillante.

Elle rit et dit :

— Hé, Dove, tu n'as pas peur que j'induise un homme en tentation ?

Son compagnon s'esclaffa.

— Mes filles ont mieux à offrir que des tours et des mauvaises plaisanteries, jeune Pippa.

Elle ne s'offensa pas, et tandis qu'Aidan articulait en

silence ce nom bizarre, quelqu'un jeta un poisson mort dans l'assortiment avec lequel elle jonglait.

Aidan se crispa, mais la dénommée Pippa releva ce nouveau défi.

— Il semble que j'aie attrapé un de tes parents, Mort, lança-t-elle à l'homme qui avait jeté le poisson.

La foule cria son approbation. Quelques gentilshommes jetèrent des pièces sur les marches. Même après deux semaines à Londres, Aidan comprenait mal les « Sassenach » — c'était ainsi que les Irlandais appelaient dédaigneusement les Anglais. Ils étaient prêts à lancer des pièces à une saltimbanque comme à la voir pendre pour vagabondage.

Il sentit quelque chose frotter sa jambe et baissa les yeux. Une catin à l'air ensommeillé avait posé une main sur sa cuisse, et ses doigts se glissaient vers la dague à manche de corne enfilée dans le haut de sa botte.

Avec un sourire de réprobation, Aidan ôta la main de la femme.

— Vous ne trouverez là rien que mauvaise fortune, ma chère.

Elle releva ses lèvres en un sourire qui ressemblait surtout à un rictus. La vérole avait commencé à lui pourrir les gencives.

— Irlandais, dit-elle en reculant. Aussi chaste qu'un prêtre, hein ?

Avant qu'il puisse répondre, un miaulement aigu fendit l'air, et la jument redressa les oreilles. Aidan vit un jeune chat qui voltigeait vers Pippa.

— Jongle avec ça, cria un homme, hurlant de rire.

— Jésus ! s'écria la jongleuse.

Ses mains semblaient se mouvoir toutes seules, continuant à faire tourner les objets tandis qu'elle essayait d'éviter le chat volant. Mais elle l'attrapa et réussit à le faire passer d'une main à l'autre avant que l'animal terrifié ne saute sur sa tête et s'y accroche, plantant ses griffes dans le chapeau cabossé.

Le chapeau tomba sur les yeux de Pippa, l'aveuglant.

Les torches, la pomme et le poisson tombèrent par terre. L'homme maigre appelé Mort piétina les flammes. Le gros homme dénommé Dove essaya d'aider, mais il marcha sur le poisson gluant. Il glissa, ses manches se déchirant tandis qu'il agitait ses bras charnus. Juste comme il perdait l'équilibre, son poing virevoltant heurta un spectateur, qui se jeta aussitôt dans la bagarre. Avec des cris de joie, d'autres se joignirent à la mêlée. Aidan eut du mal à empêcher sa jument de se cabrer.

Toujours aveuglée par le chat, la fille avançait en chancelant, les mains tendues. Elle attrapa le bout d'une charrette de bouquiniste. Le chat et le chapeau tombèrent ensemble et le félin affolé escalada une pile de volumes, les faisant choir dans la boue du parvis.

— Imbécile ! glapit le bouquiniste, en s'élançant sur Pippa.

Dove affrontait plusieurs adversaires, maintenant. Avec un « flop » mouillé, il en gifla un à l'aide du poisson mort.

Pippa empoigna le bout de la charrette et le souleva. Les livres qui restaient glissèrent et heurtèrent le bouquiniste, le faisant tomber à la renverse.

— Où sont mes neuf pence ? demanda-t-elle à la cantonade en examinant les marches.

Mais les gens étaient trop occupés à se battre pour répondre. Elle attrapa une pièce qui traînait et la fourra dans la besace volumineuse attachée à sa taille par une corde usée. Puis elle s'enfuit, fonçant vers la Croix de St Paul, un haut monument entouré par une rotonde ouverte. Le bouquiniste la suivit et maintenant, il avait une alliée, sa femme, une dame formidable aux bras comme des jambons.

— Reviens ici, diable de petit singe ! tonnait-elle. Ce jour sera ton dernier !

Dove appréciait la rixe, à présent. Il tenait son adversaire par le cou et jouait avec son nez, le tapant d'un côté et de l'autre en riant.

Mort, son compagnon, était tout aussi joyeux, et affrontait la catin qui s'était approchée plus tôt d'Aidan.

Pippa menait la danse autour de la Croix, le bouquiniste et sa femme sur les talons.

D'autres spectateurs se joignirent au tumulte. La jument se cabra, roulant les yeux de peur. Aidan l'apaisa de la voix et lui caressa l'encolure, mais il ne quitta pas la place. Il observait simplement la bagarre et pensait, pour la centième fois depuis son arrivée, que Londres était vraiment un endroit étrange, infect et fascinant. L'espace d'un moment, il oublia la raison pour laquelle il était venu. Il était devenu spectateur, accordant toute son attention aux numéros de Pippa et de ses compagnons.

C'était donc cela St Paul, le cœur battant de la cité. C'était plus un lieu de rencontres qu'un lieu de prières, certainement, et cela ne surprenait pas Aidan. Les Sassenach étaient un peuple qui s'accrochait faiblement à une foi anémique ; toute la ferveur et tout l'apparat de l'Eglise avaient été saignés à blanc par les Réformateurs qui haïssaient Rome.

La flèche, brisée depuis longtemps mais jamais réparée, jetait son ombre sur un aréopage de mendiants et de marchands, de saltimbanques et de voleurs, de prostituées et de filous. A l'autre bout de la place se tenaient un gentilhomme et un officier de la loi en uniforme. Poussés par les glapissements pressants de la femme du bouquiniste, ils s'approchèrent à contrecœur. Le bouquiniste avait coincé Pippa sur la plus haute marche.

— Mort ! cria-t-elle. Dove, aidez-moi !

Mais ses compagnons disparurent promptement dans la foule.

— Scélérats ! lança-t-elle après eux. Je vous revaudrai cela !

Le bouquiniste fonçait sur elle. Elle se baissa, ramassa le poisson mort, visa l'homme et lança.

Or ce dernier l'esquiva et le poisson alla frapper le gentilhomme qui approchait derrière lui, en plein visage. Laissant des traces gluantes et des écailles sur son passage, il glissa le long du pourpoint en brocart de soie de l'homme et atterrit sur ses pantoufles de Cour en velours.

Pippa se figea et fixa le gentilhomme avec horreur.

— Oups, fit-elle.

— En effet.

Il riva sur elle un regard flamboyant et accusateur. Sans battre des cils, il fit un signe à l'officier de la loi.

— Monsieur, dit-il.

— Oui, milord ?

— Arrêtez-moi ce… rat d'égout.

Pippa recula d'un pas, priant que la voie soit libre pour s'échapper par là. Son dos heurta la masse solide de la femme du bouquiniste.

— Oups, fit-elle de nouveau.

Ses espoirs sombrèrent tel un cadavre alourdi dans la Tamise.

— Voyons voir comment tu vas te tirer de cette situation, demoiselle, siffla la femme à son oreille.

— Merci, répondit Pippa d'un ton assez cordial. C'est bien ce que je compte faire.

Elle afficha son plus beau sourire de fille des rues et tira sur une boucle de ses cheveux. Elle les avait coupés récemment pour se débarrasser de poux particulièrement tenaces.

— Bonjour, Votre Grandeur.

Le gentilhomme caressa sa barbe.

— Ceci n'est pas très bon pour toi, coquine. Es-tu au courant des lois contre les joueurs ambulants ?

Le regard de Pippa flamboya d'indignation et elle regarda à gauche et à droite.

— Des joueurs ambulants ? releva-t-elle d'un ton outragé. Qui ? Où ? Par Dieu, où va cette ville si une telle vermine se répand dans les rues ?

Tandis qu'elle bombait le torse, elle scruta furtivement la foule en quête de Dove et Mortlock. En bons couards qu'ils étaient, ils avaient disparu.

Un moment, son regard se posa sur l'homme à cheval. Elle l'avait remarqué plus tôt, richement vêtu et bien monté, avec une allure étrangère qu'elle ne parvenait pas à définir.

— Tu veux dire, lui cria l'officier de la loi, que *tu* n'es pas de la race des joueurs ambulants ?

— Monsieur, rétorqua-t-elle vivement, mordez-vous la langue. Je suis… je suis…

Elle inspira à fond et offrit le premier mensonge qui lui vint à l'idée.

— Je suis une évangéliste, milord. Venue prêcher la bonne parole aux païens de St Paul.

Le gentilhomme hautain haussa un sourcil.

— La bonne parole, hé ? Et en quoi consiste-t-elle ?

— Vous savez bien, répondit Pippa avec une patience exagérée. L'évangile selon saint Jean.

Elle s'arrêta, fouillant sa mémoire en quête d'autres détails qu'elle avait glanés les jours où elle se cachait dans l'église. Des mots et des phrases avec lesquels elle jonglait sans retenue, fière et heureuse de ces traits d'esprit.

— Le pitre de saint Paul aux Facétiens, lâcha-t-elle au bout d'un moment, un sourire satisfait sur les lèvres.

— Ah.

La main de l'officier se tendit. D'un mouvement rapide, il la cloua au mur près de la porte. Pippa se tordit pour regarder la nef où les hauts piliers de pierre bordaient le Chemin de Paul. Tel un rat d'église, elle connaissait tous les recoins et les cachettes de l'endroit. Si seulement elle pouvait y entrer, elle pourrait alors trouver un moyen de se sauver.

— Tu ferais bien de trouver mieux que ça, dit l'officier, sans quoi je te clouerai les oreilles au pilori.

Elle frémit rien que d'y penser.

— Très bien.

Elle poussa un soupir théâtral.

— Voici la vérité.

Autour d'eux, un petit attroupement s'était formé, espérant probablement voir des clous enfoncés dans ses oreilles. L'étranger à cheval démonta, confia sa bride à un gamin et s'approcha.

La soif de sang est universelle, Pippa le savait. Pourtant, elle en doutait parfois. Comme là, alors que l'étranger s'approchait. Car malgré son visage à l'air sauvage et ses longs cheveux noirs, l'homme possédait une allure splendide et téméraire qui la fascinait. Elle prit une grande inspiration.

— De fait, monsieur, je suis bien une joueuse ambulante. Mais j'ai la protection d'un gentilhomme, précisa-t-elle d'un ton triomphant.

— Vraiment ?

Sa Seigneurie fit un clin d'œil à l'officier.

— Oh, oui, milord. Sur ma parole.

Elle détestait quand les nobles prenaient envie de s'amuser. Ils se plaisaient d'ordinaire à mutiler des gens ou des animaux sans défense.

— Et qui est ce protecteur ?

— Eh bien, Robert Dudley lui-même, le comte de Leicester.

Pippa carra fièrement ses épaules. Elle avait été maligne de penser au favori de la reine. Elle donna un coup de coude dans les côtes de l'officier, sans douceur.

— Il est l'amant de la reine, vous savez, alors vous feriez bien de ne pas m'irriter.

Quelques-uns de ceux qui écoutaient en restèrent bouche bée. Le visage du gentilhomme vira à un gris maladif ; puis une vive rougeur colora ses joues.

L'officier saisit Pippa par l'oreille.

— Tu as perdu, rat d'égout.

D'un geste large, il indiqua le noble hautain.

— Voici le comte de Leicester, et je ne crois pas qu'il t'ait vue auparavant.

— Si je l'avais vue, je m'en souviendrais certainement, dit Leicester.

Elle déglutit fortement.

— Puis-je changer d'avis ?

— Je t'en prie, acquiesça le comte.

— Mon protecteur est de fait lord Shelbourne.

Elle regarda les deux hommes d'un air dubitatif.

— Euh… il est toujours vivant, n'est-ce pas ?

— Oh, oui.

Pippa poussa un soupir de soulagement.

— Eh bien, il est mon protecteur. Maintenant, je ferais bien de m'en aller…

— Pas si vite.

La pression sur son oreille augmenta. Des larmes lui brûlèrent le nez et les yeux.

— Il est enfermé à la Tour, déchu de son titre et ses terres confisquées.

Pippa étouffa une exclamation. Sa bouche forma un « O ».

— Je sais, dit Leicester. Oups.

Pour la première fois, l'aplomb de la jeune fille faiblit. Habituellement, elle était assez agile d'esprit et leste sur ses pieds pour se sortir de ce genre d'embrouille. La pensée du pilori dominait son cerveau, menaçante. Cette fois, on allait vraiment la clouer !

Elle décida de tenter un dernier effort pour se donner un protecteur. Mais alors, qui ? Lord Burghley ? Non, il était trop vieux et manquait d'humour. Walsingham ? Non, pas avec ses penchants puritains. La reine elle-même, alors. Le temps que ses prétentions soient vérifiées, elle serait loin.

Puis elle aperçut le grand étranger qui se dressait à l'arrière de la foule. Même s'il venait certainement d'un autre pays, il l'observait avec un intérêt qui pouvait même être teinté de sympathie. Peut-être qu'il ne parlait pas anglais.

— En vérité, dit-elle, cet homme est mon protecteur.

Elle pointa le doigt sur l'étranger. « Soyez hollandais, pria-t-elle en silence. Ou suisse. Ou ivre. Ou stupide. Qui vous voulez, mais contentez-vous de faire mon jeu. »

Le comte et l'officier pivotèrent, se tordant le cou pour y voir. Ils n'eurent pas à tourner la tête très loin. L'inconnu se dressait tel un chêne parmi des mauvaises herbes, dépassant les autres de la tête et des épaules, étrangement placide tandis que la foule des habitués de St Paul se soulevait, s'agitait et murmurait autour de lui.

Pippa tourna la tête, elle aussi, le voyant nettement pour la première fois. Leurs regards se soutinrent. Elle, qui avait pratiquement tout expérimenté dans ses années qu'elle ne comptait pas, ressentit un sursaut de quelque chose de si neuf et si profond qu'elle ne pouvait tout simplement pas le nommer.

Il avait des yeux d'un bleu de saphir, étincelant, mais ce n'était pas leur couleur ni le visage étonnant dans lequel ils brillaient qui importaient. Une force mystérieuse habitait son regard. La conscience de quelque chose passa entre Pippa et l'étranger ; elle la sentit entrer en elle, plonger au fond de son être comme le soleil perçant des nuages.

La vieille Mab, la femme qui avait élevé Pippa, aurait appelé cela de la magie.

Et la vieille Mab aurait eu raison, pour une fois.

Le comte mit ses mains autour de sa bouche.

— Vous, monsieur !

L'étranger pressa une grande main sur son torse puissant et haussa un sourcil noir, l'air interrogateur.

— Oui, vous, reprit le comte. Cette petite lutine prétend qu'elle se donne en spectacle sous votre protection. Est-ce vrai, monsieur ?

La foule attendit, comme le comte et l'officier. Lorsqu'ils détournèrent les yeux d'elle, Pippa joignit les mains et jeta un regard implorant à l'étranger. Son oreille s'engourdissait, pincée entre les doigts de l'homme de loi.

Les regards implorants étaient sa spécialité. Elle les pratiquait depuis des années, se servant de ses grands yeux clairs pour extorquer des pièces et des croûtes de pain aux passants.

L'étranger leva une main. L'allée derrière lui fut envahie par une troupe de… Pippa n'aurait su dire ce qu'ils étaient.

Ils se déplaçaient en nombre comme des soldats, mais au lieu de tuniques ils portaient d'horribles peaux de bête grises, des peaux de loups, apparemment. Et ils étaient armés de haches de guerre au long manche. Certains avaient la tête rasée ; d'autres avaient de longs cheveux en broussaille qui leur tombaient sur le front.

Tout le monde s'écarta quand ils pénétrèrent sur le parvis. Pippa ne blâma pas les Londoniens de se rétracter de peur. Elle se serait rétractée elle-même, sans la poigne de fer de l'officier.

— Est-ce vraiment ce que la demoiselle a dit ?

L'étranger s'avança. Il parlait anglais, maudit soit-il. Il avait un accent très bizarre, mais c'était de l'anglais.

Et il était immense. En règle générale, Pippa aimait les hommes grands. Les grands hommes et les grands chiens. Ils semblaient avoir moins besoin de plastronner, de se vanter et d'être aussi cruels que les petits. Cet homme semblait bien bomber un peu le torse, mais elle s'avisa que c'était sa façon de se frayer un passage dans la foule.

Ses cheveux étaient noirs. Ils brillaient au soleil matinal avec des reflets indigo et violets, tombant sur ses épaules. Une fine mèche d'ébène était ornée d'une lanière en peau et de perles.

Pippa se gourmanda de se laisser fasciner par un homme de haute taille aux yeux saphir. Elle devrait saisir l'occasion de courir se mettre à l'abri au lieu de regarder l'inconnu bouche bée, comme un pensionnaire de l'asile de Bedlam. Ou, pour le moins, elle devrait concocter un mensonge pour expliquer comment, à son insu, elle s'était retrouvée sous sa protection.

Il atteignit les marches devant la porte, où elle se tenait entre Leicester et l'officier. Ses yeux d'un bleu de flamme se rivèrent sur l'homme de loi jusqu'à ce qu'il lâche l'oreille de Pippa.

Poussant un soupir soulagé, elle frotta son oreille malmenée.

— Je suis Aidan, dit l'étranger. Le O'Donoghue Mór.

Un Maure ! Immédiatement, Pippa tomba à genoux et saisit l'ourlet de sa cape bleu foncé, portant la soie poussiéreuse à ses lèvres. L'étoffe lui parut lourde et riche, aussi lisse que de l'eau et aussi exotique que l'homme lui-même.

— Vous ne vous souvenez pas, Votre Excellence ? s'écria-t-elle, sachant que les hommes importants adoraient les titres honorifiques. Comment vous avez si gentiment étendu votre protection à ma pauvre personne opprimée afin que je ne meure pas de faim ?

Tandis qu'elle continuait à discourir, elle aperçut un couteau à manche de corne très intéressant glissé dans sa haute botte. Incapable de résister, elle le vola d'un geste si fluide et si furtif que personne ne la vit le cacher dans sa propre botte.

Son regard remonta le long d'une jambe musclée. Cette vue produisit en elle un curieux picotement. Une épée courte à l'air aussi aiguisé et dangereux que l'homme lui-même était fixée à sa cuisse.

— Vous avez dit que vous ne vouliez pas que je subisse les tortures de la prison de Clink, et que vous ne souhaitiez pas non plus avoir mon pitoyable poids sur votre délicate conscience, vous faisant craindre de brûler en enfer pour l'éternité pour avoir laissé une femme sans défense être la victime de…

— Oui, dit le Maure.

Pippa lâcha son ourlet et leva les yeux vers lui.

— Quoi ? demanda-t-elle stupidement.

— Oui, de fait, je m'en souviens, mademoiselle euh…

— Vrai-Cœur, l'informa-t-elle, choisissant un de ses

noms favoris dans l'arsenal de son imagination. Pippa Vrai-Cœur.

Le Maure fit face à Leicester. Le comte, plus petit, leva la tête pour le regarder.

— Vous êtes fixé, à présent, dit-il. Mademoiselle Pippa Vrai-Cœur joue sous ma protection.

De son énorme main, il la prit par le bras et la remit sur ses pieds.

— Je reconnais volontiers que cette petite luronne est parfois impossible à contrôler et qu'elle s'est échappée pour le spectacle d'aujourd'hui. Dorénavant, je la tiendrai plus serrée.

Leicester hocha la tête et caressa sa barbiche.

— Ce serait fort apprécié, milord de Castleross.

L'officier de la loi considéra la formidable escorte du Maure. Les soldats lui jetèrent des regards noirs, et il sourit nerveusement.

Le Maure se détourna et s'adressa à ses farouches serviteurs dans une langue si étrangère, si peu familière, que Pippa n'en reconnut pas une seule syllabe. C'était curieux, car elle possédait une très bonne oreille pour les langues.

Les hommes vêtus de peaux s'éloignèrent au pas de marche du parvis et descendirent Paternoster Row. Le garçon qui servait de palefrenier éloigna la grande jument. Le Maure prit Pippa par le bras.

— Allons-y, *a storin,* dit-il.

— Pourquoi m'appelez-vous ainsi ?

— C'est un mot affectueux qui veut dire « trésor ».

— Oh. Personne ne m'a jamais appelée « trésor » auparavant. « Casse-pieds », plutôt. Ou « langue de vipère ».

L'accent chantant de l'étranger et l'odeur de vent qui s'accrochait à ses cheveux et à sa cape l'emplirent d'un frisson d'excitation. Elle n'avait jamais été sauvée de sa vie, et sûrement pas par un individu tel que ce seigneur aux cheveux noirs.

Alors qu'ils marchaient vers la porte basse qui joignait le quartier de St Paul à Cheapside, elle lui jeta un coup d'œil de côté.

— Vous semblez plutôt aimable pour un Maure.

Elle franchit la porte qu'il lui tint ouverte.

— Un Maure, dites-vous ? Mademoiselle, je ne suis certainement pas un Maure.

— Mais vous avez dit que vous étiez Aidan, le O'Donoghue Maure.

Il rit. Elle s'arrêta net. Elle gagnait sa vie en faisant rire les gens, alors elle aurait dû être habituée à ce genre de réaction, mais là, c'était différent. Son rire était si profond et si riche qu'elle s'imagina pouvoir le *voir,* flottant comme une bannière de soie noire dans la brise.

Il rejeta en arrière sa grande tête hirsute. Elle constata qu'il avait toutes ses dents. Ses yeux, brûlant d'un feu bleu, l'attirèrent avec cette magie envoûtante qu'elle avait ressentie plus tôt.

Il commençait à la rendre nerveuse.

— Pourquoi riez-vous ? demanda-t-elle.

— *Mór,* dit-il. Je suis le O'Donoghue Mór. Cela signifie « le Grand ».

— Ah.

Elle hocha sagement la tête, prétendant l'avoir su tout du long.

— Et vous l'êtes ?

Elle laissa son regard le parcourir sur toute sa hauteur, s'attardant sur les parties les plus intéressantes.

« Dieu était une femme », pensa-t-elle avec une certitude soudaine. Seule une femme créerait un homme tel que le Grand O'Donoghue, combinant des parties aussi savoureuses en un tout encore plus délectable.

— A part ce qui est évident, je veux dire.

Il rayonnait encore de gaieté, bien que son rire ait cessé. Il lui toucha la joue, un geste étonnamment tendre, et dit :

— Cela, *a stor,* dépend de la personne à qui vous le demandez.

Ce bref et léger contact ébranla Pippa jusque dans les tréfonds de son être, bien qu'elle refusât de le montrer. Quand des gens la touchaient, c'était pour lui souffleter les oreilles ou pour l'envoyer promener, pas pour la caresser et la réconforter.

— Et comment s'adresse-t-on à un aussi grand homme ? s'enquit-elle d'une voix taquine. Votre Grandeur ? Votre Excellence ?

Elle fit un clin d'œil.

— Votre Immensité ?

Il rit de nouveau.

— Pour une simple amuseuse, vous connaissez de bien grands mots. Et impertinents, de surcroît.

— Je les collectionne. J'apprends très vite.

— Pas assez vite pour échapper aux ennuis aujourd'hui, apparemment.

Il lui prit la main et continua à marcher vers l'est le long de Cheapside. Ils dépassèrent les égouts, puis la Croix d'Eleanor surmontée de statues dorées.

Pippa vit que l'étranger les regardait en fronçant les sourcils.

— Les Puritains mutilent les statues, expliqua-t-elle, se chargeant de lui présenter Londres. Ils détestent les images gravées. Au Standard, plus loin, vous pourriez voir de *vrais* corps mutilés. Dove dit qu'un meurtrier a été exécuté mardi dernier.

Lorsqu'ils atteignirent le pilier carré, ils n'aperçurent pas de cadavre, mais l'assortiment habituel et bigarré d'étudiants et d'apprentis, de prisonniers au visage marqué au fer rouge, de mendiants, de prostituées, ainsi qu'une paire de soldats attachés à une charrette et fouettés tandis qu'ils étaient conduits en prison. En toile de fond, Goldsmith Row, l'avenue de l'Orfèvre, allégeait un peu ce côté sordide, avec de jolies maisons blanches aux poutres noires et des statues de bois doré. O'Donoghue considérait tout cela avec un intérêt tranquille et pensif. Il ne fit aucun commentaire, mais il donna discrètement des pièces aux mendiants.

Du coin de l'œil, Pippa vit Dove et Mortlock qui se tenaient près d'un tonneau retourné à côté du Vieux Change. Ils jouaient avec des dés pipés et des pièces creuses. Ils sourirent et agitèrent la main comme si rien ne s'était passé, comme s'ils ne venaient pas de l'abandonner dans un moment de grand danger.

Elle leva le nez en l'air, aussi hautaine que n'importe quelle grande dame, et posa sa main sale sur le bras du Grand O'Donoghue. Que Dove et Mort s'interrogent et grillent de curiosité. Elle appartenait à un noble de haut rang, à présent. Elle appartenait au O'Donoghue Mór.

Aidan se demandait comment se débarrasser de la fille. Elle trottait à son côté, bavardant au sujet d'émeutes, de rebelles et de courses de bateaux sur la Tamise. Il n'avait pas grand-chose à faire à Londres pendant que la reine le laissait mijoter, mais cela ne signifiait pas qu'il avait besoin de s'amuser avec une petite lutine de St Paul.

Toutefois, il y avait la question de sa dague, qu'elle lui avait volée pendant qu'elle triturait son ourlet. Peut-être devrait-il la lui laisser, finalement, comme prix d'une distraction de la matinée. La demoiselle était certainement très divertissante.

Il lui jeta un regard de côté, et sa vue lui serra le cœur d'une manière inattendue. Elle gambadait avec toute la fierté d'une enfant portant sa première paire de chaussures. Mais sous la saleté de son visage, il pouvait voir les cernes du manque de sommeil soulignant ses doux yeux verts, ses joues creusées, la calme résignation qui trahissait un millier de jours de faim subis sans protester.

Par le bâton de sainte Brigid, il n'avait pas besoin de cela, pas plus qu'il n'avait eu besoin de la furieuse convocation royale à la cour de Londres.

Et néanmoins elle était là. Et son cœur était touché par l'expression avide de ses grands yeux.

— Avez-vous mangé aujourd'hui ? demanda-t-il.

— Seulement si on compte les mots que j'ai ravalés.

Il haussa un sourcil.

— Vraiment ?

— Aucune nourriture n'a franchi ces lèvres depuis quinze jours.

Elle feignit de chanceler de faiblesse.

— C'est un mensonge, dit doucement Aidan.

— Une semaine ?

— Un mensonge aussi.

— Depuis hier soir ?

— Cela, je suis prêt à le croire. Vous n'avez pas besoin de mentir pour gagner ma sympathie.

— C'est une habitude, comme cracher. Désolée.

— Où puis-je vous offrir un bon repas, demoiselle ?

Ses yeux verts pétillèrent d'anticipation.

— Oh, là, Votre Grandeur.

Elle indiqua l'autre côté de la rue, après le Change où deux gardes armés flanquaient un coffre de lingots d'or.

— La taverne de la Tête de Cheval a de bonnes tourtes et ils n'allongent pas leur bière avec de l'eau.

— Entendu.

Il s'avança au milieu de la chaussée. Quelques charrettes de marché le dépassèrent. Un troupeau d'enfants sales et rieurs se ruait derrière un cochon qui s'était enfui, et le chariot bruyant d'un boucher, chargé de morceaux sanguinolents de viande, passa en bringuebalant. Quand la voie fut enfin libre, Aidan attrapa la main de Pippa et la fit traverser.

— Et voilà, dit-il en se courbant pour passer sous la porte de l'auberge et en l'attirant à l'intérieur. Nous y sommes.

Ses yeux mirent un moment à s'accoutumer à la pénombre. La salle était presque pleine malgré l'heure matinale. Il conduisit Pippa à une table éraflée nantie de deux trépieds.

Il appela pour commander à boire et à manger. La femme du tavernier était avachie paresseusement près du feu, comme si elle n'avait pas envie de bouger. Furieuse, Pippa marcha sur elle.

— Vous n'avez pas entendu Sa Seigneurie ? Il désire être servi maintenant.

Gonflée d'importance, elle indiqua le riche manteau et la tunique de son compagnon, couverte de perles de cristal. A la vue d'un client bien habillé, la femme s'empressa d'apporter promptement la bière et les pâtés.

Pippa saisit sa pinte de bois et en but quasiment la moitié, jusqu'à ce qu'Aidan tape sur le fond.

— Doucement. Ce n'est pas bon pour un estomac vide.

— Si je bois assez, mon estomac ne dira rien.

Elle reposa la pinte et s'essuya la bouche de sa manche. Ses yeux prirent un éclat vitreux et Aidan éprouva une bouffée d'inconfort, car il n'avait pas eu l'intention de l'enivrer.

— Mangez quelque chose, la pressa-t-il.

Elle lui décocha un vague sourire et prit un des pâtés. Elle mangea méthodiquement, sans savourer ce qu'elle ingurgitait. Les Sassenach étaient décidément de piètres cuisiniers, pensa Aidan.

Une silhouette massive emplit la porte et obscurcit encore plus la taverne. Aidan porta la main à sa dague, puis se souvint que la fille l'avait toujours.

Dès que la silhouette s'avança, il sourit largement et se détendit. Il n'aurait pas besoin d'arme contre le nouvel arrivant.

— Viens t'asseoir, Donal Og, dit-il en gaélique, en approchant un autre tabouret de la table.

Aidan était renommé de loin pour sa grande taille, mais son cousin le faisait presque paraître petit. Donal Og avait des épaules massives, des jambes comme des troncs d'arbres et un front large et proéminent qui lui donnait l'apparence d'un simplet. Or rien n'était plus loin de la vérité. L'homme était brillant, caustique et d'une loyauté à toute épreuve envers Aidan.

Pippa s'arrêta de mâcher pour le regarder, bouche bée.

— Voici Donal Og, déclara Aidan. Le capitaine de ma garde.

— Donal Og, répéta-t-elle, sa prononciation parfaite.

— Cela signifie Donal le Petit, indiqua l'intéressé.

Elle le mesura du regard.

— Petit en quoi ?

— J'ai été surnommé ainsi à ma naissance.

— Ah. Voilà qui explique tout.

Elle sourit largement.

— Je suis honorée. Mon nom est Pippa Vrai-Sang.

— L'honneur est pour moi, sûrement, répondit Donal avec une pointe d'ironie.

Aidan fronça les sourcils.

— Je croyais que vous aviez dit Vrai-Cœur.

Elle rit.

— Que je suis sotte. Peut-être.

Elle se mit à lécher la graisse et les miettes sur ses doigts.

— Où as-tu trouvé ça ? demanda Donal en gaélique.

— Sur le parvis de St Paul.

— Les Sassenach laissent entrer n'importe qui dans leurs églises, même des fous.

Donal tendit une main, et la femme du tavernier lui servit une pinte de bière.

— Est-elle aussi dérangée qu'elle en a l'air ?

Aidan continua à afficher un sourire plaisant, afin que la fille ne devine pas de quoi ils parlaient.

— Probablement.

— Etes-vous hollandais ? demanda brusquement Pippa. Cette langue que vous utilisez pour discuter de moi — est-ce du hollandais ? Ou peut-être du norvégien ?

Amusé par sa perspicacité, Aidan rit.

— C'est du gaélique. Je pensais que vous le sauriez. Nous sommes irlandais.

Elle écarquilla les yeux de surprise.

— *Irlandais.* On m'a dit que les Irlandais étaient sauvages et farouches, et plus papistes que le pape en personne.

Donal gloussa.

— Vous avez raison pour ce qui est de « sauvages » et de « farouches ».

Elle se pencha en avant, les yeux luisant d'intérêt. Aidan se passa une main dans les cheveux d'un geste joueur.

— Vous constaterez que je n'ai pas de bois, alors vous pouvez laisser tomber ce mythe. Si vous voulez, je vous montrerai que je n'ai pas non plus de queue...

— Je vous crois, dit-elle vivement.

— Ne lui parle pas des sacrifices humains, prévint Donal Og.

Elle retint une exclamation.

— Des sacrifices humains ?

— Pas dernièrement, déclara Aidan, très sérieux.

— Certainement pas avec la lune décroissante, ajouta Donal.

Mais Pippa raidit sa posture et les regarda avec méfiance. Elle semblait mesurer la distance de la table à la porte d'un œil expert. Aidan eut l'impression qu'elle était habituée à s'enfuir.

La femme du tavernier, sans doute animée par l'appât du gain, arriva avec une nouvelle tournée de cervoise.

— Saviez-vous que nous sommes irlandais, ma dame ? demanda Pippa en imitant parfaitement l'accent d'Aidan.

La femme haussa les sourcils.

— Vous m'en direz tant !

— Je suis une nonne, vous voyez, expliqua Pippa. De l'ordre de saint Dorcas des Sœurs de Vertu. Nous n'oublions jamais une faveur.

Impressionnée, la tavernière fit une courbette avec un nouveau respect et se retira.

— Ainsi, dit Aidan en buvant sa bière et en cachant son amusement devant sa petite comédie, nous sommes irlandais et vous ne pouvez décider d'un nom de famille pour vous-même. Comment se fait-il que vous soyez devenue une amuseuse publique à St Paul ?

Donal Og marmonna en gaélique :

— Vraiment, milord, ne pouvons-nous partir ? Non seulement elle est folle, mais elle est probablement couverte de vermine. Je suis sûr d'avoir vu une puce sur elle.

— Ah, c'est une triste histoire, répondit Pippa. Mon père était un grand héros de guerre.

— Quelle guerre ? demanda Aidan.

— Laquelle d'après vous, milord ?

— La Grande Rébellion ? suggéra-t-il.

Elle hocha la tête avec vigueur, ses cheveux coupés s'agitant.

— Celle-là même.

— Ah, fit Aidan. Et votre père était un héros, dites-vous ?

— Tu es aussi givré qu'elle, grommela Donal, toujours en gaélique.

— En effet, affirma Pippa. Il a sauvé une garnison entière du massacre.

Une expression lointaine envahit ses yeux comme une brume matinale. Elle regarda au-delà de lui, par la porte ouverte, vers le morceau de ciel qui apparaissait entre les toits de Londres.

— Il m'aimait plus que sa vie, et il a pleuré quand il a dû me laisser. Ah, cela a été un jour lugubre pour la famille Vraie-Barbe.

— Vrai-Cœur, corrigea Aidan, étrangement touché.

L'histoire était aussi fausse que la promesse d'une catin, mais la nostalgie qu'il percevait dans la voix de la jeune fille sonnait vrai.

— Vrai-Cœur, acquiesça-t-elle sans difficulté. Je n'ai jamais revu mon père. Ma mère a été enlevée par des pirates, et je suis restée toute seule pour me défendre.

— J'en ai entendu assez, dit Donal. Allons-nous-en.

Aidan l'ignora. Il était fasciné par cette fille, l'observant tandis qu'elle se resservait de la bière et buvait avidement, comme si elle ne se rassasierait jamais.

Quelque chose en elle le touchait en un endroit profond et caché de son être qu'il avait longtemps gardé fermé. C'était au cœur de lui, des braises de chaleur qu'il protégeait comme un pare-vent autour du feu d'un berger. Nul n'était autorisé à partager la vie intérieure d'Aidan O'Donoghue. Il ne l'avait permis qu'une fois — et avait été si durement échaudé qu'il s'était glacé aux sentiments, à la confiance, à la joie, à l'espoir — à tout ce qui rendait la vie digne d'être vécue.

Et maintenant voilà qu'il était face à cette femme étrange, pas lavée et mal nourrie, avec rien d'autre que ses grands yeux doux et sa vive imagination pour se protéger de la dureté du monde. Certes, elle était aussi forte et impertinente que n'importe quelle saltimbanque, mais pas très loin, sous ses apparences de fille des rues, il voyait quelque chose qui attisait les braises couvant en lui. Elle possédait une vulnérabilité subtile d'enfant abandonnée qui s'opposait, au moins en apparence, à sa langue bien pendue et à sa dure coquille d'insouciance.

Et, même si ses cheveux, son visage et ses vêtements mal ajustés étaient tachés de graisse et de cendres, un charme innocent et délicieux transparaissait à travers.

— C'est une histoire vraiment terrible, commenta-t-il.

Elle les gratifia d'un sourire semblable au soleil perçant des nuages.

— Dommage que ce ne soit qu'un tissu de mensonges, dit Donal, en gaélique.

— J'aimerais que vous parliez anglais, déclara-t-elle. Il est mal élevé de me laisser en dehors.

Elle darda sur lui un regard accusateur.

— Mais je suppose que si vous dites que je suis folle,

menteuse et des choses de ce genre, il vaut probablement mieux que vous parliez irlandais.

Voir un homme aussi imposant se tortiller était un spectacle intéressant. Donal Og se balança d'avant en arrière, faisant craquer son tabouret. Son visage, aussi massif qu'un jambon, rougit jusqu'aux oreilles.

— Bon, dit-il en anglais. Vous n'avez pas besoin de jouer la comédie pour Aidan et moi. Pour nous, la vérité suffit.

— Je vois.

Elle traîna sur ces mots tandis que la bière produisait son effet sur elle.

— Alors, je devrais vraiment vous avouer la vérité et vous dire exactement qui je suis.

# Journal d'une dame

C'est le lot d'une mère de se réjouir et de se morfondre en même temps. Il en a toujours été ainsi, et de le savoir n'a jamais atténué mon chagrin ni diminué ma joie.

Au début de son règne, la reine a donné à notre famille des terres dans le comté de Kerry, à Munster, mais jusqu'à récemment nous n'avons conservé ce domaine qu'en nom, satisfaits de laisser l'Irlande aux Irlandais. Et maintenant, tout soudainement, on attend que nous fassions quelque chose à ce sujet.

Aujourd'hui, mon fils Richard a reçu une charge royale. Je me demande, quand les conseillers de la reine ont confié à mon fils le pouvoir de mener une armée, s'ils l'ont imaginé ne fût-ce qu'un instant comme je l'ai connu — un petit garçon rieur avec des taches d'herbe aux coudes et la pure innocence de son cœur brillant dans ses yeux.

Ah, il me semble que c'était hier que je tenais cette petite tête blonde et soyeuse contre mon sein, scandalisant toute la bonne société en renvoyant la nourrice de lait.

A présent, ils veulent qu'il conduise des hommes à la bataille pour des terres qu'il n'a jamais réclamées, pour une cause qu'il n'a jamais embrassée.

Mon cœur soupire, et je me force à me raccrocher aux bénédictions qui sont les miennes : un époux aimant, cinq enfants adultes et une ardente foi en Dieu qui — une fois seulement, voilà longtemps — a faibli.

Alouette de Lacey,
Comtesse de Wimberleigh.

# 2

— Je ne puis croire que tu l'as amenée avec nous, dit Donal Og le lendemain, en arpentant le terrain clos de l'ancien prieuré des Frères Prêcheurs.

En tant que dignitaire en visite, Aidan avait reçu la maison et le prieuré adjacent de lord Lumley, un fervent catholique et improbable favori de la reine depuis longtemps. La résidence se trouvait à Aldgate, où tous les hommes d'importance résidaient pendant leur séjour à Londres. L'immense propriété, jadis le foyer de moines humbles et dévots, comprenait un véritable village, avec une verrerie en activité, un grand terrain, des étables et des écuries. Elle était curieusement située, bordée par le large chemin de Woodroffe Lane et la rue tarabiscotée de Hart Street, à portée de voix d'un sinistre échafaud muni d'une potence.

Aidan avait attribué à Pippa une chambre à elle, l'une des cellules de moines qui donnaient sur des arcades centrales. Les soldats avaient l'ordre strict de la surveiller, mais de ne pas la menacer ni la déranger.

— Je ne pouvais guère la laisser à la Tête de Cheval.

Il jeta un coup d'œil à la porte fermée de sa cellule.

— Elle aurait pu être accostée.

— Je doute qu'elle ne l'ait pas déjà été auparavant, et je parierais même qu'elle a dû en profiter.

Donal cingla l'air d'un geste impatient de la main.

— Tu recueilles des créatures errantes, Aidan, tu l'as toujours fait — des agneaux orphelins, des chiots rejetés par leur mère, des chevaux estropiés. Or tu sais qu'il vaudrait mieux laisser ces créatures…

Il s'interrompit, fronça les sourcils et se remit à faire les cent pas.

— Mourir, acheva Aidan pour lui.

Donal pivota, son expression affichant un curieux mélange d'humanité et de froid pragmatisme.

— C'est la loi de la nature que certains se battent, certains survivent et d'autres périssent. Nous sommes irlandais, mon garçon. Qui le sait mieux que nous ? Ni toi ni moi ne pouvons changer le monde. Et nous n'avons pas été faits pour cela.

— Pourtant c'est bien ce que nous sommes venus accomplir à Londres, non ? demanda doucement Aidan.

— Nous sommes venus parce que la reine Elizabeth t'a convoqué, coupa Donal. Et maintenant que nous sommes ici, elle refuse de te voir.

Il leva sa grande tête blonde vers le ciel et s'adressa aux nuages :

— On se demande bien pourquoi !

— Cela l'amuse de nous faire mariner dans notre jus en attendant l'audience.

— Je pense qu'elle se sent insultée parce que tu te promènes partout en ville avec une armée de cent hommes. Peut-être qu'un peu plus de modestie serait la bienvenue.

Iago sortit à cet instant des bâtiments, grattant son torse nu couvert de cicatrices rituelles et bâillant.

— Parler, parler, parler, dit-il avec l'accent chantant de son île natale. Vous ne vous taisez donc jamais ?

Aidan souhaita négligemment le bonjour à son maréchal. Du fait d'une suite extraordinaire d'événements, Iago était arrivé dix ans plus tôt des Indes occidentales, dans le Nouveau Monde. Sa mère était de sang indigène et africain, et son père espagnol.

Iago et Aidan étaient devenus des hommes ensemble. De deux ans plus jeune que son ami caribéen, Aidan admirait alors sa force et ses prouesses, ce qui le poussa souvent à l'imiter. Un jour d'ivresse, il avait même subi en secret la cérémonie des marques rituelles, endurant les souffrances qu'elle occasionnait. A l'horreur de son père, il arborait à présent au milieu de son torse des cicatrices en forme de « V », tout comme Iago.

— Je disais juste, expliqua Donal, qu'Aidan ne cesse de recueillir des égarés.

Iago rit très fort, son visage couleur d'acajou brillant à travers la brume matinale.

— Quel sot, pas vrai ?

Vexé, Donal Og se tut.

— Alors, qu'a-t-il ramené à la maison, cette fois ? demanda Iago.

Pippa était allongée, parfaitement immobile et les yeux fermés, jouant à un jeu familier. Du plus loin qu'elle se souvienne, elle s'éveillait toujours avec la conviction absolue que sa vie avait été un cauchemar et que, en se réveillant, elle trouverait les choses comme elles devaient être, avec sa mère souriant comme une Madone pendant que son père la tenait sur ses genoux, tous deux penchés tendrement sur leur fille bien-aimée.

En soufflant avec dérision, elle chassa cette fantaisie.

Il n'y avait pas de place dans sa vie pour les rêves. Elle ouvrit les yeux et son regard tomba sur le plafond fendillé, blanchi à la chaux. Du bois et des murs en torchis. Une odeur de paille écrasée, légèrement rance. Le murmure de voix masculines derrière la lourde porte de bois.

Il lui fallut quelques instants pour se rappeler tout ce qui s'était passé la veille. Tandis qu'elle se remémorait les événements, elle se leva, trouva une cruche d'eau et une cuvette et joignit ses mains pour boire, puis plongea son visage dans la cuvette afin de laver les derniers vestiges de ses rêveries.

La journée d'hier avait commencé comme n'importe quelle autre journée — quelques numéros à St Paul, puis elle irait avec Dove et Mortlock couper une bourse ou voler quelque chose à manger dans une charrette. Comme la fumée de Londres portée par la brise, ils erreraient sans but jusqu'au soir, avant de rentrer à la maison de Maiden Lane coincée entre deux bâtiments qui s'écroulaient.

Pippa avait la mansarde pour elle seule. Presque. Elle la partageait avec un rat d'une curiosité plutôt agressive qu'elle appelait Pavlo, sans savoir pourquoi. Elle partageait aussi son refuge avec tous les soucis intimes, les souvenirs brumeux et la tristesse sans objet qu'elle refusait de confesser à quelqu'un d'autre.

La veille, le libre cours de sa vie s'était modifié. Pour le meilleur ou pour le pire, elle l'ignorait. Elle ne se sentait pas de liens avec Mort et Dove ; tous trois se servaient les uns des autres, partageaient ce qu'ils devaient partager et gardaient jalousement le reste. Si elle devait leur manquer, ce serait parce qu'elle avait un don pour attirer la foule. S'ils lui manquaient — elle n'avait pas encore décidé si c'était le cas ou non —, ce serait parce qu'ils lui étaient familiers, et pas nécessairement parce qu'elle les aimait.

Pippa se gardait bien d'aimer quiconque.

Elle avait suivi le noble irlandais simplement parce qu'elle n'avait rien de mieux à faire. Le destin avait peut-être enfin décidé de se mêler de son sort. Elle avait toujours souhaité la protection d'un homme riche, mais aucun ne l'avait jamais remarquée. Dans ses moments les plus fantaisistes, elle songeait même à se gagner une place à la Cour. Pour l'heure, elle se contenterait du seigneur celte.

Après tout, il était magnifiquement beau, manifestement riche et étonnamment aimable.

Elle aurait franchement pu tomber plus mal.

Quand il l'avait emmenée dans cet endroit, elle avait l'esprit embrouillé après toute la bière qu'elle avait bue. Elle se souvenait vaguement d'être montée sur un grand cheval avec le O'Donoghue Mór assis devant elle et tous ces étranges guerriers venus d'ailleurs piétinant derrière eux.

Elle s'assura que le sac râpé qui contenait ses maigres possessions se trouvait dans un coin de la pièce, puis elle sécha son visage. Alors qu'elle se nettoyait les dents avec un pan de sa chemise trempé dans l'eau, elle vit des armoiries qui tremblaient au fond de la bassine.

Une croix normande, un faucon et des flèches.

Les armes de Lumley. Elle les connaissait bien, car elle lui avait volé une fois une médaille en argent tandis qu'il traversait St Paul

Elle se redressa et passa les doigts dans ses cheveux courts. De les avoir longs ne lui manquait pas, bien que de temps à autre, elle avait envie d'être à la mode, comme les belles dames qui passaient dans des barques sur la Tamise. Par le passé, quand elle se donnait la peine de se laver la tête, ses cheveux cascadaient en boucles couleur de miel qui brillaient au soleil.

Un inconvénient certain. Les hommes remarquaient aussitôt ses cheveux brillants et dorés. Et c'était le dernier genre d'attention qu'elle souhaitait.

Elle enfonça son chapeau brun — un bonnet de laine avachi qui avait vu des jours meilleurs — et ouvrit brusquement la porte pour saluer la journée.

La brume matinale s'étendait tel un linceul sur une vaste cour. Des hommes, des chiens et des chevaux apparaissaient et disparaissaient comme des fantômes. Le brouillard isolait les sons et les arcades produisaient de doux échos, si bien que les voix irlandaises des hommes prenaient un caractère étrangement intime.

Pippa serra ses pouces dans ses paumes pour conjurer de mauvais esprits — par simple précaution.

A plusieurs mètres d'elle, trois hommes debout conversaient à voix basse. Ils formaient une scène des plus intéressantes — O'Donoghue avec sa cape bleue rejetée sur une épaule, un pied botté posé à l'arrière d'un chariot et un coude appuyé sur son genou relevé.

Donal Og, son grossier cousin, s'adossait à la roue du chariot et gesticulait comme un homme en proie au feu de saint Elme. Le troisième homme avait le dos tourné, les pieds écartés comme s'il était sur le pont d'un bateau. Il était grand lui aussi — fallait-il donc avoir une taille de géant pour faire partie de l'escorte du seigneur irlandais ? — et sa longue et souple tunique brillait de nuances plus vives que des fleurs d'avril.

Pippa sortit de sa chambre et se rendit compte qu'il y avait une d'une longue rangée de cellules adossées à un vieux mur et abritées par des arcades. Elle marcha jusqu'au chariot et, de la manière directe qui lui était habituelle, elle saisit l'ourlet de la tunique colorée de l'homme et en tâta l'étoffe.

— Voyons, jeune fille, dit Aidan O'Donoghue d'un ton d'avertissement.

L'homme se retourna.

La mâchoire de Pippa lui en tomba. Un cri étranglé sortit de sa gorge et elle recula en vacillant. Son talon accrocha une dalle cassée. Elle trébucha et atterrit sur son derrière dans une flaque de boue froide.

— Jésus-Christ sur une croix enflammée ! s'exclama-t-elle.

— Elle est pleine de vénération, non ? demanda Donal Og d'un ton ironique. Ma foi, c'est une parfaite petite sainte.

Pippa continuait à fixer l'homme. Lui était bien un Maure. Elle en avait entendu parler dans des histoires et des chansons, mais elle n'en avait jamais vu un. Son visage était remarquable, une sculpture luisante composée de pommettes hautes, d'une mâchoire ferme, d'une bouche magnifique et d'yeux de la couleur d'une bière brune. Sa tête était auréolée d'un parfait nuage de cheveux noirs et sa peau avait la teinte d'un vieux cuir ciré.

— Mon nom est Iago, dit-il en reculant et en écartant l'ourlet de son extraordinaire tunique de la flaque de boue.

— Pippa, répondit-elle d'une voix altérée. Pippa Vrai...Vrai...

Aidan lui tendit la main et la tira sur ses pieds. Elle sentit sa force tranquille. Son contact était un étonnement pour elle, plus encore que l'apparence du Maure.

Iago porta les yeux de Pippa à Aidan.

— Milord, vous vous êtes surpassé.

Elle sentit la boue qui glissait le long de son dos et de ses jambes, et s'amassait dans ses vieilles bottes. L'hiver dernier, elle les avait volées sur un cadavre gelé dans une allée.

— Voulez-vous d'abord manger, ou prendre un bain ? demanda O'Donoghue, assez aimablement.

L'estomac de Pippa se crispa, mais elle était habituée aux morsures de la faim. La boue froide en revanche la faisait frissonner.

— Un bain, je suppose, Votre Révérence.

Donal Og et Iago échangèrent un grand sourire.

— Votre Révérence, répéta Iago de sa voix grave et musicale.

Donal pointa un doigt de pied et s'inclina moqueusement.

— Votre Révérence.

Aidan les ignora.

— Un bain, donc, dit-il.

— Je n'en ai jamais pris.

O'Donoghue la regarda un long moment. Son regard la brûla, lui marquant le visage et la silhouette au fer rouge jusqu'à ce qu'elle ait l'impression de grésiller comme un poulet sur une broche.

— Pourquoi n'en suis-je pas surpris ? demanda-t-il.

Elle chantait avec enthousiasme, pas tout à fait dans le ton. La pièce, jouxtant la cuisine de Lumley House, était petite, encombrée et sans fenêtre, mais de la lumière entrait par la porte ouverte. Aidan, assis de l'autre côté du paravent, mettait les mains sur ses oreilles, mais la chanson exubérante et paillarde de Pippa franchissait malgré tout la barrière de ses paumes.

« Dans les caves de Steelyard
Il y a du vin pour contenter vos esprits engourdis
Et de beaux hommes qui ne doivent pas se marier

A moins de laisser leur métier.
Ils cherchent souvent des filles à aimer
Et peut-être certains trouveront-ils… »

Elle s'interrompit et cria :

— Vous aimez ma chanson, Votre Grandeur ?

— Elle est superbe, se força-t-il à dire. Tout simplement splendide.

— Je pourrais vous en chanter une autre, si vous voulez, dit-elle avec ardeur.

— Ah, ce serait un grand plaisir, j'en suis sûr.

Seigneur pourquoi fallait-il qu'elle se sente obligée d'en faire des tonnes avec ses « Votre Grandeur » et ses « Votre Révérence » ?

« Le lit tremblait
Tandis que le plaisir emportait
Le chevalier dans sa foulée… »

Elle enchaînait les paroles sans montrer la moindre honte. Aidan n'avait jamais vu un simple bain produire ce genre d'effet sur quelqu'un. Comment un baquet de bois à moitié empli d'eau tiède pouvait enivrer une femme de plaisir le dépassait.

Elle s'ébattait dans l'eau, chantait, et de temps à autre il l'entendait frotter. Il espérait qu'elle profitait bien du savon à la cendre.

Evidemment, ses chansons ne passaient pas inaperçues. Dans la cour, les servantes de Lumley s'étaient rassemblées, prêtant l'oreille et échangeant des ragots. Déjà, quand Aidan leur avait demandé de préparer un bain, elles avaient secoué la tête et marmonné à propos des étranges hôtes irlandais de lord Lumley.

Mais elles avaient obéi. Même à Londres, à tant de lieues de son royaume dans le Kerry, il était toujours le O'Donoghue Mór.

Sauf pour Pippa. Malgré ses tentatives constantes pour le divertir et chercher son approbation, elle n'avait aucun respect pour sa position. Elle s'arrêta dans sa chanson pour respirer ou peut-être — Dieu l'en empêche — trouver un autre vers.

— Avez-vous fini ? demanda Aidan.

— Fini ? Sommes-nous pressés ?

— Vous allez finir macérée comme un hareng si vous marinez là-dedans encore longtemps.

— Oh, fort bien.

Il entendit l'eau qui frappait les bords du baquet.

— Où sont mes habits ? s'enquit-elle.

— A la cuisine. Iago va les faire bouillir. Les servantes vous ont trouvé quelques vêtements. Je les ai suspendus à un crochet…

— Oooh !

Elle réussit à mettre dans cette exclamation tout un monde d'émerveillement et d'envie.

— Voilà qui est vraiment un don du ciel.

Ce n'était pas un don, mais ce qu'avait laissé une servante qui s'était enfuie avec un marin vénitien la semaine précédente. Aidan entendit Pippa bouger derrière le paravent et le heurter. Un moment plus tard, elle émergea.

Une fierté hautaine émanait de sa petite silhouette très droite. Il dut se mordre la langue pour ne pas rire.

Elle avait mis la jupe sens devant derrière et le corselet de bougran à l'envers, le bas en haut. Ses cheveux humides étaient hérissés comme une couronne d'épines. Elle était pieds nus et serrait la paire de souliers en cuir dans ses mains, avec vénération.

Puis elle s'avança dans les rayons de soleil qui entraient

par la porte de la cuisine et, pour la première fois, il vit son visage sans sa couche de suie et de saleté.

C'était comme voir le visage d'une sainte ou d'un ange dans un rêve. Jamais, jamais Aidan n'avait vu pareil visage. Aucun trait n'était remarquable en soi, mais l'ensemble produisait un effet bouleversant.

Elle avait un grand front clair, des sourcils nettement dessinés au-dessus d'yeux embrumés. Les courbes suaves de son nez et de son menton bordaient une bouche douce, qu'elle plissait comme si elle attendait un baiser. Ses pommettes étaient roses d'avoir été frottées. Aidan songea à l'ange de plâtre qui se trouvait au-dessus de l'autel dans l'église d'Innisfallen. D'une certaine manière, la même magie surnaturelle se dégageait de Pippa.

— Ces habits sont magnifiques, déclara-t-elle.

Il se permit un sourire contrôlé pour préserver sa fierté pleine de ferveur.

— En effet. Laissez-moi vous aider à les arranger.

— Ah, mon bon seigneur, je les ai arrangés toute seule.

— Oui. Mais comme vous n'avez pas de chambrière pour vous aider, permettez-moi de tenir ce rôle.

— Vous êtes trop aimable, dit-elle.

— Pas toujours, répondit-il, mais elle sembla indifférente à l'avertissement qui perçait dans sa voix. Venez ici.

Elle traversa la pièce sans hésitation. Aidan ne put décider si c'était raisonnable ou pas. Une jeune femme seule devrait-elle être si confiante avec un homme qu'elle ne connaissait pas ? Sa confiance n'était pas pour lui un cadeau, mais une charge.

— D'abord le corselet, déclara-t-il patiemment, en dénouant le nœud maladroit qu'elle avait fait avec les lacets. Je ne me suis jamais demandé pourquoi cela importait, mais la mode exige que vous le retourniez, de bas en haut.

— Vraiment ?

Elle baissa les yeux sur la pièce de tissu raide, avec un certain désarroi.

— Il me couvre davantage dans ce sens. Quand on le met dans l'autre sens, je déborde comme des miches de pain sorties du four.

Les reins d'Aidan s'embrasèrent à cette image, et il serra les dents. La dernière chose à laquelle il s'était attendu était qu'il puisse la désirer. Elle leva les bras et les tint immobiles pendant qu'il délaçait le corselet.

Cela s'avéra être l'exercice d'autocontrôle le plus éprouvant qu'il avait jamais enduré. En fait, la poussière et les cendres de sa dure vie avaient masqué une gamme innombrable des charmes de la jeune femme. Et il avait le sentiment d'être le premier homme à la voir sans sa couche de saleté et ses habits mal ajustés.

Tandis qu'il tirait sur les lacets, le revers de ses doigts la toucha. Les servantes n'avaient fourni ni corset, ni corsage. Tout ce qui séparait ses mains de la douce chair de Pippa était une camisole de toile fine. Il percevait sa chaleur, sentait le parfum propre de cire d'abeille de sa peau et de ses cheveux fraîchement lavés.

Crispant les mâchoires avec une détermination virile, il remit le corselet d'aplomb et le positionna autour d'elle. Tandis qu'il le laçait lentement, regardant le raide bougran mouler sa taille fine et s'élargir sur la courbe subtilement féminine de ses hanches, en faisant remonter sa poitrine, il ne put bannir son désir insistant.

Comme elle l'avait fait remarquer un peu plus tôt, ses seins débordaient par-dessus avec une franche sensualité, à peine contenus par l'étoffe diaphane de la chemise. Il pouvait voir leur forme haute et ronde, les ombres rosées de leur pointe, et durant un long moment qui le mit à la torture, il ne put songer qu'à la toucher là, tendrement, à découvrir la rondeur et le poids de ses seins, à y enfouir son visage, à se noyer dans son essence.

Un grondement pareil au bruit de la mer se mit à résonner dans ses oreilles, allant et venant avec le rythme de son sang qui s'accélérait. Il courba la tête plus près, plus près, sa langue anticipant déjà le goût de sa peau, ses lèvres affamées de ces jolis boutons roses. Sa bouche descendit si bas qu'il perçut la chaleur qui émanait d'elle.

Elle inspira profondément, en tremblant, et ce mouvement lui rappela qu'il devait penser avec sa tête — ne fût-ce que la petite partie de son cerveau qui fonctionnait encore — et non avec ses reins.

Il était le O'Donoghue Mór, un chef irlandais qui avait renoncé, un an plus tôt, à tous ses droits de toucher une autre femme. Il n'avait pas à badiner avec — le comble de tout — une vagabonde sassenach qui était probablement folle, par-dessus le marché.

Il se força à ne pas fixer le corselet, mais à la regarder dans les yeux. Et ce qu'il y vit était plus dangereux que les courbes alléchantes de son corps. Ce qu'il y vit n'était pas de la folie, mais une avidité douloureuse.

Cela le frappa comme un soufflet et il retint son souffle, puis le laissa échapper en sifflant entre ses dents.

Il avait envie de la secouer. « Ne me montrez pas vos désirs, voulait-il lui dire. Ne vous attendez pas à ce que je fasse quelque chose à ce sujet. »

Mais au lieu de cela, il se contenta de préciser :

— Je suis à Londres en visite officielle. Je rentrerai en Irlande dès que je le pourrai.

— Je ne suis jamais allée en Irlande, dit-elle, une lueur d'un espoir insupportable brillant dans ses yeux.

— Ces temps-ci, c'est un triste pays, surtout pour ceux qui l'aiment.

Triste. Quel petit mot inadéquat pour décrire l'horreur et la désolation qu'il avait vues — des tours et des champs incendiés, des villages vides, des hordes de loups dévorant les morts qui n'avaient pas été enterrés.

Elle inclina la tête sur le côté. Contrairement à Aidan, elle semblait parfaitement à l'aise près de lui. Un soupçon le traversa. Peut-être cela n'avait-il rien d'inhabituel pour elle qu'un homme lui ajuste ses vêtements.

Cette idée le fit sortir de sa torpeur et glaça la sympathie qu'il éprouvait pour elle. Il acheva rapidement et proprement de l'habiller, l'aida à enfiler ses pieds dans les souliers et recula d'un pas.

Elle détruisit son indifférence durement gagnée en pointant un pied en avant et en faisant une révérence comme si elle était née avec de bonnes manières.

— De quoi ai-je l'air ? demanda-t-elle.

« Des pieds à la tête, de mon rêve intime du paradis », pensa-t-il.

Mais son expression le troubla ; elle avait le visage d'un chérubin, empli d'une confiance et d'une innocence qui semblaient d'autant plus miraculeuses qu'elle avait dû endurer maintes épreuves dans sa vie de saltimbanque.

Il étudia ses cheveux, parce que c'était plus sûr que de regarder son visage ou de se noyer dans ses yeux. Elle leva une main et la passa dans ses mèches couleur de miel d'un geste léger.

— Est-ce si affreux ? demanda-t-elle. Quand je me suis coupé les cheveux, Mort et Dove ont dit que je pouvais me servir de ma tête pour récurer des tonneaux ou nettoyer des verres de lampes.

Aidan rit malgré lui.

— Ce n'est pas si vilain. Mais dites-moi, pourquoi

avez-vous les cheveux courts ? Il vaut peut-être mieux que je ne le sache pas ?

— Des poux, répondit-elle simplement. Ils m'ont donné un mal du diable.

Il se gratta la tête.

— Ah, bien. J'espère que ces petites bêtes ne vous ennuient plus.

— Pas dernièrement. Qui coiffe vos cheveux, milord ? Ils sont tout à fait extraordinaires.

Aussi téméraire qu'une enfant curieuse, elle se mit sur la pointe des pieds et souleva la natte ornée qui pendait parmi ses boucles noires.

— C'est Iago. Il fait de drôles de choses quand il est sur un bateau, pour éviter l'ennui.

« Comme m'enivrer et me taillader la poitrine », pensa-t-il avec mauvaise humeur.

— Je vais lui demander de faire quelque chose pour votre tignasse.

Il eut envie de tendre la main pour lui ébouriffer les cheveux, en un geste joueur et insignifiant. A la place, comme d'elle-même, sa paume se posa sur sa joue et son pouce caressa ses cheveux coupés. Leur texture soyeuse le surprit.

— Cela vous conviendra-t-il ? s'entendit-il demander dans un murmure.

— Oui, Votre Immensité.

En s'écartant, elle tendit le cou pour regarder par-dessus l'épaule d'Aidan.

— Il y a quelque chose dont j'ai besoin.

Elle s'empressa d'aller dans la cuisine, où ses vieux habits sales gisaient en tas par terre.

Aidan fronça les sourcils. Il n'avait pas remarqué de boutons valant la peine d'être gardés sur ses vêtements usés. Elle attrapa la tunique et palpa une des coutures.

Un soupir de soulagement audible lui échappa. Aidan aperçut un reflet métallique.

Probablement une babiole ou une pièce en cuivre qu'elle avait volée à un marchand à St Paul. Il haussa les épaules et se dirigea vers la porte du potager pour appeler Iago.

En se retournant, il vit Pippa lever l'objet et le presser sur ses lèvres en fermant les yeux comme s'il était plus précieux que de l'or.

## *Tiré des Annales d'Innisfallen*

Je suis assez vieux maintenant pour pardonner au père d'Aidan, mais encore assez jeune pour me rappeler quel vaurien était Ronan O'Donoghue. Ah, je pourrais rôtir pour l'éternité dans le feu de mes peu aimables pensées, mais le fait est que je haïssais ce vieux sacripant et que je n'ai pas versé de larmes sur lui.

Il attendait plus de son fils unique que ce que n'importe quel homme pouvait donner — loyauté, honneur, vérité, mais surtout une obéissance aveugle et stupide. C'était la seule qualité qui manquait à Aidan. C'était la seule chose qui aurait pu sauver le père, ce butor, de la mort.

J'en suis sûr, Aidan y pense souvent, et avec une grande douleur qui lui étreint le cœur.

Un gâchis pitoyable si vous me le demandez à moi, Revelin d'Innisfallen. Car à moins qu'il ne se débarrasse de sa culpabilité à propos de ce qui s'est passé cette nuit fatidique, Aidan O'Donoghue ne vivra pas vraiment.

REVELIN D'INNISFALLEN.

# 3

— Alors, après le naufrage du bateau de mon père, expliqua Pippa d'un ton enjoué, ses ennemis ont supposé qu'il avait péri.

Elle était assise sans bouger sur un tabouret dans le potager. Le parfum des simples embaumait l'air printanier.

— Naturellement, dit Iago de sa voix de miel. Et, bien sûr, votre père n'est pas mort du tout. Alors que nous parlons, il assiste au conseil de Sa Majesté la reine.

— Comment le savez-vous ?

Rayonnante, Pippa se tourna sur le tabouret pour lever les yeux vers lui.

Entouré par les branches tombantes du vieil orme qui ombrageait l'allée du jardin, Iago la considéra avec un intérêt bienveillant, un peigne dans la main et une tendre compassion dans ses yeux de velours noir.

— Moi aussi, j'aime à inventer des réponses aux questions qui me tiennent éveillé la nuit, dit-il.

— Je n'invente rien, coupa-t-elle. C'est arrivé comme je l'ai décrit.

— Sauf que l'histoire change chaque fois que vous rencontrez quelqu'un de nouveau.

Il parlait avec un doux amusement, sans accusation.

— Votre père a été pirate, chevalier, prince étranger,

soldat de fortune et attrapeur de rats. Oh. Et ne vous ai-je pas entendue dire à O'Mahoney que vous avez été engendrée par le pape en personne ?

Pippa relâcha son souffle, et ses épaules s'affaissèrent. Un corbeau poussa un croassement rauque dans l'orme, puis s'envola dans le ciel de Londres. Certes, elle inventait des histoires sur qui elle était et d'où elle venait. Tout valait mieux que d'affronter la vérité. Affronter la vérité était impensable. Et impossible.

Le toucher d'Iago était apaisant tandis qu'il coiffait ses cheveux emmêlés. Il lui releva le menton et la regarda en face un long moment, avec l'attention d'un sculpteur. Elle lui rendit son regard, captivée comme si elle rêvait. Quel homme remarquable il était, avec sa belle peau d'ébène et sa voix profonde, et cette fierté farouche et innée qu'il portait comme une cape de soie.

Il ferma un œil ; puis il se mit à couper des mèches avec ses petits ciseaux — ceux-là même qu'elle avait été tentée de voler sur une table de la cuisine.

Tandis qu'il travaillait, Iago déclara :

— Vous racontez très bien les histoires, *pequeña,* mais ce ne sont que des histoires. Je le sais parce que j'avais coutume de faire la même chose. Je restais éveillé la nuit en essayant de reformer le visage de ma mère à partir de fragments de souvenirs. Elle devenait toutes les bonnes choses que je savais d'une mère, et très vite elle m'a paru plus réelle qu'une vraie femme. Juste plus grande. Meilleure. Plus douce, plus gentille.

— Oui, murmura Pippa, la gorge soudain serrée. Oui, je comprends.

Il tordit quelques boucles en une douce frange sur son front. La brise les souleva doucement.

— Si vous étiez un homme, vous seriez à la pointe

de la mode. On appelle ces boucles des accroche-cœurs. Moi je les trouve plus jolies sur vous.

Il lui fit un clin d'œil avant de poursuivre.

— Une mère de rêve. C'était quelque chose dont j'avais besoin dans une période très sombre de ma vie.

— Parlez-moi de cette période, demanda-t-elle, fascinée par l'agilité de ses mains et la façon dont elles étaient si brunes sur le dessus, alors que les paumes étaient sensibles et claires.

— L'esclavage, répondit-il. Etre forcé à travailler jusqu'à ce que je m'écroule d'épuisement, puis être battu jusqu'à ce que je me remette à travailler de nouveau. Vous avez une mère de rêve, vous aussi, non ?

Elle ferma les yeux. Un visage ravissant lui sourit. Elle avait passé plus de mille nuits à peindre ses parents dans sa tête jusqu'à ce qu'ils soient parfaits. Magnifiques et sages. Sans défauts, à part un petit détail. Ils avaient fait en sorte de perdre leur fille.

— J'ai une mère de rêve, avoua-t-elle. Un père, aussi. Les histoires peuvent changer, mais cela ne change pas.

Elle ouvrit les paupières et découvrit qu'il l'examinait de nouveau d'un air critique.

— Et O'Donoghue ? demanda-t-elle, feignant une simple curiosité nonchalante.

— Son père est mort, raison pour laquelle il est seigneur. Sa mère est morte aussi, mais son…

Iago s'interrompit.

— J'en ai déjà trop dit.

— Pourquoi êtes-vous si loyal envers lui ?

— Il m'a donné ma liberté.

— Comment a-t-il pu le faire ? Elle ne lui appartenait pas.

Iago sourit largement, son visage s'épanouissant telle une fleur exotique.

— Non. J'étais sur un navire qui devait m'amener de San Juan — une île au-delà de l'océan — vers l'Angleterre. Je devais être un présent pour une grande dame. Mon maître voulait l'impressionner.

— Un présent ?

Pippa avait du mal à rester tranquille sur son tabouret.

— Vous voulez dire comme une coupe, une salière ou une hermine ?

— Vous l'exprimez brutalement, mais oui, c'était ainsi. Le bateau a sombré au large des côtes d'Irlande. Je me suis échappé à la nage en abandonnant mon maître qui me suppliait de le sauver.

Pippa se pencha en avant, stupéfaite.

— Il est mort ?

Iago hocha la tête.

— Noyé. Je l'ai regardé mourir. Cela vous choque-t-il ?

— Oui ! L'eau était-elle très froide ?

Il rit.

— Quasiment gelée. Je me suis traîné jusqu'à une île — j'ai appris par la suite que c'était Skellig Michael — et là j'ai rencontré un pèlerin vêtu d'une toile de sac et le visage couvert de cendres, qui gravissait les marches jusqu'au sanctuaire.

— Le O'Donoghue Mór vêtu d'une toile de sac et le visage couvert de cendres ?

Dans l'esprit de Pippa, Aidan serait toujours auréolé de tons précieux et éclatants, ses cheveux de jais brillant au soleil ; pour elle, il n'était pas un pèlerin minable, mais un prince de conte de fées.

— Il ne portait pas encore le titre, à l'époque. Il m'a aidé à me sécher et à me réchauffer, et il est devenu mon premier et seul ami véritable.

Une fureur noire assombrit les yeux d'Iago.

— Quand le père d'Aidan m'a vu, il s'est déclaré mon maître et a essayé de refaire de moi un esclave. Et Aidan l'a laissé faire.

Pippa saisit les bords du tabouret.

— Le scélérat ! Le lécheur de bottes, le chien…

— C'était une ruse. Il m'a réclamé en disant qu'il m'avait trouvé. Son père a accepté, pensant que cela améliorerait la position de son fils d'être le premier Irlandais à posséder un esclave noir.

— Le gredin ! renchérit Pippa. Le trou du…

— Et alors Aidan m'a affranchi, dit Iago en riant. Il en avait le pouvoir puisqu'il était devenu mon maître légitime. Il a demandé à un prêtre appelé Revelin de rédiger un document faisant de moi un homme libre. Ce jour-là, il a promis de m'aider à retourner dans mon pays quand nous serions tous les deux adultes. Et il a même promis de m'accompagner par-delà l'océan.

— Pourquoi voudriez-vous retourner dans un pays où vous étiez esclave ? Et pourquoi Aidan voudrait-il aller avec vous ?

— Parce que j'aime les îles, et que je veux y retourner en homme libre. Je veux retrouver ma Serafina…

Sa voix mourut et il secoua la tête comme pour écarter cette pensée.

— Aidan voulait m'accompagner parce qu'il aime trop l'Irlande pour y rester, ajouta-t-il.

Il s'occupait maintenant des boucles qui lui chatouillaient la nuque.

— S'il aime l'Irlande, pourquoi désirerait-il la quitter ?

— Quand vous apprendrez à mieux le connaître, vous comprendrez. Avez-vous jamais été contrainte de voir mourir une personne que vous aimiez ?

Pippa déglutit et hocha la tête avec vigueur, en pensant à Mab.

— Je ne m'étais jamais sentie aussi impuissante de ma vie.

— C'est la même chose pour Aidan et l'Irlande, dit Iago.

— Pourquoi est-il ici, à Londres ?

— Parce que la reine l'a convoqué. Officiellement, il est ici pour signer des traités de reddition et de soumission. On lui a donné le titre anglais de lord de Castleross. Officieusement, la reine est curieuse, je pense, au sujet de Ross Castle. Elle veut savoir pourquoi, malgré son interdiction de construire des forteresses irlandaises, ce château a été achevé.

L'idée que son protecteur ait le pouvoir de décider du sort d'un peuple était presque trop vaste pour que Pippa réussisse à la concevoir.

— Est-elle très courroucée contre lui ?

Cela lui faisait bizarre de parler de la reine Elizabeth en disant « elle », car Sa Majesté avait toujours été, pour Pippa et ses semblables, une idée lointaine, plus une institution comme une cathédrale qu'une femme de chair et de sang.

— Elle le fait attendre depuis quinze jours.

Iago la fit descendre du tabouret.

— Vous êtes aussi jolie qu'une fleur.

Pippa toucha ses cheveux. Leur texture lui parut différente — plus douce, équilibrée, aussi légère que la brise. Elle devrait se rendre au puits de Hart Street pour contempler son reflet.

— Vous disiez que quand vous avez rencontré Aidan, il n'était pas encore le O'Donoghue Mór, reprit-elle, pensant que la reine devait apprécier de pouvoir convoquer de beaux hommes à son côté.

— C'était son père, Ronan, qui l'était. Aidan est devenu lord de Castleross à sa mort.

— Et comment son père est-il mort ?

Iago alla à la porte de la cuisine et lui tint ouverte la partie basse.

— Demandez à Aidan. Ce n'est pas à moi de vous le dire.

— Iago dit que vous avez tué votre père.

Aidan bondit sur ses pieds comme si elle lui avait mis une torche allumée sous les fesses.

— Il a dit *quoi* ?

Cachant son appréhension, Pippa marcha dans le grand vestibule de la résidence Lumley, se déplaçant parmi les ombres du soir qui tombaient sur les dalles. Un formidable grondement de tonnerre retentit dans le lointain. Aidan serrait les poings, le visage dur et tendu. L'instinct souffla à la jeune fille de fuir, mais elle s'obligea à rester.

— Vous m'avez entendue, milord. Si vous devez me garder, je veux m'en assurer. Est-ce vrai ? *Avez-vous* tué votre père ?

Il empoigna un pique-feu. Un seul mot en gaélique éclata sur ses lèvres tandis qu'il frappait la grosse bûche qui se consumait dans l'âtre.

Pippa prit une grande inspiration pour rassembler son courage.

— C'est Iago qui…

— Iago n'a rien dit de tel.

Elle sortit de l'ombre et le rejoignit près du feu, priant qu'il réfute ce qu'elle suggérait.

— L'avez-vous fait, milord ? murmura-t-elle.

Il bougea si promptement qu'elle en eut le souffle coupé. Un instant, le pique-feu tomba en claquant sur le sol ; l'instant d'après, il l'empoignait par les épaules de ses grandes mains et la plaqua contre un pilier en pierre, son visage furieux proche du sien. Elle pouvait voir les flammes du feu reflétées dans ses yeux.

— *Oui,* maudite soyez-vous, avec votre curiosité. J'ai tué mon père.

— Quoi ?

Elle tremblait sous son emprise.

Aidan s'écarta brusquement d'elle, se retournant face au feu.

— N'est-ce pas ce que vous vous attendiez à entendre ?

Il crispa les paupières et pinça l'arête de son nez. Des fragments aigus de cette dernière dispute explosive revinrent ouvrir des blessures fraîches dans son âme.

Il pivota pour faire face à Pippa, avec l'intention de l'emporter de force hors de ce vestibule, hors de la maison, hors de sa vie. Elle s'avança alors à la lumière, et il se figea.

— Au nom du ciel, que vous a fait Iago ? demanda-t-il.

Comme pour faire écho à ses paroles, le tonnerre gronda dehors.

La main de Pippa trembla un peu tandis qu'elle la levait pour toucher ses cheveux, qui bouclaient maintenant, avec douceur, autour de son visage brillant.

— Le mieux qu'il a pu ? suggéra-t-elle.

Puis elle abandonna son air incertain.

— Vous essayez de changer de sujet. Etes-vous ou non un parricide ?

Il planta ses mains sur ses hanches.

— Cela dépend de la personne à qui vous le demandez.

Elle imita sa posture agressive, ayant tout l'air d'une petite lutine farouche.

— Je vous le demande à vous.

— Et je vous ai répondu.

— Mais ce n'était pas la bonne réponse, répliqua-t-elle avec tant de véhémence qu'il s'attendit à ce qu'elle tape du pied.

Quelque chose — le bain, la coupe de cheveux — la faisait briller comme si une horde de fées avait fait pleuvoir sur elle une brume magique.

— J'exige une explication.

— Je ne ressens pas le besoin de m'expliquer devant une étrangère, dit-il, dérouté par l'intensité de l'attirance qu'elle lui inspirait.

— Nous ne sommes pas des étrangers, Votre Hauteur, rétorqua-t-elle avec une ironie marquée. N'est-ce pas ce matin seulement que vous m'avez déshabillée et rhabillée comme la plus intime des chambrières ?

Il tressaillit à ce rappel. Sous sa délicatesse d'elfe se trouvait un corps féminin qu'il convoitait avec une force à la fois indéniable et inappropriée. Débarrassée de ses hardes de mendiante, elle était devenue le genre de femme pour qui les hommes juraient de gagner des honneurs, d'abattre des dragons, de donner leur vie avec joie. Et il n'était pas en position de faire n'importe laquelle de ces choses-là.

— Certains diraient, admit-il sombrement, que la mort de Ronan O'Donoghue a été un accident.

Du coin de l'œil, il aperçut un éclair à travers les fenêtres à losanges du côté est du vestibule.

— Qu'en dites-vous, vous ? demanda-t-elle.

— J'en dis que ce n'est pas votre affaire. Et si vous persistez à en parler, je pourrais avoir à vous faire quelque chose de définitif.

Elle souffla, soulignant à sa manière la vanité de cette menace. Il n'était pas habitué à affronter des femmes qui n'avaient pas peur de lui. Cela sautait aux yeux.

— Si j'avais un père, je le chérirais.

— Vous en avez un. Le héros de guerre, vous vous souvenez ?

Elle battit des cils.

— Oh, lui. Oui, bien sûr.

Aidan abattit son poing sur le manteau de la cheminée et considéra le bouclier Lumley accroché au-dessus comme s'il était une haute autorité.

— Que vais-je faire de vous ?

Le vent soufflait des bourrasques contre les fenêtres. Aidan fit volte-face pour la regarder durement.

— Faire de moi ? répéta-t-elle.

Elle jeta un coup d'œil par-dessus son épaule, vers la porte. Il ne la blâma pas de ne pas vouloir être seule avec lui. Elle ne serait pas la première.

— Vous ne pouvez pas rester ici indéfiniment, déclara-t-il. Je n'ai pas demandé à être votre protecteur.

La façon dont la culpabilité lui noua les entrailles le surprit. Il n'avait pas l'habitude non plus de se montrer cruel envers des femmes sans défense.

Elle ne parut pas étonnée. A la place, elle laissa tomber ses épaules et le considéra avec méfiance. Elle ressemblait à un chien si accoutumé à recevoir des coups de pied qu'il était surpris quand cela ne venait pas.

Elle haussa son menton rond.

— Je n'ai jamais demandé à rester pour toujours. Je peux retourner avec Mortlock et Dove. Nous projetons d'obtenir la protection de… de l'empereur du Saint-Empire romain germanique.

Aidan se rappela ses discutables compagnons de St Paul — le corpulent Dove et le cadavérique Mortlock.

— Ils doivent être fous d'inquiétude pour vous.

— Ces deux-là ?

Elle souffla et prit négligemment le pique-feu pour piquer la bûche dans la cheminée. Des étincelles jaillirent, portées par un courant d'air, puis disparurent.

— Ils se soucient seulement de me perdre parce qu'ils ont besoin de moi pour rameuter la foule. Leur spécialité est de couper des bourses.

— Je ne vous laisserai pas retourner avec eux, s'entendit déclarer Aidan. Je vous trouverai… — il réfléchit un instant — une position auprès d'une dame noble.

Elle souffla de nouveau, et cette fois elle eut un rire amer.

— Oh, je devrais convenir pour cela.

Elle remit brutalement le pique-feu dans son support.

— C'est mon but dans la vie, depuis longtemps, de vider le pot de chambre d'une dame et de lui verser du vin.

L'ourlet de ses jupes se balança tandis qu'elle mimait ces tâches.

— Cela vaut beaucoup mieux que d'errer dans les rues.

Irrité, Aidan alla à la table et emplit un verre de vin. Un éclair brilla de nouveau, vif et froid dans la nuit d'avril.

— Oh, voyons, milord.

Elle traversa la pièce, appliqua ses paumes sur la table, se pencha en avant et le fixa d'un œil noir.

— Ecoutez : je suis une amuseuse publique. Et je suis bonne dans ce que je fais.

Il l'avait remarqué. Elle pouvait imiter n'importe quel accent, distingué ou vulgaire, copier n'importe quel mouvement avec une grâce fluide, changer de personnalité d'un moment à l'autre comme un acteur change de masque.

— Je ne vous ai pas demandé de me sortir de St Paul pour m'introduire dans votre vie, déclara-t-elle.

— Je ne me souviens pas de vous avoir entendue protester quand je vous ai évité d'avoir les oreilles clouées au pilori.

Il goûta le vin, un cru doux prisé par la noblesse anglaise. Sa ration du soir de whisky lui manquait. Et Pippa suffisait à lui faire désirer *deux* rations de la puissante liqueur.

— J'avais faim, mais cela ne signifie pas que je vous aie abandonné ma vie. Je peux obtenir une autre position dans la maison d'un noble aussi aisément que ceci.

Elle fit claquer ses doigts.

Elle était si près qu'Aidan pouvait voir la fossette qui creusait sa joue gauche. Elle sentait le savon et le linge séché au soleil, et maintenant que ses cheveux étaient arrangés, ils brillaient comme de l'or filé à la lueur du feu.

Il prit une autre gorgée de vin. Puis, délicatement, il posa son verre et tendit la main pour toucher une fine boucle qui caressait sa joue.

— Comment cela peut-il suffire de survivre, simplement ? demanda-t-il d'une voix douce. Vous ne rêvez jamais de faire plus que cela ?

— Maudit soyez-vous, lâcha-t-elle en reprenant les mots qu'il avait employés un moment plus tôt.

Elle s'écarta de la table et lui tourna le dos. Il y avait une fierté émouvante dans la raideur de sa posture, la façon dont elle tenait ses épaules et levait dignement la tête.

— Adieu, Votre Excellence. Merci pour notre brève association. Nous ne nous reverrons plus.

— Pippa, attendez…

Dans une envolée de jupes et de dignité offensée, elle sortit à grands pas du vestibule, disparaissant dans l'obscurité du cloître qui bordait le jardin de simples.

Aidan ne put l'expliquer, mais la voir s'éloigner de lui opprima douloureusement sa poitrine sous une bouffée de culpabilité et de regrets.

Il jura à mi-voix et termina son vin, puis il arpenta la pièce. Il avait des questions plus urgentes à considérer que le sort d'une impertinente saltimbanque. Des guerres de clans et l'agression anglaise déchiraient son fief. Le règlement qu'il avait négocié l'année précédente était pour le mieux branlant. Une triste affaire, car il avait payé très cher pour l'obtenir. Il avait acheté la paix aux dépens de son cœur.

Cette pensée ramena Pippa à son esprit. L'ingrat brin de fille. Qu'elle coure se réfugier dans sa chambre et boude jusqu'à ce qu'elle recouvre ses sens.

Il lui vint alors à l'idée qu'elle n'était pas du genre à bouder, mais à agir. Elle avait survécu — et bien — grâce à ce trait de caractère.

Un éclair zigzaguant déchira le ciel juste comme une terrible pensée lui venait. Jetant le gobelet de vin par terre, il sortit en trombe de la maison pour rejoindre le cloître des Frères Prêcheurs et courut le long des arcades jusqu'à la porte de Pippa, qu'il ouvrit brusquement.

La cellule était vide. Il traversa le réfectoire et émergea dans la rue. Il ne s'était pas trompé. Il aperçut Pippa au loin, qui se hâtait le long de la large avenue bordée d'arbres menant à Woodroffe Lane et à la zone dangereuse autour de Tower Hill. Le vent qui se renforçait courbait la tête des châtaigniers. Des nuages roulaient et se bousculaient, obscurcissant le ciel, et quand il inspira, il sentit une odeur de pluie et de foudre.

Elle marchait encore plus vite, courant à moitié.

« Faites demi-tour ! lui cria-t-il en silence, essayant de la forcer à faire ce qu'il voulait. Faites demi-tour et regardez-moi ! »

A la place, elle releva ses jupes et se mit à courir pour de bon. Tandis qu'elle dépassait le puits communal d'Hart Street, la foudre frappa.

De l'endroit où Aidan se trouvait, il semblait que la main de Dieu elle-même avait fendu les cieux et envoyé une boule de feu se loger dans le cœur de Londres. Un coup de tonnerre parut ébranler le sol. Les nuages éclatèrent comme un fruit mûr et il commença à pleuvoir.

Pour un Irlandais, Aidan n'était pas très superstitieux, mais le tonnerre et les éclairs étaient un signe évident d'une force puissante. Il n'aurait pas dû la laisser partir.

Sans y réfléchir à deux fois, il plongea dans la tempête qui se déchaînait, fonçant entre les rangées de châtaigniers bousculés par le vent. La pluie le bombardait de grosses gouttes froides, et un éclair fendit de nouveau les nuages.

Il passa une main sur ses yeux mouillés et plissa les paupières pour scruter le crépuscule trempé. Déjà, le caniveau au milieu de la rue ressemblait à une petite rivière en crue, emportant les déchets des foyers londoniens.

Les gens couraient çà et là pour se mettre à l'abri, mais l'obscurité avait englouti Pippa. Il cria son nom. L'orage noya sa voix. Poussant un juron, il se mit à fouiller méthodiquement chaque allée et chaque chemin qu'il croisait, allant vers le sud et le fleuve, tournant vers l'ouest et vers St Paul chaque fois qu'il voyait une issue.

L'orage prenait de la force, cinglant son visage et ses vêtements. Il avait de la boue jusqu'aux cuisses, mais il s'en moquait.

Il continua vers l'ouest, entrant dans chaque allée, criant son nom. La pluie l'aveuglait, le vent le secouait, la boue aspirait ses pieds.

Dans une rue particulièrement sinistre, le vent arracha une enseigne peinte d'un diable bleu et la projeta à terre.

Elle heurta la porte d'une cave, puis tomba de côté sur un tas de copeaux de bois.

Aidan entendit un faible cri étouffé. Avec un sursaut d'espoir, il jeta l'enseigne loin du tas de sciure.

Et elle était assise là, les genoux remontés contre sa poitrine, le visage enfoui dans ses bras croisés. Le tonnerre résonna de nouveau, et elle tressaillit comme si elle avait reçu un coup de fouet.

— Pippa !

Il toucha son épaule qui tremblait.

Elle cria et leva les yeux vers lui.

Le cœur d'Aidan se serra. Son visage, mouillé de pluie et de larmes, était d'une terrible pâleur dans la lumière atténuée du crépuscule. La panique qui se voyait dans ses yeux l'aveuglait ; elle ne parut pas le reconnaître. Cette expression de terreur insensée était celle qu'il n'avait vue qu'une fois auparavant — sur le visage de son père juste avant sa mort.

— Bon sang, Pippa, êtes-vous blessée ?

Elle ne répondit pas à son nom, mais bredouilla quelque chose d'incompréhensible. Un mot sans signification, ou une phrase dans une langue étrangère ?

Ebranlé, il se pencha et la souleva dans ses bras, la tenant contre son torse et courbant la tête pour la protéger de son mieux de la pluie. Elle ne résista pas, mais s'accrocha à lui comme à une planche de salut dans une mer déchaînée. Il éprouva un farouche désir de la protéger. Il ne s'était jamais senti si douloureusement vivant, si déterminé à sauver quelqu'un.

Elle ne montrait toujours aucun signe de le reconnaître, et cela ne changea pas tandis qu'il retournait précipitamment à Lumley House. Une horde de démons semblait hanter Pippa Vrai-Cœur.

Et Aidan O'Donoghue était prêt à les abattre un par un.

*« Fermez les écoutilles ! Tenez la barre ! Il n'y a rien d'autre à faire que de fuir devant le vent ! »*

*L'homme en veste rayée avait une drôle de voix rouillée. Il semblait en colère ou peut-être effrayé, comme papa quand son front était devenu brûlant et qu'il avait dû se coucher sans recevoir de visites.*

*Elle se cramponna au cou poilu de son chien et regarda sa nourrice à travers la pièce sombre qui sentait mauvais. Mais Nourrice avait les mains emmêlées dans son chapelet de perles roses — celui qu'elle cachait à ses maîtres protestants —, et tout ce qu'elle pouvait dire était : « Sainte Marie, sainte Marie, sainte Marie... »*

*Quelque chose souleva le bateau de plus en plus haut. Elle sentait le mouvement dans son ventre. Et puis, beaucoup plus vite, une force brutale les rabattit vers le bas.*

*Nourrice criait cette fois : « Sainte Marie, sainte Marie, sainte Marie ! »*

*Le lévrier gémit. Sa fourrure sentait le chien et l'océan.*

*Un craquement lui fit mal aux oreilles. Elle entendit le grincement de cordes dans des poulies et un cri perçant de l'homme à la veste bizarre, et soudain elle dut sortir de là, de cet endroit mouillé et étouffant où l'eau recouvrait le sol, où sa poitrine ne voulait pas la laisser respirer.*

*Elle poussa la porte. Le chien sortit le premier. Elle le suivit dans un escalier de bois très raide. Des tonneaux détachés roulaient partout dans les coursives et sur les ponts. Elle entendit un grand grondement d'eau. Elle regarda en arrière pour trouver Nourrice, mais tout ce qu'elle vit fut une main qui s'agitait, les perles roses entortillées autour de doigts pâles. L'eau recouvrit Nourrice jusqu'en haut de sa tête...*

— *Non !*

Pippa se redressa dans le lit. Pendant un moment, la pièce lui parut brouillée ; elle lui semblait palpiter. Puis, lentement, elle devint nette. Un petit feu dans la cheminée. Une chandelle qui brûlait sur la table. De hauts montants épais qui soutenaient un ciel de lit et des draperies.

Le O'Donoghue Mór était assis au bout du lit.

Elle pressa une main sur sa poitrine, détestant l'impression de manquer d'air qui s'emparait parfois de ses poumons quand elle était effrayée ou qu'elle respirait un air vicié ou glacé. Son cœur battait très vite. De la sueur baignait son visage et son cou.

— Un mauvais rêve ? demanda-t-il.

Elle ferma les yeux. Telle de la brume dispersée par le vent, les images s'évaporèrent, sans qu'elle s'en souvienne, mais son sentiment de terreur persista.

— Cela arrive. Où suis-je ?

— Je vous ai donné une chambre dans la résidence Lumley.

Ses yeux s'élargirent de stupeur, puis se plissèrent avec suspicion.

— Pourquoi ?

— Je suis votre protecteur. Je vous loge où je veux.

Elle haussa le menton.

— Et qu'attendez-vous de moi en échange de cette vie de luxe ?

— Pourquoi devrais-je attendre quoi que ce soit de vous ?

Elle le considéra pendant un long moment, le jaugeant.

Non, le O'Donoghue Mór n'était certainement pas le genre d'homme qui devait garder des femmes non consentantes à sa portée et à sa disposition. N'importe quelle femme sensée voudrait de lui. Sauf, bien sûr, elle-même. Mais cela ne l'empêchait pas d'apprécier la beauté splendide de son visage et de sa silhouette, ni d'aspirer désespérément — contre tout bon sens — à sa chaleur et à sa proximité.

— Je constate que vous n'aimez pas les orages, dit-il.

— Non, je…

Tout cela semblait si stupide, à présent. Londres recelait des périls bien plus grands qu'un orage, et elle y avait survécu pendant des années.

— Merci, milord. Merci d'être parti à ma recherche. Je n'aurais pas dû m'en aller avec une telle hâte.

— C'est vrai, dit-il gentiment.

— Ce n'est pas tous les jours qu'un homme me fait remettre en question ma raison d'exister.

— Pippa, ce n'était pas ce que je voulais dire. Je n'aurais pas dû mettre en cause les choix que vous avez faits.

Elle hocha la tête.

— Les puissants adorent diriger les autres.

Les sourcils froncés, elle regarda autour d'elle, notant le magnifique lit, le feu qui crépitait dans la cheminée, l'air nocturne lavé par la pluie qui entrait par une petite fenêtre ouverte.

— Je ne me rappelle pas grand-chose de l'orage. Etait-il très méchant ?

Il sourit. C'était un sourire doux et sincère.

— Vous étiez dans un drôle d'état quand je vous ai trouvée.

Elle rougit et baissa les yeux, puis rougit encore plus

fort quand elle découvrit qu'elle ne portait qu'une chemise. Elle serra les draps sur sa poitrine.

— J'ai suspendu vos affaires près du feu pour les faire sécher, dit-il. J'ai pris la chemise dans les affaires de lady Lumley.

Pippa toucha le fin tissu de la manche.

— Je vais être pendue, sans nul doute.

— Non. Lord et lady Lumley sont dans leur propriété de campagne à Wycherly. J'ai à ma disposition la maison et tout ce qu'elle contient.

Elle soupira d'un air rêveur.

— C'est merveilleux d'être traité comme un hôte aussi important.

— Souvent, cela me paraît davantage un fardeau.

Elle commença à se rappeler des fragments de l'orage, le tonnerre et les éclairs qui la poursuivaient dans les rues, la pluie qui cinglait son visage. Puis les bras forts et le large torse d'Aidan, et la sensation de vitesse tandis qu'il la ramenait précipitamment à la résidence. Ses mains l'avaient tendrement dépouillée de ses vêtements et placée dans le seul vrai lit où elle avait jamais dormi.

Elle avait enfoui son visage dans son épaule et sangloté. Très fort. Il avait caressé ses cheveux, posé un baiser dessus, et finalement elle s'était endormie.

Elle leva les yeux vers lui.

— Vous êtes terriblement aimable pour un parricide.

Le sourire d'Aidan vacilla.

— Parfois, je me surprends moi-même.

Se penchant à travers le lit, il lui toucha la joue, ses doigts effleurant sa peau échauffée.

— C'est grâce à vous, *a stor*. Vous me rendez meilleur que je ne suis.

Pippa éprouva une telle chaleur qu'elle se demanda si elle avait la fièvre.

— Et maintenant ? murmura-t-elle.

— Maintenant, pour une fois dans votre vie, vous allez dire la vérité, Pippa. Qui vous êtes, d'où vous venez et ce que je vais faire de vous, au nom du ciel.

## Journal d'une dame

Un ami cher, celui qui a donné son nom à mon fils Richard vient à Londres ! Le révérend Richard Speed, à l'illustre réputation, maintenant évêque de Bath, va assister à la nomination de son neveu comme officier. Naturellement, Speed amènera sa femme, Natalya, qui est la chère sœur d'Oliver et que j'aime autant qu'une sœur.

Les autres frères et sœur d'Oliver viendront avec mari et femme. Belinda et Kit, Simon et Rosamund, que je n'ai pas vus depuis deux hivers. Sebastian viendra avec un ami intime ou un autre ; actuellement, c'est un jeune poète doué mais peu recommandable appelé Marlowe.

La chère Belinda s'adonne toujours à son scandaleux passe-temps, les dispositifs incendiaires. Elle a allumé ses feux d'artifice pour des membres des nobles maisons d'Habsbourg et de Valois, et bien sûr pour Sa Majesté la reine. Elle a promis un programme spécial de feux italiens en l'honneur de Richard.

Mais je me demande, parmi toutes ces réjouissances, si quelqu'un à part Oliver pensera à l'événement que l'orage d'aujourd'hui me rappelle d'une façon si poignante. Pendant maintes années j'ai lutté pour survivre à notre perte, et je remercie Dieu chaque jour pour ma famille. Néanmoins, cet orage m'a ramenée violemment à cette nuit obscure, trempée de pluie.

Elle vit dans mon cœur comme mon souvenir le plus douloureux.

Alouette de Lacey,<br>Comtesse de Wimberleigh.

# 4

Aidan l'observait de ses yeux pénétrants, d'un bleu de flamme. Pippa voyait à son regard farouche de chef qu'il ne tolérerait plus de plaisanteries ou de dérobades.

Elle coiffa machinalement ses cheveux à deux mains, passant les doigts dans les nœuds blonds et mouillés. Elle se sentait tremblotante, comme quand elle avait eu de la fièvre et se levait pour la première fois depuis des jours. L'orage l'avait secouée avec une force terrible, la laissant sans énergie.

— Le problème, dit-elle avec une honnêteté calme et morne, c'est que tout ce que je peux dire tient en quatre mots.

— Lesquels ?

— Je ne sais rien.

Elle guetta avec attention une réaction de sa part, mais il se contenta de rester assis au bout du lit, attendant et l'observant. La lumière du feu brillait derrière lui, soulignant ses épaules massives et ses cheveux noirs et luisants.

Il ne la quittait pas des yeux, et elle se demanda ce qu'il voyait exactement. Pourquoi, au nom du ciel, un grand seigneur irlandais tel que lui s'intéresserait-il à elle ? Qu'espérait-il gagner en se liant d'amitié avec elle ? Elle avait si peu à offrir — une poignée de tours de passe-passe, quelques pauvres plaisanteries, un rire ou deux. Et pourtant il paraissait captivé, infiniment patient, tandis qu'il attendait son explication.

L'élan de tendresse qu'elle éprouva envers lui l'effraya. Ah, elle pourrait aimer cet homme, le faire entrer dans son cœur. Mais elle ne le ferait pas. A sa façon, il était aussi lointain que la lune, magnifique et hors d'atteinte. Il retournerait bientôt en Irlande, et elle reprendrait le fil de son existence à Londres.

— Je ne sais pas qui je suis, expliqua-t-elle, ni d'où je viens, ni même où je vais. Et je ne sais sûrement pas ce que vous allez faire de moi.

Avec un effort, elle carra ses épaules.

— Et cela ne vous concerne pas. Je suis maîtresse de mon propre sort. Si je décide de creuser dans mon passé, et quand je le ferai, ce sera afin de trouver les réponses pour moi, pas pour vous.

— Ah, Pippa.

Il se leva, prit une louche de vin dans un chaudron près du feu et versa le liquide fumant et épicé dans une coupe.

— Buvez lentement, dit-il en lui tendant la boisson, et nous allons voir si nous pouvons éclaircir tout cela.

Se sentant choyée, Pippa accepta le vin et laissa une lampée réconfortante glisser dans sa gorge. Mab avait été son guide, sa conseillère dans l'art des simples, mais la vieille femme ne s'était occupée que de ses besoins les plus élémentaires, la gardant au sec et bien nourrie comme si elle était une pièce de bétail. De Mab, Pippa avait appris à survivre. Et comment se protéger des blessures.

— Vous ignorez qui vous êtes ? demanda-t-il en se rasseyant au pied du lit.

Elle hésita, se mordant la lèvre inférieure. A l'intérieur, elle était en plein émoi, et sa première réaction était d'éclater de rire et de faire une autre plaisanterie, déclarant qu'elle était la fille d'un sultan ou une orpheline Habsbourg. Alors, serrant la coupe dans ses mains, elle leva les yeux vers lui.

Elle vit le souci qui brûlait comme une flamme dans ses yeux, et cet appel produisit sur elle un effet magique, la réchauffant autant que le vin, dénouant les secrets en elle, plongeant au fond de son être pour trouver les mots qu'elle n'avait jamais dits à personne auparavant.

Lentement, elle posa la coupe sur un tabouret près du lit et se mit à lui parler.

— D'aussi loin que je me souvienne, j'ai toujours été Pippa. Rien que Pippa.

Cet aveu lui serra désagréablement la gorge. Elle l'éclaircit d'un rire joyeux, dont elle avait l'habitude.

— C'est une chose très libératrice, milord. Ne pas savoir qui je suis me donne la liberté d'être qui je veux. Un jour mes parents sont un duc et une duchesse, le lendemain ils sont des paysans pauvres mais fiers, le jour d'après des héros de la révolte hollandaise.

— Mais tout ce que vous désirez en réalité, dit-il doucement, c'est être de quelque part. Appartenir à quelqu'un.

Elle battit des cils et ne put trouver ni remarque dégagée ni éclat de rire pour répondre à son commentaire. Et pour la première fois de sa vie, elle admit la dure et douloureuse vérité.

— Oh, Dieu du ciel, oui. Tout ce que je veux savoir, c'est que quelqu'un m'a aimée, un jour.

Il tendit un bras à travers le lit et couvrit ses mains de la sienne. Une sensation étrange et agréable la submergea telle une grande vague. Cet homme, ce chef étranger qui avait quasiment reconnu qu'il avait tué son père, lui donnait d'une manière quelconque l'impression d'être en sécurité, protégée et soignée.

— Essayons de remonter le temps.

Il passa doucement son pouce sur son poignet.

— Dites-moi comment vous en êtes venue à vous trouver là, sur les marches de St Paul, le jour où je vous ai rencontrée.

Il parlait de leur rencontre comme si cela avait été un moment important. Elle lui retira ses mains et crispa sa mâchoire, refusant obstinément d'en dire plus. La frayeur de l'orage avait abaissé ses défenses. Elle lutta pour les édifier de nouveau. Pourquoi devrait-elle confier les secrets de son cœur à un étranger, un homme qu'elle ne reverrait plus jamais quand il quitterait Londres ?

— Pippa, insista-t-il. C'est une question assez simple.

— Pourquoi vous en souciez-vous ? rétorqua-t-elle. Quel intérêt cela peut-il avoir pour vous ?

— Je m'en soucie parce que vous m'importez.

Il passa une main dans ses cheveux noirs.

— Est-ce si difficile à comprendre ?

— Oui, dit-elle.

Il esquissa de nouveau un geste vers elle et se figea, sa main restant un moment entre eux avant qu'il la retire. Il s'éclaircit la gorge.

— Je suis votre protecteur. Vous agissez sous ma garantie. Et ce ne sont pas des questions compliquées.

Il la faisait se sentir sotte de garder ses pensées comme si c'étaient de sombres secrets. Elle inspira profondément, essayant de décider par où commencer.

— Fort bien. Mort et Dove m'ont dit une fois que tout Londres passait par St Paul. Je suppose que j'espérais qu'un jour — stupidement, de fait — je lèverais les yeux et verrais un homme et une femme qui me diraient : « Tu es à nous. »

Elle tritura un fil dépassant de la courtepointe.

— Je suis idiote, n'est-ce pas ? Bien sûr, cela n'est jamais arrivé.

Elle eut un rire bref, étouffant un sentiment de nostalgie mélancolique.

— Même s'ils me reconnaissaient, pourquoi me réclameraient-ils, moi, une souillon malhonnête, volant les gens sur le parvis de l'église ?

— Je vous ai réclamée, moi, lui rappela-t-il.

Ses paroles allumèrent en elle une lueur chaude qui réchauffa sa poitrine. Elle avait envie de se jeter contre lui, de lui balbutier sa gratitude, de jurer de rester toujours avec lui. Seuls les souvenirs aigus d'autres moments, d'autres séparations, la firent rester distante et méfiante.

— Je vous en remercierai toujours, milord, dit-elle d'un ton cordial. Vous ne le regretterez pas. Je vous divertirai comme un roi.

— Ne vous en faites pas pour cela. Ainsi, vous avez continué à jouer les saltimbanques, allant de çà et de là, sans domicile, comme une bohémienne ?

Un souvenir revint à Pippa et elle retint son souffle, sidérée.

— Qu'y a-t-il ? demanda Aidan.

— Quelque chose d'extraordinaire vient de me revenir. Il y a des années, alors que j'arrivais à Londres, j'ai vu une tribu de bohémiens qui campait dans le Champ du Maure, à l'extérieur de la ville. J'ai pensé qu'il s'agissait d'une troupe de saltimbanques, mais ces gens étaient habillés et parlaient autrement. Ils m'évoquaient une… une famille. Ils m'attiraient.

Echauffée par son récit, elle écarta les derniers vestiges de terreur qui lui restaient de l'orage. Elle s'assit dans le lit, passant ses bras autour de ses genoux remontés.

— Aidan, c'était si excitant. Ces gens avaient quelque chose de familier. Je pouvais presque comprendre leur langue, pas les mots, bien sûr, mais le rythme et les nuances.

— Et ils vont ont accueillie ?

Elle hocha la tête.

— Ce soir-là, il y avait des danses autour d'un grand feu de camp. On m'a emmenée auprès d'une femme appelée Zara, qui était très, très vieille. Certains disaient qu'elle avait plus de quatre-vingts ans. On avait sorti sa palette pour qu'elle puisse voir les danses.

Pippa ferma les yeux, se représentant les cheveux de neige emmêlés, le visage ridé comme une pomme, les yeux d'un noir de nuit si intenses qu'ils semblaient lire dans l'avenir.

— On m'a dit qu'elle était malade, qu'elle n'allait sûrement pas se remettre, mais elle a demandé à me voir. Imaginez-vous ça.

Rouvrant les yeux, elle regarda Aidan pour voir s'il la croyait ou pensait qu'elle racontait encore des mensonges. Elle ne put le dire, car il se contentait de l'observer et d'attendre avec un calme intérêt. Personne ne l'avait jamais écoutée avec une si grande attention auparavant.

— Continuez, dit-il.

— Savez-vous la première chose qu'elle m'a dite ? Que je rencontrerais un homme qui changerait ma vie.

Il marmonna quelque chose en gaélique et fronça les sourcils.

— C'est vrai, milord, vous devez me croire.

— Pourquoi le devrais-je ? Vous avez menti à propos de tout, jusqu'à présent.

Son observation n'aurait pas dû la blesser, mais ce fut le cas. Elle pressa ses genoux encore plus fort contre sa poitrine et s'efforça de chasser la douleur de son cœur.

— Pas sur tout, Votre Grandeur.

— Poursuivez. Dites-moi ce que cette sorcière vous a dit.

— Elle parlait d'une voix basse, entrecoupée.

Dans sa tête, Pippa revit tout comme si cela s'était passé la veille — les flammes qui dansaient et le visage très âgé, les yeux profonds et les bohémiens qui chuchotaient entre eux en la montrant du doigt, tandis qu'elle était agenouillée près de la couche de Zara.

— Elle parlait à tort et à travers, je suppose, et dans plus d'une langue, mais je me souviens qu'elle m'a cité cet homme. Elle a parlé aussi de sang, de serments et d'honneur.

— De sang, de serments et d'honneur ?

— Oui. Cette partie était très nette. Elle a prononcé ces trois mots, comme ça. Elle était mourante, milord, mais elle serrait ma main dans une étreinte plus forte que la mort. Je n'ai pas eu le cœur de la questionner ou de montrer des doutes. C'était comme si elle pensait qu'elle me connaissait et que, d'une certaine manière, elle avait besoin de moi dans ses derniers instants.

Aidan croisa les bras sur son torse massif et l'étudia. Pippa était terrifiée qu'il l'accuse encore de mentir, mais il hocha légèrement la tête.

— On dit que les mourants prennent souvent des étrangers pour des gens qu'ils ont connus. La vieille femme en a-t-elle dit plus ?

— Juste une autre chose.

Pippa hésita. Elle sentait de nouveau les émotions qui avaient grondé en elle tandis que la bohémienne tenait sa main. Un sentiment de formidable espoir avait enflé quelque part au fond d'elle-même.

— Une déclaration que je n'oublierai jamais, jamais. Elle a levé la tête, utilisant ses dernières forces pour me fixer. Et elle a dit : « Le cercle est complet. » Puis, dans l'heure qui a suivi, elle est morte. Quelques-uns des jeunes bohémiens semblaient soupçonneux envers moi, alors j'ai jugé prudent de m'en aller. En outre, les divagations de la vieille Zara…

— Vous avaient effrayée ?

— Pas effrayée, elles avaient plutôt touché quelque chose en moi. Comme si les mots qu'elle avait prononcés étaient des mots que je devais savoir. Je peux vous le dire, cela m'a donné beaucoup à réfléchir.

— Je l'imagine.

— Pas que quelque chose en soit jamais sorti, dit-elle, en courbant la tête et en baissant la voix. Jusqu'à présent.

Elle l'observa entre ses cils baissés, étudiant son visage. Seigneur Dieu, qu'il était beau. Pas joli garçon, mais beau à la manière d'un roc dominant les moors du nord, ou avec l'attitude majestueuse d'un cerf surveillant son territoire au fond d'une forêt de velours vert. C'était le genre de beauté qui lui touchait le cœur, aussi exaltante que dangereuse.

Puis elle remarqua qu'un de ses sourcils et un coin de sa bouche se relevaient avec ironie. Elle relâcha son souffle en un gros soupir.

— Je suppose que c'est le prix à payer pour être une menteuse invétérée.

— Que voulez-vous dire ?

— Quand je vous dis finalement la vérité, vous ne me croyez pas.

— Et pourquoi pensez-vous que je ne vous crois pas ?

— Cet air, Votre Hauteur. Vous semblez partagé entre l'envie de vous moquer de moi et celle d'appeler des gardiens de l'asile de Bedlam.

Il haussa encore plus son sourcil.

— De fait, je suis partagé entre l'envie de rire de vous et celle de vous embrasser.

— Je choisis le baiser, déclara-t-elle d'un trait.

Ses deux sourcils se relevèrent, cette fois, puis s'abaissèrent lentement sur ses yeux devenus doux et fumeux. Il lui saisit les mains et la tira en avant de sorte qu'elle se retrouva à genoux. Les draps tombèrent autour d'elle et la fine chemise frémit sur sa peau brûlante.

— Moi aussi, je choisis le baiser.

Il porta une main à son visage. La chair de son pouce bougea lentement, d'une manière aguicheuse, le long de sa pommette et descendit, glissant comme de la soie sur du marbre, pour toucher sa lèvre inférieure. Il la passa sur la courbe pleine jusqu'à ce qu'elle n'ait presque plus besoin du baiser pour le sentir.

Presque.

— Avez-vous déjà été embrassée, demoiselle ?

Une de ses vieilles fanfaronnades monta en elle.

— Evidemment.

— Pippa, dit-il en appuyant doucement son pouce sur ses lèvres. Ce serait un très mauvais moment pour me mentir.

— Oh. Eh bien, non, Votre Immensité. On ne m'a jamais embrassée.

Les rares qui avaient essayé avaient reçu son poing sur le nez, mais elle jugea plus prudent de n'en rien dire.

— Savez-vous comment on fait ?

— Oui.

— Pippa, la vérité. Vous réussissiez si bien, jusque-là.

— D'accord. Je l'ai vu faire, mais j'ignore comment on s'y prend en pratique.

— La première chose…

— Oui ?

Incapable de croire à sa bonne fortune, elle sauta sur ses genoux, faisant craquer le lit sur le treillis de cordes qui soutenait le matelas.

— C'est vraiment trop excitant, milord.

Son pouce la fit taire.

— La première chose, c'est que vous devez cesser de parler. Et pour l'amour du ciel, arrêtez de tout commenter. C'est supposé être un geste d'affection, mais vous en faites une farce.

— Oh. Je n'avais sûrement pas l'intention…

Il la fit taire de nouveau, et au même moment une bûche tomba dans le feu. Le bref éclat des étincelles se refléta un instant dans les pupilles d'Aidan. Pippa gémit de désir, mais se souvint cette fois de ne pas parler.

— Ah, voilà qui est bien, murmura-t-il.

Son pouce se remit à bouger, avec une tendresse subtile et dévastatrice, se glissant légèrement dans sa bouche et en ressortant pour mouiller sa lèvre.

— Si vous voulez, vous pouvez fermer les yeux.

Elle secoua la tête en silence. Ce n'était pas tous les jours qu'elle recevait un baiser d'un chef irlandais, et elle ne voulait pas manquer un seul instant de ce bonheur qui lui faisait tourner la tête.

— Alors, regardez-moi, dit-il en s'approchant d'elle sur le lit. Levez les yeux vers moi, et je ferai le reste.

Elle haussa le menton tandis qu'il baissait la tête. Son pouce glissa sur le côté pour laisser place à ses lèvres et sa bouche effleura celle de Pippa, doucement, suavement, lui causant une sensation qui fit sourdre en elle un désir brûlant.

Elle émit un son, mais il le cueillit sur sa bouche et augmenta légèrement sa pression, jusqu'à ce que leurs lèvres soient réellement jointes. Ses doigts agiles massaient avec une tendre insistance la ligne de sa mâchoire, et il poussait de ses lèvres sur la jointure des siennes.

— Ouvrez la bouche.

C'était là quelque chose qu'elle n'avait pas appris en espionnant les couples qui s'égayaient dans les allées de Southwark ou qui se caressaient à l'ombre des piliers de St Paul.

Il introduisit sa langue en elle et elle poussa un petit cri étranglé de surprise et de ravissement. Elle fit remonter ses mains le long de son torse et les passa autour de son cou. Elle désirait cette proximité avec un besoin qui l'ébranlait et la submergeait. La bouche et la langue d'Aidan approfondirent le baiser tandis qu'il promenait les mains dans son dos, la pressant de plus en plus contre lui de ses doigts écartés.

La rapidité de son souffle surprit Pippa et lui fit comprendre qu'il était lui aussi ému par cette intimité. Lui aussi avait choisi le baiser.

Toute sa vie, elle avait été curieuse de tout ce qu'elle voyait de brillant et d'attirant, et les jeux amoureux en avaient fait partie. Toutefois, elle découvrait que c'était quelque chose de bien distinct. Il ne s'agissait pas du simple fait de désirer, mais d'expérimenter un besoin soudain et dévastateur qu'elle ignorait abriter.

Resserrant les bras autour de son cou, elle se pressa contre lui, souhaitant que cette proximité dure indéfiniment. Elle sentait battre son cœur contre sa poitrine, elle sentait la force vitale d'une autre personne palpiter contre elle et, d'une manière étrange, spirituelle, se joindre à elle.

Il écarta sa bouche de la sienne. Une expression stupéfaite était peinte sur son visage.

— Ah, *a stor*, murmura-t-il d'un ton pressant. Nous devons nous arrêter avant que je…

— Avant quoi ?

Elle savoura la caresse de son souffle imprégné de vin doux sur son visage.

— Avant que je veuille plus qu'un baiser.

— Alors, il est trop tard pour moi, avoua-t-elle, car je veux déjà plus.

Il rit doucement, et quand il reprit la parole il y avait une légère trace d'anxiété dans sa voix.

— Quand vous décidez d'être honnête, vous ne mâchez pas vos mots, n'est-ce pas ?

— Je suppose que non. Ah, j'ai vraiment envie de vous, Aidan.

Un sourire mi-doux, mi-triste incurva la bouche magnifique d'Aidan.

— Et j'ai aussi envie de vous, ma douce. Mais nous ne devons pas laisser ceci aller plus loin.

— Pourquoi ?

Il écarta ses mains de lui et se leva du lit, se mouvant lentement comme s'il souffrait.

— Parce que ce n'est pas convenable.

Piquée au vif, elle fronça les sourcils.

— Je ne me suis jamais préoccupée de ce qui est convenable.

— Moi si, marmonna-t-il, en se détournant pour s'éloigner.

Il se resservit un verre de vin chaud et le but d'un trait.

— Je suis désolé, Pippa.

Il avait déjà pris du recul par rapport à elle, et elle frissonna sous la froideur du rejet.

— Vous ne pouvez pas me regarder en disant cela ?

Il pivota, ses mouvements semblant encore pénibles.

— J'ai dit que j'étais désolé. J'ai abusé de votre innocence, et je n'aurais jamais dû le faire.

— J'ai choisi le baiser.

— Moi aussi.

— Alors, pourquoi vous êtes-vous arrêté ?

— Je veux que vous me parliez de vous-même. S'embrasser empêche de penser clairement.

— Ainsi, si je vous parle de moi, nous pourrons nous embrasser de nouveau ?

Un tic de contrariété fit tressaillir sa mâchoire.

— Je n'ai jamais dit cela.

— Alors, nous le pourrons ?

Avec un soin exagéré, il reposa son verre et revint au lit. Prenant le visage de Pippa entre ses mains, il la contempla avec un regret touchant.

— Non, ma chère.

— Mais…

— Considérez les conséquences. Certaines sont très durables.

Elle déglutit.

— Vous voulez parler d'un bébé ?

Un désir nostalgique envahit Pippa. Serait-ce une telle catastrophe, se demanda-t-elle, si le O'Donoghue Mór lui donnait un enfant ? Un petit être innocent qui n'appartiendrait qu'à elle ?

Elle sentait ses mains si douces sur son visage, mais son expression indiquait un refus douloureux.

— Pourquoi devrais-je faire ce que vous dites ? s'enquit-elle, résistant à l'envie de se jeter contre lui, de s'accrocher à lui et de ne pas le lâcher.

— Parce que je vous le demande, *a gradh*. S'il vous plaît.

Elle poussa un soupir las, comprenant sans le demander que ces mots irlandais étaient des mots tendres.

— Savez-vous à quel point il est impossible de vous dire non ?

Il sourit un peu, se pencha et posa un baiser sur sa tête avant de la lâcher.

— Voyons. Nous remontions en arrière depuis votre arrivée à Londres. Vous avez rencontré une mystérieuse vieille…

— Une bohémienne.

— En Irlande, nous l'appellerions une femme dotée de la *sidhe,* de la vision.

— Elle a dit que je rencontrerais un homme qui changerait ma vie.

Pippa s'adossa aux oreillers. Elle se demanda s'il remarquait ses joues rougissantes.

— J'ai toujours pensé que cela voulait dire que je trouverais mon père. Mais j'ai changé d'avis. Elle parlait de vous.

Il s'assit au pied du lit et se tint immobile et pensif. Comment pouvait-il être aussi indifférent en apprenant qu'il était la réponse à une prophétie magique ? Il devait la juger bien sotte. Puis il demanda :

— Qu'est-ce qui vous a fait changer d'avis ?

— Le baiser.

Seigneur, elle n'avait pas été aussi sincère dans une conversation depuis qu'elle était arrivée à Londres. Aidan O'Donoghue la poussait à être honnête ; c'était un pouvoir qu'il possédait, un pouvoir qui lui permettait de dire en toute sécurité ce qu'elle avait à l'esprit — et même dans le cœur, si elle osait.

Il sembla se raidir, même s'il ne bougea pas.

« Idiote », se gourmanda Pippa. Maintenant, il ne pouvait probablement pas attendre de se débarrasser d'elle. Il allait sûrement la traîner à Bedlam, touchant sa récompense pour avoir amené une folle. Il ne serait pas le premier à se libérer d'une fille amoureuse de cette manière.

— Je n'aurais pas dû dire cela, déclara-t-elle en se

forçant à rire. C'était juste un baiser, pas un serment de sang ou une stupidité de ce genre. Vraiment, Votre Magnitude, nous devrions oublier cet incident.

— Je suis irlandais, coupa-t-il doucement, son accent musical plus prononcé que jamais. Un Irlandais ne prend pas un baiser à la légère.

— Oh.

Elle fixa son visage éclairé par le feu et retint son souffle. Elle dut recourir à toute sa volonté pour ne pas se jeter dans ses bras, lui demander de trousser ses jupes et de faire ce qu'un homme faisait sous les jupons d'une femme.

— Pippa ?

— Oui ?

— Votre histoire. Avant de venir à Londres, où viviez-vous ? Que faisiez-vous ?

Ces questions simples tirèrent des images vivaces du puits de ses souvenirs. Elle ferma les yeux et retraça son long voyage vers Londres, souvent interrompu. Elle perdait le compte de toutes les troupes de saltimbanques auxquelles elle avait appartenu. Au début, elle était toujours reçue avec scepticisme ; puis, quand elle montrait ce qu'elle savait faire, elle était la bienvenue. Elle ne restait jamais longtemps. Habituellement, elle s'esquivait dans la nuit, laissant souvent derrière elle un homme à demi inconscient souffrant d'une mâchoire déboîtée ou d'un nez cassé, et la portant aux cieux ou la maudissant.

— Pippa ? insista Aidan.

Elle ouvrit les yeux. Chaque fois qu'elle le regardait, il devenait plus beau. Peut-être était-elle sous l'effet d'un enchantement. Le seul fait de le contempler semblait accroître son charme et affaiblir sa propre volonté de lui résister.

Presque mélancoliquement, elle toucha ses cheveux

bien coupés. « Je veux être comme vous, pensa-t-elle. Belle et aimée, le genre de personne que les autres ont envie d'enlacer, pas de clouer au pilori. » Cette aspiration lui faisait l'effet d'un nœud douloureux dans la poitrine, et la stupéfiait par sa puissance. Malgré elle, Aidan O'Donoghue l'éveillait à des sentiments qu'elle avait passé sa vie à fuir.

— Je me suis rendue lentement à Londres, répondit-elle, en faisant des tours et en jonglant en chemin. Parfois j'avais faim, ou froid, mais cela ne m'importait pas vraiment. Vous voyez, j'avais toujours voulu aller à Londres.

— Pour chercher votre famille.

Comment l'avait-il deviné ? Cela faisait partie de sa magie, décida-t-elle.

— Oui. Je savais que c'était pratiquement impossible, mais quelquefois…

Elle s'interrompit et détourna les yeux, embarrassée par sa propre naïveté.

— Continuez, chuchota-t-il. Qu'alliez-vous dire ?

— Juste que, quelquefois, le cœur demande l'impossible.

Il tendit le bras à travers le lit, lui releva le menton d'un doigt et lui fit un clin d'œil.

— Et, quelquefois, le cœur l'obtient.

Elle lui décocha un sourire timide.

— Mab serait d'accord avec vous.

— Mab ?

— La femme qui m'a élevée. Elle vivait dans le quartier d'Humberside, le long d'Hornsy Strand. C'était un endroit qui n'appartenait à personne, alors elle s'est simplement installée là. C'est ce qu'elle m'a dit. Mab était simple, mais elle était tout ce que j'avais.

— Comment en êtes-vous venue à vivre avec elle ?

— Elle m'a trouvée.

Un morne sentiment de résignation s'abattit sur Pippa, car elle avait toujours détesté la vérité sur elle-même.

— D'après elle, j'étais allongée sur la plage, cramponnée à un tonnelet de harengs. Un grand chien était avec moi. J'étais toute petite, m'a dit Mab, deux ou trois ans, pas plus.

Tel un éclair, un souvenir la transperça, et elle se crispa sous sa force. *Rappelle-toi.* L'ordre tremblota dans son esprit.

— Pippa ? demanda Aidan. Allez-vous bien ?

Elle plaqua ses mains sur ses oreilles, tentant de faire taire l'insistante vague de panique.

— Non ! cria-t-elle. Par pitié ! Je ne me souviens plus !

Poussant une exclamation furieuse en gaélique, Aidan O'Donoghue, lord de Castleross, la prit dans ses bras et la laissa baigner son épaule de larmes amères.

— Fais comme si rien n'allait de travers, siffla Donal Og.

Aidan, Iago et lui étaient dans la cour des écuries des Frères Prêcheurs, le lendemain. Aidan avait des palefreniers pour s'occuper de son cheval, mais étriller la grande jument était une tâche qui lui plaisait, surtout de bonne heure quand il n'y avait personne.

Iago avait l'air très malheureux dans le froid du petit matin. Il détestait le temps frais. Il prétendait des choses impossibles sur le climat de son pays natal, disant qu'il ne neigeait jamais dans les Caraïbes, qu'il n'y gelait jamais et que la mer était assez chaude pour s'y baigner.

Tapotant distraitement la forte encolure de Grania, Aidan étudia son cousin et Iago. Quelle paire formidable ils formaient, l'un noir, l'autre blond, tous deux aussi larges et imposants qu'une falaise.

— Rien ne va de travers, dit-il en se baissant pour prendre une étrille.

Puis il vit ce que Donal serrait dans sa main.

— Ou si ?

Donal regarda de tout côté. La cour était vide. Des buissons la séparaient du potager de la maison principale et de la verrerie des Frères. A travers des trous de la haie, Lumley House et ses jardins apparaissaient sereins, les plantes et les herbes couvertes de gouttes de la pluie de la veille qui étincelaient au soleil levant.

— Lis par toi-même.

Donal tendit un parchemin à son cousin.

— Mais pour l'amour du ciel, ne réagis pas trop fortement, ajouta-t-il. Les espions de Walsingham sont partout.

Aidan jeta un coup d'œil par-dessus son épaule vers la maison.

— Par ma foi, j'espère que non.

Donal et Iago échangèrent une œillade, et leurs visages se fendirent d'un grand sourire.

— Il était temps, amigo, dit Iago.

Les oreilles d'Aidan s'échauffèrent et il se mit stupidement sur la défensive.

— Qu'allez-vous encore vous imaginer là ? Je comptais sur plus de compréhension de votre part.

Les sourires virils disparurent.

— Comme tu veux, cousin, dit Donal. Loin de nous l'idée de te soupçonner de trousser ta petite invitée.

— Ahhh.

Une douce voix féminine résonna à distance. Tous trois regardèrent à travers la haie en direction de la maison.

Ouvrant brusquement les doubles portes du vestibule, Pippa émergea au soleil.

Le parchemin craqua dans la main crispée d'Aidan. A part cela, aucun d'eux n'émit un son. Ils se tinrent immobiles, comme si un gel subit les avait pétrifiés. Elle se tenait sur la marche du haut, vêtue de sa seule chemise. Visiblement, elle pensait ne trouver personne dans le jardin de si bonne heure. Elle inspira profondément comme si elle goûtait l'air frais du matin, nettoyé par la pluie.

Ses cheveux étaient emmêlés par le sommeil, doux et dorés dans la lumière matinale. Bien qu'Aidan ne l'ait embrassée qu'une seule fois, il se rappelait nettement la douceur de ses lèvres, pareilles à des pétales de rose. Ses yeux étaient légèrement marqués par ses larmes de la veille.

Son corps était aussi captivant que son remarquable visage. La fine chemise, transpercée par le soleil, révélait des seins hauts qui pointaient en l'air, des hanches aux rondeurs féminines, une taille minuscule et de longues jambes, couronnées par un sombre mystère.

Elle tenait une cuvette dans ses bras et la percha sur une hanche. Puis elle descendit les marches tandis que trois paires d'yeux fascinés l'observaient, regardant avidement à travers la haie.

Au bas de l'escalier, elle s'arrêta pour repousser un amas de boucles dorées. Après quoi elle se pencha sur le puits pour tirer de l'eau. La fine étoffe de la chemise glissa sur un postérieur si appétissant et bien roulé que la bouche d'Aidan s'assécha.

— *Ay, mujer,* murmura Iago en espagnol. Si moi aussi je pouvais avoir une telle compagne de lit.

— Ce n'est pas ce que vous pensez, parvint à articuler Aidan d'une voix sourde et tendue.

— Non, dit Donal Og avec une envie chagrinée, sa mâchoire se décrochant quand Pippa se redressa.

De l'eau avait mouillé le devant de sa chemise, et sa chair luisait d'un rose nacré à travers le linon blanc. Elle fit une pause pour cueillir une jonquille et la glissa sur son oreille.

— Nul doute, continua Donal, que c'est cent fois *meilleur* que ce que nous pensons.

Aidan l'attrapa par le devant de sa tunique.

— Je m'assurerai que tu fasses pénitence pendant six semaines si tu ne cesses pas de la fixer tout de suite.

Ignorant les réactions qu'elle provoquait, Pippa rentra dans la maison. Iago s'essuya le front d'un geste exagéré tandis que Donal arpentait la cour, boitant comme s'il était gêné. La jument hennit fortement.

— La fille des rues est devenue une beauté, Aidan, dit-il. Moi, je ne l'aurais jamais regardée à deux fois, mais tu l'as regardée une fois et tu as trouvé un vrai joyau.

— Je ne cherchais pas un trésor, cousin, rétorqua Aidan. Elle était prise dans une émeute et en danger d'être jetée en prison. J'ai simplement voulu…

— Chut.

Donal Og leva une main.

— Tu n'as pas besoin de t'expliquer, cousin. Nous sommes heureux pour toi. Il n'était sûrement pas sain de vivre comme un moine, feignant de ne pas être troublé par des besoins d'homme. Ce n'est pas comme si Felicity et toi aviez…

— Cesse de débiter des bêtises, c'est infernal, coupa Aidan, percé à vif par la seule pensée de Felicity.

Il resserra son emprise sur le parchemin. La lettre de Revelin d'Innisfallen contenait peut-être de bonnes nouvelles. Peut-être que l'évêque avait accordé l'annulation. « Oh, Dieu, faites que oui », pria-t-il en silence.

— Ne reparle plus de Felicity. Et par tous les diables, si tu ne fais qu'insinuer que Pippa et moi sommes amants, je changerai nos liens de sang en bain de sang.

— Vous n'avez *pas* couché avec elle ? s'exclama Iago, horrifié.

— Non. Elle s'est enfuie au plus gros de l'orage et je l'ai ramenée ici. Elle semble être particulièrement effrayée par les orages.

— Vous, reprit Iago en pointant un doigt sur le torse d'Aidan, vous êtes soit un malade, soit un saint. Elle a un corps de déesse. Elle vous adore. Prenez-la, Aidan. Je suis certain qu'elle a eu des offres d'hommes bien inférieurs à vous. Elle vous en remerciera.

Aidan jura et alla à grands pas jusqu'à un poteau pour attacher les chevaux. S'y appuyant de la hanche, il déroula le parchemin et se mit à lire.

La missive de Revelin d'Innisfallen était en gaélique. Oui, elle était bien là, la nouvelle concernant le mariage qu'Aidan avait conclu dans la rage et le désespoir. Mais cela importait peu, étant donné le reste. Chaque mot s'enfonçait en lui comme une écharde de glace. Lorsqu'il eut fini de lire, il leva les yeux vers Donal et Iago.

— Qui a apporté ce document ?

— Un marin d'un bateau de chanvre de Cork. Il ne savait pas lire.

— Tu en es sûr ?

— Oui.

Aidan déchira le parchemin en trois parties égales.

— Bon appétit, mes amis, dit-il avec une sombre ironie. J'espère que les mots ne vous empoisonneront pas.

— Dites-moi ce que je mange, demanda Iago, mâchant le papier avec une expression affligée.

Aidan grimaça en avalant son morceau.

— Une insurrection, répondit-il.

*
* *

Le temps qu'Aidan retourne à la chambre de Pippa, elle s'était habillée. Sa jupe et son corselet avaient été lacés correctement, cette fois.

Elle était assise à la lourde table en chêne au centre de la pièce, et elle ne leva pas les yeux lorsqu'il entra.

Plusieurs objets étaient étalés sur la table devant elle. Le soleil du matin ruisselait sur elle en larges rayons inclinés. La lumière faisait briller ses cheveux et dorait sa peau lisse et nacrée. La jonquille qu'elle avait cueillie ornait ses boucles plus parfaitement qu'un peigne en or massif.

Aidan sentit quelque chose se nouer au fin fond de ses entrailles. Juste comme il pensait avoir vaincu et tué toute tendresse en lui-même, il trouvait une fille qui réveillait son cœur.

Le diable l'emporte. Elle avait l'air de la quintessence de la vertu et de l'innocence, un ange dans un tableau idéalisé avec son visage baigné de soleil et le halo de ses cheveux, la pureté de son fin profil, ses lèvres pleines qu'elle pinçait sous la concentration.

— Asseyez-vous, Votre Sérénité, dit-elle doucement, ne levant toujours pas les yeux. J'ai décidé de vous en dire plus parce que…

— Parce que quoi ?

Se forçant à écarter de son esprit les nouvelles d'Irlande, Aidan s'approcha de la table et s'assit sur le banc à côté d'elle.

— Parce que vous vous souciez de moi.

— Je ne devrais pas…

— Mais vous le faites, insista-t-elle. Vous le faites malgré vous.

Il ne le nia pas, mais croisa les bras sur la table et se pencha en avant.

— Qu'est-ce que tout ceci ?

— Mes affaires.

Elle tapota le sac mou et poussiéreux qu'elle portait attaché à la taille le jour où ils s'étaient rencontrés.

— Il est étrange de voir combien on a besoin de peu de choses pour survivre, en fait. Tout ce que j'ai jamais possédé tient dans ce sac. Chaque objet a une signification spéciale pour moi, une importance particulière. Sinon, je m'en débarrasse.

Elle fouilla dans le sac et en sortit un coquillage, qu'elle plaça sur la table entre eux. Il était lisse et brillant à force d'avoir été touché, blanchi à l'extérieur et teinté de nuances nacrées de rose, de plus en plus foncées, à l'intérieur.

— Je ne me souviens pas d'avoir trouvé ce coquillage. Mab disait toujours que j'étais très forte pour découvrir des choses abandonnées sur le rivage, et depuis mon plus jeune âge j'avais l'habitude de lui rapporter les objets les plus magnifiques. Des pommes pour jongler, un pessaire d'herbes sauvages… Un jour, j'ai trouvé un crâne de cerf.

Elle sortit ensuite une touffe de cheveux noirs et blancs attachée par un bout de ficelle, aux couleurs qui contrastaient fortement.

— J'espère que ce ne sont pas ceux de la pauvre Mab, commenta Aidan.

Elle rit.

— Ah, de grâce, Votre Magnificence. Je ne suis pas aussi assoiffée de sang.

Elle caressa la touffe.

— Ce sont des poils du chien qui était avec moi quand Mab m'a trouvée. Elle assurait qu'il m'avait sauvée de la noyade. Il était à moitié noyé lui-même, mais il s'en est sorti et a vécu avec nous. D'après elle, je lui ai dit qu'il s'appelait Paul.

Elle mit son menton dans sa main et contempla le mur blanchi à la chaux près de la fenêtre, où le soleil du matin dessinait des rubans de lumière colorée.

— Le chien est mort quatre ans après. Je me souviens à peine de lui, à part…

Elle s'arrêta et fronça les sourcils.

— A part quoi ? demanda Aidan.

— Quand il y avait un orage, la nuit, je me faufilais jusqu'à son panier et je dormais avec lui.

Elle lui montra encore quelques-uns de ses trésors, dont une page d'un livre qu'elle ne savait pas lire. Il vit qu'il était tiré d'un pamphlet illégal critiquant le projet de la reine d'épouser le duc d'Alençon.

— J'aime l'illustration, dit simplement Pippa, en lui montrant d'autres objets : une boule de cire à cacheter, une clochette en laiton — chipée sur une roulotte des bohémiens, expliqua-t-elle —, un briquet, une cuillère.

C'était, se dit Aidan avec une bouffée de compassion, les épaves d'une vie dure passée à errer.

Et puis, presque timidement, elle étala des choses qu'elle avait collectées récemment : son couteau à manche de corne, qu'il n'avait pas eu le cœur de lui réclamer ; un poids pris à la taverne de la Tête de Cheval.

Elle le regarda droit dans les yeux avec une dévotion qui confinait à la vénération.

— J'ai gardé un souvenir de chaque jour avec vous, dit-elle.

La poitrine d'Aidan se contracta. Il se racla la gorge.

— Vraiment. N'avez-vous rien d'autre à me montrer ?

Elle prit son temps pour remettre tous ses trésors dans

le sac. Elle allait si lentement, d'une manière si délibérée, qu'il eut envie de l'aider, de la faire aller plus vite.

Le message qu'il avait reçu lui brûlait le cerveau. Un désastre potentiel l'attendait en Irlande et il était assis là, à égrener des souvenirs avec une fille à l'esprit confus, peut-être dérangé.

La missive avait voyagé depuis le comté de Kerry, d'abord portée par un cavalier jusqu'à Cork, puis par bateau. Revelin, l'aimable érudit d'Innisfallen, avait sonné l'alarme à propos d'une bande de hors-la-loi qui ravageait le comté, pillant à volonté, volant même des Irlandais, incitant des hommes oisifs à se soulever contre leurs oppresseurs. Revelin rapportait que la bande avait atteint la ville de Killarney et s'était rassemblée autour de la résidence de Fortitude Browne, récemment nommé officier de la loi pour le district. Un Anglais détesté.

Revelin n'en était pas sûr, mais il suggérait que les hors-la-loi essaieraient de prendre des otages, peut-être le gros neveu larmoyant de Fortitude, Valentine.

Aidan écrasa ses mains l'une contre l'autre tandis qu'un sentiment d'impuissance s'emparait de lui. Il ne pouvait rien faire d'ici, à Londres. La reine Elizabeth l'avait convoqué pour le forcer à se soumettre à elle et pour lui rendre ensuite ses terres. Juste pour montrer son pouvoir, elle le faisait attendre. Il combattit l'impulsion de quitter Londres en trombe sans même en demander la permission. Mais ce serait un suicide — à la fois pour lui et pour son peuple. Les armées d'Elizabeth en Irlande seraient les instruments de son courroux.

Comme Felicity l'avait été.

Il répondrait à Revelin, bien sûr, mais au-delà de cela il pouvait seulement prier que les têtes froides aient le dessus et que les brigands intrépides se dispersent.

— Je dois vous montrer une chose de plus, dit Pippa, l'arrachant à ses pensées.

Il regarda ses yeux si doux et sans raison particulière il eut la sensation de se soulever de l'intérieur.

Quelque chose en elle le touchait. Elle lui rappelait les gens misérables de son district et leur lutte obstinée contre la domination anglaise. Sa détermination était aussi ferme que celle de son père Ronan, qui était mort plutôt que de se soumettre aux Anglais. Eh oui, Pippa lui rappelait Felicity Browne, avant que la froide beauté anglaise ne révèle ses vraies couleurs.

— Fort bien, dit-il en s'efforçant d'éclaircir son esprit du désastre potentiel qui couvait en Irlande. Montrez-la-moi.

Elle prit une grande inspiration, puis relâcha lentement son souffle en posant son poing fermé sur la table. D'un geste délibéré, elle retourna sa main pour révéler un objet assez grand et plutôt laid, en or. Il était en forme de croix.

— Il est à moi, déclara-t-elle.

— Je n'ai jamais dit qu'il ne l'était pas.

— Je m'inquiétais que vous le fassiez. Vous voyez ?

Elle plaça l'objet sur la table.

— Il paraît bizarre maintenant, mais il ne l'a pas toujours été. Il était épinglé à ma robe quand Mab m'a trouvée.

Elle le poussa vers lui.

— Il est creux à l'intérieur, comme s'il contenait quelque chose, avant. A l'extérieur, il était orné de douze perles assorties autour d'un énorme rubis. Mab disait que cette broche, et la belle robe que je portais, prouvaient que je venais de la noblesse. Qu'en pensez-vous, milord ? Suis-je de noble lignage ?

Aidan l'étudia, ses traits délicats, ses grands yeux vulnérables, sa bouche expressive.

— Je pense que vous avez été faite par des fées.

Elle rit et continua son histoire.

— Chaque année, Mab vendait une des perles. Après sa mort, j'ai essayé de vendre le rubis, mais on m'a accusée de l'avoir volé et j'ai dû m'enfuir pour sauver ma vie.

Elle parlait d'un ton détaché, et même avec une pointe d'humour, mais cela ne bannit pas dans l'esprit d'Aidan l'image d'une fillette affamée et terrifiée échappant à la justice.

— Alors, tout ce qui me reste maintenant, c'est ça.

Elle retourna l'objet et indiqua des gravures derrière, sous l'épingle.

— Je suis certaine de savoir ce que signifient ces symboles.

— Oh ?

Il sourit largement devant son expression sérieuse.

— Ce sont des runes celtiques déclarant que le porteur de cette broche est la réincarnation de la reine Maeve.

— Vraiment.

Elle haussa les épaules.

— Vous avez une meilleure idée ?

Il orienta la broche de telle sorte que le soleil éclaire chaque détail de la gravure. Puis il hocha la tête et déclara d'un air joueur que Pippa avait absolument raison, quand un souvenir vint le taquiner.

Ce n'étaient pas des dessins tracés au hasard, mais les caractères d'un alphabet. Pas de l'hébreu ni du grec ; il avait étudié ces langues. Alors pourquoi lui paraissaient-ils si familiers ?

En fronçant les sourcils, il prit du parchemin et un stylet. Tandis que Pippa l'observait avec fascination, il recopia soigneusement les symboles, puis tourna la feuille d'un côté et de l'autre, l'air concentré.

— Aidan ? l'appela Pippa d'une voix forte. Vous fixez ce papier comme si c'était le buisson ardent de Moïse.

Il lui rendit la broche.

— Elle est très jolie, et je ne doute nullement que vous êtes bien la descendante de la reine Maeve.

Distraitement, il rangea la copie qu'il avait faite.

— Dites-moi. Vous avez failli maintes fois mourir de faim plutôt que de vendre cet objet en or. Pourquoi n'avez-vous jamais essayé de le mettre en gage ou de l'échanger ?

Elle serra la broche sur son cœur.

— Je ne m'en séparerai jamais. C'est la seule chose à laquelle j'appartiens. La seule qui m'appartient. Quand je la tiens dans ma main, je peux parfois…

Elle se mordit la lèvre et crispa les paupières.

— Vous pouvez quoi ?

— Les voir, murmura-t-elle.

— Les voir ?

— Oui, affirma-t-elle en rouvrant les yeux. Aidan, je n'ai jamais dit cela à personne d'autre.

« Alors ne me le dites pas, eut-il envie de la mettre en garde. Ne me confiez pas vos rêves, car je ne peux en réaliser aucun. »

A la place, il attendit, et un moment après elle reprit la parole.

— Cette idée m'a consumée depuis que Mab est morte. Je dois les trouver, Aidan. Je veux trouver ma famille. Je veux savoir d'où je viens.

— Ce n'est que naturel. Mais vous avez si peu d'indices.

— Je sais, reconnut-elle. Mais quelquefois, quand je me réveille, à peine sortie du sommeil, j'entends des voix.

Je vois des gens. C'est très vague et très confus, mais je sais que tout est lié.

Elle rangea la broche en or abîmée et lui prit la main.

— Je dois croire que je suis quelqu'un, milord. Vous comprenez ?

Il porta sa main à ses lèvres et baisa doucement ses doigts, sans cesser de soutenir son regard. Elle le mettait mal à l'aise avec son air perdu et avide, car cela lui rappelait ce qu'il ne pourrait jamais lui donner.

Elle avait besoin de l'amour constant et inconditionnel d'un homme pour la guérir et l'aider à apprendre à s'aimer et à s'apprécier elle-même. Il ne pouvait être cet homme.

Certes, il pourrait l'aimer passionnément, et bien.

Mais pas pour toujours.

## *Tiré des Annales d'Innisfallen*

Maintenant encore, des semaines après avoir envoyé ma missive à Londres, je me fustige d'avoir amassé autant de malheurs sur les courageuses épaules du O'Donoghue Mór. J'avais espéré adoucir le coup par la nouvelle que la Harpie — c'est-à-dire son épouse — était sortie de sa vie, mais l'évêque tergiverse, tord ses grasses mains et retarde les choses. Parfois, je pense qu'il craint plus les Sassenach que le O'Donoghue Mór, ce qui est une grave erreur.

Même si j'ai cru de mon devoir d'informer Aidan de l'insurrection, j'espère qu'il ne va pas s'écarter de son chemin à Londres. Une entente avec Elizabeth, reine des îles britanniques, est notre dernier et meilleur espoir. En particulier maintenant, et puisse Dieu tout-puissant nous bénir et nous préserver.

Toute sa vie, milord de Castleross a été cruellement ballotté entre des forces qui réclamaient sa loyauté, son énergie, son amour. Son père ne lui a appris rien d'autre que la haine et la guerre, les raids et les pillages. Je pense être le seul à le voir tel qu'il est réellement — un homme déchiré entre le désir et le devoir, un fils condamné à réaliser le rêve d'un père méprisé, un chef luttant pour combler les besoins de son peuple.

Quelquefois, dans ces rêves demi-éveillés et païens qui me causent tant d'ennuis avec l'abbé, je vois le O'Donoghue Mór allant de l'avant sans entraves comme Fionn Mac Cool le long de la Chaussée des Géants, marchant non pas dans le nid de vipères que son district est devenu, mais allant loin, très loin, vers une liberté gagnée à la sueur de son front et au prix de son cœur trop généreux.

Revelin d'Innisfallen.

# 5

— Votre Vaste Abondance, annonça Pippa de la voix qu'elle utilisait pour rameuter les foules, la fortune vous favorise aujourd'hui.

Elle sourit avec entrain tandis qu'Aidan levait les yeux de la table où Donal Og, Iago et lui étaient en train de converser gravement.

Donal lui décocha son air sombre habituel, qui signifiait « Allez-vous-en ». Ne voulant pas le laisser étouffer ses plans, Pippa lui tira la langue.

— J'allais vous inviter aussi, mais je pourrais bien ne pas le faire.

Iago se leva d'un bond.

— Où allons-nous ?

Elle le regarda, rayonnante. Contrairement à Donal Og, Iago était toujours partant pour une aventure.

Avec Aidan, elle ne savait jamais.

Il se massa l'arête du nez d'une manière qui trahissait une nuit sans sommeil. Elle souhaitait pouvoir alléger ses tracas, mais il ne voulait même pas lui en parler. Ne mesurait-il pas à quel point elle se souciait de lui à présent ? Combien elle aspirait à prendre son beau visage las entre ses mains et à effacer les plis de son front par des baisers ?

— Allons, milord Réticence, insista-t-elle, embarrassée

par ses propres pensées. Même Atlas doit lâcher les rênes de temps en temps pour se gratter le derrière.

Aidan leva les yeux au ciel.

— Comment puis-je refuser une offre aussi charmante ?

— Elle t'accorde plus de titres que la reine elle-même, commenta Donal.

— Oui, mais je les donne à bien moindre prix, messire Donal à la Petite Cervelle.

— A quoi devons-nous cet honneur, dame Vraie-Cœur ? demanda Aidan.

Elle sentit une chaleur qui la démangeait monter le long de son cou jusqu'à ses joues. Elle rougissait. Elle. Comme c'était ridicule. Elle devenait aussi molle que la femme d'un marchand de draps.

— Vous semblez avoir besoin d'une distraction, milord. Ces deux derniers jours, vous n'avez fait qu'écrire des lettres, crier après vos hommes, arpenter la maison et jurer. Et boire du vin blanc sec comme si c'était de l'eau de pluie.

— Les périls d'être un chef, *pequeña,* dit Iago.

Elle lui dédia une brève révérence. Porter des vêtements décents lui convenait mieux qu'elle ne l'aurait jamais pensé.

— J'ai décidé de vous emmener au théâtre public.

Iago applaudit de ses grandes mains.

— Magnifique !

Puis il fronça ses épais sourcils, perplexe.

— Qu'est-ce que le théâtre public ?

Pippa écarta les bras, ayant envie de les enlacer tous les trois.

— C'est tout ce que vous voulez que ce soit.

*
* *

Une heure plus tard, Pippa se tenait dans la cour des écuries, fixant un cheval sellé comme s'il s'agissait d'un dragon soufflant du feu.

— Je ne vois pas pourquoi nous ne pouvons pas y aller à pied.

— Ce sera plus rapide, dit Aidan. Vous n'avez pas peur, n'est-ce pas ?

— Peur ?

Sa voix grimpa d'une octave.

— Moi ? Pippa Vraie-bien-née, avoir peur de… d'un animal de bât à la cervelle de moucheron ?

Aidan la regarda, ses yeux bleus rieurs.

— Je supposais que votre première sortie à cheval pouvait vous effrayer, et j'avais raison. Je propose que nous montions tous les deux sur Grania…

— Ha !

Elle planta un doigt dans le devant de son pourpoint.

— Regardez-moi.

Dans une envolée de jupes et d'indignation, elle attrapa l'arçon de la selle et tenta de se hisser sur le dos du grand cheval bai. Les naseaux de l'animal frémirent, et il fit un pas de côté.

— Viens ici, espèce de pestilence aux oreilles plates.

Elle empoigna la selle et parvint à passer un pied dans une boucle qui pendait. La cervelle de moucheron choisit ce moment pour partir au trot. En glapissant, Pippa sautilla à côté de sa monture.

— Oh, Dieu, ce diable de canasson va me tuer ! cria-t-elle. Par tout ce qui est sacré, sauvez-moi !

Elle venait juste de prendre une grande inspiration, se préparant à hurler de nouveau, quand une paire de bras forts la saisit par la taille. C'était Donal Og, riant si fort qu'elle pouvait sentir son énorme carcasse trembler contre elle. Iago prit les rênes du cheval et s'esclaffa. Elle leur lança une volée de jurons, ce qui ne fit qu'accroître leur gaieté, tandis qu'Aidan, également amusé, dégageait son pied de l'étrier.

Elle chancela contre lui, puis se redressa avant de tous leur jeter un regard noir.

— Vous êtes des cervelles bouchées qui ne savent que braire, déclara-t-elle. Je vais chevaucher ce cheval, même si j'ai des bouffons pour maîtres.

A sa surprise, ce fut Donal Og qui se montra le plus utile. Bien que le grand homme se donnât du mal pour paraître ronchon, il ne réussit pas à cacher sa patience ni sa bonne humeur. C'est lui qui lui montra la bonne façon de tenir la bride. Il l'aida à passer une jambe par-dessus la selle d'amazone pour garder son équilibre. Iago calmait le cheval en lui murmurant des idioties de son ton chantant. Peu après, Pippa se tenait assise, fière et rayonnante, certaine d'avoir maîtrisé l'art de l'équitation.

Tandis que tous quatre quittaient la cour, elle demanda :

— Milord, comment s'appelle ce cheval ?

— Je ne vous l'ai pas dit ?

Aidan lui fit un clin d'œil.

— Il s'appelle Moucheron.

Ils s'engagèrent dans Woodroffe Lane, laissant derrière eux les étroites allées qui en partaient, et trottèrent à travers les champs de Finsbury, semés de moulins à vent. Ils dépassèrent Holywell, grouillant de gens qui piqueniquaient. Dans le lointain, la bannière du théâtre flottait dans le vent, et Pippa poussa un cri de joie.

Emettre un son aussi fort se révéla une erreur. Le hongre passa d'un trot supportable au grand galop. Pippa hurla de terreur et s'accrocha à lui, enfilant les doigts dans sa crinière qui volait. Elle baissa les yeux et vit le sol qui filait à toute allure sous elle. Aidan lui cria quelque chose, mais elle ne le comprit pas.

Savoir qu'elle allait mourir d'une mort violente lui parut soudain étonnamment et intensément libérateur. Accepter son sort chassa sa terreur et elle découvrit que l'émotion qui montait en elle n'était plus de la peur, mais de la joie. Elle n'avait jamais bougé aussi vite. C'était comme voler, se dit-elle. Elle était une plume dans la brise, montant de plus en plus haut, et rien d'autre ne comptait que la vitesse grisante.

Des ombres jumelles tombèrent sur elle. Aidan et Donal Og. Ils la rattrapèrent chacun d'un côté, forçant son cheval à ralentir. Comme la plume, elle revint lentement sur terre, ses doigts aux jointures blanches se détendant, sa bouche s'élargissant en un sourire de pur ravissement.

— On est arrivés, milord, dit-elle d'une voix tremblante. Regardez.

Devant eux se dressait une vaste grange flanquée d'une mare à chevaux, et au-delà le théâtre s'élevait telle une citadelle.

Exultant toujours de l'excitation de la chevauchée, Pippa glissa à terre. D'une main tremblante, elle donna sa bride à un palefrenier. Aidan et ses compagnons firent de même, lançant des pièces aux valets et leur demandant de prendre soin de leurs montures.

— Faites attention à sa bouche, cria-t-elle derrière le garçon qui emmenait le hongre. Et faites-le boire longuement.

La seule idée que quelqu'un fasse ce qu'elle ordonnait lui parut enivrante.

Au-dessous du drapeau était rassemblé un public composé de toutes sortes de gens — des nobles, des marchands, des mendiants et des filous. Pippa tira sur la manche d'Aidan et les guida vers la porte à un penny.

— Si vous ne voulez pas payer, nous pouvons rester dans la cour, mais pour un penny chacun, nous pouvons…

— Je veux regarder de là-haut, répondit Aidan en désignant l'escalier qui menait aux rangées arrondies de sièges.

— Ah, milord, cela coûte plus cher, et en outre les sièges sont réservés aux gentilshommes.

— Et qu'est-ce que nous sommes ? demanda Iago en soufflant d'un air hautain. Des moins-que-rien ?

Elle rit.

— J'ai toujours été satisfaite des places à un penny. Les comédiens nous adorent, car nous rions et applaudissons aux bons moments. Les Puritains nous détestent.

— Ne me parlez pas des Puritains, dit Aidan. J'en ai assez de ces gens.

— Ah, vous avez rencontré votre lot de corbeaux noirs, Votre Révérence ?

La réponse de Donal Og, en gaélique, parut indiquer une connivence et même de l'empathie, mais avant qu'elle puisse demander une traduction, Iago les entraîna vers les marches.

— Attendez, dit-elle en s'arrêtant. Je n'ai pas de masque.

— Vous en avez un, maintenant.

Aidan lui tendit un loup de soie noire.

— C'est une pratique curieuse, mais les Anglais sont une race curieuse.

Tandis qu'elle attachait son masque, elle regretta qu'il ait parlé ainsi, montrant combien il était étranger dans le seul monde qu'elle avait jamais connu.

Mais alors qu'elle grimpait les marches avec sa remarquable escorte, un sentiment d'émerveillement l'envahit.

Elle était souvent venue assister au spectacle parmi les spectateurs à un penny, mais elle n'avait jamais payé un siège au théâtre.

Le bâtiment, magnifique, était édifié en rond comme le jardin aux ours de Southwark. La scène en pente s'avançait au centre de l'arène. Les décors peints donnaient vie à un monde imaginaire plein de couleurs.

Lorsqu'ils émergèrent dans la tribune, les gens fixèrent Aidan, Donal Og et Iago. Echauffée derrière son masque de soie, Pippa haussa le menton avec importance, savourant les regards des spectateurs bouche bée de respect et d'admiration. Iago, avec sa peau sombre et ses habits colorés, était le plus frappant des trois, mais Donal et Aidan, qui dominaient de la tête et des épaules les marchands et gentilshommes prospères, recevaient aussi leur part de coups d'œil admiratifs.

— *Diablo !* s'exclama Iago en sautant et en se tournant. Quelqu'un m'a pincé !

Pippa réprima un gloussement. Une femme bien en chair, vêtue d'une robe cerise, fit un clin d'œil au Noir derrière son masque emplumé. Mais alors une autre femme, dont la poitrine sortait quasiment de son corselet, porta son attention sur Aidan, abaissant les paupières et passant sa langue sur ses lèvres rouges.

Pippa prit Aidan par la manche et le tira le long de la rangée.

— Tenez-vous loin de ce genre de créature, l'avertit-elle.

Ses yeux bleus pétillèrent de gaieté.

— Et pourquoi donc ?

— C'est une femme dévoyée et une pestilence, croyez-moi.

— Je vous crois, dit-il en riant.

Pippa prit une grande inspiration.

— Elle pourrait vous donner quelque chose dont vous ne vous débarrasserez pas en vous lavant.

Il émit un son étranglé, puis il posa une main sur son épaule.

— Les vaches peintes n'ont pas d'attrait pour moi.

Sa voix était basse et intime.

— Je préfère de beaucoup le charme de l'innocence, ajouta-t-il.

Pippa sentit en elle les battements d'ailes de la joie. Aidan lui fit un clin d'œil.

— Sans parler du talent de jongleuse.

Pipa réprima un tremblement tandis qu'un frisson d'excitation lui passait dans le dos. Elle s'accrocha au bras d'Aidan, si fière d'être la partenaire favorite du O'Donoghue Mór qu'elle ne sentait même plus le sol sous ses pieds. Telle une éponge, elle se mit à mimer les manières de la noblesse, agitant un éventail devant sa poitrine, courbant délicatement un doigt pour goûter la nourriture, ou couvrant sa bouche quand elle riait d'un bon tour sur la scène.

La pièce traitait d'un mari trois fois cocu et de son épouse insatiable. Pippa l'apprécia largement, même si la farce n'était pas ce qu'elle se rappellerait de ce jour-là. Elle ne se souviendrait pas non plus d'avoir goûté les pâtés, les noix et les fruits confits que Donal Og achetait aux vendeurs ambulants chargés de plateaux.

Ce qu'elle se remémorerait, c'était avoir été avec Aidan. A entendre la riche musique de son rire. A jeter des œillades en douce à son superbe profil. A copier les manières et les expressions des nobles dames, même s'il protestait que ces attitudes ne le touchaient pas.

Pippa en oublia même de procéder au rituel qu'elle accomplissait toujours d'ordinaire. Chaque fois qu'elle se trouvait dans une foule, elle scrutait chaque visage en quête de quelque chose de vaguement familier — une inclinaison de la tête, un mouvement de la bouche, quelque chose qui indiquât sa relation avec un autre être humain ; quelque chose qui l'inclurait dans une famille.

Mais, ce jour-là, son obsession habituelle se tenait tranquille en elle. Elle se demanda pourquoi, et répondit à la question dans son cœur.

Quand elle était avec Aidan O'Donoghue, elle n'avait pas besoin d'une famille, car elle lui appartenait cœur et âme.

Aidan se demanda quel âge elle avait. Certaines femmes portaient leur âge comme des armoiries, tel ou tel détail indiquant platement, qu'elles le veuillent ou non, qu'elles avaient dix-huit, vingt-six ou trente-deux ans.

Ce n'était pas le cas de Pippa qui bondissait à côté de lui, riant et glapissant de plaisir à la farce donnée sur scène. Un moment il était certain qu'elle n'avait pas plus de seize ans, juvénile, hors d'haleine et aussi fraîche que l'aube. Puis la mélancolie l'enveloppait comme de la brume et elle faisait des observations si sages et si expérimentées qu'il aurait pu jurer qu'elle était sans âge.

Une troupe de bouffons s'éparpilla sur la scène, se frappant les uns les autres sur la tête avec des maillets. Pippa renversa la tête en arrière et s'esclaffa, se tapant sur les genoux en oubliant qu'elle était parmi des dames nobles.

— Quel âge avez-vous ? demanda-t-il finalement.

A l'instant où il parla, il se traita d'idiot. Il ne devrait pas s'en soucier.

Riant toujours, elle se tourna vers lui, puis peu à peu redevint sérieuse pour arborer cette gravité poignante contre laquelle il n'avait pas de défenses.

— Je ne sais pas, répondit-elle.

— Comment pouvez-vous ne pas le savoir ?

Elle courba la tête. Les rires et les applaudissements étouffaient leur conversation, si bien qu'il dut approcher sa tête très près de la sienne pour l'entendre.

— Vous oubliez, milord. Je ne suis pas née, j'ai été trouvée. Qui peut dire quel était mon âge, alors ? Deux ans ? Trois ? Quatre ?

Il supposa qu'elle était née hors des liens du mariage et avait été abandonnée par une mère qui ne pouvait la garder, ou peut-être était-elle devenue orpheline à la mort de cette dernière. La broche en or et la robe coûteuse dans laquelle elle avait été trouvée étaient des indices troublants. Mais même si elle venait d'une famille noble, cela ne changeait pas sa situation actuelle. Elle était terriblement seule au monde. Tout ce qu'il savait avec certitude, c'était qu'elle avait été blessée par une horrible circonstance — l'abandon.

La douleur qu'il lut dans ses yeux le fit tressaillir.

— Milord, je ne peux jamais m'empêcher de me demander. Voulait-on que je sois trouvée, ou que je meure là sur cette plage ?

Il mit ses mains sur ses épaules.

— Pippa…

— Cela a été une vraie chance que Mab tombe sur moi, alors je peux seulement penser que l'on ne voulait pas que je vive.

Elle regarda les bouffons qui faisaient des culbutes sur la scène, mais elle ne semblait pas les voir.

— Imaginez. Je n'avais vécu que très peu de temps, mais quelqu'un a décidé qu'il devait en être fini de moi.

— Vous ne pouvez pas le savoir, dit-il, dissimulant sa pitié sous un air bougon.

Elle battit des cils, et un sourire charmeur dissipa sa mélancolie.

— Je suis restée douze ans avec Mab. Une année pour chaque perle qu'elle a vendue.

— Vous disiez qu'elle en vendait toujours une à la saint Michel.

Il relâcha son emprise sur ses épaules et se tourna en feignant de s'intéresser au spectacle.

— Et ensuite je suis venue à Londres. J'y suis depuis onze ans.

— Cela réduit un peu les conjectures. Vous avez entre vingt-cinq et vingt-sept ans.

Elle se mordit la lèvre.

— Assez vieille pour être une vieille fille.

Il écarta une boucle dorée de son front.

— Vous ne ressemblez à aucune vieille fille que j'aie connue.

Avec un doux cri de joie, elle s'accrocha à son bras et pressa sa joue contre lui.

— Ah, vous êtes aimable, milord. Mort disait toujours que les Irlandais étaient tous des sauvages, mais vous le démentez.

Elle leva vers lui des yeux brillants.

— Personne ne s'est jamais donné la peine de me parler aimablement.

Aidan sentit le regard de Donal le brûler comme un fer rouge, et il regarda son cousin par-dessus la tête de Pippa. Donal avait réussi à se trouver la deuxième plus belle femme de l'assemblée, et ils partageaient du vin chaud.

— Je m'inquiète pour toi, cousin, vraiment, dit-il en gaélique. Si tu devais simplement la trousser, je comprendrais. C'est d'ailleurs ce que j'ai l'intention de faire avec ma charmante amie.

La « charmante amie » fit une moue.

— Quels secrets livrez-vous dans votre langue de sauvage ?

— Cette chose qu'il fait avec de l'huile pour les lampes, répondit Pippa pour se montrer utile, et une bouteille de…

Aidan plaça ses doigts sur sa bouche.

— Ne faites pas attention à cette donzelle des caniveaux, dit Donal à la dame. Elle a un sens de l'humour un peu tordu.

Aidan était terriblement conscient de la main de Pippa qui glissait lentement le long de son bras, d'un geste caressant.

— Satisfais-toi et je ferai de même, dit-il en gaélique à son cousin.

La foule explosa de rire devant les contorsions des bouffons.

— Par ma foi, Aidan, tu es le O'Donoghue Mór. Pense à ce que tu fais, dit Donal avec une note d'avertissement dans la voix. Que cela te plaise ou non, ton destin a été scellé voilà longtemps par des forces échappant au contrôle de n'importe quel homme. Même le comte de Desmond est parti dans les collines comme un vulgaire raider. Tu es chargé d'assurer la paix dans un district entier. Pas de jouer les nourrices avec une Sassenach des rues.

— Tu crois que je ne le sais pas ? rétorqua Aidan.

La main de Pippa glissa plus bas, ses doigts caressant son poignet, s'attardant sur son pouls. Il pensait avoir trouvé sa réponse avec Felicity Browne, la parfaite rose anglaise, une partie de l'accord pour maintenir la paix, et la plus grande erreur qu'il avait jamais commise.

— Cela ne te fera aucun bien de tomber amoureux d'une telle fille.

Donal indiqua Pippa d'un signe de tête.

— Et pourquoi penserais-tu que je tombe amoureux ? demanda Aidan, rouge d'irritation. C'est à coup sûr la chose la plus stupide que j'ai jamais entendue.

Tandis qu'il parlait, la main de Pippa se coula dans la sienne et y resta timidement, comme un petit oiseau sauvage se cachant d'un orage.

Aucune affinité n'était possible avec cette femme, même s'il la convoitait bel et bien. Mais elle le fascinait. Elle bouleversait son sens naturel de la maîtrise, le défiant et le contredisant, le faisant rire et lui brisant le cœur en même temps. Chaque moment avec elle brillait comme un joyau, mais ces moments étaient aussi fugaces que le reflet du soleil sur de l'eau en mouvement : étincelants, intenses et aussitôt disparus.

Chaque minute passée avec elle, pensa-t-il en sentant sa poitrine se contracter, était un aperçu de ce qui ne pourrait jamais être.

Il s'obligea à rire des farces jouées sur scène pour étouffer l'angoisse qui lui serrait le cœur. S'il était le vrai fils de son père, il coucherait simplement avec la gueuse. Le ciel le savait, son corps ne cessait de l'y pousser. Jamais, au grand jamais, il n'avait autant aspiré à goûter la bouche d'une femme, à la prendre dans ses bras et à s'enfouir dans sa chaleur.

La confiance inébranlable qu'elle plaçait en lui était déconcertante, surtout si l'on considérait ses pensées. Ne savait-elle pas que la position d'un chef irlandais était précaire, sa vie risquant fort de finir dans le sang et le feu ?

Aidan prit sa décision. Tandis que la troupe de baladins venait recevoir ses vivats et les pièces qu'on lui jetait, il songea à une manière de s'assurer que Pippa reste en sécurité, bien après son départ.

*
* *

— Absolument pas, dit-elle le lendemain en essayant de paraître outragée, alors que son cœur se brisait. Je ne ferai jamais ce que vous suggérez, milord aux idées stupides.

Elle arpentait l'allée du jardin avec une conscience aiguë de la beauté de la journée, des digitales et des ancolies qui déployaient toute une gamme de couleurs et de senteurs printanières, du soleil brillant qui touchait la cime des ifs et des ormes.

— C'est une bonne idée.

Aidan s'appuya à la margelle du puits et croisa ses chevilles bottées. Il était si beau et si indolent à la fois qu'elle avait envie de le souffleter.

— Je pense que vous devriez la considérer.

— La Cour ! explosa-t-elle, s'étranglant presque sur le mot. Je ne puis croire que vous pensiez que je pourrais aller à la Cour. Comme bouffon, peut-être. Mais comme une dame ? Jamais.

— Ecoutez-moi au moins jusqu'au bout.

Il portait sa tunique ouverte au col, et elle avait beau faire, elle ne pouvait s'empêcher d'imaginer à quoi ressemblait son torse large et musclé, avec une toison noire et soyeuse au milieu…

Elle fut immédiatement irritée contre elle-même. Tendant la main, elle cueillit trois petites poires vertes d'un poirier et se mit à jongler avec, paresseusement.

— J'écoute. Je vais essayer de ne pas souffler trop fort de dégoût.

Il s'écarta du puits et croisa les mains dans son dos, ayant tout l'air d'un général planifiant une stratégie.

« Ah, mais c'est ce qu'il fait, dit une vilaine petite voix dans la tête de Pippa. Il organise une campagne pour me faire sortir de sa vie. » « Mais je viens juste de vous trouver ! » eut-elle envie de protester.

— Je n'ai pas encore rencontré votre reine, reprit-il, mais on m'a dit qu'elle apprécie la compagnie enjouée.

Il suivit du regard les poires avec lesquelles elle jonglait sans effort.

— Et moi, j'ai entendu dire qu'elle avait dégradé un chevalier qui avait fait un pet en sa présence, rétorqua Pippa.

— Vous lui plairiez.

— Comment savez-vous si je plairais ou non à la reine ?

— Tout le monde vous aime bien. Même Donal Og.

— Il a une façon si charmante de le montrer. De quoi m'a-t-il traitée ce matin, déjà ?

— De cauchemar en taffetas.

Aidan ne put réprimer son amusement dans sa voix.

— Vous voyez ?

Elle continua à faire tourner les poires en feignant la nonchalance.

— Et vous, Aidan O'Donoghue ? Est-ce que vous m'aimez bien ?

— Je suis responsable de vous. Je veux faire ce qui est le meilleur pour vous.

— Est-ce particulier aux Irlandais ?

— Quoi ?

— Prétendre répondre à une question sans donner de réponse du tout.

Elle récupéra les poires, puis lui en lança une sans prévenir. Il l'attrapa adroitement. Elle mordit dans une des siennes, et le goût acide lui tira une grimace.

— Et comment ai-je fait pour vivre vingt-cinq ou vingt-sept ans sans vous ? demanda-t-elle d'un ton caustique.

— Vous avez *survécu,* Pippa. Mais pouvez-vous dire

honnêtement que vous avez vécu ? Vous dites que vous voulez trouver votre famille. Vous avez des raisons de croire que ce sont des gens de noble naissance. Quel meilleur endroit pour commencer à chercher que la Cour ? Vous pouvez y trouver des personnes qui gardent trace des lignages, qui possèdent des actes de recensement, des registres volés dans des églises. Vous pouvez vous renseigner sur des familles qui ont perdu un enfant — probablement à la suite d'une noyade.

Pippa se raidit contre une bouffée d'envie.

— Je pense que nous savons tous les deux quelles sont mes chances, dit-elle posément. Je ne connais pas mon nom de famille, alors comment puis-je me trouver dans des registres ?

Il lui toucha la main. Fallait-il que cet homme soit toujours aussi tendre ?

— Ne dites pas non, insista-t-il. Il y a un bal masqué à Durham House ce soir. J'y suis attendu. Dites que vous viendrez avec moi. Donnez-vous une chance d'être avec des hommes qui pourraient peut-être vous aider. Rencontrez Robert Dudley — en tout honneur —, Christopher Hatton, Evan Carew…

Ces noms tournoyaient dans sa tête, étranges et attirants.

— Non, dit-elle. Ce n'est pas ma place. Je ne pourrais jamais…

— Dites-moi que mes oreilles me trompent, l'interrompit Aidan.

Il pencha la tête de côté.

— Je n'aurais jamais pensé que je vous verrais vous rétracter peureusement devant un défi.

Elle lui tourna le dos. Maudit soit-il, maudit, maudit. Comment se faisait-il qu'il puisse voir dans son cœur, même quand elle se donnait du mal pour le cacher ?

— Que craignez-vous ? demanda-t-il en la prenant par les épaules et en la tournant face à lui. De ne jamais trouver qui vous êtes, ou au contraire de le découvrir ?

— Et s'il s'avère que je suis la bâtarde d'un vieux duc goutteux ?

— Alors, on vous appellera lady Pippa.

Il fit sauter la poire dans sa main d'un geste nonchalant.

— Cela signifiera peut-être que vous devrez cesser de penser à votre mère comme à une princesse dans une tour de verre. Vous pourriez apprendre qu'elle n'est que trop humaine, aussi imparfaite que vous ou moi.

Pippa resta un moment à le regarder. Comme il était beau, avec la splendeur du printemps rayonnant tout autour de lui. Il lui enlevait son rêve de longue date, certes, mais il lui offrait à la place un autre rêve — un qui avait une chance de se réaliser.

— D'accord, dit-elle enfin. Je viendrai.

— Iago me dit que vous avez renvoyé les chambrières, lança Aidan, contrarié, à travers la porte de sa chambre.

— En effet, Votre Splendeur, répondit-elle d'une voix enjouée.

C'était sa meilleure voix pour appâter la foule, et elle avait travaillé des années pour la perfectionner. Nul ne devinerait qu'à l'intérieur elle souffrait de blessures qui perçaient sa fierté au vif.

— C'est au-dessous de moi de fréquenter une classe de gens aussi méchante.

— Elles ont été envoyées spécialement par lady Lumley. Les avez-vous gardées assez longtemps pour vous habiller ?

Pippa appuya son front à une vitre en losange d'une fenêtre à meneaux et inspira profondément pour dénouer sa gorge serrée. « Je les ai gardées juste assez longtemps pour qu'elles me traitent de catin d'O'Donoghue. De brebis lacée. De poupée pomponnée. »

— J'ai décidé de ne pas y aller, finalement.

Ah, malédiction. Sa voix était fêlée par l'émotion. C'était trop espérer qu'il ne le remarque pas.

Il le remarqua. Il poussa la porte et entra à grands pas dans la chambre. Il était magnifique dans une tunique de drap noir et des chausses en cuir. Iago avait ajouté des perles d'argent poli à la longue mèche nattée qui ornait ses cheveux. Il avait l'air sauvage et maussade, et légèrement dangereux quand il s'arrêta net en la voyant.

Elle eut envie de se recroqueviller et de mourir, car elle n'était vêtue que d'une chemise, avec ses bas entortillés autour de ses chevilles et le reste de son costume d'apparat jeté en désordre sur le lit.

Mais il ne regardait pas sa nudité. Il regardait son visage. Ses yeux.

— Vous avez pleuré, dit-il.

— La boule de senteurs me fait éternuer, soutint-elle en soulevant le diffuseur de parfum par son cordon et en le tenant à bout de bras.

Il le lui prit et le posa sur la table.

— Est-ce pour cela que vous avez renvoyé les chambrières ? Je me suis donné du mal pour les amener ici, avec la couturière et cette robe.

Il désigna le vêtement, une fantaisie soyeuse bleu de glace et argent. Quand Pippa avait posé les yeux dessus, ses genoux avaient faibli, car elle n'avait jamais vu une aussi belle toilette. Mais c'était avant que les chambrières se mettent à la houspiller.

— Il paraît qu'à l'origine elle a été confectionnée

pour une dame de compagnie de la reine, dit Aidan, mais elle…

Il s'interrompit et leva une manche pour l'examiner.

— Elle quoi ? demanda Pippa.

— Elle a été bannie de la Cour.

— Pourquoi ?

Il laissa tomber la manche à crevés et lui fit face avec une expression décontenancée.

— D'après Iago, la dame en question a demandé à la reine la permission de se marier, et la reine a refusé. Quelques mois plus tard, on a découvert que la dame était enceinte, et qu'elle avait secrètement épousé son amant. Il a été emprisonné à la Tour, et elle a été renvoyée de la Cour.

Pendant un moment, Pippa en oublia ses propres soucis.

— Pourquoi ?

— J'ai posé la même question. Une personne a osé me répondre, mais seulement à mi-voix. La reine ne peut trouver un homme à épouser, et elle a passé l'âge d'avoir des enfants.

— Se marier et avoir des enfants n'est pas vraiment ce que c'est réputé être, dit-elle.

Pendant un instant, une ombre froide sembla passer sur lui. Puis, aussi fugacement, l'amusement pétilla dans ses yeux.

— Et vous êtes une autorité dans ce domaine.

— Dove m'a dit une fois que des prêtres célibataires conseillent aux gens de se marier.

— Ah. Maintenant, à propos de cette robe…

— Sûrement une toilette qui me portera chance, déclara Pippa d'un ton aigre.

— Elle n'est pas à votre goût ?

— Milord, la robe est belle. C'est la couturière et ses assistantes qui n'étaient pas à mon goût.

— Vous ont-elles offensée ?

— Je ne me suis pas sentie offensée pour mon propre compte. On m'a traitée de bien pire que de catin, brebis lacée, pigeon pomponné ! Ou était-ce poupée ?

Elle lui dédia son sourire le plus insouciant, suivi de son froncement de sourcils le plus outragé.

— C'est ce qu'elles ont dit de vous, milord, qui m'a mise en rage.

Il haussa un sourcil.

— Oh ? Et qu'est-ce que cela peut bien être ?

— Eh bien, je n'en suis pas sûre. Je n'avais jamais entendu ce mot auparavant. Que veut dire « secoueur de lit » ?

Aidan vira à l'écarlate, et il baissa la tête.

— Je ne comprends pas les Sassenach, qui laissent leurs femmes parler comme des filles de taverne.

— Et que laissez-vous faire à vos femmes, en Irlande ?

Une fureur glacée remplaça l'humour penaud de son visage. Puis il cligna des paupières, et sa sombre expression se dissipa.

— On ne les « laisse » rien faire. Elles font ce qui leur plaît.

Il s'avança vers elle.

— Je suis désolé que vous ayez dû endurer ces harpies. Laissez-moi vous aider à vous habiller. Je jure que je ne vous traiterai pas de tous les noms, sauf, peut-être…

Il se racla la gorge, déconfit d'une façon touchante.

— Sauf quoi ?

— *A storin.* Ou peut-être *a gradh.*

Ses yeux souriants allèrent jusqu'à son âme, faisant passer un frisson sur sa peau.

Elle n'aurait pas pu lui résister même si elle l'avait voulu.

— Je me rends ! s'écria-t-elle en mimant une pâmoison de théâtre, portant son poignet à son front et chancelant dangereusement. Je suis à vous pour que vous fassiez ce que vous voulez de moi !

En gloussant, Aidan examina les éléments du costume sur le lit.

— Je ne suis pas certain de savoir comment tout ceci s'assemble. Et franchement, j'ignore comment vous avez réussi à changer le O'Donoghue Mór en chambrière pas une fois, mais deux.

— Vous adorez cela, secrètement. Vous le savez bien.

Il leva un objet diabolique, armé d'acier.

— Un corset ?

— Non, merci. Je n'ai jamais compris pourquoi les gens veulent arranger la façon dont le Seigneur les a faits.

— Enfilons cette jupe de dessous, alors. Elle est assez jolie.

Elle était tout simplement splendide, la belle étoffe bleue semée de fils d'argent, l'ourlet garni de festons assortis à ceux des manches. Il la fit passer par-dessus sa tête et la mit en place autour de sa taille. Puis il glissa les mains derrière elle pour commencer à nouer les lacets.

Pippa éprouva une terrible envie de poser sa joue sur son torse, de fermer les yeux et de savourer leur proximité. Que dirait-il, se demanda-t-elle, s'il savait qu'il lui avait donné la seule tendresse qu'elle avait jamais reçue ?

Avant qu'elle trouve le courage d'avouer ses pensées, il ajouta la jupe de dessus, d'un tissu plus lourd, ouverte sur le devant pour laisser voir celle de dessous.

Puis ce fut le tour du corselet.

— Tout est à l'envers, milord, déclara Pippa quand il

passa derrière elle pour le lacer. A quoi peut bien servir un vêtement qui se lace *dans le dos* ?

— Cela a une valeur sociale. Cela prouve que vous êtes assez riche pour avoir des chambrières pour vous habiller.

— Oh. Et je dois être riche comment pour me faire habiller par un chef irlandais ?

— Pour cela, répondit-il, son haleine chaude caressant sa nuque, vous avez juste besoin d'être Pippa.

Le revers de ses doigts la toucha tandis qu'il s'affairait, et sa peau se mit à la picoter de partout.

Il lui donnait l'impression d'arriver d'un froid mordant devant un grand feu crépitant. Si elle avait pu flotter, elle l'aurait fait. Il avait un sens parfait de ce qu'il fallait dire, quand plaisanter et quand être sérieux. Il était magique, son charme si captivant qu'elle ne prêtait pas attention aux ombres qui tombaient de temps en temps sur lui.

Elle rit devant les manches supplémentaires qu'il laça par-dessus sa camisole blanche bouffante. Apparemment, plus on avait de manches, mieux c'était. Mais elle se rebiffa quand il prit la fraise haute et raide.

— Vous pouvez renvoyer ceci à la chambre de torture d'où ça vient, déclara-t-elle. J'ai passé au pilori des moments plus confortables. Au nom du ciel, pourquoi quelqu'un prend-il au moins quarante aunes de dentelle, les compresse et les raidit avec… avec…

— De l'amidon, compléta-t-il. Parce que quelqu'un de très malin a inventé ce système, je suppose. C'est censé être ajouté quand vous êtes habillé.

— C'est comme ça que cette collerette tient debout ? C'est parfaitement ridicule. Pas étonnant que les nobles aient l'air de marionnettes rembourrées qui passent quatre heures chaque jour à s'habiller.

Il cligna de l'œil et posa la fraise.

— Si vous ne voulez pas la porter, j'ai une autre idée.

— Laquelle ?

D'une bourse sur sa hanche, il sortit un collier étincelant. Les pierres étaient arrondies et polies, brillant d'un feu violet. La monture en argent était très travaillée, composée d'étranges dessins sinueux.

— Sainte Mère de Dieu ! murmura Pippa. C'est trop précieux pour que je le porte.

— Croyez-moi, vous avez plus de valeur qu'une babiole. Je destinais ce collier à une autre dame, mais elle se montre récalcitrante.

Un frisson glacé toucha le cœur de Pippa. Elle ne devrait guère être surprise de sa préférence pour une autre, mais cela n'atténua pas la blessure.

— Vous devriez sûrement le garder pour cette dame, Votre Sérénité.

Il s'immobilisa, le collier tombant élégamment de ses doigts.

— Juste ciel, dit-il doucement, ses yeux se plissant aux coins. Je crois bien que vous êtes jalouse.

— Ha ! explosa-t-elle, le visage en feu. Ce n'est qu'un rêve de votre part, milord Paon. Ne vous flattez pas à mes dépens.

Il rit.

— Vos protestations me flattent.

— Vanité, énonça-t-elle.

Quand il cessa de rire, il dit :

— Ce n'était pas un présent du cœur, mais un geste de diplomatie. Ce collier était destiné à la reine.

C'était la dernière réponse à laquelle Pippa s'attendait.

— Vous voulez que je porte un bijou que vous avez apporté pour la reine ?

— Pour Gloriana elle-même, répondit-il d'un ton railleur. Vous augmenteriez la beauté de ce joyau. Ce sont des améthystes, extraites des collines de Burren.

Il passa derrière elle et attacha le collier.

— La façon est celtique. Très ancienne.

Et ravissante, pensa Pippa, les facettes des pierres étincelant quand elle bougeait. Elle pirouetta pour lui faire face.

— Etes-vous magique ? demanda-t-elle.

Il fronça ses sourcils noirs, perplexe.

— Magique ?

— Vous savez bien, l'objet d'un enchantement. Mab m'a raconté une fois l'histoire d'un prince féerique qui revient à la vie et exauce tous les désirs d'une femme.

— Je suis un chef, pas un prince, dit-il. Et certainement pas féerique.

Elle faillit rire devant son indignation mêlée d'ironie. Puis il se pencha et posa ses lèvres sur son front. La douce caresse de sa bouche la pénétra au plus profond d'elle-même.

— Mais je confesse, murmura-t-il, que l'idée d'exaucer tous vos souhaits possède un certain attrait.

## Journal d'une dame

On donne un bal masqué ce soir chez lord Durham, mais nous avons décliné l'invitation. Richard s'y rendra, car il est trop jeune pour être chargé de ma douleur. Ah, comme nous luttons durement pour protéger nos enfants. Richard n'a jamais eu vent de notre perte ; comme elle s'est produite avant sa naissance, nous n'avons pas vu l'utilité de lui en parler.

Seul mon cher époux comprend le rituel intime que j'effectue chaque année à cette date, l'anniversaire de la tragédie. Au coucher du soleil, je prends un morceau de bois et une bougie et je descends au bord de l'eau, juste à l'endroit où j'ai embrassé ma toute petite fille pour lui dire au revoir voilà si longtemps. Je me remémore la façon dont je l'ai regardée dans ses grands yeux confiants et posé un baiser supplémentaire, « pour plus tard », dans la paume de sa main potelée.

Puis je mets le petit esquif à l'eau, avec la bougie allumée, et je reste sur la rive pour le suivre des yeux tandis que les larmes viennent, et je prie d'avoir la force de supporter l'insupportable.

Alouette de Lacey,
Comtesse de Wimberleigh.

# 6

— On ne me transportera pas dans une boîte comme un cadavre, déclara Pippa.

Agacé par sa rébellion, Aidan prit une grande respiration. Donal Og et Iago échangèrent un coup d'œil exaspéré. Rassemblant toute sa patience, Aidan dit :

— Les carrosses me semblent étranges à moi aussi. Mais lord Lumley m'a assuré que les gens de bon ton se font transporter dedans.

Telle une menue fée bleue au caractère aigri, Pippa scruta d'un air soupçonneux l'intérieur sombre du carrosse carré.

— Des morts de bon ton, ronchonna-t-elle. C'est un corbillard.

— Il ressemble à un chariot de baladins, dit Iago.

Aidan fronça les sourcils.

— Qu'est-ce qu'un chariot de baladins ?

— Ils les placent à un coin de rues et jouent la comédie dessus.

Le grand Noir croisa les bras sur sa poitrine.

— Pas vrai, *pequeña ?*

— Ceci ne ressemble en rien à un chariot de baladins, répondit fermement Pippa. Il est fermé et sombre à l'intérieur. Ça doit être pour des gens qui ont quelque chose à cacher.

« Ce qui fait de moi le parfait passager », pensa Aidan.

— Ou des gens qui ne se soucient pas de l'endroit où ils vont, renchérit-elle.

Elle jeta un regard noir au cocher, perché sur un banc étroit à l'avant du carrosse. Il lui rendit son regard.

— Je veillerai sur vous, promit Aidan.

Posant ses grandes mains sur sa taille, il la souleva et la mit dans la voiture. Puis il prit place sur le siège bosselé, garni de crin, en face d'elle. L'intérieur du carrosse était sombre et exigu, et sentait le cuir et le cheval. L'intimité de l'habitacle le saisit, et son souffle se coinça dans sa gorge tandis qu'une torturante bouffée de chaleur pour la femme récalcitrante qui le regardait d'un air pincé l'envahissait.

— Tu n'as *toujours pas* couché avec elle, observa Donal Og en gaélique alors que Iago et lui montaient dans le carrosse. Je peux le dire à ton expression affligée.

— Donal Og, répondit Aidan avec un calme surprenant. Tu es mon parent, et ce que j'ai de plus proche d'un frère. Mais si tu fais une autre remarque comme celle-là, je me ferai une joie de te faire changer de discours.

Le cocher fit claquer son fouet et siffla. Le carrosse bondit en avant. Pippa jura, tombant presque de son siège.

Donal frappa ses genoux de ses mains.

— Quoi, le O'Donoghue Mór aux yeux de glace est en train de tomber amoureux d'une vulgaire traînée ?

— Je ne veux pas l'entendre insulter, même en gaélique.

— C'est de l'amour, confirma Iago en hochant la tête et en se caressant le menton.

Crispant la mâchoire, Aidan jeta un regard en douce à Pippa. La lumière du coucher de soleil l'entourait d'un halo doré tandis qu'elle était assise face à lui, la joue contre la fenêtre, ses mains délicatement gantées serrées sur ses genoux. Les lèvres humides, les yeux élargis, ses boucles auréolant son visage, elle n'avait jamais paru plus délicieuse.

— Je ne peux pas l'aimer, marmonna Aidan, piqué au vif par un sentiment de futilité.

— Qu'est-ce qui te fait penser que tu as le choix ? demanda son cousin.

— Parlez anglais, intervint Pippa, ou je vais penser que vous jasez sur moi. Mais c'est le cas, bien sûr.

Elle pointa un doigt accusateur.

— N'est-ce pas ?

— Oui, reconnut Iago avant qu'Aidan puisse l'en empêcher. Nous expliquons au O'Donoghue Mór qu'il s'est épris de vous.

— Je suis béni des amis les plus loyaux ! maugréa Aidan, les oreilles en feu.

Finalement, ce fut Pippa qui le sauva, en riant.

— Ne soyez pas ridicule, Iago. De telles illusions romanesques sont-elles propres aux Irlandais, ou aux hommes en général ? Maintenant, cessez de bavarder et faites attention. Je vais vous parler de cette partie de Londres.

— Comme vous voulez.

Iago tendit un bras musclé pour la retenir tandis que le carrosse tournait à un coin de rue et s'engageait dans Ivy Bridge Lane.

Alors qu'elle se lançait dans des explications sur de célèbres maisons et boutiques, Aidan souhaita éprouver pour elle une simple et saine concupiscence. A la place, quand il la regardait, il était saisi d'une émotion si poignante qu'il en ressentait de la douleur.

Elle touchait les gens. Les affectait. Iago était son esclave dévoué. Même Donal Og, aussi dur et escarpé que les falaises de Moher, l'admirait. Et quand il pensait que personne ne le voyait, il se montrait aimable et patient avec elle. Elle suscitait le désir de protection d'un homme, peut-être parce qu'elle insistait pour ne pas être protégée.

Comme si elle avait senti qu'il l'observait, elle croisa son regard. Un sourire fugace, presque timide, incurva ses lèvres.

— Après tout, ce n'est pas si mal de voyager en carrosse, Votre Abondance, dit-elle.

Il lui répondit d'un sourire, prenant plaisir à sa satisfaction. « Qui êtes-vous ? » se demanda-t-il. La triste vérité était probablement qu'elle était née d'une pauvresse qui ne pouvait se permettre de la garder, ou qui ne voulait pas d'elle. Les mots qu'elle avait prononcés lui revinrent : « Voulait-on que je sois trouvée, ou que je meure là sur cette plage ? »

Il avait envie de la serrer dans ses bras, de lui caresser les cheveux et de la rassurer, de lui promettre qu'elle n'avait pas été abandonnée mais seulement perdue. Quelle sorte de créature laisserait une enfant comme Pippa ? Il pouvait presque croire qu'elle n'avait pas de mère, mais qu'elle avait été créée par les *sidhe,* les magiciennes irlandaises.

Après être passé sous l'arche de l'entrée et avoir pénétré dans une cour intérieure, le carrosse cahota et s'arrêta en craquant. Des valets en livrée se précipitèrent pour les aider à descendre. Durham House était une demeure hautaine et solennelle, avec des piliers de marbre et deux grandes tourelles. La résidence donnée à lord Durham incarnait l'essence même de la fortune et des privilèges anglais. Pourtant, plutôt que d'en être ébloui, Aidan ressentit du mépris. Les Sassenach se donnaient du mal pour se placer au-dessus de leurs gens. Pas Aidan, dont le sang était celui de rois. Il donnait ses banquets et tenait ses conseils en plein air, accueillant tout le monde au lieu de se murer loin des gens simples.

Il jeta un coup d'œil à Pippa et vit qu'elle était impressionnée. Elle s'arrêta à la porte d'entrée pour toucher un cordon de soie qui pendait d'une cloche. Mais quand elle se mit à dénouer le cordon, Aidan comprit son intention et gloussa.

— Je pense qu'il serait mal vu d'être pris à voler les fournitures, lui dit-il à mi-voix.

Dans l'antichambre de la salle de bal, des serviteurs restèrent bouche bée d'admiration devant Pippa, et Aidan éprouva une bouffée de fierté. Il n'y avait pas si longtemps, ces domestiques fascinés ne l'auraient pas trouvée assez bonne pour lui cracher dessus ; maintenant, ils s'inclinaient devant elle, convaincu qu'elle était une dame de haute naissance.

On regardait Iago avec des yeux ronds ; comme d'habitude, on le frôlait discrètement pour voir si sa couleur de peau était réelle ou juste peinte. Il supporta tout cela avec son charme et son aplomb coutumiers.

De l'arcade qui donnait dans la salle de bal, ils purent apercevoir une mer tourbillonnante de joyeux invités. Pippa hésita, son teint prenant une pâleur de craie. A la surprise d'Aidan, elle semblait terrifiée. Et puis, avant qu'il puisse la rassurer, elle rejeta ses épaules en arrière, haussa le menton et s'avança fièrement, suivie par Iago et par une douzaine de regards médusés.

Donal donna un coup de coude dans les côtes à son cousin.

— Nous n'avons même pas encore été annoncés. Qu'est-ce que ce sera quand les invités les verront ?

*
* *

Les gens les fixaient. Pippa s'en aperçut tout de suite alors qu'elle marchait entre Iago et Donal, tous trois précédant Aidan, le seigneur en titre. La première personne qu'ils rencontrèrent fut un homme en pourpoint de soie rouge et à la splendide moustache. Pippa avança un pied, sur le point de faire une révérence.

Donal posa discrètement une main sur son bras.

— C'est le majordome, *a stor*. Il va nous annoncer.

La seule idée d'être annoncée était aussi enivrante qu'une coupe de vin fin.

Le majordome cria leur nom aux invités de la salle surpeuplée. Une foule de gens, au moins aussi nombreux que ceux qu'elle avait vus rassemblés à St Paul, tournèrent des regards curieux vers leur groupe.

Iago, bien sûr, était le plus frappant, avec sa peau sombre, sa cape de couleur vive et son sourire facile. Tel un comédien accompli, il joua son rôle pour les curieux, pressant ses paumes l'une contre l'autre, les narines frémissantes, comme s'il effectuait un salut étranger et exotique.

Pippa gagnait sa vie en se donnant en spectacle, aussi trouva-t-elle l'attention plaisante. Présentée comme la maîtresse des réjouissances du O'Donoghue Mór, elle dédia un sourire rayonnant à l'assemblée qui l'observait, choisissant quelques personnes au hasard pour les gratifier d'un signe de tête ou de main — un gros homme engoncé comme une saucisse dans un pourpoint rembourré et des chausses écarlates, une dame qui tenait un masque à paillettes devant son visage, un page qui faillit s'étrangler sur un grain de raisin quand elle lui fit un clin d'œil.

— Voici donc notre chef irlandais ! s'exclama un

homme, souriant à Aidan en cachant mal sa fureur. Vous avez l'air aussi sauvage que votre père.

Son sourire se durcit.

— Il a tué le mien, vous savez. Je suis lord Arthur Grey de Wilton.

Pippa les fixa, stupéfaite, tandis que la haine crépitait entre eux — l'Anglais mince et élégant et le magnifique chef irlandais aux cheveux noirs.

— Je suis navré de votre perte, répondit Aidan d'une voix sans timbre. Il est regrettable que votre père ait tenté de voler un troupeau au mien sans le payer.

Il s'éloigna.

Pippa voulut le suivre, mais Iago la retint.

— Laissez-lui le temps de se calmer. Il ne lui plaît guère de défendre son père.

Donal rejoignit son cousin, pencha sa tête blonde vers sa tête brune et lui chuchota quelque chose en gaélique. Aidan lui répondit brièvement, puis se tourna et prit Pippa par la main, lui faisant descendre trois marches pour se mêler à la foule.

Une masse indistincte d'élites londoniennes suivit alors dans un tourbillon de présentations : le lord Conservateur et le lord Chancelier, une princesse suédoise, trois chevaliers saxons, un amiral, un évêque et des dizaines de grandes dames. Lady Helmsley abaissa son masque de plumes et porta une paire de lorgnons à ses yeux pour regarder Pippa.

Celle-ci, qui n'avait jamais vu de lorgnons auparavant, se pencha en avant et la scruta à son tour.

— Est-il habituel pour un seigneur irlandais de sortir avec sa mime ? demanda la dame. Et une escorte de cent sauvages ?

Pippa lui décocha un sourire éblouissant.

— Madame, avez-vous vraiment quelque chose à dire,

ou essayez-vous simplement de me convaincre que vous avez une haleine de cheval ?

— Eh bien !

Scandalisée, la dame s'éventa d'un geste agité.

— En vérité, vous devez être sa maîtresse, persifla-t-elle.

— Seulement dans mes rêves, milady. Seulement dans mes rêves.

Iago entraîna Pippa avant qu'elle s'en prenne physiquement à la dame. Les personnes qu'elle rencontra ensuite étaient bien plus plaisantes — un poète enjoué du nom de Sharpe, une paire de jumelles identiques appelées Lucy et Letty, une grosse femme avec un goitre, et la naine de la reine, Ann. La femme minuscule et trapue fascina Pippa, et elles devisèrent agréablement quelques instants.

— Allez à la Cour, lui conseilla Ann. C'est le seul endroit pour les gens comme nous.

— Vous avez sans doute raison, admit Pippa.

Sur une galerie élevée au-dessus de la foule, des musiciens jouaient un air de danse. Après une heure passée à sourire et à hocher la tête, Pippa souhaitait ardemment danser. Mais l'expression sinistre et les yeux orageux d'Aidan l'avertirent que ce n'était pas le moment de le lui demander. A la place, elle chercha un moyen de l'extirper de la foule des admirateurs et des curieux.

Elle lui prit le bras.

— Voilà l'infecte lady Helmsley qui revient. Dois-je lui dire qu'elle a une araignée qui lui grimpe dans le dos ?

La hautaine grande dame leur jeta un regard noir et les dépassa. Tout de suite après, Pippa regarda le bracelet de diamants qu'elle tenait dans la main.

— Où avez-vous eu cela ? demanda Aidan à mi-voix. Ah, bonté divine, surveillez vos manières !

Il lui arracha le bracelet volé et le laissa tomber à terre.

— Milady, lança-t-il derrière lady Helmsley, vous avez perdu ceci.

Avec une courbette fleurie, il lui rendit le bracelet.

Si Pippa n'avait pas été fixée, elle aurait pu croire à la sincérité de son sourire étincelant et de son attitude galante. En un clin d'œil, le dédain de la dame fondit. Elle le remercia d'un sourire affecté qui dégoûta Pippa avant de s'éloigner.

— Je m'agenouille devant votre charme irlandais, murmura-t-elle.

— Plus de vols, marmonna Aidan. Je suis sérieux.

Elle porta une main à son cœur.

— Parole d'honneur.

Il baissa les yeux sur elle et son expression s'adoucit.

— Avez-vous faim ?

— Toujours.

Alors, il rit. C'était le son le plus merveilleux qu'elle connaissait. Il la guida à travers la foule, et elle ne put s'empêcher de noter combien il était différent des nobles anglais.

Les hommes présents dans la salle portaient des chausses de soie et des pantoufles de chevreau. Leurs amples hauts-de-chausses bouffaient d'une manière obscène, comme s'ils avaient fait dedans quelque chose de répugnant. Les pourpoints ajustés, couverts de colifichets, ajoutaient une ampleur hautaine à des torses trop maigres pour impressionner par eux-mêmes. Et comme Iago l'avait dit, les gentilshommes anglais avaient des accroche-cœurs qui tressautaient sous leur coiffe de velours.

Contrastant avec eux, Aidan portait des chausses en cuir et des bottes fendues sous le genou, une tunique serrée à la taille par une large ceinture incrustée de pierres polies, et sa théâtrale cape bleue qui tournoyait autour de lui comme un vêtement de roi.

— Pippa.

Sa voix douce près de son oreille la fit sursauter.

— Quoi ?

— Vous me fixez au lieu de régaler vos yeux de la crème de la noblesse anglaise.

Il plaça une coupe en argent dans sa main et l'enjoignit à boire.

Elle goûta le vin doux au goût musqué et sourit.

— En vérité, milord, vous êtes beaucoup plus agréable à regarder que les autres.

Il marmonna quelques mots bien sentis en gaélique.

— Quoi ? demanda-t-elle encore.

— Parfois, vous êtes trop franche pour votre propre bien.

Il la prit par les épaules et la tourna vers la foule.

— Maintenant, faites attention, dit-il sévèrement. Regardez ceux que je vous montre. Certains ont les faveurs de la reine, et leur amitié ne serait pas de trop.

Lui désobéissant de manière flagrante, elle ferma les yeux et s'adossa à son long corps dur. Comme il était bon d'être tenue par lui, d'avoir sa chaleur si près d'elle, de humer son odeur d'homme et de cuir, de…

— Pippa !

Il enfonça les doigts dans ses épaules.

Elle rouvrit lentement les yeux.

— J'écoute.

— Fort bien. Vous voyez cet homme debout devant la tapisserie ?

Le regard de Pippa balaya une tapisserie fleurie et se posa sur un homme entièrement vêtu de noir. Sa fine moustache s'agitait comme deux petits fouets.

— Oui ?

— Surveillez-le de près. Je vous l'assure, ses espions nous observent.

— Des espions ? répéta-t-elle, fascinée.

— C'est Francis Walsingham. Il déteste violemment les catholiques et serait heureux de me voir rôtir vivant s'il pouvait s'en sortir indemne. Il est le maître espion de la reine. Tout le monde le méprise, la reine comprise, mais les gens ont un sain respect de ses capacités. Avec lui se trouvent lord Norfolk et lord Arundel, tous deux plaisants et pas particulièrement dangereux.

Il posa la main sur la nuque de Pippa et la prit doucement entre ses doigts. Cette caresse lui donna le tournis, mais il semblait déterminé à faire son éducation, pour le moment. Il lui désigna du menton un petit homme aux cheveux blancs et une grande dame blonde.

— Voici l'ambassadeur de Venise. Il a l'esprit acéré, il est juste et sait tout de tout le monde. La femme qui l'accompagne est sa fille, veuve, la contessa Cerniglia. Elle a l'esprit encore plus acéré que son père, mais j'ai entendu dire qu'elle ne joue pas franc-jeu.

— Comment savez-vous tout ceci ? demanda Pippa, la tête bourdonnant de titres.

— La reine a ses espions et j'ai les miens. Je ne peux me permettre d'ignorer les affaires d'Etat des Sassenach. Eh bien ? Que pensez-vous de cette estimée compagnie ?

Elle soupira. Les splendides invités brillaient de tous leurs feux dans ce décor de salles dorées et de longues galeries aux fenêtres vitrées, de vastes jardins éclairés par des torches, de fontaines, d'objets d'art et de tapisseries sans prix. Elle étudia les visages — des yeux brillant derrière des masques, des bouches souriantes — et se demanda si une de ces dames avait perdu une enfant longtemps auparavant. Si oui, l'avait-elle écartée de son esprit, ou y pensait-elle constamment ?

— Je ne sais pas, répondit-elle enfin. Dans mes rêves, j'ai grandi dans un endroit comme celui-ci, entourée par des gens enjoués et fortunés. Et pourtant je ne me sens pas à ma place.

— Chez la plupart de ces gens, le côté enjoué et parfois même la fortune ne sont qu'une illusion.

— Et mes parents ? demanda-t-elle, sentant son estomac se serrer d'anxiété.

La seule idée qu'elle puisse appartenir à une telle société lui semblait incongrue.

— Dois-je juste m'avancer, taper sur l'épaule de quelqu'un et dire : « Pardonnez-moi, mais vous est-il arrivé de perdre une fille jadis ? »

Il lui caressa la nuque.

— Ne vous hâtez pas, sinon vous pourriez tomber sur la mauvaise personne. Nous devrions trouver William Cecil et commencer notre enquête par lui, car il est l'un des rares ministres à qui je me fie. Je détesterais vous voir accusée d'être une usurpatrice.

Elle pivota si brusquement dans ses bras que l'espace d'un instant il l'enlaça pour de bon. Il laissa aussitôt tomber ses mains. Elle marmonna :

— Je mourrais si on m'accusait d'être une usurpatrice.

Aidan parcourut la foule de ses yeux bleus, s'attardant sur la tête chauve de Cecil, lord Burghley.

— Personne n'a eu de réaction particulière en entendant votre nom. Bien sûr, nous ne savons pas avec certitude s'il est votre vrai nom.

Elle soupira de nouveau.

— Savez-vous ce que j'aimerais vraiment ?

— Quoi ?

— Que vous dansiez avec moi.

Elle se prépara à être tournée en ridicule ou rejetée. A la place, il sourit et s'inclina.

— En vérité, la façon de danser des Sassenach est assez pondérée comparée à celle des Irlandais. Mais je vais essayer de vous satisfaire.

Pippa ne sentit pas le sol sous ses pieds tandis qu'elle le suivait vers la piste de danse. Des couples se mouvaient en cercle, leurs pas lents et mesurés rappelant l'allure d'un cortège funèbre.

Aidan et elle prirent place, se donnant la main et la levant, puis il passa un bras autour de sa taille.

— Qui est mort ? demanda-t-elle du coin de la bouche.

Il eut un rire étouffé.

— Les musiciens ?

Alors qu'ils dépassaient Donal Og et Iago, Aidan articula quelques mots dans leur direction, puis désigna d'un signe de tête la galerie surélevée.

— Que vont-ils faire ? demanda Pippa.

— Réveiller les morts ! plaisanta-t-il.

Les deux hommes disparurent derrière un panneau lambrissé. Quelques secondes plus tard, ils émergèrent sur la galerie. Donal s'empara d'un tambour et Iago d'une longue flûte.

Une trille sonore de la flûte arrêta les danseurs dans leur élan. Le maître des réjouissances, pâle et l'air consterné, s'avança à la balustrade et eut un sourire forcé.

— Mes seigneurs et mes dames, lança-t-il, en l'honneur de notre noble invité irlandais, nous allons donner un salut musical.

Plein de l'assurance fanfaronne d'un jeune homme, le comte d'Essex s'approcha d'Aidan.

— Ce sont de mauvaises manières, dit-il, mais je

suppose que tous les Irlandais sont grossiers, à en juger par ceux que j'ai rencontrés.

Pippa lui décocha son plus grand sourire.

— Eh bien, milord ! Vous êtes-vous exercé pendant des années à être insupportable, ou est-ce un talent naturel ?

Il la regarda de haut comme si elle était un ver flottant dans son verre.

— Je vous demande pardon ?

Elle lui fit un clin d'œil appuyé.

— Je suppose que, à défaut d'être viril, vous vous efforcez d'être piquant ?

Les yeux d'Essex étincelèrent.

— O'Donoghue, ôtez votre catin de ma vue, ou je…

Aidan s'avança d'un pas. Il se tint si près du comte que nul à part Pippa ne le vit saisir son pourpoint rembourré et le tordre, jusqu'à ce que sa fraise amidonnée lui remonte dans la figure.

— Un mot de plus sur elle, dit-il avec un calme glacé, et je balaierai le sol avec vous, milord.

La musique explosa alors en une gigue animée, presque frénétique. Aidan tourna le dos à Essex, poussa un cri sonore en gaélique et se mit à danser.

Son tempérament déchaîné emporta Pippa comme une vague. En sa présence agressive et dominatrice, elle se sentit embarquée sur un radeau d'excitation.

Il était facile de danser avec lui. Elle n'avait qu'à se soumettre. Il l'attrapa par la taille et la souleva, ses pieds ne touchant plus terre. Elle tournoya en riant ; les gens commencèrent à taper des mains et des pieds pour accompagner le rythme entraînant. Ils tournèrent encore et encore, et la salle scintillante se brouilla. Avant qu'elle comprenne ce qui se passait, Aidan l'entraîna adroitement loin de la foule et, dansant toujours, lui fit franchir de hautes portes qui donnaient sur une loggia faiblement éclairée.

La musique s'arrêta et ils s'arrêtèrent aussi. Pippa s'affala contre son torse, riant et hors d'haleine.

— C'était splendide, déclara-t-elle. Une bonne danse me donne l'impression de voler.

Un gloussement aigu provint du fond de la loggia. Pippa se tourna à temps pour voir une belle dame monter en courant du jardin.

Comme elle, la dame était rouge et essoufflée. Mais contrairement à elle, elle souriait avec des lèvres pleines meurtries par les baisers. Sa fraise était de travers ; des taches d'herbe maculaient l'ourlet de sa robe. Ses yeux étincelaient de la joie secrète d'avoir été aimée, tout récemment.

— Aidan, murmura Pippa. Qui…

— Cordelia, vous voilà.

Un homme surgit et attrapa la dame par sa taille de guêpe.

— Ma croqueuse de vertu bien-aimée s'est éclipsée !

Tous deux rirent, la dame ne paraissant pas offensée, et il la conduisit dans la lumière des torches de la salle.

Pippa se figea. Pendant un moment, elle crut que son cœur avait cessé de battre, mais tout de suite après il se mit à tambouriner nerveusement. Comme de très loin, elle entendit Aidan prononcer son nom d'un air interrogateur, mais elle ne put lui répondre.

Elle pouvait seulement fixer l'étranger aux cheveux blonds.

Dire qu'il était beau eût été risible, car un terme si banal ne pouvait commencer à décrire la généreuse beauté mâle dont il avait été doté.

Des boucles de la couleur du soleil couronnaient un

visage qui n'aurait pas déparé dans un chœur d'anges. Des lèvres pleines et arquées. Une magnifique symétrie de pommettes hautes et de cils bruns autour d'yeux de la couleur du matin. Et juste pour s'assurer que cet homme ne pourrait jamais, jamais trouver son égal, son Créateur dans toute Sa sagesse avait ajouté une fossette à son menton, des dents blanches incomparables et une expression d'humour irrévérencieux qui relevait les coins de sa bouche.

— Pipa, dit Aidan avec une tolérance amusée. Si vous continuez à le fixer ainsi, il va croire que vous lui jetez le mauvais œil.

Elle cligna des paupières. L'image de l'inconnu scintilla comme une pièce d'or toute neuve. Il riait, à présent, reconduisant sa dame dans la salle de bal, la tête penchée vers elle tandis qu'ils partageaient une plaisanterie.

Son apparition attira de nombreux regards. Des femmes jeunes et vieilles essayèrent de passer près de lui ; l'une laissa tomber son éventail et gloussa quand il le ramassa. Une autre réussit à perdre sa jarretière. Tandis que l'Adonis doré la remettait en place, il murmura la devise ancestrale : « Honni soit qui mal y pense. »

— Elle paraît malade, dit Aidan, un rire dans la voix. Pensez-vous qu'elle va se pâmer ?

Tout à coup, Pippa fut elle aussi frappée par le ridicule de la situation et s'esclaffa.

— Qui est cet homme ? demanda-t-elle.

— Je l'ignore. Ma question est : comment peut-il supporter toute cette adulation ?

Elle s'adossa au chambranle de la porte et observa le jeune homme, une étoile étincelante entourée de beautés moins grandes qui le dévoraient des yeux. Pas seulement les femmes, mais les hommes aussi semblaient attirés par lui. Il avait un air de grâce nonchalante ; il était à l'aise avec lui-même et les autres. Il paraissait ne pas avoir de problème particulier à être le plus bel homme du monde.

— Une telle attention, murmura-t-elle pour elle-même, ne doit pas être si dure à supporter.

De manière inattendue, elle sentit la main d'Aidan au creux de son dos. Le geste était subtil et plein de tendresse.

Un instant, elle fut ébranlée par une idée si déconcertante qu'elle retint son souffle de surprise. Cet homme, cet étranger irlandais, la comprenait. Il devinait son besoin d'attention, d'approbation, de gestes gentils.

— Aidan, commença-t-elle, l'émotion lui serrant la gorge. Je dois vous dire…

— … l'honneur de cette danse ? demanda une voix d'or.

La mâchoire de Pippa lui en tomba. Avec une infinie patience, Aidan plaça un doigt sous son menton et lui referma la bouche.

Le jeune homme doré s'inclina devant elle, puis lui tendit sa main.

— Je pense que ma charmante invitée aimerait danser avec vous, déclara Aidan. Peut-être lui feriez-vous l'honneur de vous présenter.

Le jeune dieu lui prit la main. Tandis qu'il la conduisait vers la piste de danse, il inclina sa tête brillante en direction d'Aidan.

— Mon nom est Richard, milord. Richard de Lacey.

Un changement curieux se produisit en Aidan. Jusqu'alors, il avait montré de la tolérance et une patience amusée. Mais en entendant le nom du jeune homme, le O'Donoghue Mór se changea en pierre.

Richard de Lacey entraîna Pippa dans une pavane, courbant la tête pour lui murmurer à l'oreille :

— Vous êtes la créature la plus éblouissante ici. Mais visiblement, O'Donoghue vous réclame pour sienne.

Elle jeta un coup d'œil à Aidan par-dessus son épaule. Il n'avait pas bougé.

— Vous savez qui il est ?

— Ma petite prune au sucre, tout le monde a entendu parler du lord de Castleross. En d'autres circonstances, je m'efforcerais de devenir son ami. Mais les choses étant ce qu'elles sont, il sera plutôt porté à me mépriser.

Il hocha majestueusement la tête pour saluer des couples qui passaient.

— Et pas seulement parce que je vous trouve éblouissante.

— Pourquoi, alors ? demanda Pippa, intriguée par lui mais regrettant la proximité d'Aidan.

— Parce qu'on m'a confié une mission d'officier en Irlande, dans le district du O'Donoghue Mór.

Le temps que le lendemain matin arrive, Pippa était lasse jusqu'à la nausée d'entendre parler de Richard de Lacey. La chambre qu'elle partageait avec plusieurs autres dames résonnait de louanges passionnées à ses charmes, à la fois physiques et mondains.

— Je ne puis le croire. Il m'a *touchée.* Il m'a vraiment *touchée.*

Lady Barbara Throckmorton Smythe leva une main molle et pâle.

— Oooh !

Trois autres dames s'attroupèrent pour examiner l'appendice, objet d'une telle faveur.

Finalement, après avoir entendu comparer Richard

de Lacey à toutes les figures mythiques et astrologiques que les dames pouvaient imaginer, Pippa souffla d'un air exaspéré.

Lady Barbara lui jeta un regard noir.

— Eh bien, maîtresse des réjouissances, je ne vous ai pas vue souffler sur son invitation à danser.

— C'est vrai.

Pippa se crispa ; la chambrière qui coiffait ses cheveux courts tirait sur un nœud.

— Je réserve ce genre de réaction à des invitations moins alléchantes.

— Comment était-ce ? demanda Bessie Josephine Traylor. Vous *devez* nous le dire, car vous êtes la seule avec qui il a dansé à part cette dinde peinte, Cordelia Carruthers.

— Oui, dites-nous, renchérit lady Jocelyn Bellmore.

Elle étudia les boucles dorées de Pippa et passa une main dans ses longs cheveux roux.

— Je me disais que j'allais les faire couper. Richard adore les cheveux courts.

Pippa leva les yeux au ciel. Quelles sottes poules elles étaient, se donnant des coups de bec et caquetant après le coq de la basse-cour. Mais elles la regardaient avec un tel air d'attente que la comédienne innée en elle se réveilla.

— Eh bien, je suis bien trop dame pour entrer dans les détails, chuchota-t-elle sur le ton de la conspiration. Mais si je devais donner un surnom à Richard de Lacey, ce serait sûrement l'Etalon blond.

Les autres femmes se pâmèrent de rire et la chambrière laissa tomber le peigne. Pippa le ramassa, gloussant en regardant ses compagnes, puis devint pensive tandis qu'elles continuaient à papoter.

Aussi beau qu'il fût, Richard de Lacey offrait un attrait

d'un genre différent pour elle. Elle se sentait attirée par lui, mais d'une manière mystérieuse qui n'avait rien à voir avec le désir qu'elle éprouvait pour Aidan.

Il y avait quelque chose dans la façon dont Richard penchait la tête de côté, dans son sourire en biais, dans la gentillesse de son toucher qui émouvait son cœur. Pourtant, elle ne pouvait pas le reconnaître ; c'était impossible. Elle ne l'avait jamais vu auparavant.

— Quelle sorte de course de bateaux ? demanda Pippa, en descendant les jardins à grands pas au côté d'Aidan.

— Je n'en suis pas tout à fait sûr.

Il l'observa du coin de l'œil.

— Je crois que c'est une course en barques à rames sur la Tamise.

Elle paraissait aussi fraîche qu'une rose nouvellement éclose, avec de la rosée sur ses pétales. Elle s'intégrait si naturellement à ce cercle restreint d'aristocrates aux manières et aux jeux compliqués ! Son don pour l'imitation la servait bien. Ses manières mondaines paraissaient aussi gracieuses que celles d'une femme qui les avait apprises dès le berceau.

Ce jour-là, elle portait une robe lilas avec toutes les manches et tous les accessoires voulus attachés comme il fallait. Ses cheveux étaient ramenés en arrière sous une coiffe ornée de brillantes perles d'onyx.

— Je crois, reprit-il, que la course se dispute pour une coupe. Les autres dames et vous la regarderez depuis la ligne d'arrivée — sans doute les marches du ponton.

— Je vois.

Pippa plissa les paupières pour distinguer la corde ornée de rubans tendue à travers le fleuve.

— Vous êtes-vous bien entendue avec vos compagnes de chambre ? demanda-t-il soudain, en fronçant les sourcils.

— Les autres dames ?

Elle leva les yeux, lui dédia un sourire narquois et fit mine d'agiter un éventail devant son visage.

— Oh, là, là, milord, vous savez sûrement quel plaisir je prends à discuter de mode et de la culture des roses.

Il rit.

— Elles n'en savent pas plus. Les Sassenach tiennent leurs femmes en laisse, et la laisse est courte.

— Une image charmante. Et les Irlandaises sont-elles tenues en *longue* laisse ?

— Certains diraient qu'en Irlande, les femmes tiennent la laisse elles-mêmes.

Pippa eut un grand sourire.

— Voilà qui paraît bien plus sensé.

— Je suppose qu'elles sont toutes complètement entichées de Richard de Lacey.

— Bien sûr. Nous avons parlé de lui dans tous les détails.

Elle feignit de nouveau de s'éventer.

— La fossette de son menton, son mollet parfaitement bien tourné, le timbre de sa voix, le charme de ses manières, tout cela nous a tenues éveillées la moitié de la nuit.

Un sentiment qu'il refusa de nommer envahit Aidan.

— Ainsi, vous êtes entichée de lui, aussi.

Elle souffla une boucle qui s'était échappée de sa coiffe pour tomber sur son front.

— Je devrais l'être. Cela semble presque un sacrilège de ne pas l'être.

— Mais ?

Un espoir indéniable s'alluma en lui.

— Mais…

Une lueur malicieuse dansa dans les yeux de Pippa.

— Je ne sais pas, Votre Puissance. Je ne sais pas bien comment dire cela. Je préfère les hommes grands, bruns et irlandais.

Elle rit à son expression stupéfaite.

— Richard de Lacey est trop parfait pour que je m'entiche de lui et pour me faire me pâmer. Cela a-t-il un sens pour vous ?

Il réprima un sourire.

— Parfaitement. S'enticher de quelqu'un est une affaire sérieuse, et parfois douloureuse.

Elle prit sa lèvre entre ses dents et le regarda avec des yeux si lumineux qu'il vit son propre reflet dedans.

— Aidan !

C'était Donal Og qui appelait du fond du jardin.

— Remise ta langue et descends par ici.

Son gaélique sonore sonnait comme de la musique païenne parmi les tonnelles ampoulées et les jardins à la française de Durham House.

— Les tondeurs de moutons sassenach veulent une leçon à la rame.

— Milord, lança Pippa alors qu'Aidan se tournait pour partir. Richard a dit que vous alliez le haïr à cause de sa mission en Irlande. Est-ce vrai ?

Aidan s'arrêta, surpris à la fois par sa question et par le plaisir qu'elle lui causait. Il n'était pas habitué à l'empathie d'une femme, à sa compréhension.

— Je ne le hais pas, répondit-il en se dirigeant vers Donal. Pour l'instant.

Il la laissa assise parmi quelques dizaines de spectateurs sur le ponton, puis alla s'informer des détails de la course.

Il découvrait vite que les jeux mondains des Anglais étaient subtils et pris au sérieux. La position d'un homme parmi ses pairs s'élevait ou s'abaissait selon ses prouesses au sport. Et surtout, la reine elle-même recevait un rapport complet sur les performances de chaque participant.

Ils remontèrent la berge à cheval, sur un mille, pour rejoindre les bateaux des concurrents. Donal s'installa avec impatience dans l'un d'eux.

— C'est comme un curragh ! déclara-t-il, se référant aux canots irlandais qui sortaient en mer.

— Ils vont tous se noyer comme des chiens sur nos traces, affirma Iago.

En voyant les autres équipes s'installer dans les barques, Aidan n'éprouva pas le besoin de le contredire. Aucun de ces Sassenach ne semblait avoir jamais vraiment transpiré. Ils arboraient des vêtements précieux et des expressions affectées et satisfaites.

Se pavanant devant eux, Iago prit sa mine la plus effrayante, affichant l'air « je suis un sauvage » avec des yeux étincelants et des lèvres proéminentes, en gonflant ses muscles. L'attitude supérieure des Anglais n'y résista pas.

— Je crois qu'ils ont compris, dit Aidan en réprimant un rire.

Il avait déjà décidé de ce qu'il ferait de la coupe du vainqueur. Il l'offrirait à la reine avec tous les autres présents qu'il lui avait apportés.

L'affreuse vieille chienne. Elle commençait à éprouver sérieusement sa patience.

Puis le superbe Richard de Lacey apparut et Aidan ressentit sa première attaque de doute. Le charmant jeune homme avait avec lui deux acolytes extraordinaires. Ils paraissaient presque aussi exotiques que Donal Og et Iago. Même s'ils n'étaient pas aussi grands qu'eux, ils étaient larges et puissamment bâtis. L'un avait des cheveux noirs coupés court, une moustache noire et les yeux noirs. Il portait des bottes noires, des chausses démodées et une tunique richement brodée avec une veste rouge sans manches par-dessus.

L'autre avait une moustache si large que ses bouts raidis, en forme de cornes de taureau, dépassaient les côtés de son visage.

Tandis que ces formidables adversaires grimpaient dans leur barque, Richard sourit et salua tous ses rivaux. C'était vraiment un joyeux luron, et visiblement les femmes n'étaient pas les seules à le penser.

Richard aurait besoin d'apporter plus que du charme en Irlande, pensa Aidan. Il avait vu des jeunes gens, irlandais et anglais, rendus vieux en quelques mois par les rigueurs des privations durant les campagnes interminables.

Puis Richard parla à ses compagnons, et un étrange frisson parcourut l'échine d'Aidan. C'était une langue bizarre, à la fois gutturale et nasale, si complètement étrangère qu'il ne put en saisir un seul mot.

— Que sont-ils ? demanda Iago. Des hommes-démons ?

— Des Prussiens ou des Turcs ? suggéra Donal.

— Peu importe.

Aidan saisit les avirons.

— Pour ce qui est de *nous,* ils sont vaincus.

Un coup de sifflet transperça l'air, et ils s'élancèrent. Ainsi qu'Aidan l'avait prédit, les Anglais restèrent aussitôt en arrière. Le seul défi sérieux venait de Richard et de ses acolytes.

Serrant les mâchoires, Aidan mit toutes ses forces dans la course. Il ramait avec tant de vigueur et de cadence que la sueur ruisselait sur son visage et ses bras. Des ampoules meurtrissaient ses mains, mais il ne ralentit pas son allure.

Il n'avait qu'une seule pensée à l'esprit : Pippa regardait

depuis la ligne d'arrivée. Il n'était pas le O'Donoghue Mór s'il perdait cette course sous ses yeux.

Mais des pensées tout aussi puissantes animaient certainement Richard de Lacey et son équipe, car ils ramaient également à un rythme furieux ; ils étaient aussi sombres et concentrés qu'Aidan et ses compagnons.

Assez rapidement, il put entendre le grondement sourd des acclamations. Il le chassa de son esprit. Il n'écoutait que les coups d'aviron dans l'eau, le battement forcené de son cœur, sa respiration ferme et régulière.

Du coin de l'œil, il vit la barque de Richard arriver à sa hauteur. Puis, tournant la tête une fraction de seconde, il aperçut la corde enrubannée tendue à l'arrivée.

C'était comme si toute la force réunie de ses ancêtres celtes l'habitait à présent. Leur férocité obstinée le possédait et propulsait de l'énergie dans ses membres, comme du feu.

Le dernier coup de rames passa de ses épaules jusqu'à la pointe des avirons, et dans un sursaut de vitesse qui tira des exclamations étouffées à la foule, la barque bondit en avant. Aidan attrapa la corde. Sous des hourras sonores et quelques quolibets anti-irlandais, il la leva en l'air.

La barque de Richard s'aligna alors près de la sienne, et le jeune homme inclina la tête.

— Bien joué, milord de Castleross. Je regrette seulement de ne pas avoir été un adversaire plus valable.

— Vous n'avez pas été si mauvais pour un Sassenach, dit Donal, en examinant les ampoules à vif de ses mains.

Les compagnons de Lacey échangèrent quelques mots dans leur langue incompréhensible.

— Par mon âme, j'ai pris une suée, marmonna Aidan.

Du revers d'une main, il essuya la transpiration qui

couvrait son cou et ses épaules. Donal et Iago l'imitèrent.

Les spectateurs étaient étrangement silencieux quand les Irlandais glissèrent vers l'appontement. Aidan ne comprit pas pourquoi jusqu'à ce qu'il pose ses avirons et lève les yeux : la foule était amassée tout au bord du quai, les femmes poussant les hommes pour regarder bouche bée les sauvages trempés de sueur. Même Pippa s'avança au premier rang, ses doux yeux agrandis par l'intérêt.

Aucun homme fier n'aurait pu y résister. Aidan échangea un coup d'œil rusé avec son cousin et Iago, et tous trois se remirent à ramer en bombant leurs muscles au maximum, ce qui tira des murmures aux dames.

Sans que Pippa s'en aperçoive, un homme vêtu de manière grossièrement voyante — lord Temple Newsome, se rappela Aidan — se glissa derrière elle.

A distance, Aidan ne put voir exactement où il posait sa main, mais l'expression outragée de Pippa lui en donna une bonne idée. Elle se redressa brusquement et, du même mouvement, attrapa l'homme par son bras gauche. En une prise digne d'un lutteur aguerri, elle se pencha en avant, souleva Newsome, le faisant passer par-dessus sa tête. Ce dernier bascula dans l'eau en hurlant.

— C'est donc ainsi qu'elle a défendu sa vertu toutes ces années, observa Donal d'un ton pensif.

— Je me posais la question, ajouta Iago.

Un juron sonore retentit à l'arrière de la foule. Tandis que Temple Newsome haletait et faisait de grands gestes, son valet empoigna Pippa par le bras. Elle se dégagea brusquement de lui, mais son mouvement fut trop brutal. Elle battit des bras et tomba à son tour dans le fleuve.

En un instant, ses jupes se déployèrent autour d'elle comme une cloche.

— Espèce de mangeur de haricots, butor ! hurla-t-elle avec un accent plein de rudesse, puis elle disparut.

L'espace d'un battement de cœur, Aidan éprouva un sentiment de panique et de perte si vif qu'il n'en avait jamais ressenti de pareil. Ni la mort horrible de son père ni la trahison de Felicity n'avaient approché cette impression de terreur. Il n'avait pas mesuré ce que le fait d'avoir Pippa dans sa vie lui avait apporté — jusqu'à maintenant, alors qu'il était en danger de la perdre.

D'un mouvement rapide, il se leva et plongea. Il dépassa à la nage Newsome qui se noyait et essayait de s'accrocher à lui, et lorsqu'il atteignit l'endroit où Pippa s'était enfoncée, il descendit sous l'eau.

La lumière du soleil brillait à travers un filtre brouillé de vase et de plantes aquatiques. Il distingua vaguement la forme d'un bras qui s'agitait. Il tendit la main vers lui et le manqua. « Vite ! lui criait son cerveau. Vite ! » Jusqu'à cet instant, jamais la survie d'une autre personne n'avait autant compté pour lui. En poussant fortement sur ses jambes, il ressortit à la surface, ne prenant que quelques secondes pour aspirer de l'air avant de replonger. Un flot de jupes accrocha son regard. Priant intérieurement qu'il ne soit pas trop tard, il tendit la main vers Pippa. Ses doigts se refermèrent sur l'étoffe. Il tira, elle se déchira et Pippa s'éloigna de lui. Il s'élança vers elle, et quand il atteignit sa main — la main d'une Anglaise, d'une étrangère, d'une roturière —, son cœur explosa presque de joie. Il la remonta à la surface.

Dès que sa tête fut hors de l'eau, Pippa eut un haut-le-cœur et toussa, crachant tout à la fois l'eau de la rivière et des jurons bien sentis. Il passa un bras autour d'elle et l'entraîna vers les marches du ponton. Dès qu'il eut pied, il la souleva dans ses bras. Elle s'accrocha à son cou et inspira de grandes goulées d'air tandis qu'il montait les marches vertes et glissantes avec précaution.

— Vous me portez, dit-elle.

— Oui.

— Je ne puis croire que j'aie eu besoin d'être sauvée.

— De nouveau, lui rappela-t-il.

Il atteignit le ponton. La foule recula pour leur faire de la place, et il reposa Pippa sur ses pieds. Il essaya de prétendre que cela n'arrivait pas, mais il ne put se cacher la vérité : il tremblait.

— Je suis totalement sans espoir, dit-elle.

Il la regarda dans les yeux et y vit de l'angoisse, de l'attente et, ce qu'il redoutait le plus, un amour si suave et si clair qu'il le transperça comme un coup d'épée.

— Nous sommes tous les deux sans espoir, répondit-il d'une voix rauque, songeant à l'Irlande, à Felicity et à toutes les raisons innombrables pour lesquelles il ne pouvait pas lui retourner son amour.

Richard de Lacey était debout dans sa barque. Aidan s'attendait à de la dérision, mais le jeune homme se mit lentement à applaudir. D'autres l'imitèrent, et les applaudissements résonnèrent sur le fleuve.

Se secouant pour chasser de son esprit le désastre qu'elle avait frôlé et se débarrasser de brins d'herbes aquatiques, Pippa s'écarta aussitôt d'Aidan. Elle affecta sa posture de saltimbanque, saisissant ses jupes trempées et déchirées dans ses doigts et plongeant en une révérence élaborée. Lord Newsome s'aidait de ses mains et de ses genoux pour gravir les marches glissantes.

— La prochaine fois que vous déciderez de pincer le derrière d'une dame, lui lança-t-elle, assurez-vous que votre victime soit trop impuissante pour résister ou trop stupide pour y accorder de l'importance.

— Vous n'êtes qu'une vulgaire catin, aboya l'autre.

— Merci, milord *Nuisible,* rétorqua-t-elle avec une feinte docilité.

— Charmant, fit-il en crachant par terre.

— C'est vous qui avez le charme d'une chaise percée, riposta-t-elle.

Newsome fusilla Aidan du regard.

— Où avez-vous trouvé cette… cette fille faite de bric et de broc ?

— Votre premier plongeon n'a pas suffi à vous faire taire, Newsome ? demanda Aidan en s'avançant sur lui.

Le lord ne répondit rien et se contenta de lui lancer un regard noir avant de s'esquiver le long d'une allée pour regagner la maison.

Aidan se pencha en avant et retira sa tunique et sa chemise. Puis il se redressa, rejetant en arrière ses cheveux mouillés. Des murmures féminins s'élevèrent dans la foule et Aidan remarqua soudain les dizaines de paires d'yeux ronds qui le fixaient. De nouveau.

Pippa quant à elle affichait une expression qui flatta son ego. Ses yeux étaient comme voilés et, la bouche entrouverte, elle sortit sa langue pour s'humecter les lèvres. Aidan abaissa aussitôt sa tunique pour cacher la réaction de son corps.

— Que sont ces cicatrices ? demanda-t-elle, fascinée.

— C'est une longue histoire, répondit-il en sentant une rougeur gagner son cou. Nous ferions mieux d'aller nous sécher.

— En effet, approuva une voix rieuse et amicale.

Richard de Lacey gravit les marches du ponton.

— Venez avec moi à Wimberleigh House. C'est juste là, en haut du jardin.

Il désigna une belle demeure à tourelles ornée de

fleurons, avec de grandes fenêtres en avancée donnant sur la rivière.

— Ce serait un honneur d'être l'hôte d'une compagnie aussi singulière.

Deux heures plus tard, Pippa se tenait au sommet du grand escalier de Wimberleigh House et fronçait les sourcils en contemplant les marches. La résidence n'était pas aussi vaste que Lumley House et le monastère des Frères Prêcheurs, ni aussi opulente que Durham House.

Pourtant, elle s'y sentait bien. On lui avait donné des vêtements propres, et une chambrière timide l'avait aidée à s'habiller. Elle huma le parfum de cire d'abeille et de verveine, des odeurs qui lui étaient étrangères, alors pourquoi lui semblaient-elles si familières et si évocatrices ? Elle étudia les murs lambrissés et les toiles peintes. Elle pouvait imaginer Richard de Lacey grandissant ici, un adorable bambin doré courant dans les pièces et les corridors ou gambadant dans les jardins.

Alors qu'elle s'appuyait à la boule qui surmontait le bout de la rampe, la sphère de bois bascula sur un côté. Elle retint une exclamation et bondit en arrière.

— N'y faites pas attention, lança une voix enjouée.

Pippa se retourna vivement. Une servante souriante se hâtait vers elle, tenant une bougie allumée à la main.

— Je suis Tess Harbutt, et je viens allumer le candélabre.

Elle hocha sa tête recouverte d'une coiffe en direction du pilier.

— Il y avait là une série de poulies pour aider ma chère grand-mère à monter et à descendre l'escalier dans ses vieux jours.

Tess descendit les marches et fit glisser un panneau

de bois qui révéla un système de cordes et de crochets. Tandis que Pippa observait avec un vif intérêt, la servante laissa filer une corde, ce qui fit descendre lentement le candélabre.

— L'ancien lord Wimberleigh — le comte de Lynley, maintenant, et le grand-père de maître Richard — était un inventeur, expliqua Tess. Il était toujours en train de mettre au point un dispositif ou un autre.

Pippa se hâta de descendre à son tour pour voir de plus près. Le candélabre était à hauteur d'yeux, à présent, une grande et lourde roue chargée de bougies, chacune munie d'un verre de lampe.

— Puis-je ? demanda-t-elle.

Elle prit la bougie de Tess et alluma chaque chandelle. Elles étaient épaisses et blanches, et ne sentaient pas le suif comme celles auxquelles elle était habituée.

— C'est lui, là.

Tess indiqua un portrait accroché au mur le long de l'escalier.

— Son nom est Stephen de Lacey.

Pippa leva les yeux. Ah, c'était donc de lui que Richard tenait sa beauté dorée, nota-t-elle.

— Le portrait d'à côté est celui de la deuxième épouse de lord Lynley, lady Juliana.

La dame à cheveux noirs et allure de matrone tenait un éventail devant sa poitrine et était entourée d'enfants. Un chien peu commun, aux longs poils, était blotti à ses pieds.

— Juliana, répéta Pippa. Un joli nom.

Elle en était presque à la dernière bougie.

— Certains disent qu'elle est d'une famille royale russe, expliqua Tess, avide de parler.

Elle baissa la voix pour chuchoter sur le ton de la confidence :

— D'autres prétendent que c'était une bohémienne.

A ces mots, Pippa sursauta de surprise et elle renversa la dernière chandelle. Le verre de lampe tomba, mais elle le rattrapa avant qu'il ne se brise.

— Qu'avez-vous dit ?

Elle remit le verre en place.

Tess rougit.

— De simples ragots, c'est tout. N'en tenez pas compte, madame.

Néanmoins, tandis que la servante remontait le candélabre à l'aide d'un treuil, Pippa considéra le portrait en fronçant les sourcils.

Juliana. Une bohémienne. Une pensée fuyante flotta à la lisière de sa conscience, puis s'évanouit. Ce devait être sa propre rencontre avec la vieille bohémienne qui éveillait ses souvenirs, se dit-elle. Elle désigna deux rectangles sombres sur le mur.

— Quels portraits ont été enlevés ?

— Ceux des parents de monsieur Richard, lord et lady Wimberleigh. On les a descendus pour les emballer. Monsieur Richard a reçu une mission militaire comme officier et veut les emporter. Il a aussi des miniatures de ses frères et de sa sœur — messieurs Lucas, Leighton et Michael, et bien sûr mademoiselle Caroline, la favorite de la famille.

Pippa contempla les portraits un moment encore. Une famille. Comme cette notion lui était étrangère. Déconcertée par un mélange d'envie et d'embarras, elle releva l'ourlet de ses jupes. Elle était toujours l'élément gênant, la personne hors-jeu.

— Mon apparence est-elle convenable ? demanda-t-elle.

— Oh, oui, madame. C'est une des vieilles robes de mademoiselle Caroline. Elle est parfaite pour vous.

La servante regarda les cheveux courts de Pippa, ouvrit la bouche comme si elle s'apprêtait à dire quelque chose, puis détourna poliment les yeux.

— Vous feriez bien de vous rendre à la salle à manger. Je pense qu'on vous attend.

Pippa traversa l'antichambre flanquée par de grandes arcades et alla vers les portes sur sa droite.

— Pardon, madame. Je ne savais pas que vous étiez déjà venue, dit Tess.

— C'est la première fois.

— Alors, comment savez-vous où se trouve la salle à manger ?

Pippa s'arrêta net. Elle éprouva de nouveau ce picotement, ce frisson. Des pensées la taquinèrent et disparurent, non formulées. Elle regarda l'aimable servante, désorientée.

— Un pur hasard, je suppose.

# *Tiré des Annales d'Innisfallen*

Je suis un Celte aussi bien qu'un chrétien, ce qui donne lieu à quelques moments embarrassants au confessionnal. Je ne suis pas censé sentir le sombre pressentiment du désastre au fond de moi, car cela a un goût de paganisme et est un affront à Celui qui nous a tous créés.

Néanmoins, il y a des fois où je suis forcé d'admettre que les anciens chuchotent bel et bien des secrets dans mon oreille sans méfiance, et depuis quelque temps ces secrets me troublent.

Des choses dangereuses se préparent dans la ville de Killarney et à Ross Castle. Je n'ai aucune raison de le savoir, mis à part le fait que le froid dans mes vieux os me le dit. Cela, et la façon fuyante dont l'épouse de O'Donoghue a refusé de me regarder quand je suis allé à la forteresse pour conduire la procession des rogations. Nos cérémonies « païennes » offensent certes ses sensibilités puritaines, mais elle a montré plus que sa haine et sa méfiance habituelles.

L'évêque a enfin promis son aide. C'est un mariage qui n'aurait jamais dû être. En vérité, ce n'est pas un mariage du tout. Je vais pouvoir envoyer de bonnes nouvelles à Aidan concernant l'annulation.

Entre-temps, la rébellion au sujet de laquelle j'ai écrit de manière si pressante au O'Donoghue Mór a été réprimée par lord Browne, le représentant de la loi ; je frémis de penser de quelle façon impitoyable. Quelques rebelles errants ont réussi à prendre des otages, y compris ce gros phacochère de Valentine Browne, neveu de l'officier de justice. C'est une situation infortunée qui sent la duperie à plein nez. Je pense qu'il est un peu trop commode que les rebelles n'aient pris que des hommes inaptes à se battre ou même à gouverner. Les rebelles eux-mêmes ne sont pas des hommes du Kerry, mais ces gens de l'extérieur, des hommes sans maître qui ne servent d'autre cause que leur propre profit.

Un sombre et ignoble soupçon s'empare de moi quand je songe à qui était réellement derrière ces prises d'otages, et qui les Anglais vont blâmer quand ils l'apprendront.

Si la reine à Londres venait à découvrir ces malversations, elle pourrait bien faire enfermer le O'Donoghue Mór et jeter la clé.

REVELIN D'INNISFALLEN.

# 7

Ils dînaient dans une vaste salle au plafond voûté orné de solives. Une petite armée de serviteurs apportait des plats somptueux sur une table si longue que Pippa voyait à peine Donal Og et Iago à l'autre bout. Tous deux étaient engagés dans une conversation animée et plutôt hachée avec les compagnons étrangers de Richard.

Elle découvrit tout de suite deux choses : qu'elle détestait les anguilles à la moutarde, et qu'elle adorait être servie. Plus progressivement, elle découvrit les délices du blanc-manger et des figues sèches, le contact d'une vraie coupe en argent contre sa lèvre inférieure. Avoir des compagnons de table qui lui parlaient poliment, en faisant des phrases complètes, était en outre un plaisir imprévu.

— J'attends mes parents de retour de l'Hertfordshire, expliqua Richard, ainsi que mes oncles, tantes et cousins. J'ai une grande famille et ils sont tous délicieusement fous. Nous avons passé des moments débridés ensemble, et cela continue.

Aidan l'observa avec un sourire charmant. Pippa suspecta qu'elle était la seule à connaître la signification de cet éclat de silex dans ses yeux. Il lança :

— Et votre famille et vous, passerez-vous des moments débridés en Irlande, mon bon ami ? Vous ne seriez pas la première famille anglaise à le faire.

— Je vous assure, milord, que si des membres de ma famille devaient aller en Irlande, ce ne serait pas pour dévaster le pays, répondit sombrement Richard.

Une vague de nostalgie mélancolique submergea Pippa. La seule idée d'une famille l'emplissait d'une aspiration douce-amère à ce chaud sentiment d'appartenance qu'elle ne pouvait pas connaître.

— Gardez-les bien près de vous, murmura-t-elle. Une famille est une bénédiction que certains ne savent pas apprécier jusqu'à ce qu'elle leur manque.

Elle rougit et baissa la tête.

— J'en révèle trop sur moi-même, murmura-t-elle.

Un serviteur posa une assiette de salade verte devant elle. Elle la regarda fixement, ne sachant trop comment la manger.

— Servez-vous d'une fourchette, dit Richard.

— Ne parlez pas ainsi à une dame, intervint Aidan d'un ton coupant.

— Une fourchette, j'ai dit. Utilisez votre fourchette.

Richard leva un ustensile à trois becs qui ressemblait à une fourche miniature.

— Oh.

Aidan se détendit contre le dossier de sa chaise sculptée.

— J'ai bien cru que vous vous montriez impertinent.

Richard renversa la tête en arrière et rit, puis il montra comment se servir de l'objet.

— Des étriers et des fourchettes, dit Aidan en riant doucement. J'ai trouvé deux choses utiles chez les Sassenach.

Pippa expérimenta sa fourchette et la trouva fort à son goût. Et malgré la tension entre Aidan et Richard, elle trouvait également leur compagnie très plaisante. Au bout de la table, Donal Og et Iago continuaient à régaler leurs auditeurs qui n'y comprenaient rien d'histoires en anglais, espagnol et gaélique. Observer un groupe d'hommes de bonne humeur offrait un attrait indéniable. La vue de toute cette beauté virile si largement distribuée la rendait muette d'émerveillement. Elle avait l'impression d'être au paradis, où Dieu dans Son infinie sagesse créait des hommes parfaits à contempler.

L'un d'eux était même *trop* parfait. Elle était assise dans la maison de l'homme le plus magnifique d'Angleterre, mais elle ne ressentait pas pour lui d'attirance à lui couper le souffle. A la place, son regard ne cessait de se porter sur Aidan, avec ses cheveux longs, ses traits accusés, ses yeux perçants et cette bouche qui la faisait frissonner quand elle se rappelait l'avoir touchée de la sienne. Elle se le représenta sortant de la rivière, ses cheveux ruisselant comme des rubans noirs sur ses épaules, ôtant sa chemise pour révéler son torse superbe. Elle revit la toison sombre qui descendait sur son estomac musclé. Ses cicatrices qui se déployaient du milieu vers les côtés avaient dû lui être faites longtemps auparavant, et lui causer d'indicibles souffrances.

Etait-ce un rite catholique ? se demanda-t-elle. Elle lui poserait la question.

— Je pense qu'elle a un penchant pour vous, remarqua Richard en riant, à l'intention d'Aidan.

Pippa souffla, espérant ne pas rougir.

— Seriez-vous mécontent que je n'aie pas un penchant pour *vous* ?

— Non, répondit Richard avec un grand sourire. Juste surpris.

Elle en laissa tomber sa mâchoire et sa fourchette.

— J'en déduis que l'amour que vous vous portez est une autre de vos myriades de vertus.

Il rit aux éclats.

— Vous êtes un souffle d'air frais. N'est-ce pas, milord de Castleross ?

Aidan la regarda avec une telle chaleur et une telle tendresse qu'elle eut envie de pleurer.

— C'est un privilège de la connaître, dit-il. Hélas, je doute qu'aucun de nous n'apprécie totalement le cadeau qu'elle est.

Pippa essaya de rétorquer par un commentaire paillard, mais elle eut beau faire, elle n'y arriva pas. Les mots impertinents ne lui avaient jamais manqué, mais ils lui manquaient à présent. C'était comme si sa langue refusait de verser de l'acide sur la suavité de sa remarque, de détruire cet instant par une réplique cinglante, d'ôter tout sens à sa douce considération.

Ces quelques mots, prononcés par la voix grave et mélodieuse d'Aidan, suffirent à embraser sa peau d'une rougeur qui envahit ses joues, son cou et même sa poitrine. Elle regretta de ne pas porter la fraise que la chambrière avait assortie a sa robe.

Elle sentit un picotement dans sa gorge, une humidité brûlante dans ses yeux, et elle comprit enfin ce qui lui arrivait. D'une certaine manière, ces deux hommes, Richard avec son humour et sa beauté d'Apollon, Aidan avec son caractère celte majestueux et mystique, lui donnaient un sentiment d'appartenance.

Dès que cette pensée la frappa, elle s'en écarta comme si elle l'avait brûlée. Elle connaissait bien le prix de l'affection, et c'était un prix qu'elle ne voulait pas payer. Inspirant profondément, elle redevint Pippa la jongleuse itinérante, un bouffon qui cachait les larmes dans ses yeux.

— Un privilège, en effet, dit-elle en sautant sur ses pieds, en attrapant trois fourchettes et en les lançant en l'air. Ce ne sont pas toutes les tables qui se targuent d'avoir une jongleuse à demeure.

Richard se pencha en avant, les coudes sur la table et sa fraise trempant dans sa salade.

— Allez-vous bien ? s'enquit Aidan.

Richard fixa Pippa jusqu'à ce qu'elle attrape les fourchettes et se rasseye, certaine qu'il l'avait examinée jusqu'au dernier de ses cils.

Puis il cligna des paupières.

— Mes excuses. Je ne voulais pas vous fixer ainsi.

Il lui décocha un de ses sourires qui illuminaient le monde.

— Juste un instant, vous m'avez rappelé quelqu'un, expliqua-t-il. Mais je ne puis trouver qui cela pourrait être. A présent, ne laissons jamais dire qu'à Wimberleigh House ce sont les invités qui fournissent les divertissements.

Il tapa dans ses mains et trois musiciens apparurent, l'un avec une viole, l'autre avec une flûte de roseau, et le troisième chanteur.

— Ceci sera peut-être plus à votre goût que tout ce bruit que nous avons entendu à Durham House, dit-il.

Le chanteur, un jeune homme qui arborait une intense expression artistique, souffla la plupart des bougies sur la table, plongeant la salle dans une lumière tamisée. La viole émit un accord subtil, le chanteur ferma les yeux et vacilla légèrement, puis se mit à chanter d'une magnifique voix de ténor. La flûte jouait un contrepoint prenant, et les deux instruments se fondaient en une splendeur mélancolique à la beauté poignante. Soudain, Pippa se sentit à vif et vulnérable, comme si une partie d'elle-même avait été dénudée contre sa volonté.

Elle jeta un coup d'œil à Aidan. C'était elle qu'il observait, pas les musiciens, et pas avec l'intérêt poli et délicat avec lequel on écoutait un morceau de musique.

Malgré la pénombre, elle le voyait clairement, car la seule bougie qui brûlait encore au milieu de la table jetait un éclat de vieil or sur son visage. Il était assis en avant, le visage impavide et la bouche pincée, mais on ne pouvait se tromper sur la franche passion qui brillait dans son regard. En dépit de sa posture immobile, il y avait dans ses yeux des turbulences qui la captivèrent. Elle était sa victime ensorcelée, ouverte à lui et incapable de résister, chaque pouce de sa chair brûlant du besoin de le toucher. Tandis qu'elle le regardait à travers la table, elle se remémora chacun des moments qu'ils avaient partagés, du jour où elle s'était agenouillée à ses pieds et lui avait volé son couteau jusqu'à cet après-midi où ses bras forts l'avaient sortie de la rivière. Ses pensées s'attardèrent sur le soir où il l'avait embrassée, un soir trempé de pluie, illuminé par des bougies, où elle n'avait pu garder aucun de ses rêves secrets. C'était comme s'ils avaient vécu ensemble une vie entière au lieu de quelques semaines.

Seulement quand la chanson se termina, Aidan la libéra de son regard, la laissant aussi faible et ébranlée que s'il l'avait caressée tout le long.

— Par Dieu, dit Richard d'une voix traînante, avec un amusement appuyé, j'ai entendu parler de faire l'amour avec ses yeux, mais jusqu'à présent je ne l'avais pas vu pratiquer.

Pippa se força à rire légèrement.

— Vos musiciens ont un talent peu ordinaire. Vous devriez le mettre en bouteille comme du bon vin.

Les ménestrels ravis s'inclinèrent d'un geste fleuri et entamèrent un autre morceau.

Richard vida son verre de vin, écarta d'un signe de la main une servante qui venait le remplir et se leva.

— Pardonnez-moi. J'ai maints préparatifs à faire avant

que ma famille vienne assister à mon départ. J'espère bien que vous aurez l'occasion de les rencontrer.

Pippa avait goûté durant quelques secondes à la douceur de l'appartenance, mais maintenant c'était fini. Richard de Lacey et Aidan O'Donoghue étaient quasiment des étrangers. Elle les détesta presque de lui avoir donné un aperçu d'un autre monde au-delà de ses rêves.

Tout le monde quitta la salle à manger. Les compagnons de Richard suivirent et se postèrent solennellement au bas du grand escalier. Le jeune homme se tourna vers ses invités.

— Je vous souhaite une bonne nuit à tous.

Aidan et lui échangèrent un signe de tête viril ; puis Richard prit une des mains de Pippa et la porta à ses lèvres. La lumière du candélabre joua dans ses cheveux dorés.

— Bonne nuit, milord, répondit-elle.

Elle se tourna vers Aidan, incapable de retenir un sourire.

— Bonne nuit.

Il lui prit une main, aussi, mais ses manières furent très différentes de celles de Richard. Très légèrement, comme par accident, son pouce caressa sa paume. Et il soutint son regard tandis qu'il portait sa main à sa bouche. Elle sentit d'abord son souffle chaud, et ce fut assez pour lui donner la chair de poule. Puis il pressa ses lèvres sur sa peau. Secrètement, sa langue pointa et la toucha.

Elle réprima une exclamation.

Richard rit.

— Aidan, je pourrais prendre des leçons de vous.

Pippa arracha sa main.

— N'en faites rien. Cet homme est insupportable.

« Et je suis complètement folle de lui », ajouta son cœur qui divaguait.

Aidan rit.

— C'est peut-être mon sang irlandais. Il y a plus d'une façon de faire la guerre aux Sassenach.

Aidan et Richard s'écartèrent et la laissèrent les précéder dans l'escalier. Juste avant de poser le pied sur la première marche, elle entendit un bruit léger, curieux.

L'un des valets de Richard lança un avertissement guttural.

Sans réfléchir, Pippa s'écarta. Au même instant, un verre de lampe tomba du candélabre et s'écrasa à l'endroit où elle se tenait une seconde plus tôt.

— Allez-vous bien ? s'enquit Richard, mais ce furent les bras d'Aidan qui l'enlacèrent.

— Naturellement.

Elle secoua l'ourlet de ses jupes pour s'assurer qu'aucun débris de verre ne se cachait dans leurs plis, puis elle sourit au valet.

— Merci de m'avoir avertie.

Richard se gratta la tête et fronça les sourcils.

— Quelque chose ne va pas ?

Elle s'appuya contre Aidan, profitant de son corps solide derrière elle.

— Pas vraiment, mais… C'est bizarre. Parlez-vous le russe ?

Elle rit.

— Je parle à peine l'anglais, milord. Pourquoi ?

— Parce que Yuri — il indiqua l'homme d'un signe de tête — ne parle que le russe. Comment avez-vous pu comprendre son avertissement ?

Un frisson glacé parcourut Pippa. Il y avait quelque chose d'étrange dans cette maison, quelque chose d'étrange dans les portraits de la belle famille Lacey, quelque chose d'étrange dans ce qu'elle ressentait quand elle regardait Richard.

Elle jeta un coup d'œil en arrière à Aidan. Il l'observait avec autant de curiosité que Richard.

Elle haussa les épaules.

— Je suppose que son ton pressant m'a fait réagir. J'ai toujours vécu à l'instinct, Richard.

Le verre brisé fut enlevé et ils montèrent tous vers les chambres de l'étage. Dans le corridor faiblement éclairé, Pippa souhaita une dernière fois une bonne nuit à Richard et Aidan.

Ils ne lui baisèrent plus la main, mais ce que fit Aidan fut pire, en un sens. Son regard brûlant la caressa comme la main d'un amant et il lui chuchota à l'oreille :

— Faites de beaux rêves, *a gradh*.

Ce qui la submergea d'une sensation défendue.

Juste comme elle manquait tomber à genoux, faible de désir, Aidan s'en alla se coucher.

Des heures plus tard, entourée par un luxe majestueux, Pippa ne pouvait toujours pas dormir. Elle portait une chemise d'emprunt, recouverte d'une robe de chambre défaite, et faisait les cent pas dans le clair de lune qui miroitait sur le parquet de sa chambre. Elle aurait dû être transportée par chaque instant passé ici. Elle aurait dû explorer chaque meuble, chaque panneau de verre, chaque tapisserie qui ornait les murs. C'était là le luxe tel qu'elle avait coutume d'en rêver. Et maintenant qu'elle se trouvait en son sein opulent, elle semblait incapable d'en profiter.

A la place, elle se tourmentait en pensant à Aidan. Pourquoi se laissait-elle attirer par lui quand elle savait que cela ne pouvait conduire qu'à un cœur brisé ? Pourquoi ne pouvait-elle le tenir à distance comme tous les autres ?

Une ombre bougea dans le jardin baigné de lune

au-dessous d'elle. Attirée par ce mouvement, elle alla à la fenêtre et regarda en bas par les vitres serties de plomb.

Ce qu'elle vit lui causa une sombre bouffée de satisfaction. Aidan O'Donoghue ne pouvait pas dormir, non plus.

Tel un grand et imposant fantôme, il allait et venait dans une allée du jardin, s'arrêtant de temps à autre pour contempler d'un air maussade le ruban de rivière visible au bout de la pelouse.

Une sorte de fièvre naquit au creux du ventre de Pippa et se répandit sur sa peau. Elle serra les poings et pressa son front brûlant contre la vitre.

Qu'avait donc cet homme ?

Son aura de virilité la submergeait ; elle ne pouvait en douter. Il n'était pas aussi parfaitement beau que Richard, ni aussi spirituel que sir Christopher Hatton, ni aussi gai que Iago, et pourtant il l'attirait. Elle avait envie d'être avec lui, de le toucher, de lui parler, de sentir sa bouche sur la sienne comme la nuit de l'orage.

— Non, dit-elle entre ses dents. Je ne m'attacherai pas à vous. Je ne le peux pas.

Elle inspira et retint son souffle, s'intimant de se contrôler. Chaque fois qu'elle s'autorisait à rêver d'appartenir à quelqu'un — la famille dont elle ne se souvenait pas, Mab, les membres des troupes de baladins à qui elle s'était jointe —, elle était abandonnée.

— Vous m'abandonnerez aussi, murmura-t-elle, son souffle blanchissant la vitre. Mais je ne m'en soucie pas.

Oui, elle avait sa réponse. Il existait sûrement un moyen de voler quelques instants de splendeur avec lui et d'en sortir néanmoins le cœur intact.

— Cela peut se faire, déclara-t-elle à voix haute, en

serrant sa robe de chambre autour d'elle et en s'empressant de franchir la porte. Je le prouverai cette nuit même.

Londres n'était jamais complètement silencieuse, songea Aidan en regardant fixement la Tamise. On était au cœur de la nuit et il entendait encore des voix, des chevaux et de temps en temps un bruit de rames — des contrebandiers, des amants clandestins ou un groupe de gens en goguette rentrant tard chez eux.

Des sons joyeux, des sons de souffrance, les sons d'affaires en cours ou de crimes en train d'être commis. Ils l'entouraient tous en un grand chœur discordant qui lui était aussi étrange que les fourchettes ou les protestants.

Il n'avait parlé à personne de la convocation qu'il avait reçue ce jour-là après la course de bateaux. Un messager spécial la lui avait apportée à Wimberleigh House. Apparemment, la nouvelle de sa performance avait atteint la reine et elle avait décidé de lui accorder une audience royale.

Il était prêt à la rencontrer. Plus que prêt. Il aspirait à quitter Londres et le redoutait en même temps. Dès qu'il avait reçu les nouvelles de Revelin d'Innisfallen, il avait eu envie de repartir pour l'Irlande. Donal Og et Iago l'avaient persuadé de rester, car s'il quittait Londres en défiant la reine, les choses ne feraient qu'empirer. Elle ordonnerait à ses stratèges militaires de déployer plus de troupes dans le Kerry, d'évincer plus d'Irlandais, de brûler plus de champs et de raser plus de forêts. C'était exactement ce qu'il avait espéré éviter en venant ici.

Mais plus de quinze jours avaient passé, et quels étaient les résultats de ses efforts ? Quelques babioles, un bon cheval, une rencontre avec l'héritier de Lacey, une fourchette, par le Christ…

— Votre Vénération, je dois vous parler, déclara une voix claire dans la nuit.

Et Pippa, pensa-t-il en se détournant de la rivière. Comment pouvait-il oublier Pippa ? Son fardeau. Son trésor.

— Oui ? répondit-il en scrutant l'obscurité.

Il vit sa silhouette menue descendre l'allée vers lui. Elle disparut un instant sous une tonnelle, puis ressortit tel un spectre.

Un sentiment le parcourut, une sorte de joie terrible et une soudaine et lumineuse bouffée d'espoir. C'était comme si elle était une princesse des *sidhe,* descendant de son royaume féerique dans le monde réel.

Oui, il y avait quelque chose de magique et de féerique en elle, il n'en doutait pas. Néanmoins, son corps mal contrôlé lui rappela péniblement qu'elle était une femme de chair et de sang. Il la convoitait avec un besoin puissant qu'il ressentait dans chaque fibre et dans chaque nerf de sa personne. Mais il ne pouvait pas l'avoir. Jamais. Il n'avait pas fait l'amour à une femme depuis son mariage, et il ne le pourrait pas tant que Felicity respirerait.

— Aidan ? appela-t-elle doucement. Etes-vous là ?

— Ici.

Il s'avança de quelques pas et lui toucha le bras.

Elle réprima une exclamation et se raidit. Il se crispa.

— Allons, je ne veux pas finir comme ce pauvre Temple Newsome.

— Il méritait pire que le plongeon que je lui ai donné.

Aidan gloussa.

— En effet. Venez ici. Je jure que je ne vous toucherai pas en un endroit inapproprié.

— C'est exactement de quoi je suis venue vous parler.

Ah, juste ciel. Ces seuls mots le traversèrent d'une flèche de désir.

— Vous *voulez* que je vous touche ?

Il l'entendit retenir son souffle. Il faisait trop sombre pour voir son visage.

— Ne vous en avisez pas, rétorqua-t-elle, la voix curieusement tremblante. Ce que je veux que vous sachiez, c'est que je vous suis extrêmement reconnaissante de toute l'amabilité que vous m'avez montrée. Je ne sais même pas pourquoi vous avez décidé de me prendre avec vous.

Un amusement teinté d'ironie incurva la bouche d'Aidan.

— Vous ne m'avez guère laissé le choix. Comment pouvais-je résister en vous voyant ramper à mes pieds ?

— Je sais très bien ramper.

Même si sa voix était pleine d'humour, il n'avait pas envie d'en entendre plus. Il ne pouvait tout simplement pas supporter de savoir ce qu'elle avait enduré pour perfectionner ce talent.

— Le fait est, dit-il gentiment, que vous méritez grandement d'être sauvée, et je ne comprends pas pourquoi quelque protecteur digne d'estime ne l'a pas vu voilà longtemps.

— Arrêtez !

Elle fit un mouvement brusque ; il se rendit compte qu'elle plaquait ses mains sur ses oreilles.

— Vous rendez ceci plus difficile que ça doit l'être.

— Quoi ?

Elle abaissa ses mains et souffla avec exaspération.

— Ce que je suis venue vous dire.

Elle parla lentement, comme si elle s'adressait à un simple d'esprit.

— Et de quoi s'agit-il ?

— Que je ne vous aimerai jamais. Jamais.

Aidan prit un moment pour absorber ses paroles. Il avait envie de rire de sa véhémence. Il avait envie de se mettre en rage contre elle et de pleurer pour elle. Mais surtout, il avait envie de la prendre dans ses bras et de ne jamais la laisser partir. Sot qu'il était.

— Ah, *a stor*, dit-il en soupirant. Qu'est-ce qui vous a blessée si durement que vous éprouviez le besoin de dire une telle chose ? C'est d'avoir perdu votre famille, n'est-ce pas ?

Elle demeura muette et immobile un long moment. Finalement, elle déclara :

— Tout ce que vous avez besoin de savoir, c'est que je ne vous aime pas et ne vous aimerai jamais.

Il se dit qu'il aurait dû être soulagé. Il se força à lâcher un rire bref, posé.

— Votre amour est la dernière chose dont j'ai besoin.

Elle haussa le menton.

— Bien. Je le pensais. Cela rend les choses tellement plus simples.

— Tellement plus simples.

Il se sentait vide et à vif.

— Alors, cela signifie que nous devons être amis. Les Irlandais ont un dicton : « Si tu n'es pas mon ennemi, je te compte comme un ami. »

— C'est charmant, observa-t-elle, la voix curieusement rauque.

Elle s'écarta de lui et s'assit sur un banc en marbre qui surplombait la promenade au bord de la rivière.

— Voudriez-vous me parler de l'Irlande ? Est-il vrai qu'il y a un petit peuple dans les bois ?

Aidan ferma brièvement les yeux, et une vive nostalgie s'empara de son cœur.

— Il existe maintes choses magiques et merveilleuses en Irlande. Maintes choses dangereuses, aussi.

Elle couvrit sa main des siennes en une douce caresse. Il était reconnaissant de l'obscurité. Il pouvait révéler plus de lui-même qu'à la lumière du jour, car la nuit égalisait les choses, dissimulant les défauts aussi bien que les vertus.

Il pensait à son pays natal avec à la fois une affection douce-amère et une résignation désespérée. L'Irlande était un lieu de grande splendeur et de danger attirant. C'était un endroit où un homme pouvait vivre près de la terre — du moins avant l'arrivée des Anglais.

— Bon, dit-il, en portant son regard sur les ombres mouvantes du jardin. Par une journée ensoleillée, le lac Lough Lane est comme un miroir bleu qui reflète l'infini du ciel. Les forêts sont vert émeraude. Il y a des montagnes avec des torrents impétueux, des rivières qui grouillent de truites et de saumons, et au milieu du lac se trouve un endroit appelé Innisfallen.

— Innisfallen, répéta-t-elle en savourant le nom. Une île ?

— Oui. Cette île abrite les chanoines de l'ordre de saint Augustin. Le tuteur de mon enfance, Revelin, y vit.

Aidan avait passé des heures sur l'île, adossé au frais mur de pierre du monastère et laissant le silence sacré de ce lieu l'entourer et bercer ses rêves. Revelin était aussi vaste et imposant que le Tout-Puissant lui-même.

— Et Ross Castle ? demanda-t-elle. Iago disait que vous avez mécontenté la reine en achevant de le bâtir.

Le fantôme de l'ancienne douleur s'abattit sur lui.

— Ross Castle était le rêve de mon père. Mais il fut ma punition.

Les mots lui échappèrent avant qu'il puisse les retenir. Maudits soient l'obscurité et le faux sentiment de sécurité qu'elle lui donnait. Quand apprendrait-il qu'aucun lieu n'était sûr pour mettre son âme à nu ? Cette étrange femme sassenach était-elle une enchanteresse, capable d'arracher des aveux à un cœur réticent ?

Il retira brusquement ses mains et se passa les doigts dans les cheveux.

— Ne cessez pas de me parler, dit-elle. Je vous en prie. Je veux savoir. Que voulez-vous dire par votre punition ?

Elle devait être une enchanteresse, décida-t-il. Car il s'entendit répondre :

— Après la mort de mon père, je me suis senti tenu par le devoir d'achever le château même en défiant la loi anglaise. Mon père refusait de voir que notre peuple perdait le combat pour rester libre des Sassenach. Année après année, je l'ai vu lever des armées et les conduire à la mort. Année après année, j'ai entendu les gémissements des veuves et des orphelins mourant de faim parce que mon père refusait de passer un compromis avec les Anglais.

— Aidan, j'en suis navrée.

— Ne vous chagrinez pas pour moi, mais pour ceux qui se sont battus et ont péri, pour ceux qu'ils ont laissés derrière eux.

Il laissa tomber sa tête dans ses mains et songea au prix énorme qu'il avait payé pour étancher les blessures sanglantes de son peuple.

— Leur force a atteint ses limites. Le représentant anglais de la loi est en place dans la ville de Killarney, et tant que nous nous rebellerons, il nous traitera férocement. Pour ma part, je me battrais jusqu'à la mort, mais je ne peux demander ce sacrifice à mon peuple.

— Votre père l'a fait, observa-t-elle.

— Oui.

Le flot des souvenirs le submergea : les cris, les supplications… la violence. Dieu du ciel, ils avaient été des ennemis mortels plutôt que des gens du même sang.

— Qu'allez-vous demander à la reine ?

— Sa merci, et une certaine mesure d'autonomie. Si je peux négocier une paix durable, moins de sang sera versé.

— Vous êtes donc disposé à payer le prix de votre fierté.

— Pour sauver des vies, oui.

Il bondit sur ses pieds et se mit à faire les cent pas.

— Bonté divine, je n'ai pas le choix, reprit-il.

— Milord, que savez-vous de la reine Elizabeth ?

— Qu'elle est intelligente, manipulatrice et vaniteuse. Qu'elle est capricieuse dans ses décisions. Qu'elle est la souveraine la plus rusée et la plus puissante de la chrétienté.

— Elle a un fameux caractère, je peux vous le dire. Une fois, Tom Canty est allé lui demander une faveur pour le compte de la guilde des brasseurs, et elle a fini par condamner la guilde à une amende.

— Pourquoi ?

— Parce que Tom s'est présenté à elle sa coiffe dans les mains. Milord, si vous vous humiliez devant la reine, elle vous méprisera.

— Voudriez-vous que je lui déclare la guerre ? demanda-t-il avec un rire dur.

— Non.

Dans un bruissement de sa robe de chambre, elle se leva, sortit de l'ombre et vint se placer devant lui. Le clair de lune donnait une étrange et pâle beauté à son visage.

De nuit, son attrait avait une qualité mélancolique trop subtile pour être discernée à la lumière du jour.

— Aidan, dit-elle. Je sais que je me moque de vous avec mes titres ampoulés, mais voici la vérité : vous descendez d'anciens rois, vous êtes un gouvernant de plein droit, le O'Donoghue Mór, un chef.

Il éprouva un curieux mélange d'émotions dans sa poitrine. Des mots, se dit-il. Elle disait de simples mots, mais ils le touchaient profondément. Il se rappela qu'elle était une orpheline sans feu ni lieu, que ses opinions n'importaient pas, mais sa déclaration était magnifiquement sensée, et son âme avait soif de la foi qu'elle avait en lui. Dieu en était témoin, il n'avait jamais obtenu cela de Felicity.

— Je suis le O'Donoghue Mór, affirma-t-il avec son assurance d'antan.

Il la souleva dans ses bras et la fit tournoyer. Son rire flotta dans la brise nocturne et résonna sur la rivière. Pareils à des feuilles dans le vent, ils s'abandonnèrent et se posèrent par terre, où l'herbe humide et douce les accueillit. Aidan se redressa sur un coude et baissa les yeux sur son visage rieur. Puis, écartant le reste de ses hésitations, il l'embrassa fortement et avidement, buvant du courage et de la sagesse sur ses lèvres.

Elle se haussa vers son baiser, lui offrant sa gorge pâle, passant les bras autour de son cou. Sa robe de chambre s'ouvrit, et Aidan se perdit dans un monde de sensation dénué de pensées. Il coula une main entre son vêtement de dessus et sa chemise, trouvant les courbes suaves de son corps. Elle avait une taille fine et des hanches doucement arrondies, des jambes fortes et lisses qui bougèrent impatiemment lorsqu'il lui caressa les cuisses.

Mais quelque part, profondément enfouie sous sa passion pour elle, une étincelle d'honneur lui commandait d'arrêter. *Non.* Crispant les paupières, il replongea l'étincelle dans l'obscurité. Il aurait ces moments avec elle, même s'il devait les voler.

Elle était innocente de maintes façons, si ouverte à ses caresses, ayant un tel besoin de son affection. Et il était un guerrier marqué par la vie, affamé de la confiance qu'elle lui donnait, de sa certitude totale et inébranlable qu'il y avait du bon en lui — même s'il pensait autrement.

Elle toucha d'un doigt son torse dur et couturé et se recula pour murmurer :

— Je ne suis pas venue ici pour ceci.

— Mais je ne vous laisserai pas partir sans.

Là-dessus, sa dernière étincelle de conscience mourut complètement. Il fit remonter sa main plus haut et s'empara d'un sein. Pippa émit un son plaintif à l'arrière de sa gorge et se haussa afin que le globe doux se niche davantage au creux de sa paume. Le désir le brûla.

— Par Dieu, Pippa, dit-il d'une voix étranglée.

Il n'avait pas prévu la force de sa propre passion. Il partageait ce même désir fou qu'il percevait en elle. Soudain, il eut envie de lui faire sentir son désir, son plaisir. Il embrassa sa gorge, s'attardant sur son pouls qui palpitait doucement, goûtant une légère saveur de santal sur sa peau douce et crémeuse.

D'une main, il écarta les liens de sa chemise. Le vêtement s'ouvrit, offrant ses seins à l'air de la nuit. Elle retint son souffle et murmura :

— Il fait froid.

— Je vais vous réchauffer, ma douce.

Il abaissa sa tête sur un sein et posa une main sur l'autre. Elle n'émit aucun son, mais sa chair semblait chanter pour lui tandis qu'elle s'arquait dans son étreinte. Il avait envie de la couvrir tel un étalon, de perdre son contrôle et de lui arracher des cris d'extase. Dieu du ciel, cela faisait si longtemps… trop longtemps… Alors, l'étincelle d'honneur revint à la vie, comme il s'y attendait. Quelle qu'en soit la raison, il avait fait un serment à Felicity, et sa droiture insidieuse dressait sa tête de justicière.

Aussi doucement qu'il put, il cessa d'embrasser Pippa et referma la robe de chambre autour d'elle. Dans les ombres et le clair de lune, ses yeux paraissaient immenses et troublés.

Il se redressa sur son séant. Pendant un moment, il ne put parler. Cela lui faisait trop mal, et pas seulement dans ses reins douloureux. Dans son cœur aussi. Car c'était là qu'il voulait amener Pippa, et, Dieu lui vienne en aide, il ne le pouvait pas.

Il lui toucha la joue.

— Pippa ?

— Quoi ?

Elle semblait méfiante, telle une enfant qui s'attendait à être punie.

— J'ai envie de vous faire l'amour. Vous le savez, n'est-ce pas ?

— Je l'ai senti dès que vous m'avez jetée à terre et avez commencé à me séduire.

Il essaya de sourire à ces paroles suffisantes.

Elle s'assit à son tour et serra ses genoux contre sa poitrine.

— J'ai une question, Votre Excellence.

— Oui ?

— Pourquoi vous êtes-vous arrêté ?

« Dis-lui, s'intima-t-il. Dis-lui la vérité. »

A la place, il écarta une boucle de son front.

— Je ne veux pas vous blesser. Pouvez-vous le croire ?

— Bien sûr, répondit-elle, et la foi brilla dans ses yeux.

Elle détourna son regard.

— Mais cela me blesse quand vous arrêtez.

— Juste ciel !

Il eut l'impression que sa poitrine était déchirée en deux par une lutte dévastatrice. Avant qu'il puisse se convaincre du contraire, il la saisit par les épaules.

— Je vous veux.

Il chercha les mots qui convenaient. D'autres hommes faisaient paraître l'adultère simple, et dans son cas il se justifiait, diraient certains. Son cousin et Iago le pressaient depuis des mois de se laisser aller.

— Je veux que vous soyez ma maîtresse.

Elle lui saisit les bras.

— Votre maîtresse !

— Vous allez réveiller la maisonnée.

Il se mit debout et la fit lever avec lui.

— Je vous désire, Pippa. Vous me désirez. Je serai bon avec vous, je le jure. Vous ne manquerez de rien.

— Sauf de ma fierté. Mais bien sûr, une personne de ma position devrait être honorée de votre offre. De fait, je *suis* honorée. Regardez-moi. Je m'en étouffe.

Elle lâcha un rire sans humour, et il entendit son désespoir. Elle riait pour s'empêcher de pleurer. C'était ainsi qu'elle avait survécu si longtemps.

— Je suis désolé, dit-il à voix basse. J'aurais dû penser… Je suis désolé.

— Vous n'avez pas besoin de vous excuser, dit-elle, car voyez-vous, vous ne pouvez pas me blesser, Aidan. Avez-vous oublié pourquoi je suis venue vous trouver ?

— Pour me dire que vous ne m'aimez pas.

— Exactement. Je ne vous aime pas. Je ne vous aimerai jamais.

Il fit un pas vers elle, prit son visage dans ses mains

et fit doucement glisser ses pouces sur ses joues chaudes et humides.

— Alors, pourquoi ces larmes, *a gradh* ? demanda-t-il posément.

— C'est juste… juste…

— Juste quoi ?

— Que j'essaie de m'habituer à ne pas vous aimer. Et vous ne m'aidez pas du tout.

Elle était si honnête avec lui.

— Oh, Pippa…

— Ceci va vous paraître fou, mais je ne me sens pas honorée, finalement. Je me sens insultée, Votre Stupidité. Lâchez-moi. Ne me tenez pas ainsi.

Il voulait ne jamais la laisser partir. Cela semblait si bon, si juste, de la tenir.

— Aidan, si je dois causer de sérieux dommages à votre braguette, je le ferai. *Lâchez-moi.*

Il laissa retomber ses mains sur ses côtés. C'était la chose la plus difficile qu'il ait jamais faite.

La deuxième chose la plus difficile fut de la laisser s'éloigner.

Au bout d'une semaine, Pippa se rendit compte qu'elle n'allait pas mourir d'un cœur brisé.

Elle allait vivre avec.

De plus, elle allait l'ignorer, essayer de trouver sa famille, et rencontrer la reine d'Angleterre.

Elle avait l'intention de se servir de cette occasion pour se trouver un autre riche protecteur. Un qui l'apprécierait. Un qui ne l'insulterait pas. Un qui ne lui briserait pas le cœur.

Debout à la fenêtre de sa chambre, elle regardait en bas le cloître des Frères Prêcheurs. Il ressemblait à une cour d'auberge juste avant une représentation, avec des hommes courant çà et là, se préoccupant de leurs cheveux et de leurs armes de comédie.

Sauf que cette fois les cheveux étaient longs et libres, et les armes véritables. Aidan avait certainement pris son avis à cœur. Il ne s'humilierait pas. Ses cent gardes du corps, soldats ou ce qu'il voulait les appeler, se préparaient pour la bataille.

Sous peu, ils marcheraient sur Whitehall Palace, en présence de la reine Elizabeth. Et alors quoi ? Si le plan allait de travers ? La reine les ferait tous mettre à mort.

Pippa s'obligea à se calmer et s'écarta de la fenêtre. Elle s'arrêta pour étudier son reflet dans la feuille d'étain poli qui lui servait de miroir.

— Un visage que même une mère n'a pu aimer, dit-elle, tirant d'un air maussade sur ses cheveux. J'ai l'air d'un balai à l'envers.

— Je ne dirais pas cela.

Aussi resplendissant qu'un sultan turc, Iago entra dans la pièce d'un pas guilleret.

— Vous avez plus de courbes qu'un balai.

Un moment, elle ne put faire autrement que de le fixer. Il portait des culottes bouffantes de soie bleue et des bottes lacées sur les côtés qui lui montaient aux genoux. Sa chemise ouverte révélait un large torse musclé strié des mêmes cicatrices qu'elle avait vues sur Aidan. Au lieu d'un pourpoint, il avait revêtu une courte veste sans manches et une ceinture brillante autour de la taille. Une longue et fine rapière pendait le long de sa cuisse.

Pippa ne put s'empêcher de sourire.

— Vraiment, Iago, vous auriez dû être baladin. Les femmes vont se jeter sur vous comme des mouches sur du miel.

Il lui sourit largement à son tour.

— Y a-t-il une dame de la Cour dans mon avenir ? Je me le demande.

— Si vous souriez à tout le monde de cette façon, il pourrait y en avoir plus d'une. Peut-être la reine elle-même.

Il frémit.

— Non, merci. Ses admirateurs ne connaissent pas toujours un sort enviable.

Elle refit face au miroir, la mine sombre.

— Au moins, je n'ai pas à me soucier d'être harcelée par des admirateurs pernicieux.

Iago se plaça derrière elle et posa les mains sur ses épaules.

— *Pequeña,* pourquoi ne laissez-vous pas les chambrières vous aider à vous habiller ? Etes-vous pudique ? Cachez-vous une difformité secrète ?

Elle s'appuya contre lui et tourna la tête pour le regarder.

— Je n'aime pas les chambrières de Lumley House. Elles ne sont pas comme celles des Durham ou des Wimberleigh. Elles disent de vilaines choses sur moi.

Il siffla de colère et lui pressa les épaules.

— *Putas.* Pourquoi n'avez-vous rien dit ?

Elle baissa la tête.

— Elles avaient raison. Sauf en m'accusant d'être l'amante du O'Donoghue Mór.

« La seule partie que je souhaiterais être vraie », pensa-t-elle, maudissant son cœur et ses divagations.

Iago dit autre chose en espagnol, puis la tourna face à lui. Avec des mains aussi douces et agiles que celles d'une costumière de talent, il se mit à l'habiller, empilant les vêtements par-dessus sa chemise. D'abord vint le corselet lacé dans le dos, puis le jupon en forme de cloche et la jupe de dessous.

Tout en travaillant, il parlait dans la langue basse et musicale qu'elle trouvait si fascinante.

— Je ne vous comprends pas, marmonna-t-il. Vous avez tout — le charme, la jeunesse, la beauté, l'humour —, et pourtant tout ce que je vois quand je regarde vos yeux est du chagrin.

Elle se mordit la lèvre tandis qu'il lui faisait lever un bras pour enfiler une manche.

— Alors, vous avez une vive imagination. Qu'est-ce qui pourrait m'attrister ? Je vous ai eus comme chambrières, Aidan et vous. Est-ce qu'une autre dame de Londres peut se vanter de cela ?

— Je sais à quoi ressemble le chagrin. Vous ne pouvez me le cacher.

Elle étudia son visage sculpté et grave, ses yeux brillant d'une intelligence enjouée, et oui, c'était là. Une mélancolie envahissante, à vous hanter l'âme, qui l'assaillait même lorsqu'il souriait.

— Gardez votre pitié pour les mendiants sans logis. Moi, j'ai un plan pour ma vie.

— Bien, acquiesça-t-il. Mais parlez-moi. A partir du moment où je joue la dame d'atours, je peux aussi jouer la confidente.

Il en finit avec ses manches et s'attaqua à ses cheveux avec un peigne de bois. Elle inspira à fond.

— Voilà, Iago : je ne sais pas qui je suis, ni ce que je suis. Un jour, je me persuade que je suis une princesse perdue par erreur. Le suivant, je suis certaine qu'une poissonnière m'a enfantée et abandonnée pour mourir ou être secourue par des étrangers. Je pourrais accepter l'une ou l'autre de ces explications, si je savais qu'elle était vraie. Je pense que ce qui fait mal est de ne pas savoir.

Iago prit une coiffe en filet rebrodée de perles fines. Elle se trouvait dans le coffre avec les autres affaires, mais

Pippa n'avait pas su qu'en faire. Il rassembla ses boucles sur sa nuque et ajusta la coiffe, qui donnait l'illusion qu'elle avait les cheveux longs. Elle se sentit réconfortée par l'amélioration.

— Ecoutez, *pequeña,* dit-il. Je ne suis guère homme à me plaindre de ce genre de choses. Regardez-moi.

Elle obéit.

— Vous êtes un homme d'une beauté peu commune.

Il secoua la tête, faisant tinter ses tresses ornées de perles.

— Mon père était un violeur, et ma mère une meurtrière.

Pippa battit des cils.

— Vos histoires sont presque aussi outrageuses que les miennes.

— Non, je vous dis la vérité. Mon père était un hidalgo espagnol qui possédait une immense hacienda dans les îles. Ma mère était une servante métisse.

— Mé... quoi ?

— Métisse. De sang mêlé, indigène et africain.

Elle vit tout cela sur son visage, alors, un magnifique mélange de hautaine noblesse espagnole, de riche couleur africaine et de beaux traits exotiques.

Il finit de fixer sa coiffe.

— Mon père a violé ma mère et elle l'a tué. Alors vous voyez, *pequeña,* il y a des choses pires que de ne pas savoir qui on est.

— Ah, Iago. Je suis tellement désolée.

Il l'embrassa sur le front, et elle s'émerveilla de sa gentillesse. Il était né du péché et de la rage, avait été battu et réduit en esclavage, et pourtant il était là, la baignant dans le rayonnement de l'amitié et de la compréhension.

— Aidan a été mon salut, dit-il soudain.

— Quoi ?

Le seul fait d'entendre son nom lui donnait le frisson.

Iago sourit.

— Il y a une telle bonté en lui que les anges l'envieraient. Mais…

Il détourna les yeux et tripota distraitement le bord de sa manche.

— Mais quoi ?

— Ceux qui dépendent de lui sont trop nombreux. Il est comme l'arbre *poui* de la légende. C'est un arbre si grand que ses branches touchent les nuages. Il supporte tout ce qui vient à lui — des singes et des perroquets, des lézards et des serpents, des insectes et des abeilles. Les indigènes utilisent ses branches et ses feuilles pour s'abriter, son écorce et sa sève pour construire des canoës. Mais finalement, le *poui* ne peut supporter tous ceux qui vivent sur lui, et il meurt.

Il la tourna face au miroir.

— Maintenant, regardez-vous. La fille de la poissonnière est une princesse, non ?

— Non, dit-elle, et cependant un frisson d'excitation lui passa dans le dos. Mais voyons voir si nous pouvons duper la Cour.

## Journal d'une dame

Parfois, la nuit, quand il pense que je dors, mon époux se lève et arpente la chambre. Oliver ne veut pas que je voie son tourment ; il m'a toujours protégée.

C'est son inquiétude pour notre fils Richard qui tire mon époux bien-aimé de son sommeil. Richard est aussi jeune et doré que le matin — et de maintes façons, aussi innocent. Il ignore ce que cela signifie d'aller à la guerre. Il ne pense qu'à des bannières flottant au vent et à des sonneries de trompettes, à des grondements de sabots et à de grands gestes théâtraux.

Oliver en sait davantage. Il a vu le visage de la guerre ; il a regardé la mort en face, et ce n'est pas une chose qu'il souhaite pour son fils.

Mais il s'agit d'une question d'Etat, et les femmes ne sont pas censées se préoccuper de ces affaires-là.

Tout cela me paraît être d'une grande hypocrisie. Car la personne la plus concernée de toutes est une femme — Elizabeth d'Angleterre.

Alouette de Lacey,
Comtesse de Wimberleigh.

# 8

La reine avait enfin convoqué le lord de Castleross à la Cour. Tout le long du trajet jusqu'à Whitehall Palace, Pippa n'avait pu l'apercevoir, car Iago avait insisté pour la garder à son côté, en tête de l'escorte. Tel le roi d'un royaume de légende, Aidan restait invisible, lointain, se tenant en retrait, attendant de faire une entrée théâtrale.

Tandis que sa garde de cent Irlandais armés avançait le long du Strand, Pippa comprit la pleine signification d'une marche militaire. Le bruit des bottes qui piétinaient la route produisait un effet profondément viscéral, tel un sinistre battement de cœur.

Les citoyens de Londres et de Westminster semblaient partager son opinion. Les gens se bousculaient pour s'écarter de leur route. Des hommes se plaquaient contre des murs ou se faufilaient dans des allées. Des femmes attiraient leurs enfants dans leurs jupes et se réfugiaient sur des seuils de portes. De jeunes étudiants au teint pâle de l'Ecole de Westminster serraient leurs livres contre eux et regardaient avec des yeux affolés.

Iago avait été envoyé en avant pour servir de héraut et il arriva le premier, suivi de Pippa. L'entrée du palais consistait en un portail arrondi dominé par une poterne impressionnante. Iago et Pippa attendirent dans une cour ouverte appelée la place des Prêcheurs. Elle sentit les regards insistants des gardes, des militaires et des officiels du palais, mais, comme Iago, elle garda le menton haut et les ignora.

Le grand Noir se tenait au milieu de la place, forçant ceux qui les observaient au silence par son regard.

— Aidan, le O'Donoghue Mór, proclama-t-il après une longue pause. Chef du clan O'Donoghue et connu en ces contrées comme le lord de Castleross.

Au bout de quelques minutes, Pippa entendit de nouveau le piétinement rythmé des soldats. Les grilles en fer de la cour s'ouvrirent en grand pour admettre le chef irlandais. Afin que son escorte ne soit pas refusée, Aidan arrivait en dernier, monté sur sa jument caparaçonnée.

Des valets, des ministres et le petit peuple du palais se précipitèrent dehors pour regarder. La foule pressa Pippa contre un mur épais. Elle se tordit le cou, mais perdit Aidan de vue.

— Aucune importance, murmura Iago. Vous le verrez quand il saluera la reine. S'il agit à sa guise, le monde entier le verra.

A distance, elle le vit enfin. Il démontait dans une envolée bleue de sa cape. Puis Donal Og cria quelque chose en gaélique et la troupe forma deux rangs. Un joueur de cornemuse et un tambour se mirent à jouer une étrange marche d'un ton assourdi, et toute l'assemblée traversa la cour vers la Galerie privée.

— Ceci est un outrage, tonna un soldat en uniforme stationné à l'entrée. Le O'Donoghue Mór pourrait aussi bien jeter le gant et déclarer la guerre.

— Puisse sa maudite tête irlandaise rouler à terre, déclara un autre garde.

— Cela se pourrait bien. Regardez-le creuser sa propre tombe.

Iago et Pippa échangèrent un coup d'œil dubitatif.

Puis ils se hâtèrent à leur tour de pénétrer dans le long bâtiment élégant.

La galerie principale paraissait sans fin, avec des murs et un sol de pierre qui faisaient résonner le bruit de la marche militaire en un grondement de tonnerre. Tout au bout, une immense porte donnait sur la salle d'audience.

Pippa entra avec Iago. Il la guida sur le côté de la salle, où il y avait moins de monde. Ils continuèrent vers le fond inondé de lumière où se dressait une estrade surmontée d'un dais si haut qu'il ressemblait à une grande tente.

— Où allons-nous ? demanda-t-elle.

— Nous pouvons nous arrêter ici.

Iago s'avança au milieu de la salle, s'inclina très bas et répéta son annonce. Puis il revint à côté de Pippa et l'escorta au fond de la longue pièce.

— Vous y voyez, maintenant ?

Elle regarda au-delà d'un épais pilier en pierre et eut l'impression que la main de Dieu elle-même la figeait sur place, la frappant au point qu'elle ne pouvait bouger.

C'était la première fois qu'elle apercevait la reine Elizabeth et elle était saisie. C'était là de la majesté, pensa-t-elle. C'était une qualité bien plus rare et plus impressionnante que la simple beauté, une grâce noble ou une vive intelligence, même si la reine possédait les trois en abondance.

Elizabeth siégeait sur son trône d'Etat, un énorme fauteuil sculpté recouvert d'un dais et drapé de tentures. Un assortiment d'écus était accroché le long du mur derrière elle.

Vêtue du costume le plus élaboré que Pippa avait jamais vu, la reine paraissait minuscule, néanmoins sa petite taille était comme le cœur d'une fleur, le nectar entouré de somptueux pétales.

Une collerette blanche amidonnée encadrait son visage

et des perles et des joyaux ornaient un nuage de cheveux roux pâlissant. De là où se tenait Pippa, le visage de la reine paraissait d'un blanc de craie, ses yeux d'un noir brillant et rusé.

Fascinée, Pippa s'écarta du pilier et commença à se faufiler plus près de l'estrade. Iago lui siffla quelque chose, mais elle l'ignora. Elle trouva un endroit dans l'ombre d'où elle pouvait observer la reine de profil et voir l'allée majestueuse qui conduisait au trône.

Le roulement des tambours et le criaillement des cornemuses provenaient de l'antichambre. Le bruit sourd des pieds qui frappaient le sol en cadence ne s'arrêtait pas.

Les yeux noirs d'Elizabeth étincelèrent comme le clair de lune sur l'eau. Elle se pencha vers l'homme debout à son côté.

— Robbie, que signifie ceci ?

— Le comte de Leicester, chuchota Iago à Pippa. Son lord Chancelier.

— Je sais. Il a essayé de me faire arrêter le jour où j'ai rencontré Aidan.

Essex, le lord vaniteux dont elle avait un souvenir désagréable du bal masqué à Durham House, se pencha pour chuchoter quelque chose à la reine. La plume de sa ridicule coiffe en velours frôla la joue d'Elizabeth.

— Hors de ma vue ! fulmina-t-elle. Je ne vous ai pas encore pardonné d'avoir gagné aux cartes.

Rougissant, Essex recula pour se mettre à bonne distance.

Les lourdes portes s'ouvrirent. Même Pippa, qui s'y attendait, retint son souffle et resta bouche bée d'étonnement. Les courtisans qui ne se doutaient de rien se figèrent et regardèrent.

L'escorte d'Aidan entra, cent gardes du-corps qui avaient l'air plus sauvage qu'une horde de loups. Ils arboraient leurs barbes hirsutes et leurs peaux de bêtes comme des trophées de conquête, et chacun était armé jusqu'aux dents. Pippa douta que la salle d'audience ait déjà vu un tel déploiement de haches de guerre, d'épées à double tranchant, de masses, de piques et de gourdins.

Les gardes de la reine tirèrent leur propre épée, mais les Irlandais leur donnaient l'apparence de soldats de plomb, vêtus pour la parade plus que pour l'action.

Le son des cornemuses devint aigu et prit de l'ampleur, se répandant dans chaque coin de la salle avant de se taire. Les soldats irlandais formèrent deux longues rangées, repoussant par leur nombre les gardes du palais.

Puis une ombre imposante se dressa sur le seuil de l'entrée en arcade. Eclairé par-derrière par le soleil brillant de l'antichambre, Aidan paraissait massif et semblable à un dieu, sa cape de couleur vive se déployant autour de lui telle une grande paire d'ailes.

Sa crinière de cheveux noirs bougeait avec ses mouvements, sa tresse ornée de perles ayant une allure païenne pleine de défi. Son visage arborait une arrogance et une fierté que Pippa ne lui avait encore jamais vues.

D'une certaine manière, la lumière faisait ressortir tous les angles et aplats de son remarquable visage : le front large et intelligent, les pommettes hautes, la mâchoire carrée, les lèvres sensuelles et les yeux farouches. Il rayonnait d'autorité et de majesté.

Il était le O'Donoghue Mór.

Aucun de ceux qui le voyaient ce jour-là ne pourrait en douter. Nul ne l'oublierait jamais, pas même la reine d'Angleterre.

Il se tint là assez longtemps pour que son apparition produise tout son effet. Puis il s'avança à grands pas dans la salle, passant entre les sentinelles figées et les soldats irlandais, pour aller directement au pied de l'estrade.

A son crédit, la reine ne manifesta aucune des réactions de ses dames groupées non loin de Pippa — exclamations étouffées, murmures et coups d'éventail. Elizabeth demeura immobile, aussi pâle que de l'ivoire, sans sourire, les sourcils à peine relevés.

Aidan rejeta sa cape sur une épaule. Sa broche en argent étincela. Puis, d'un mouvement si brusque que Pippa craignit qu'il n'ait été abattu, il se prosterna sur le sol devant l'estrade.

Il resta allongé, le visage contre les dalles et les bras écartés, pareil à un ange tombé.

Visiblement, la reine ne s'était pas attendue à cette démonstration de soumission. Sans nul doute, elle se demandait comme tout le monde ce qu'elle signifiait.

De la soumission ? Même étendu par terre, le O'Donoghue Mór dégageait du pouvoir. Marque d'allégeance ? On pouvait en douter, étant donné sa méfiance envers tout ce qui était anglais.

— Relevez-vous, milord de Castleross, dit enfin la reine.

Elle avait une voix riche et sonore, ses voyelles aussi rondes que des perles de culture.

Aidan se dressa devant elle. Le soleil entrait à flots par les hautes fenêtres arrondies, l'auréolant d'or translucide. Il n'aurait pas pu agencer un décor plus théâtral.

La gorge de Pippa se serra. Elle n'avait jamais vu un tel homme, et elle s'était pourtant glissée dans des dizaines de pièces et de spectacles où des hommes se transformaient en oiseaux, en anges ou en dieux grecs. Mais ceci n'était pas de la comédie, ce n'était pas l'illusion des costumes et des personnages. Il y avait quelque chose d'intensément émouvant à voir un homme aussi princier se confronter à la reine de cette manière.

Alors il rompit le silence — par un hurlement si sonore

qu'il fit sursauter les gens. Avec une fureur sauvage, il rejeta la tête en arrière et lança un ancien cri de guerre — du moins c'est ce qu'il sembla à Pippa.

Puis il se mit à aller et venir, les mains nouées dans le dos, ses bottes et ses éperons résonnant sur les dalles. Il s'exprimait en gaélique, mais avec tant de passion et de conviction que les mots étrangers importaient peu. Son ton disait tout. Il était un chef irlandais, un gouvernant de son plein droit.

A côté de Pippa, quelqu'un étouffa un gloussement. Elle jeta un coup d'œil et vit Iago non loin d'elle, dissimulé dans l'ombre.

— Que dit-il ? chuchota-t-elle du coin de la bouche.

Aidan continuait à parler, s'arrêtant parfois dans sa marche pour faire de grands gestes tandis que sa tirade n'en finissait pas.

— Vous préférerez ne pas le savoir, murmura Iago. Mais le *moindre* de ce qu'il dit pourrait lui valoir une condamnation à mort.

— Dieu ait miséricorde, répondit Pippa sur le même ton, en pensant aux commentaires qu'elle avait entendus dans l'antichambre.

Des frissons parcoururent sa peau.

Tandis qu'Aidan s'arrêtait pour reprendre son souffle, le soldat à la droite de la reine frappa le sol de sa hallebarde.

— Milord, dit sir Christopher Hatton, Sa Majesté désire que vous vous adressiez à elle en anglais.

Pippa retint son souffle, se demandant comment Aidan allait réagir.

Il fit face à la reine et inclina la tête.

— Madame, déclara-t-il, c'est un honneur de s'adresser à vous dans votre langue maternelle.

— Oooh, chuchota une dame d'atours. Il a le plus bel accent irlandais !

Pippa leva les yeux au ciel. Visiblement, Aidan O'Donoghue produisait l'effet désiré sur ces gourdes. La question était : ses pouvoirs affectaient-ils la reine ?

— Je me demande s'il a besoin de compagnie, dit la compagne de la dame. Il se sent sûrement seul, si loin de chez lui.

— Il a toute la compagnie qu'il désire, leur siffla Pippa. Alors, bas les pattes !

Les dames étouffèrent une exclamation et se turent.

Iago rit doucement.

— Vous êtes toujours si discrète, *pequeña*.

— … mon autorité absolue en tant que seigneur de Castleross, disait Aidan. En outre, tant que je serai à Londres, j'assisterai à la messe à l'ambassade d'Espagne. Ces principes sont exigés par ma position de O'Donoghue Mór, madame, une position qui doit inspirer le même respect que la vôtre.

— Je vois, dit Elizabeth d'une voix sonore et déplaisante. Mais je ne vous ai pas défié sur des questions de foi, milord, n'est-ce pas ?

Il lui décocha un grand sourire qui remit les éventails des dames en branle.

— Non, en ceci vous êtes un exemple de tolérance. Je viens à vous pour des questions plus immédiates, madame.

Elle pencha la tête de côté, visiblement intriguée.

— Continuez.

— Mon peuple souffre. Ses récoltes ont été brûlées. Les femmes violentées. Des hommes pendus pour de fausses offenses.

— Votre peuple a défié leur gouvernant anglais, rétorqua la reine.

— Nous préférerions nous gouverner nous-mêmes et envoyer une dîme à Votre Majesté, riposta Aidan. Dans les conditions actuelles, vous ne recevrez rien, car nos terres sont ruinées, par la faute de lord Browne, représentant de la loi, et d'autres opportunistes avides. Continuez sur votre lancée, et il ne restera plus rien à réclamer.

La reine parut, étrangement, enfler et grandir. Pippa savait que c'était impossible, mais tandis que la colère d'Elizabeth augmentait, sa présence augmentait aussi.

Elle était comme une petite flamme avivée par un coup de vent. A sa manière intense et menue, elle égalait la puissante présence du chef irlandais.

Mais elle ne la dépassait pas.

— En avez-vous fini, milord de Castleross ? s'enquit-elle enfin.

— Madame, j'ai à peine commencé, répondit-il.

Les narines de la reine frémirent.

— Si vous cherchez à nous impressionner par votre attitude de défi, vous avez réussi.

Pippa inclina la tête de côté. Elle avait perçu un tremblement dans la voix d'Elizabeth.

— Oh, non, chuchota-t-elle à Iago. Elle est absolument furieuse.

— En conséquence, milord, reprit la reine, nous allons vous demander une chose. C'est une question anodine, mais que vous pourriez bien être tenu d'accepter.

— De quoi s'agit-il, Votre Majesté ?

— Nous aimerions que vous nous donniez une raison de ne pas vous mettre aux fers.

Aidan O'Donoghue fit alors l'impensable. Il rejeta la tête en arrière et rit. C'était cette bannière de sombre amusement que Pippa avait entendue le jour où elle l'avait rencontré, et le son riche et sensuel résonna à travers la salle.

Les yeux de la reine brillèrent plus fort. Leicester se pencha et lui dit quelque chose d'un ton implorant, mais elle le chassa d'un geste de la main.

Finalement, la gaieté d'Aidan reflua.

— Madame, pour répondre à votre question.

Pippa se demanda si la reine détectait l'acier sous le timbre lisse de sa voix.

Il lança un bras en arrière pour désigner ses soldats.

— Quand vous tondez un brin d'herbe irlandaise, deux autres repoussent à sa place. Et il existe des hommes bien moins coopératifs que moi. Ils n'hésiteraient pas à prendre ma place si vous m'enleviez.

Le silence tomba, et il palpitait d'une telle tension que Pippa releva ses épaules, prête à fléchir quand l'orage éclaterait. Aidan était un homme mort. Elle pouvait lire son sort dans les yeux de la reine, dans les murmures sinistres de ses courtisans, sur les visages outragés de ses gardes.

Alors, telle une flèche surgie de nulle part, une idée lui vint. Avant de pouvoir se raisonner, elle fonça en avant, rompant les rangs des courtisans et des gardes du corps.

— Livrez passage ! cria-t-elle, en imitant la voix sonore du majordome. Livrez passage !

Tous furent trop stupéfaits pour l'arrêter. Après s'être avancée devant Aidan, elle fit une profonde révérence au pied de l'estrade.

— Votre Majesté, je dois *insister* pour que vous laissiez cet homme libre. Voyez-vous, il a promis de faire quelque chose pour moi, et il ne s'est pas encore exécuté.

Délibérément, elle recula en trébuchant contre MacHurley, l'un des chefs de la troupe d'Aidan.

— Dieu du ciel ! glapit-elle en portant ses mains à ses

joues et en bondissant en arrière pour le regarder. C'est un agneau déguisé en loup !

Des gloussements nerveux montèrent des dames, suivis par un murmure subtil de rires masculins provenant des courtisans proches de l'estrade. Aidan fronça les sourcils et lui siffla un avertissement à mi-voix, mais elle l'ignora.

Elle caressa la tunique de MacHurley.

— J'aime un homme en fourrures, annonça-t-elle, et elle jeta un regard éloquent à la toque ridicule d'Essex.

Oui, le petit seigneur était en bisbille avec la reine, alors elle pouvait le tourmenter sans crainte.

— C'est bien préférable à des plumes.

— Vous allez voir ! explosa Essex, rouge de rage.

Pippa alla à son côté. Il était tellement rembourré de tout côté qu'il ne la sentit pas lui enlever sa bourse. D'un geste fleuri, elle la balança devant son visage horrifié.

— Ah, voyez-moi *ça* ! lança-t-elle d'une voix taquine. Qu'est-ce qui empourpre votre teint, milord ? Une mèche de cheveux de votre dame de cœur ?

Les autres courtisans s'esclaffèrent.

— Quelle est la signification de ceci ? demanda la reine, faisant taire les rires.

Pippa se tourna vers elle, vers ce visage pâle et indéchiffrable, ces yeux noirs coupants.

— Votre Majesté, je ne suis qu'une humble baladine itinérante au service de lord de Castleross. S'il est mis aux fers, je serai oisive.

Elle fit un clin d'œil appuyé à la reine.

— Vous connaissez sûrement les périls d'une femme réduite à l'oisiveté. Je pourrais bien avoir une idée intelligente. Et alors, où en seraient les hommes ?

La bouche de la reine se pinça. Un instant, Pippa pensa qu'elle allait sourire.

— Je prends grand soin d'éviter les pensées oisives, dit-elle.

Pippa rit, mais personne ne l'imita.

— Gardes ! Emmenez-la tout de suite ! ordonna Leicester.

Deux gardes s'approchèrent d'elle.

— Attendez ! dit la reine.

Tout le monde se figea. Elle porta les yeux d'Aidan à Pippa et vice versa.

— Milord de Castleross.

— Madame.

— Otez-vous de ma vue et emmenez cette… cette baladine avec vous. Vous reviendrez demain et *alors* je rendrai ma décision concernant votre attitude de défi et les gens de votre district. Est-ce clair ?

— Parfaitement.

Il n'attendit pas qu'elle le congédie. Il tourna les talons, criant un ordre en gaélique. Les cornemuses et les tambours se remirent à jouer. Prenant Pippa par le bras pour l'entraîner, il conduisit son escorte hors de la salle d'audience.

Lorsqu'il eut atteint la grande cour à l'extérieur, il s'arrêta.

— Bien, dit-il. Je présume que vous avez une explication pour votre petite performance.

— Ma performance n'était rien comparée à la vôtre, rétorqua-t-elle. Vous auriez pu vous faire arrêter pour trahison. Je ne vous dois pas d'explication.

Il saisit son autre bras et la tourna face à lui. Elle pouvait sentir la chaleur qui émanait de lui, voir les étincelles d'argent dans ses yeux bleus.

— Ah, mais vous me parlerez, *a stor*. Ce soir, j'aurai ce que je veux de vous.

*
* *

Elle était en retard ! La contrariante femelle le faisait délibérément transpirer, marcher de long en large et s'agiter.

Il alla à la cheminée de la grand-salle de Lumley House et frappa sauvagement du pique-feu une bûche qui flambait. Des étincelles montèrent dans le conduit. Cette infernale petite personne le consumait. Il ne pouvait penser à rien d'autre qu'elle, avec son sourire mutin et son corps voluptueux. Sa passion pour elle était comme une fièvre pour laquelle il ne connaissait pas de remède sauf un — la posséder enfin selon *ses* termes, à sa façon à lui, et au diable les conséquences.

Hélas, Pippa avait un esprit bien trempé et ne craignait pas d'affirmer sa forte volonté. C'était une qualité qui l'attirait et le rebutait à la fois. Pourquoi ne pouvait-elle se montrer plus maniable ? Il répondit à sa propre question : parce que les femmes faibles et dociles n'avaient pas d'attrait pour lui.

Une terrible pensée lui vint à l'esprit : et si elle s'était enfuie ?

Ah, mais il vaudrait mieux pour elle qu'elle parte. Il ne pouvait lui apporter que des peines de cœur.

Un sentiment de perte lui serra la gorge. Il remit le pique-feu violemment en place et marcha à grands pas vers la porte, l'ouvrant toute grande et montant lourdement les marches qui menaient à sa chambre. Sans s'arrêter pour frapper, il poussa brusquement la porte.

La pièce était vide. Il ne subsistait nulle trace de Pippa à part un léger parfum fleuri. Il aurait dû se sentir soulagé, pensa-t-il en refermant la porte avec un soin exagéré. Elle avait pris la décision à sa place. Il avait tort de désirer une femme qui ne pourrait jamais être à lui. Tort d'éviter de lui parler de Felicity. Mais que pouvait-il dire à quiconque à propos de Felicity ? Il ne parlait jamais d'elle. Il n'y avait tout simplement pas d'explications plausibles à son sujet, surtout vis-à-vis de Pippa, qui s'était mise à lui faire confiance implicitement.

Il retourna d'un pas raide à ses appartements. Il faillit rentrer dans Pippa, qui en sortait. Elle leva les yeux vers lui avec un sourire ironique.

— Vous voilà, Votre Vénération. Vous étiez en retard, et je suis venue vous chercher.

— J'étais en retard, moi ? cria-t-il.

Poussant un juron pour couvrir son soulagement, il la tira dans la pièce et ferma la porte d'un coup de pied. Il s'était promis d'être sévère avec elle. De la sermonner pour être intervenue dans son audience avec la reine.

A la place, incapable de se retenir, il poussa un grand cri de triomphe, la souleva et la fit tournoyer joyeusement.

— Par le cœur béni de sainte Brigid, dit-il en la remettant sur ses pieds et en lui donnant un gros baiser sonore sur les deux joues.

Bien qu'il ait envie de laisser ses lèvres s'attarder sur sa peau lisse, il s'écarta et déclara :

— Nous avons été *bons*, aujourd'hui. Nous avons pénétré dans l'antre du lion et en sommes sortis vivants.

Elle mit un moment à se ressaisir. Puis elle eut un grand sourire.

— Je vous l'avais dit. Admettez que vous avez eu peur, juste une demi-seconde. Admettez que vous avez craint qu'elle vous fasse arrêter et vous enferme.

— Je n'ai pas eu peur une *demi-seconde*, assura-t-il d'un ton fanfaron. J'étais terrifié tout le temps, espèce de petite impertinente.

Elle rit.

— Vous avez forcé la reine à vous voir comme un

homme, un rival valable, au lieu d'un mendiant quêtant ses faveurs. Il valait mieux que vous risquiez tout.

— Y compris mon peuple. Cela a été stupide de ma part.

— Non, cela a été courageux. Votre peuple le penserait.

— Peut-être. Maintenant, je vous prie, quel était le sens de votre petite performance ?

Elle haussa les épaules d'un geste appuyé. Elle feignait l'innocence, mais, foi d'Aidan, elle était superbe. Ses boucles libres semblaient avoir été dorées par les fées. Elle portait encore sa robe de Cour, mais sans la coiffe et les manches supplémentaires.

— Il fallait que quelqu'un détourne l'attention de la reine afin qu'elle oublie de vous punir.

Elle alla au buffet et se servit un gobelet de vin. Elle se tourna et but une grande gorgée pour s'armer de courage.

— Enfin, cela n'aurait pas été si terrible qu'elle le fasse, précisa-t-elle.

— Ah.

Il la fixa, se rappelant ses mots. « Je ne vous aime pas… » Ce souvenir lui étreignit le cœur et houspilla sa conscience, également. Quel sot il avait été de lui demander de devenir sa maîtresse. Qu'est-ce qui lui faisait penser qu'il pouvait posséder une partie d'elle sans se donner tout entier ?

— Pippa, à propos de ce que j'ai dit hier…, commença-t-il, au désespoir d'adoucir la blessure qui plissait son front.

Elle secoua la tête.

— Ne me persécutez plus avec cela, ma réponse est toujours la même. Vous êtes un spécimen masculin qui en impose. Votre toucher est magique. Quand vous m'embrassez, le monde semble fondre. Mais je ne vous aime pas, et je ne deviendrai pas votre maîtresse. Vous ne voudriez pas de moi, de toute façon. Je dépenserais tout votre argent, je vous rendrais fou avec mes bavardages et mes mauvaises chansons, alors il vaut mieux pour nous que…

Il traversa la pièce, la fit taire d'un long baiser appuyé et ne la lâcha pas avant de la sentir s'affaler contre lui, vaincue.

— Je voulais vous dire que je regrette, lui murmura-t-il à l'oreille.

Puis il la lâcha et se mit hors de sa portée.

— C'était tout ce que je voulais dire. Et vous chantez magnifiquement bien.

— Vous… vous regrettez ?

— De vous avoir déshonorée par ma requête.

Elle le fixa jusqu'à ce qu'il se sente mal à l'aise sous son regard ferme. Elle continua à le regarder tout en levant le gobelet de vin à ses lèvres et en buvant. Elle ne tressaillit pas quand le fort breuvage descendit dans sa gorge.

Finalement, elle demanda avec solennité :

— Me déshonorer ?

— J'ai parlé sans réfléchir, dans l'ardeur du moment.

Avec un soin exagéré, elle posa le gobelet.

— Vous ne comprenez pas, milord. Je refuse d'être votre maîtresse. Je ne veux pas être un ornement à votre bras dans des fêtes. Je ne veux pas que vous me dédiiez des chansons, des poèmes et — Dieu m'en garde — des joutes et des tournois.

Elle s'arrêta, prit une grande inspiration et ajouta :

— Mais je veux… je vous invite… je vous *implore* de me déshonorer.

L'intensité de sa voix, sa candeur, déchirèrent le cœur d'Aidan.

— Pipa, dit-il, vous ne savez pas ce que vous demandez.

Elle s'écarta du buffet et traversa la pièce vers lui, ses jupes brillantes et ses jupons chuchotant sur les dalles. Elle se tint devant lui, assez près pour qu'il perçoive sa chaleur, sente son parfum de soie et de grand air.

— Je sais exactement ce que je demande.

Elle parla doucement, mais avec conviction et une pointe de défi.

— Je veux les tourbillons et les feux de joie qu'on chante dans les ballades. Je veux la sensation que j'éprouve quand vous me touchez.

Il lui fallut une grande force pour garder ses poings serrés sur ses côtés, quand tout ce qu'il désirait était la prendre dans ses bras.

— Vous avez dit que vous ne m'aimez pas…

— Et de grâce, souvenez-vous-en, coupa-t-elle. Ceci n'a rien à voir avec l'amour.

— Alors, avec quoi cela a-t-il à voir ?

Elle déglutit. Bien que cela semblât lui demander un effort, elle garda son regard rivé au sien.

— Cela a à voir avec le besoin, milord. Le besoin d'une jouvencelle sur la route, se rendant à Londres avec rien d'autre qu'un rêve pour la soutenir. Le besoin d'une comédienne ambulante à St Paul, qui fait rire les gens d'elle et feint de rire avec eux, alors que parfois tout ce qu'elle souhaite est pleurer.

Son désespoir atteignit profondément Aidan et lui étreignit le cœur jusqu'à ce qu'il ne puisse plus séparer sa douleur de la sienne.

— Pippa…

— Non, laissez-moi finir. Je ne demande pas votre

pitié. Je vous dis simplement ces choses-là pour que vous compreniez. S'il vous plaît, puis-je continuer ?

Il n'avait pas envie d'en entendre davantage, car il ne comprenait déjà que trop bien la source de sa peine. D'une manière ou d'une autre, elle avait été abandonnée toute sa vie. Et maintenant elle nourrissait l'idée qu'il pouvait la guérir, et en cela elle se trompait cruellement. Mais il hocha la tête, presque contre sa volonté, et dit :

— J'écoute.

— A présent vous savez tout ce qu'il y a à savoir sur moi, hormis une chose.

— Laquelle ?

Il devait faire appel à toute sa résolution pour ne pas la toucher, sentir sa douceur, inhaler son parfum.

— C'est ceci.

Elle inspira profondément.

— Je n'ai jamais été touchée de la façon dont vous me touchez.

— De quelle façon ? demanda-t-il, la bouche sèche.

— Vous me touchez comme si vous teniez à moi.

Alors, il ne put se retenir. Il n'essaya même pas d'arrêter ses mains quand elles se levèrent lentement, effleurant ses poignets et remontant le long de ses bras, arrivant à ses épaules et, très doucement, comme si elle était aussi fragile que le verre filé des Frères Prêcheurs, se posant sur ses joues échauffées.

— Je tiens à vous, avoua-t-il. C'est pourquoi je dois vous demander de ne pas me tenter. Accrochez-vous à votre honneur, Pippa. C'est la seule chose qu'on ne peut pas enlever à quelqu'un.

Elle sourit d'un air sombre.

— Vous pensez que je me soucie de l'honneur ? Moi ?

Elle ferma les yeux, et durant un moment sa bouche se crispa comme si elle souffrait. Puis elle le regarda.

— J'ai menti, triché et volé pour survivre, Aidan. Pour le bon prix, j'aurais vendu mon corps.

Elle écarta ses mains de son visage et les serra dans les siennes. Un rire amer et sans joie lui échappa.

— L'amusant, c'est qu'aucun homme n'a jamais considéré qu'il valait la peine de payer pour moi. Quelques-uns ont essayé de se servir, tout simplement, mais même moi j'ai eu le bon sens de les repousser.

Elle se tut, et le silence plana sur la pièce. Le crépuscule tombait. Bientôt, il serait temps pour eux de descendre souper, mais ils ne bougeaient pas.

Finalement, elle reprit la parole.

— Ainsi, vous voyez, je n'ai pas d'honneur. Vous ne pouvez m'enlever quelque chose que je n'ai jamais possédé.

— Par ma foi, Pippa, vous avez plus d'honneur qu'une légion de nobles sassenach.

— Ne jouez pas de ce charme irlandais sur moi. Les mots ne font que se mettre au milieu. Je vous veux, Aidan. Tout entier. Je veux tout. Mais si je ne peux vous avoir que cette nuit, alors je m'en contenterai.

Il lui retira ses mains.

— Vous me demandez de vous faire du mal.

Elle empoigna le devant de sa tunique, enfonçant ses doigts dans la lourde soie.

— N'avez-vous pas entendu un mot de ce que je vous ai dit ? J'ai mal *maintenant,* Aidan ! Est-ce que ça peut être pire ?

Il émit un juron de frustration. Il l'attrapa et l'attira à lui, l'écrasant contre son torse. Il laissa descendre une main dans son dos pour saisir son postérieur ; il enfouit l'autre dans ses cheveux, lui renversant la tête en arrière jusqu'à ce que sa bouche soit à un souffle de la sienne.

— Est-ce donc ce que vous voulez ? Ceci n'est-il pas pire que ce que vous éprouvez ?

Avant qu'elle puisse répondre, il écrasa sa bouche sur la sienne, goûtant le vin qu'elle avait bu, la violant de sa langue, l'entendant gémir et se forçant à ignorer son désarroi.

Ses mains fines remontèrent sur son torse. Il s'attendit à ce qu'elle le repousse, mais à la place elle s'accrocha à lui, se pressa contre lui, folle de désir et le rendant fou aussi. D'une manière quelconque, elle avait senti que son étreinte brutale n'était que de la comédie pour la décourager. Il ne l'avait pas trompée le moins du monde.

Enfouie quelque part dans un recoin de son esprit, il y avait une raison pour laquelle il ne devrait pas laisser ceci se poursuivre, ne devrait pas établir ce lien émotionnel avec elle.

Il l'ignora délibérément.

Et quand elle fit un mouvement plein de désir, pressant ses hanches contre lui, il ne put même plus se rappeler son propre nom.

S'embrassant et s'étreignant toujours, ils se dirigèrent tels des danseurs vers la porte de la chambre, qu'il ouvrit d'un coup de pied. Ils pénétrèrent dans la pièce.

Il n'y avait pas de bougies allumées. Le crépuscule brillait d'un éclat sourd à travers le verre ondulé des fenêtres à meneaux. Quelques braises luisaient faiblement dans un réchaud.

Il la fit reculer jusqu'à ce qu'elle se renverse sur le lit avec un doux soupir d'abandon. Il se pencha sur elle, observant la façon dont ses boucles s'éparpillaient autour de son visage tels les pétales dorés d'une fleur.

Le besoin à vif qui brillait dans ses yeux l'appelait,

s'emparait de lui. Ah, ce besoin. C'était la chose à laquelle il ne pouvait résister.

— Retournez-vous, chuchota-t-il.

Elle obéit sans poser de question. Il saisit les lacets de son corselet et les dénoua, puis lui ôta le vêtement raide et la remit sur le dos. Dessous, elle portait seulement une chemise d'une étoffe si fine que même dans la lumière violette du soir il pouvait voir la forme de ses seins, le cercle plus foncé de ses aréoles.

Il se pencha, effleura ses lèvres de sa bouche, puis abaissa la tête pour écarter les pans de la chemise et baiser longuement chaque sein, s'efforçant de contenir son désir aigu pour lui donner le plaisir le plus suave qu'il pouvait lui prodiguer.

Il releva la tête et la regarda. La vue de ses seins nus aux pointes érigées, mouillées de ses baisers, faillit le mettre hors de lui de convoitise.

Elle bougea impatiemment et il saisit l'ourlet de sa jupe, la remontant au-dessus de ses genoux pour révéler des bas de soie qui gainaient ses jambes galbées. Il les fit glisser lentement, savourant ce moment, embrassant et goûtant chaque pouce de chair qu'il dénudait. Ses mains tracèrent un chemin brûlant le long de ses cuisses, trouvant enfin le trésor qui les couronnait. Ah, elle était prête pour lui, chaude et moite, palpitant déjà et n'offrant nulle résistance, mais l'accueillant avec bonheur. Il descendit sur elle et l'embrassa en cet endroit secret, s'enivrant de son essence entêtante.

Elle resta immobile, comme pétrifiée par le choc, puis ses mains saisirent ses épaules et elle haleta. Soudain, elle poussa un cri étranglé et se cramponna à lui, l'attirant à elle et l'embrassant avec frénésie.

Il sentit sa langue pénétrer dans sa bouche, et sans qu'il le veuille consciemment il délaça sa braguette, son seul objectif étant de s'enfouir en elle, d'apaiser la tension intolérable qu'elle faisait naître en lui. Il n'avait jamais éprouvé un désir aussi vif, aussi consumant que celui-ci. Elle avait allumé un incendie dans son sang, et la chaleur intense le parcourut jusqu'à ce qu'il perde toute notion de qui il était. Puis elle abaissa une main pour l'aider à défaire sa braguette, et murmura contre sa bouche :

— Si ceci est du déshonneur, alors à quoi rime l'honneur ?

Elle l'embrassa de nouveau, la bouche douce et humide, son corps s'arquant contre le sien.

« A quoi rime l'honneur ? »

Dans les recoins les plus obscurs de sa conscience, un sentiment de culpabilité palpitait sombrement. Il s'obligea à se rappeler qui il était. Un chef. Un étranger. Un époux.

S'arrêter de faire l'amour à Pippa était comme tenter d'empêcher les vagues de s'écraser sur le rivage. Sa passion le submergeait de toutes les directions, explosant en lui jusqu'à ce qu'il se rende presque. Ce qui le retint ne fut pas sa loyauté envers son état d'homme marié, mais la pensée de Pippa. Elle lui faisait confiance, l'admirait. Il ne pouvait se résigner à briser l'image qu'elle avait de lui, à la décevoir comme elle avait été déçue toute sa vie.

Il s'obligea à alléger leur baiser, tout en jurant intérieurement. Très doucement, il écarta sa bouche de la sienne.

Elle ouvrit les yeux en battant des paupières.

— Oh, Aidan, c'était… Dieu du ciel, nous… vous…

Il sourit, lui toucha la joue, tenta d'ignorer l'état ravagé de son propre corps.

— Je sais, Pippa. Je sais.

Elle plissa légèrement le front.

— Comment pouvez-vous le savoir ? C'est moi qui ai eu tout le plaisir.

Le sourire d'Aidan s'élargit. Il était stupéfiant qu'elle puisse le faire sourire alors qu'un brasier le dévorait.

— Vous vous trompez.

— Vous voulez dire que vous… que nous…

Il écarta une boucle de sa tempe.

— Pour quelqu'un qui parle autant, vous semblez à court de mots. Ceci contient plus qu'une petite satisfaction pour moi aussi.

Les mains à la fois discrètes et tendres, il remonta sa chemise et abaissa ses jupes.

Elle plissa les paupières.

— Je pense que vous mentez.

— Et moi, dit-il, je pense que vous n'avez pas compris quelque chose. Vous m'importez. Votre plaisir m'importe. Vous donner du plaisir est ma récompense.

— Et qu'en est-il de *ma* récompense ?

Elle tendit les mains vers lui.

Il l'arrêta en riant doucement. Avant ce soir-là, il n'avait pas cru possible d'être aussi dur que du chêne et de pouvoir rire quand même.

— Ne soyez pas avide de moi.

— J'ai dit que je voulais que vous me déshonoriez. Je ne me sens pas encore déshonorée.

Ses paroles lui figèrent le sang. Soudain, le monde tout entier lui revint à l'esprit. Il n'était plus détaché, lointain, libre. Car il se rappelait tout, maintenant, se rappelait pourquoi il n'avait pas le droit d'être là, avec Pippa, se réjouissant de sa joie.

Avec des mouvements pleins de raideur, endolori comme au lendemain d'une bataille, il s'écarta d'elle et se leva.

— Vous vous trompez encore, dit-il en passant une

main lasse dans ses cheveux. Nous sommes tous les deux déshonorés.

Elle resta éveillée cette nuit-là, tentant autant qu'elle le pouvait de mourir d'un cœur brisé. Cela ne marchait pas. Elle commençait à penser que ces choses-là n'arrivaient que dans de mièvres ballades d'amour.

Même lorsqu'elle revoyait Aidan, aussi glorieux et mystérieux qu'un ange sombre, se détourner d'elle et la laisser en plan, elle ne pouvait contraindre son cœur à s'arrêter, à se rompre ou à faire ce que faisaient les cœurs quand quelqu'un les brisait.

Quand elle songeait à la façon dont il l'avait tenue et avait murmuré à son oreille, quand elle se rappelait ses baisers et ses caresses intimes, elle pleurait, mais ne mourait pas.

Elle prit sa broche, caressant l'or chaud en pensant à son plan de trouver sa famille. Quelle idée stupide, d'imaginer qu'elle pouvait accomplir un tel haut fait. Même sa propre mère l'avait abandonnée. Pourquoi Aidan serait-il différent ? Et comment avait-elle pu croire qu'un chef irlandais pouvait aimer une fille des rues ?

A l'aube, elle avait décidé qu'elle allait survivre, finalement. La question était de savoir ce qu'elle allait faire d'elle-même.

Elle se leva et enjamba les habits qu'elle avait laissés en tas par terre. Après qu'Aidan avait… Qu'avait-il fait, au juste ? Lui avait-il fait l'amour ? Non, c'était quelque chose de plus contrôlé et de plus froid, car il avait refusé de lui donner la seule chose dont elle avait besoin — son cœur.

L'espace d'un moment, il lui avait ouvert une fenêtre sur

lui-même. Mais avant qu'elle puisse essayer de regarder à l'intérieur, il l'avait refermée, l'écartant de lui.

— Maudits soient vos yeux irlandais, Aidan O'Donoghue, marmonna-t-elle en enfilant son jupon et sa jupe.

Elle ne pouvait s'empêcher de se rappeler la façon dont il l'avait aidée à s'habiller, se moquant de l'absurde complexité des vêtements sassenach. Elle mit son corselet en place, le laçant par-devant dans un geste de défi, puis elle alla à la cuvette et se baigna le visage d'eau fraîche.

Dans la cour des écuries, elle trouva Iago. La seule vue du grand Noir faisant marcher un cheval fut un baume sur son cœur. Il était devenu pour elle le plus rare des trésors, un véritable ami.

Il tira sur la bride pour arrêter le cheval.

— Que vous est-il arrivé ? s'enquit-il. Vous avez une mine horrible.

— Merci, répondit-elle d'un ton railleur. C'est aimable à vous de le faire remarquer.

Il conduisit le palefroi à un mur en pierres sèches et l'attacha.

— Vous étiez avec Aidan la nuit dernière.

— Oui.

Elle ne pouvait mentir à Iago.

— Mais il… il n'est pas resté.

La jument, nerveuse, fit un écart. Il lui tapota l'encolure d'une main apaisante.

— Ah. Je craignais…

Il parut soudain s'intéresser vivement au mors du cheval.

— Quoi ?

Elle appuya ses coudes sur le mur rêche et fronça les sourcils.

— Que craigniez-vous ?

Il prit son temps pour ajuster le mors. Puis il la regarda avec une mélancolie placide.

— Que la conscience d'Aidan et son sens du devoir ne l'emportent. Il ignore la voix de son cœur.

— Je ne comprends pas.

— Ce n'est pas à moi de l'expliquer. Bientôt, nous allons tous rentrer en Irlande. Rien de cela n'aura d'importance.

A l'arrière de son esprit, Pippa avait toujours su qu'Aidan O'Donoghue n'était pas à sa place ici, à Londres, parmi les rues jonchées de détritus, la fumée et les odeurs envahissantes d'égouts. Elle l'imagina dans son Irlande natale, un endroit aussi superbe et sauvage que le O'Donoghue Mór lui-même.

L'Irlande était son pays. Il n'avait jamais été destiné à être ici, à recueillir une saltimbanque de St Paul et à lui voler son cœur. Cela n'aurait pas dû arriver, mais c'était arrivé.

La jument renâcla et piétina le sol.

— Dans toutes mes années d'errance, dit-elle à Iago d'une voix étonnamment ferme, j'ai appris une chose importante.

— Laquelle, petite ?

— A partir la première. Pour ne pas être celle qu'on laisse.

Il lui toucha la main, très doucement, et sa tendresse la fit pleurer à l'intérieur.

— Ce n'est pas un si mauvais plan.

Elle lui dédia un sourire tremblant.

— Vous êtes censé m'en détourner.

— Cela ne ferait que retarder l'inévitable.

Elle prit une inspiration hachée et lui tapota la main.

— Je suppose. Mais la question est : où vais-je aller ?

Le sourire d'Iago resplendit comme de l'argent au soleil.

— *Pequeña,* je pensais que vous ne le demanderiez jamais.

## *Tiré des Annales d'Innisfallen*

Je m'inquiète que le messager à neuf doigts que l'on a vu prendre un bateau dans la baie de Dingle ne prépare un mauvais coup.

Mais je peux au moins consigner un brin d'une bonne nouvelle. A présent, O'Donoghue a dû recevoir ma lettre à propos du mariage disant qu'il est un homme libre, et que tous les saints et les anges soient loués de cette bénédiction.

La question qui tourmente maintenant ma pauvre âme est celle-ci : les dommages causés à son cœur pourront-ils jamais être réparés ?

REVELIN D'INNISFALLEN.

# 9

— Elle est partie ?

Aidan se tenait avec Iago devant la verrerie des Frères Prêcheurs, où ils étaient allés chercher un présent pour la reine. Il l'avait commandé aux verriers, mais les nouvelles de Iago lui firent oublier son objectif.

Feignant une curiosité nonchalante, il s'était renseigné sur les activités de Pippa, qui avait été remarquablement absente au dîner de la veille et au petit déjeuner de ce matin-là.

— Oui, milord, répondit Iago d'un ton égal. Elle s'en est allée.

Aidan s'arrêta près d'une forge en forme de ruche et tenta d'absorber le choc de l'avoir perdue. Ce n'était pas censé importer pour lui, mais d'une manière quelconque elle s'était introduite dans son cœur, et son absence y laissait un vide béant.

Surtout maintenant. Un message était arrivé de Revelin, prétendant que le problème de Felicity était réglé. Aidan se montrait prudent, toutefois, et ne croirait pas la vérité avant d'en être certain.

D'une voix brusque, il déclara :

— J'aurais dû savoir qu'elle partirait, c'est une femme inconstante.

Une douleur ardente naquit dans son cœur et se répandit

dans ses membres, jusqu'à ses mains, ses pieds et sa tête. S'il n'avait pas su qu'il était en bonne santé, il aurait pu croire qu'il était sujet aux suées.

Il étouffa un juron et se détourna de Iago, serrant les dents et pressant ses paumes sur le plâtre de la hutte. La forge chauffait le mur, mais pas suffisamment, pas assez pour réchauffer l'endroit froid et vide laissé par le départ de Pippa.

Quand s'était-il mis à l'aimer, se demanda-t-il, et comment avait-il fait pour le nier aussi longtemps ?

Des images d'elle brillaient comme le soleil dans son esprit. Il se remémora la première fois où il l'avait aperçue, insolente et exubérante sur les marches de St Paul. Il se la rappela chantant à tue-tête une chanson paillarde tandis qu'elle prenait son premier bain, bannissant les chambrières avec une fierté touchante, détournant le courroux de la reine avec un courage intrépide. Et finalement, le suppliant de lui faire l'amour — l'implorant et reculant devant son rejet.

— Elle est allée à la Cour, déclara tranquillement Iago.

Aidan cessa de respirer un moment, puis inspira fortement.

— A la Cour.

— C'est mieux pour elle, non ? Elle vivra dans un endroit décent, y sera plus en sûreté que lorsqu'elle faisait la quête à St Paul.

Aidan ferma les yeux et se la représenta à la Cour, se mouvant avec une aisance parfaite parmi les nobles, les diplomates et les juristes. Peut-être trouverait-elle un autre homme à charmer, un protecteur qui pourrait lui donner son cœur comme il n'avait jamais pu le faire. Il écarta cette pensée insupportable.

— Si quelqu'un peut réussir à la Cour, c'est Pippa, dit-il.

— En effet. Et bien sûr, elle pourrait trouver sa famille, comme vous l'avez suggéré.

Aidan éclata d'un rire sec.

— Je ne l'ai suggéré que pour la dissuader d'une vie risquée parmi les voleurs et les filous.

— Je pense qu'elle vous a cru, milord. Je pense que dans son cœur, elle rêve de trouver sa famille. Elle a besoin de savoir qu'on l'aime.

Un frisson passa comme un vent d'hiver sur Aidan.

— Elle a besoin de moi, murmura-t-il, à moitié pour lui-même.

Iago fit claquer sa langue.

— Mais qu'en est-il de l'avenir ? Pouvez-vous lui donner la constance dont elle a besoin ?

Une rage futile bouillonna en Aidan, et il s'écarta de la hutte pour fusiller Iago du regard.

— Je ne le peux pas. Vous le savez.

A la suite de la rage vint une vague grise et morne.

— Vous arrive-t-il de vouloir simplement tourner le dos à tout ? demanda-t-il. De tout lâcher et de vous en aller ?

— Je l'ai fait.

De la malice pétilla dans les yeux d'Iago.

— Mais dans mon cas, j'ai nagé.

Aidan se força à sourire. Au même moment, son cœur rebelle le conduisit à une décision.

— Allez chercher le présent de la reine. Je dois m'habiller.

— *Diablo !* s'exclama Iago. Ne me dites pas…

— Si.

Aidan repartit vers la maison.

— Je vais porter le présent à la Cour moi-même.

*
* *

— … et ainsi, acheva Pippa en adressant un clin d'œil à la reine, la fille du brasseur n'a pu faire qu'un choix. Empoisonner le tonnelet !

La reine Elizabeth eut un lent sourire, empli de plaisir. Ceux qui écoutaient l'imitèrent et gloussèrent.

Pippa fit une révérence et relâcha discrètement son souffle. L'humeur de Sa Majesté était capricieuse. Des histoires qu'elle pouvait trouver amusantes à un moment donné pouvaient envoyer le conteur au pilori l'instant suivant. Jusqu'ici, Pippa avait eu de la chance.

Bien sûr, c'était seulement son deuxième jour comme bouffon de la reine. Jusqu'à présent, Elizabeth n'avait pas pris de décision au sujet du O'Donoghue Mór, mais Pippa gardait l'oreille tendue, à l'affût d'un murmure concernant son sort.

— Bien raconté, approuva la reine. En vérité, la vertu et l'innocence ne triomphent pas toujours, n'est-ce pas ?

— Pas aussi souvent que la vieillesse et la ruse, laissa échapper Pippa, qui se figea aussitôt.

La reine la contempla un long moment. Son visage, déjà lisse et pâle sous sa couche de céruse et de poudre, parut blanchir encore d'un cran. Puis elle lâcha un éclat de rire, et les courtisans se joignirent à elle.

— Vous êtes revigorante, mon petit cœur, dit-elle. Je suis vraiment contente que vous m'ayez demandé de jouer pour moi. J'aime à encourager le talent. Et vous êtes bien débarrassée de ce chef étranger.

— Madame.

Cachant son regret, Pippa s'agenouilla et saisit l'ourlet de la robe de la reine.

— Je vous suis si humblement reconnaissante.

— Oui, oui.

Une légère impatience teinta les paroles d'Elizabeth.

— Relevez-vous et laissez-moi vous regarder.

Pippa se mit debout. Les yeux de la reine, aussi noirs que ceux d'un oiseau, la parcoururent et elle déclara :

— Cette robe m'est familière.

— On m'a dit qu'elle appartenait à lady Cheyney, répondit platement Pippa, sachant que la vérité était plus sûre que de mentir et d'être prise sur le fait. Mais voici les faits, madame : la robe ne fait pas le bouffon. Je la porte depuis deux jours et je n'ai pas eu la moindre envie d'inviter un gentilhomme dans ma chambre.

La reine tapota le bras de son fauteuil d'un long doigt.

— Vous n'êtes un bouffon que de nom.

Son sourire se crispa.

— Toutefois, vous devriez consulter le maître des réjouissances pour savoir comment vous habiller. Ma sœur Mary, d'illustre mémoire, demandait à son bouffon de se raser la tête et de porter des vêtements bigarrés.

Pippa porta une main aux boucles qui s'échappaient de sa coiffe.

— Il existe de pires choses, madame, que de se raser la tête, dit-elle bravement.

Néanmoins, elle éprouvait une lourde déception. Ses cheveux commençaient à pousser et à atteindre une longueur plus seyante.

— Ne craignez rien, car je…

Elizabeth jeta alors un coup d'œil vers la porte arrondie de la salle d'audience.

— Oui ? cria-t-elle.

— Le O'Donoghue Mór, lord de Castleross, annonça le majordome d'une voix claironnante.

La reine chassa d'un geste de la main les courtisans rassemblés autour de son trône. Pippa se retrouva à côté de la contessa Cerniglia. Parmi les nombreuses personnes qu'elle avait rencontrées à la Cour, Rosaria était sa favorite. Grande et blonde, elle avait une vue agréablement cynique de la vie et une oreille aiguisée pour les ragots.

Le cœur tambourinant violemment, Pippa porta son regard vers la porte. Aidan !

Pourquoi était-il revenu ? Une partie d'elle-même priait qu'il soit venu pour elle, tandis qu'une autre partie redoutait de le revoir, et d'éprouver de nouveau ce désir à vif et la blessure de son indifférence.

Elle se tint aussi immobile qu'un pilier de marbre et attendit.

Avec la soudaineté saisissante d'un orage qui approchait, il emplit le seuil de sa présence, flanqué de Donal Og et de Iago. Avec l'air de géants mythiques, ils s'avancèrent sans se presser au milieu de la pièce.

Aidan portait sa tenue princière, la tunique constellée de joyaux et la belle cape bleue. Il s'agenouilla devant la reine. Iago et Donal l'imitèrent, puis ils se relevèrent tous les trois.

— Nous vous apportons des présents, ma reine, déclara Aidan d'un ton formel.

Il gardait les yeux rivés devant lui, mais Pippa avait l'étrange impression qu'il sentait sa présence dans la pièce.

— Ah, et il parle anglais, aujourd'hui, remarqua la reine avec ironie. Nous faisons des progrès.

Iago et Donal posèrent les présents à ses pieds. L'un était la salière la plus élaborée que Pippa avait jamais vue, une haute fantaisie de verre filé. Elle ressemblait à un château stylisé, ses minces tourelles pointant vers le haut, le petit réservoir à sel entouré de délicates volutes de verre.

L'autre présent était un bracelet d'améthystes qui accrochait la lumière et semblait briller de l'intérieur. Pippa se souvint d'avoir porté le collier assorti et se remémora la magie de ce soir-là. Elle refoula ses larmes.

— C'est ravissant.

La reine tendit la main pour prendre le bijou et le souleva pour le faire tourner à la lumière.

— Ces pierres ont été extraites par des mains irlandaises des mines de Burren, dit Aidan.

— Vraiment. Je vous remercie de cet honneur, milord.

Elle parlait plaisamment et souriait, mais en même temps son petit pied chaussé d'une pantoufle poussait sur la base de la salière.

Pippa retint une exclamation horrifiée quand la parfaite tour de verre se brisa sur les dalles de pierre. Des échardes coupantes s'éparpillèrent de tout côté.

Le O'Donoghue Mór ne tressaillit pas. Les débris étincelants couvraient le sol à ses pieds.

— Quel dommage.

Elizabeth fixa ses perçants yeux noirs sur Aidan.

— Voyez-vous, milord, quand un homme construit un château sans autorisation, des accidents peuvent arriver.

La comtesse Cerniglia émit un murmure de détresse. Elle releva délicatement sa jupe : une petite coupure marquait sa cheville. Aussitôt, Donal Og s'agenouilla devant elle et toucha la perle de sang qui passait à travers son bas. Le désarroi de la dame se changea rapidement en intérêt romanesque tandis qu'elle baissait les yeux sur le bel Irlandais. Elle avait une poitrine rebondie, qu'elle exposait fièrement dans un corselet échancré et orné de bijoux. Donal ne fut pas insensible à cet effet.

— Il est aussi bien dommage, déclara Aidan, que les

accidents soient de nature capricieuse. Hélas, ce sont souvent les innocents qui en souffrent.

Il décocha un regard significatif à la blonde comtesse italienne.

— Parfois les forts souffrent également.

La reine se leva de son trône. Leicester et Hatton s'empressèrent de l'escorter hors de la salle d'audience. Avant de partir, elle ajouta :

— Milord de Castleross, je compte que vous vous joigniez à nous pour le souper et les festivités de ce soir.

*Non.* Pippa essaya de le forcer à refuser. Il y avait du danger pour lui, ici. La reine jouait à un jeu cruel avec lui. Il devrait s'en aller pendant qu'il en avait l'occasion.

Le O'Donoghue Mór s'inclina.

— Madame, je suis très humblement honoré.

Les réjouissances de la soirée consistaient en une musique aiguë et débridée et une troupe d'acrobates italiens. Donal Og et Iago regardaient avec une attention captivée.

Aidan observait Pippa. Elle était assise à l'une des tables basses avec des officiels de moindre importance et les dames d'atours les moins élevées de la reine. La Cour, nota-t-il avec un serrement de cœur, lui convenait.

Elle riait avec un charme expérimenté et maniait son couteau et sa fourchette comme si elle avait dîné à table toute sa vie. Bien qu'il ne pût entendre ce qu'elle disait, il devina qu'elle était en grande forme. Elle paraissait animée et échauffée. Tout le monde autour d'elle l'écoutait et riait.

Néanmoins, il se mit à remarquer une sorte de désespoir fiévreux sous ses bavardages. Son regard parcourait la salle et scrutait chaque noble visage.

Il savait ce qu'elle cherchait. La mère et le père dont

elle avait construit l'image avec tant d'amour dans son imagination. Quand mesurerait-elle la futilité de son rêve ? se demanda-t-il. Non seulement il l'avait blessée, mais elle était vouée à souffrir quand son impossible quête échouerait.

Dès que la danse commença, il alla la chercher. Elle se tenait sous la galerie des musiciens avec Donal et la comtesse vénitienne, les pressant de danser la volta.

Aidan ne put s'empêcher de sourire au spectacle qu'ils offraient, le géant Donal Og contemplant la beauté blonde avec une adoration impuissante.

Pippa les chassa vers la piste de danse, puis les regarda d'un air satisfait.

— En Irlande, dit doucement Aidan en arrivant derrière elle, on laisse les vieilles femmes arranger les unions.

Elle pivota et retint son souffle. Il cessa d'avancer vers elle, souhaitant figer ce moment, garder pour toujours cette image d'elle dans son cœur. Elle avait cette beauté intemporelle qu'il n'oublierait jamais, le visage lisse, les yeux élargis par la surprise, une couronne de boucles qui brillaient à la lumière.

Comment avait-elle fait ? se demanda-t-il. Comment avait-elle réussi à rester aussi séduisante et innocente alors que chaque jour de son existence avait été une lutte pour survivre ?

Elle finit par parler.

— Je suis navrée pour la salière.

Il sourit.

— Revelin avait coutume de dire : « Quand on soupe avec le diable, il faut une longue cuillère. »

Elle rit et dit quelque chose, mais ses paroles furent noyées par une sonnerie de trompettes venant de la galerie.

— Venez avec moi.

Il la conduisit par le coude vers une sortie latérale. En quelques instants, ils longèrent un corridor au plafond bas et émergèrent dans un jardin. Au bout du terrain en pente, la rivière reflétait la lumière des étoiles. Aidan prit une longue goulée de l'air frais de la nuit.

— Voilà qui est mieux, dit-il.

— Nul n'est censé s'en aller sans la permission de la reine, lui rappela Pippa.

— Vraiment ? Je me demande comment j'ai osé.

— Ce doit être votre longue cuillère. Aidan…

— Pippa…

Ils avaient parlé tous les deux à la fois et ils rirent, embarrassés.

— Allez-y, dit-il. Qu'alliez-vous dire ?

Elle suivit nonchalamment une allée, ses pieds chaussés de pantoufles, silencieux sur les dalles. Puis elle s'arrêta et se tourna vers lui, adossée à la balustrade du jardin à la française.

— Je voulais expliquer pourquoi je suis partie.

— Sans un mot, lui rappela-t-il, fixant la mince et pâle colonne de son cou et le haut de ses seins dénudé par son corselet.

— C'était votre idée. Vous avez dit que je pourrais peut-être trouver un moyen de découvrir ici qui je suis, d'où je viens.

Elle plissa les paupières.

— Ou était-ce un autre de vos mensonges ?

Sa méfiance le trancha comme une lame.

— Je n'ai jamais…

— Vous l'avez fait, coupa-t-elle avant qu'il puisse finir. Vous m'avez demandé d'être votre maîtresse. Vous m'avez fait vous implorer d'être votre amante, et puis vous m'avez refusée.

Elle darda sur lui un regard insolent.

— Je vous le dis, milord. J'ai connu des jours meilleurs. Bien meilleurs. Comme la fois où j'ai été entourée par des chiens près de la fosse aux ours.

— Vous avez été attaquée par des chiens près de la fosse aux ours ?

Il se sentit malade. Il avait vu les molosses enfermés dans des cages à Southwark. C'étaient des bêtes vicieuses, qui bavaient.

— Non, dit-elle, mais si je l'avais été, cela aurait été un meilleur jour que d'être rejetée par vous.

Aidan jura en gaélique. Elle avait réussi à attiser sa colère, et il en était heureux. C'était la seule façon de contenir son désir.

— Vous êtes une bonne comédienne, vraiment. Dites-moi, la reine a-t-elle été aussi crédule que moi quand vous êtes venue mendier une place dans sa maison ? Si vous aviez dit que votre loyauté était à vendre, je me serais moins inquiété.

— L'offre de la reine me tente bien plus que la vôtre, rétorqua-t-elle. J'aurais payé la vôtre de chagrin.

Si sa voix était restée ferme, il aurait pu le supporter. Mais ce ne fut pas le cas. Ses paroles frémirent d'une douleur amère qui marqua son âme au fer rouge.

— Ah, Pippa. Vous avez bien fait de me quitter. Je ne peux vous donner ce dont vous avez besoin.

Elle ferma les yeux, les paupières crispées. Il éprouva une envie puissante de l'embrasser, de se servir de sa bouche et de sa langue pour changer sa douleur en plaisir. Mais il résista.

— Nous ne devrions pas nous quereller. Cela ne sert à rien.

Elle s'écarta de lui. Il croisa les bras pour se retenir de l'enlacer.

— Il y a un rêve que j'avais coutume de faire, celui

d'une femme aux cheveux noirs qui se penchait sur moi pour m'embrasser, reprit Pippa. « Faites attention à la broche de maman, chérie, disait-elle. Ne vous piquez pas le doigt. »

Elle caressa une rose.

— J'ignore si c'est le fruit de mon imagination ou un vrai souvenir, mais je sais que j'ai de nouveau fait ce rêve la nuit dernière. J'ai rêvé aussi du rire joyeux d'un homme, et d'une grand-mère qui me chantait quelque chose dans une langue étrange.

— Que vous chantait-elle ? demanda Aidan. Vous vous souvenez de l'air ?

— Cette chanson subsiste encore dans ma tête.

Elle chanta, les paroles si curieuses qu'elles ressemblaient à du charabia, mais elle paraissait très sûre d'elle.

— Je me sens près d'eux ici, Aidan. Comme si je pouvais apercevoir un visage dans la foule et le reconnaître. *Me* reconnaître.

Pendant un long moment, il ne parla pas. Il ne le pouvait pas. Quel effet cela devait-il faire, de ne pas connaître sa famille ? Aidan O'Donoghue avait su dès le berceau qui il était. Cela lui avait prodigué peu de plaisir et beaucoup de souffrance, mais au moins il l'avait su. De nouveau, il souffrit pour elle. Ses chances de trouver sa famille étaient trop ténues. Elle pouvait passer près de sa mère sans le savoir.

— Je pense que je comprends votre soif de savoir, dit-il enfin. Et je suis irlandais. Je ne serais jamais assez sot pour sous-estimer le pouvoir d'un rêve.

— Merci de dire cela, répondit-elle. Tout ce que je veux savoir, c'est que quelqu'un m'a aimée, autrefois. Et peut-être qu'alors je pourrai croire que l'on pourra m'aimer de nouveau.

« Quelqu'un veut vous aimer, *a gradh*, pensa Aidan,

se mordant la langue pour s'empêcher de lâcher ces mots. Le problème, c'est que ce n'est pas l'homme qui convient. »

Wimberleigh House, l'imposante résidence du Strand de Richard de Lacey, bourdonnait d'activité. Les portes qui donnaient sur les jardins étaient grandes ouvertes et des serviteurs descendaient vers la rivière, portant des colis de toutes les formes et de toutes les tailles sur une péniche.

Et le lâche scélérat qu'Aidan cherchait était là.

— Lord de Castleross !

Richard agita les bras depuis le ponton pour le saluer.

Se sentant aussi lugubre que l'hiver, Aidan descendit d'un pas raide jusqu'à l'appontement où Richard se tenait parmi des paquets et des tonneaux.

— Vous avez juste manqué mes parents, le comte et la comtesse de Wimberleigh, annonça le jeune homme. Ils sont repartis pour l'Hertfordshire. Nous avons célébré de grands adieux. Ma tante Belinda a tiré des fusées colorées, ah, c'était un spectacle, et…

— J'en suis certain.

Aidan ne perdit pas son temps en broutilles.

— Pourquoi ne m'avez-vous pas dit que votre mission est un poste dans le Kerry ?

Les oreilles de Richard rougirent.

— En vérité, milord, je l'ignorais. J'attendais un poste en Irlande, mais mon affectation à votre domaine a été une surprise pour moi.

— Néanmoins, vous l'avez acceptée, dit Aidan d'un ton sec.

Durant toute sa folle chevauchée dans les rues de

Londres, il avait espéré que les rumeurs qu'il avait entendues la veille au soir étaient fausses.

Richard ne tenta pas de le nier. Il planta ses pieds écartés sur le ponton.

— La reine ne m'a pas laissé le choix. Pas plus que vous n'en avez eu de venir à Londres.

— Certes, rétorqua Aidan, mais je ne suis pas venu ici pour massacrer les gens, confisquer leurs terres, violer leurs femmes et voler leur bétail.

— Et ce n'est pas mon but en Irlande.

Richard jura et jeta sa toque de velours à terre.

— On m'y envoie pour maintenir la paix.

— Ah, voilà qui est fort, riposta Aidan. Avez-vous jamais pensé, mon jeune petit lord, que si les Sassenach restaient hors d'Irlande, nous serions en paix ?

— Si nous n'étions pas là, les Irlandais se battraient entre eux.

— Alors, laissez-nous cette liberté, jeune homme ! tonna Aidan. Laissez-nous nous détruire entre nous à notre convenance, sans aide de votre part !

Il agita un bras. Son poing heurta un paquet enveloppé de toile et le renversa. Il y eut un bruit de déchirure, et le coin d'un cadre sortit du paquet.

— Bonté divine.

Richard se baissa pour écarter l'étoffe. Le grand portrait d'une dame, déchiré, contemplait le ciel gris du matin.

— Je suis désolé, dit Aidan d'un ton brusque. Je ne l'ai pas fait exprès.

La femme du tableau était remarquable — brune et sereine, avec des yeux embrumés de la couleur de la pluie d'hiver.

— Votre promise ? demanda-t-il en levant le portrait abîmé.

— Ma mère, la comtesse de Wimberleigh. Dieu sait quand je la reverrai.

Richard appela dans une langue étrangère. Le serviteur corpulent et moustachu s'empressa d'arriver et tendit la main vers la toile.

— Un instant.

Aidan leva une main et regarda le portrait en fronçant les sourcils. La comtesse portait une robe assez simple, gris tourterelle. Son seul bijou, une broche, était fixé à son corselet.

Le cœur d'Aidan bondit. Le bijou était grand et peu courant, en forme de croix, incrusté d'une grosse pierre rouge entourée de douze perles fines.

Il déglutit, la bouche soudain sèche.

— Quand ce portrait a-t-il été peint ?

Richard haussa les épaules d'un geste irrité.

— La première année du mariage de mes parents, il y a environ vingt-cinq ans.

— Votre mère porte-t-elle encore ce bijou ?

Le jeune homme fronça les sourcils et secoua la tête.

— Je ne l'ai jamais vu.

Il échangea quelques mots avec le serviteur étranger, qui emporta le tableau.

— Je paierai la réparation, dit Aidan.

— Aucune importance. Milord, je regrette que nous nous séparions en ces termes. J'aimerais que nous puissions…

— Comment se fait-il que vous ayez des serviteurs russes ?

L'esprit d'Aidan commençait à assembler les morceaux d'un puzzle stupéfiant.

— Ma famille a des liens avec le royaume de Moscou. La Compagnie de Commerce moscovite a été lancée par mon grand-père Stephen, lord Lynley. Ma grand-mère et lui vivent encore dans le Wiltshire.

— Est-ce qu'elle chantait pour vous ?

Richard le considéra d'un air perplexe.

— Chanter ?

— Vous savez bien, des ballades, des berceuses. En russe.

— Je ne sais pas. Peut-être. Je ne m'en souviens pas.

Aidan vit qu'il suscitait les soupçons de Richard. Il s'interrompit et dit :

— Je n'ai pas de querelle avec vous jusqu'à ce que vous mettiez le pied sur le sol irlandais. Alors, ce sera comme si notre brève amitié n'avait pas existé.

Si Richard répondit, Aidan ne l'entendit pas. Il avait soudain une affaire pressante à Whitehall, avec le bouffon de la reine.

Pippa feignait d'être complètement absorbée par la partie d'échecs qu'elle disputait contre Rosaria, la comtesse Cerniglia. En réalité, son attention était secrètement fixée sur le messager fatigué qui prétendait avoir des nouvelles urgentes d'Irlande.

La salle surpeuplée bourdonnait d'activité. Le messager, un homme aux longues joues, aux yeux enfoncés et à la claire voix de ténor, pressait les mains sur la table des requérants d'un geste frustré. Pippa nota qu'il lui manquait un doigt à la main gauche.

— A votre avis, quel est son problème ? demanda la contessa.

Pippa lui sourit par-dessus l'échiquier.

— Qui, milady ?

La belle Italienne pinça les lèvres.

— Vous savez très bien qui. Vous n'avez cessé de le fixer depuis qu'il est entré. Vous avez aussi triché aux échecs, mais j'apprécie votre compagnie, alors je le laisse passer.

Pippa la dévisagea. Personne — *personne* — ne l'avait jamais prise à tricher.

La contessa rit doucement.

— Je suis la fille de l'ambassadeur de Venise, rappela-t-elle à Pippa. Mon père a construit sa vie en observant les gens, en voyant ce qu'ils ont à l'esprit d'après ce qu'ils font, en particulier avec leurs mains et leurs yeux. J'ai appris tout ce que je sais de lui.

— Désolée d'avoir triché, dit Pippa. C'est une habitude chez moi.

La blonde comtesse lui décocha un sourire étincelant.

— Aucune importance. Cela vous intéresse-t-il d'apprendre les nouvelles d'Irlande ?

D'un signe de tête, elle désigna le messager, qui discutait toujours avec un officiel du palais. Leicester et son gendre, Essex, se joignirent à la discussion.

— Certainement pas.

— Bien sûr que si.

Rosaria se leva de la table.

— Les nouvelles pourraient concerner votre amant.

— Le O'Donoghue Mór n'est pas mon…

Pippa plaqua une main sur sa bouche, furieuse contre elle-même d'avoir laissé sa compagne lui arracher ce nom.

La froide et belle femme lui tapota le bras.

— C'est bien ce que je pensais.

Elle conduisit Pippa à travers la salle encombrée, échangeant de petits saluts polis avec les courtisans qu'elles croisaient.

— Qu'en est-il de l'autre ? Est-ce un frère ?

— Non. Donal Og est le cousin d'Aidan.

— Donal Og.

La contessa esquissa un sourire.

— A-t-il une épouse ?

— Non, il…

Pippa s'arrêta net.

— Vous avez un penchant pour lui !

— Un « penchant » est un mot trop chaste, *cara,* dit Rosaria en lui faisant un clin d'œil et en lui prenant la main. Mes sentiments ont dépassé ce stade.

Lorsqu'elles approchèrent de la table des pétitions, elle s'arrêta et déplia son éventail, l'agitant devant son visage.

Pippa resta en arrière.

— Ils vont nous voir, dit-elle. Ils vont se rendre compte que nous essayons de les écouter.

Rosaria sourit.

— Voici une vérité de base sur les hommes : quand leur esprit n'est pas préoccupé par la concupiscence, les femmes sont invisibles pour eux. Ils ne nous remarqueront même pas.

C'était vrai. Le messager parlait d'une voix basse et agitée à Leicester et Essex, et ne fit même pas une pause pour prendre son souffle quand Pippa et la contessa s'approchèrent, feignant de bavarder en chuchotant derrière leur éventail.

— … une urgence. Le danger est à peine sous contrôle, disait-il. Les hommes de son clan ont enlevé six Anglais qui étaient en manœuvre. Je crains qu'ils n'aient l'intention de tuer les otages.

— Les rebelles ont-ils fait des demandes spécifiques ?

— Pas que je sache. Je suspecte fortement qu'ils vont

prendre contact avec lord de Castleross et attendre ses instructions. De fait, une lettre adressée à un prêtre ou un moine du nom de Revelin a été saisie dans le port de Dingle.

Le sang de Pippa se figea.

— Alors, vous savez ce que nous devons faire, dit Essex.

— Ne vous tordez pas le cou ainsi, murmura la comtesse à Pippa. C'est trop évident.

— Nous devons nous assurer que le O'Donoghue Mór ne reçoive pas de nouvelles de…

— Pippa !

Le murmure pressant de Rosaria échoua à retenir la jeune fille. Elle courut au fond de la salle et passa en trombe devant les hallebardiers qui flanquaient la porte. Au-delà se trouvait un corridor éclairé par le soleil, avec de hautes et étroites fenêtres et un haut plafond voûté.

Des courtisans et des requérants allaient et venaient dans cet endroit. On pouvait voir des avocats en robe, de petits nobles et quelques Puritains au regard dur. Pippa les dépassa à toute allure, n'ayant qu'une idée en tête. Elle devait trouver Aidan et le prévenir.

Alors qu'elle était à mi-chemin du corridor, elle vit un homme imposant venir à grands pas vers elle, ses cheveux de nuit flottant derrière lui.

*Aidan.* C'était comme si ses pensées frénétiques l'avaient fait apparaître.

Elle releva ses jupes, indifférente aux regards réprobateurs des Puritains, et continua à courir, s'arrêtant en chancelant lorsqu'elle l'atteignit.

— Milord !

Le voir fut, comme toujours, un choc pour ses sens. Il possédait à revendre tous les charmes virils conçus par

Dieu dans Sa sagesse. Avoir été éloignée de lui durant quelques jours ne le rendait que plus fascinant.

L'espace de quelques secondes, elle contempla, captivée, ses traits celtes parfaitement disposés.

— Pippa.

Il lui prit la main et la porta à ses lèvres en un geste formel. Quand ses yeux d'un bleu de flamme rencontrèrent les siens, elle vit son visage alarmé reflété dans leurs profondeurs et se rappela son objectif.

— Milord, je viens de découvrir…

Il posa un doigt sur sa bouche. C'était peut-être son imagination, mais il semblait l'étudier intensément, s'abreuvant de sa vue. Se pouvait-il qu'elle lui ait manqué, aussi ?

— *A storin,* dit-il, une chose fort singulière est arrivée.

— Saisissez-le ! Saisissez le rebelle O'Donoghue !

Les cris venaient de la porte arrondie de la salle d'audience.

Aidan releva vivement la tête.

— Qu'est-ce que…

Elle empoigna son bras musclé et le tira de toutes ses forces.

— Courez ! dit-elle d'un ton désespéré. Ils veulent vous arrêter !

Au lieu de fuir comme elle le suppliait de le faire, il planta les pieds sur le sol et jeta un regard noir aux gardes et hallebardiers qui arrivaient. Le capitaine de la garde cria de nouveau ses ordres :

— Fermez les portes ! Saisissez le chef irlandais rebelle !

Des mains fortes s'emparèrent de Pippa et la tirèrent loin d'Aidan. Elle cria un juron. Le grondement des voix et des bruits de pas étouffa ses protestations. Recourant aux tactiques qu'elle avait apprises de lutteurs de rues, elle s'en prit à ceux qui la retenaient, donnant des coups de pied et des coups de coude, cherchant un endroit vulnérable à mordre.

Ils étaient trop nombreux. C'était la résidence principale de la reine, après tout. Elle était plus lourdement gardée que le trésor royal. Des mains fermes vinrent à bout d'elle. Furieuse, elle cessa de se débattre assez longtemps pour regarder Aidan.

Il dominait les gardes de sa haute taille, mais au moins une douzaine l'entourait, rendant toute fuite impossible. Il était tel un grand cerf majestueux traqué par une meute qui aboyait.

Son regard bleu croisa le sien, et elle sentit son cœur se glacer. Car les yeux du O'Donoghue Mór étaient emplis de haine et d'accusation.

Dieu du ciel. Il pensait qu'elle l'avait trahi.

« Ainsi, pensa sombrement Aidan, c'est donc cela la grande Tour de Londres. »

On lui avait attribué une chambre dans la Tour de Beauchamp, où, des années auparavant, Guilford Dudley avait souffert et s'était morfondu pour sa lady Jane, avant d'être conduit à la mort. La pièce était de forme hexagonale, avec des murs de pierre claire, des fenêtres étroites qui donnaient sur la Tamise d'un côté et la Tour Green de l'autre.

La Tour Green, où les traîtres étaient décapités.

Il faisait les cent pas comme un lion en cage. Trois jours et trois nuits avaient passé, et personne hormis le geôlier et les gardes n'était venu rompre son isolement. Personne ne lui avait dit la raison exacte de son arrestation.

Ah, mais il le savait.

Il continua à arpenter la pièce, notant que le mobilier, bien que peu abondant, était de bonne qualité. La tête de lit était en chêne sculpté, et l'épais plateau de la table supportait un échiquier. Son repas de midi — qu'il n'avait pas touché — était posé sur un plateau en argent.

Il avait tout le confort d'un prisonnier de haut rang. C'était déjà quelque chose, supposa-t-il. Mais ce n'était pas assez.

Il jura à voix basse, alla à la fenêtre et pressa ses paumes sur le rebord. La fureur bouillonnait silencieusement en lui. Il ignorait ce qui le mettait le plus en colère — Revelin d'Innisfallen, pour lui avoir conseillé de rester à Londres, lui-même, pour avoir suivi son conseil, ou Pippa pour son rôle dans son arrestation. Là, dans la galerie de Whitehall, elle lui avait donné le baiser de Judas avant de se détourner rapidement de lui.

Les nouvelles d'Irlande étaient arrivées comme un vent mauvais. Les rebelles avaient tiré des flèches enflammées sur la résidence de Browne, à Killarney. La plupart d'entre eux étaient des hommes violents de peu d'honneur et d'encore moins de bon sens.

Sa réponse avait été un ordre exprès et urgent de se retirer et d'attendre son retour. Visiblement, soit Revelin n'avait pas reçu son message, soit il l'avait ignoré. Les rebelles avaient pris des otages anglais.

La panique serra la gorge d'Aidan. Il avait peur, mais pas pour lui-même. Les dernières années lui avaient ôté la crainte de la mort.

Non, il craignait pour les gens de son district, ce qu'il adviendrait d'eux si les Sassenach décidaient de venger l'insulte commise par les rebelles. Aidan avait vu la justice anglaise à l'œuvre en Irlande.

Elle prenait la forme d'un massacre sauvage et total.

De vieilles femmes et de jeunes enfants étaient tirés

de leurs cottages et éventrés comme des cochons. Des hommes étaient pourchassés dans les forêts et empalés sur des épées et des piques. Des femmes étaient violées et laissées pour mortes quand elles ne portaient pas les enfants des hommes qui les avaient brutalisées.

La barrière entre les atrocités et une solution pacifique était mince et fragile. Pour l'heure, la situation était bloquée. Six Anglais étaient prisonniers des rebelles, et lui-même était prisonnier de la Couronne.

Rien ne se produirait tant qu'un côté ou l'autre n'aurait pas perdu ses otages.

Frappé par une idée qui le glaça, il se détourna de la fenêtre. Pendant un long moment, il resta immobile, fixant la table avec son copieux repas de viande et de vin.

Une vague de fatalisme le submergea. Avec la clarté du verre, il vit une façon de sortir de là.

Peut-être que la chose la plus utile qu'il pouvait faire pour son peuple, maintenant, était de mourir.

## Journal d'une dame

Nous avons eu aujourd'hui une visiteuse très singulière — Rosaria, la contessa Cerniglia. Je l'ai trouvée délicieuse et très libre de parole. On m'a appris de bonne heure que les femmes doivent réprimer leurs franches opinions et leurs idées hardies ; quelle bénédiction que mon cher Oliver se soit montré différent !

D'un esprit pratique (comme la plupart des Vénitiens), la contessa s'est vivement intéressée aux serviteurs russes de Richard, et s'est même amusée à essayer de lire des mots écrits dans leur alphabet.

Ah, Richard ! Mon fils ! La seule pensée de lui gâte mon plaisir de rapporter la visite de la contessa.

Car demain, il prend un bateau pour l'Irlande.

Alouette de Lacey,
Comtesse de Wimberleigh.

# 10

Des morceaux de détritus, poussés par un vent très frais pour la saison, roulaient le long de la rue devant Pippa. Elle resserra son châle autour d'elle et baissa la tête, continuant à se hâter.

Les dames de la reine, avides d'éduquer le plus récent jouet royal, l'avaient mise en garde de ne pas s'éloigner du palais sans une autorisation formelle.

— Une autorisation formelle, mes fesses ! marmonna-t-elle, ses paroles emportées par le vent.

— Viens avec nous, ma colombe, lança une voix éraillée.

Elle vit une paire de soldats qui serraient des flasques dans leur main et s'avançaient vers elle.

— On te tiendra chaud.

Au cours des semaines qu'elle avait passées avec Aidan, elle avait presque oublié la désagréable sensation d'être menacée par des brutes. Mais elle n'oublierait jamais la façon de s'en débarrasser.

Comme elle l'avait fait maintes fois auparavant, elle se mordit l'intérieur de la lèvre jusqu'au sang. Ce geste était si familier qu'elle ne tressaillit même pas. Elle cracha le sang par terre, devant les soldats.

— Vous voulez tenter votre chance avec moi, messieurs ?

En la maudissant, ils s'éloignèrent en chancelant et se bousculèrent pour entrer dans la taverne la plus proche.

Elle passa sa langue sur sa lèvre coupée et hâta le pas. Son cœur tambourinait le temps qu'elle atteigne la porte de Lumley House qui donnait sur la rue.

« S'il vous plaît, soyez là », pensa-t-elle.

Mais personne ne la salua ni ne l'accosta à la poterne. Elle pénétra dans la cour intérieure et contourna la maison jusqu'au potager qui se trouvait derrière.

L'endroit tout entier paraissait vide. En frissonnant, elle s'appuya à la margelle du puits pour reprendre son souffle. Les souvenirs l'assaillirent et la prirent de court.

— Non, murmura-t-elle, mais les sentiments faisaient rage comme le vent, impossibles à arrêter et à ignorer.

Elle n'aurait jamais pensé que des souvenirs puissent être à la fois si tristes et si doux.

Là se dressait le poirier près duquel elle avait jonglé pour Aidan, détendant son visage crispé et parvenant finalement à le faire rire. Là-bas était la tonnelle sous laquelle elle lui avait montré la technique du vol à la tire et la façon orientale de se protéger, que lui avait enseignée un acrobate venu d'Orient. Au sommet des marches, elle s'était assise avec Aidan et lui avait expliqué les secrets des dés, tandis que des rayons de soleil le baignaient d'une radieuse splendeur.

Il l'avait touchée, ce jour-là, comme il le faisait si souvent, avec une douce sollicitude, ses longs doigts écartant une boucle de ses cheveux et s'attardant sur sa joue, peut-être juste un battement de cœur de trop. Il lui avait appris des choses, lui aussi, de bonnes choses, des choses précieuses, des mots magiques en gaélique pour décrire la couleur des nuages à l'aube et le sentiment que l'on éprouve en regardant jouer des enfants. Il lui avait appris qu'elle n'était pas toujours obligée de mesurer sa valeur aux applaudissements d'étrangers. Et il lui avait montré que les familles pouvaient prendre maintes formes et que quelques-uns des liens les plus forts n'étaient pas forgés par le sang, mais par le cœur.

Des feuilles tendres et des pétales voletèrent jusqu'au sol, jonchant l'allée. Le jardin d'herbes était en fleurs, et le parfum astringent de la lavande et de la menthe embaumait l'air.

Pippa déglutit, une bouffée de chagrin lui serrant la gorge. La maison et le jardin étaient silencieux, vides et désolés, comme si les semaines passées avec Aidan n'avaient jamais existé. Comme si les pièces n'avaient pas résonné de rires, des imitations par Pippa, de l'accent de Donal Og ou des ballades des îles qu'elle chantait en espagnol avec Iago.

Ils avaient formé, durant une brève et lumineuse période, une famille.

Chassant une larme qui la brûlait, elle alla au mur du fond et entra dans le prieuré des Frères Prêcheurs qui jouxtait le jardin. Le seul signe de vie était un fin panache de fumée qui montait de la verrerie.

Elle se tint sur le seuil de l'atelier et attendit que ses yeux s'habituent à la pénombre. Un artisan solitaire travaillait à la forge, chauffant du verre fondu pour en former une boule brillante au bout d'une tige en fer. En quelques tours habiles du poignet, il transforma la masse informe en un gobelet, se servant adroitement de pinces pour le détacher quand il fut terminé.

— Bonjour, lança Pippa.

Le gobelet glissa et se brisa sur le sol en terre battue. L'endroit était déjà jonché de verre cassé.

Le verrier lâcha un chapelet de jurons qui impressionna même Pippa.

— Désolée de vous avoir surpris, dit-elle.

Il posa la tige en fer et ôta ses gants épais.

— Ce n'est pas votre faute, déclara-t-il d'un ton dégoûté. Ou plutôt si, mais vous devriez me dire que c'est ma punition pour travailler un jour de Sabbat.

Elle avait oublié qu'on était dimanche.

— Je croyais que c'était défendu par la loi.

Il s'appuya de la hanche contre l'établi et cracha par terre.

— J'ai pris du retard. Le comte de Bedford voulait ses verres hier.

L'éclat sourd de la forge éclairait son visage et elle vit que c'était un jeune garçon, imberbe et aux joues lisses, le front plissé par la contrariété.

— Vous êtes un apprenti ? s'enquit-elle.

Il hocha la tête.

— Qu'est-il arrivé aux gens qui logeaient à Lumley House ?

— Ils sont tous partis, et bon débarras, par ma foi.

— Savez-vous où ils sont allés ?

Elle essayait de ne montrer qu'un intérêt détaché. Elle était venue en craignant le pire — que Donal Og, Iago et les hommes d'Aidan aient été rassemblés et arrêtés, ou, Dieu l'en préserve, mis à mort.

— Ils se sont juste éclipsés dans la nuit. Bizarre.

L'apprenti sourit.

— Je pense que c'était son idée, à elle.

— Elle ?

— La femme étrangère. Blonde, elle était. Grande, avec des fossettes. Un tantinet autoritaire, mais elle s'est lamentée pendant un moment et finalement ils l'ont suivie. Ils ne sont pas revenus.

Pippa s'affala de soulagement contre le cadre de la porte. La contessa. D'une manière quelconque, elle avait prévenu Donal Og et Iago du danger.

Peut-être se cachaient-ils ou étaient-ils en route pour l'Irlande. Une fois là-bas, Donal Og saurait que faire. Il libérerait les otages anglais et réprimerait la rébellion. La reine n'aurait plus besoin de retenir Aidan à la Tour de Londres.

Pippa remercia l'apprenti et s'en alla, prenant Petty Wales Street vers le sud, en direction de la rivière. Non loin de là se dressait la Tour, belle et imposante, des étendards flottant à chaque coin.

« Aidan », songea-t-elle. Le seul fait de penser à lui la rendait faible et chaude.

L'idée qu'il était en danger l'emplissait d'une peur qui la lacérait comme un coup d'épée. Elle resta face au sinistre édifice pendant un long moment, le fixant et réfléchissant tandis que le soir laissait place à la nuit autour d'elle.

Au bout d'un certain temps, elle entendit le signal de la Cérémonie des Clés. Un geôlier en pourpoint écarlate et coiffe à plume apparut avec une lanterne et une escorte importante. Médusée, Pippa se faufila dans les ombres de Water Street, les regardant avancer. Chaque fois qu'une porte de la forteresse était fermée à clé, une sentinelle lançait :

— Halte ! Qui va là ?

— Les clés de la reine Elizabeth, répondait le geôlier. Tout va bien.

A la fin de la cérémonie, les hommes ôtèrent leur coiffe et crièrent :

— Dieu préserve la reine Elizabeth !

Une sonnerie de clairon signala que c'était terminé.

Pippa eut envie de rire de la solennité de tout cela, mais la pensée d'Aidan chassa d'elle toute gaieté.

Elle devait trouver un moyen de le faire sortir.

Mais d'abord, elle devait trouver un moyen d'entrer.

* * *

La reine était dans une belle rage. Son habituel et copieux repas du soir restait intouché devant elle, et ses serviteurs s'empressaient de nettoyer le plat de dragées qu'elle avait jeté par terre.

Se tenant parmi ses dames, Pippa, les yeux ronds, regarda Sa Majesté se lever brusquement de la table et se mettre à faire les cent pas. Elle était agile malgré le poids de sa robe de Cour brodée et couverte de bijoux. Elle s'arrêta pour fusiller du regard sir Christopher Hatton, qui s'avançait pour lui offrir un verre de vin aux épices.

— Disparaissez, sir Mouton, lança-t-elle d'un ton coupant. J'ai besoin de sages conseils, pas d'une boisson forte.

Il s'inclina et recula. Doté de cheveux d'un gris d'acier et de longues jambes élégantes, Hatton était l'un des courtisans les plus aguerris d'Elizabeth. Pippa suspecta qu'il avait l'habitude de braver les tempêtes dues au caractère de la souveraine.

— Le O'Donoghue Mór a l'intention de me couvrir de honte, se plaignit-elle. Comment ose-t-il ?

Comment osait-il quoi ? eut envie de s'écrier Pippa. Un officiel de la Tour avait été introduit, et dès que la reine avait eu son rapport, la jeune fille avait su que c'était une affaire sérieuse.

Elle pressa ses mains l'une contre l'autre et crispa les paupières. « S'il vous plaît, faites que cela signifie qu'il s'est échappé, implora-t-elle de toutes ses forces. S'il vous plaît, s'il vous plaît, s'il vous plaît. »

— Il va me faire passer pour un monstre pire que le tsar Ivan, poursuivit Elizabeth d'un ton mordant. J'aurais dû le faire décapiter tout de suite.

— Madame, fit remarquer William Cecil, cela servirait tout à fait ses desseins.

— Je sais, maudit soyez-vous.

Elle jeta un regard noir à ses dames qui, tels des chevaux de parade bien entraînés, firent comme si de rien n'était.

— Mais cet insolent étranger m'a suffisamment courroucée pour me pousser au meurtre.

Pippa serra les dents, prête à s'étrangler d'horreur.

Elizabeth pirouetta pour darder un regard dur sur l'officier de la Tour.

— Dites-moi, sir. Le O'Donoghue Mór a-t-il expliqué précisément pourquoi il a décidé de se laisser mourir de faim ?

Pippa n'entendit pas la réponse marmonnée. Se laisser mourir de faim ! Aidan était-il devenu fou ?

Non, s'avisa-t-elle tandis que son estomac se nouait. Il savait exactement ce qu'il faisait. Il y avait une terrible et froide logique dans son acte. Il voulait mourir en étant sous la garde de la Couronne anglaise.

S'il le faisait, Elizabeth serait effectivement couverte de honte, disgraciée, discréditée aux yeux du monde encore plus méchamment qu'elle l'était déjà par ses ennemis.

— Faites-le manger ! coupa-t-elle. Je ne veux pas que l'on dise que j'ai laissé un chef irlandais mourir de faim. Je ne veux pas perdre mon seul levier de négociation contre les rebelles du Kerry. Si vous le devez, ligotez-le et nourrissez-le de force.

L'image rendit Pippa malade.

— Madame ! lança-t-elle avant de perdre courage.

Elle mit un genou en terre devant l'estrade.

— Qu'y a-t-il ?

— Avec tout le respect que je vous dois, il existe peut-être un meilleur moyen que de le forcer.

— Ah !

L'exclamation était pleine de sarcasme.

— Et je suppose que vous avez la réponse. Si vous osez suggérer que je le libère, vous vous retrouverez vous aussi en prison.

— Je peux le convaincre de manger, dit Pippa avec intrépidité.

Les yeux noirs de la reine étincelèrent à la lumière des bougies.

— Depuis que vous êtes arrivée à la Cour, vous n'avez rien fait d'impardonnable. Ce serait un fort mauvais moment pour commencer.

— Je vous demande de me laisser essayer, Votre Majesté. Si j'échoue, vous me punirez.

Le silence tomba sur l'assemblée telle une lourde cape. La reine resta immobile, sans expression, une icône sculptée dans un pouvoir de pierre.

— Vous pensez que vous pouvez faire manger le chef irlandais, dit-elle enfin.

— Oui, madame.

Pippa avait le visage en feu. Ses esprits restaient loin derrière sa langue déliée, ce soir-là.

— Votre succès signifierait beaucoup pour moi, déclara Elizabeth avec une fermeté gainée de douceur. Beaucoup, vraiment. De fait, si vous faites ce que vous promettez, je serai encline à vous accorder la faveur dont nous avons parlé ce matin.

Le sol était dur et froid sous le genou de Pippa. Ce matin-là, la reine l'avait interrogée sur sa vie et Pippa lui avait confessé son fervent souhait de trouver les parents qui l'avaient abandonnée voilà si longtemps. Un mot d'Elizabeth pouvait convoquer tous les nobles du pays, envoyer des officiels fouiller dans des registres et des actes de recensement. Cette possibilité brillait comme un phare dans son esprit.

— Oh, madame, dit-elle en se levant comme si elle était portée par l'espoir. Je ne pourrais demander plus grande bénédiction.

— Vous le pourriez, dit la reine avec ironie, mais vous êtes sage de ne pas le faire. Fort bien, allez rendre visite au prisonnier. Ramenez sa forte tête irlandaise à la raison. Et de grâce, ne me décevez pas.

A chacun des repas qui se succédaient, la nourriture semblait meilleure — plus succulente, plus abondante, plus délicieuse.

Ou elle apparaissait ainsi à Aidan.

La présente collation était assez délicate pour parer la table royale. Un grand bol d'olives noires brillantes, une truite pochée, du fromage et de la viande fumée. Le pain était presque blanc et avait l'air aussi léger qu'un nuage.

Toutefois, le pichet de vin rouge posé près d'un gobelet en grès tentait plus son estomac vide que les aliments. Il devait faire appel à toute sa volonté pour y résister. Il imaginait sa morsure âpre et brûlante et l'oubli qui l'engourdirait, atténuant sa frustration.

Il jura et alla au lit dur et étroit, se jetant dessus pour fixer d'un œil noir le plâtre du plafond qui s'écaillait. La correspondance était si lente entre Londres et le lointain Kerry, sur la péninsule occidentale d'Iveragh. Il se demanda combien de temps il tiendrait.

Un sourire amer crispa sa bouche. Quelle situation désagréable pour la reine Elizabeth, d'avoir la mort du O'Donoghue Mór sur les mains. Cela pourrait la forcer à lâcher du lest dans sa politique vis-à-vis de l'Irlande.

Dommage que le prix puisse en être sa propre vie.

Il entendit un bruit de pas et une voix familière qui ne cessait de parler.

— … et ne me servez pas ce genre de sornettes, car j'ai ici un document qui dit que moi, Pippa Vrai-Cœur, j'ai l'autorisation de lui rendre visite.

Aidan se redressa si brusquement qu'il faillit se cogner la tête.

— Où ? demanda la voix nasillarde de Smead, la sentinelle. Montrez-moi où il dit cela.

Elle rit.

— Ah, c'est une vieille ruse, sir, pour m'empêcher de découvrir que vous ne savez pas lire.

— Bien sûr, que je… Bon sang !

La voix de Smead monta d'une octave.

— Que faites-vous avec ce couteau ?

Quelque chose heurta la porte de la cellule. Aidan aurait donné de l'or pour voir ce qui se passait dehors.

— Rien, répondit Pippa. Pour l'instant. Mais quel dommage si votre réticence me troublait au point que ma pauvre main glisse.

— Ecoutez, mademoiselle…

— Non, regardez, *vous*.

Sa voix avait un ton coupant qu'Aidan ne reconnaissait pas.

— C'est une lame très aiguisée, et il se trouve qu'elle est dangereusement proche de votre maigre braguette. Maintenant, ouvrez immédiatement cette cellule.

— Seigneur Jésus ! glapit Smead. Fort bien, mais je rapporterai au représentant de la loi que vous m'avez contraint.

— Oh, cela devrait faire une belle histoire. Contraint par un brin de fille !

Une clé tourna dans la serrure. La porte s'ouvrit pour

révéler un Smead livide. Pippa appuyait un pied délicat contre le chambranle. Elle releva ses jupes, montrant une jambe fuselée avec un petit fourreau fixé par une jarretière. Elle y glissa le couteau à manche de corne qu'elle avait volé à Aidan le jour de leur rencontre.

— Mademoiselle ?

Le regard du garde était rivé sur sa jambe.

— Quoi ?

— Vous ne pouvez garder une arme sur vous dans…

— Smead ?

Elle se redressa et secoua sa robe.

— Oui, mademoiselle ?

— Occupez-vous de ce qui vous regarde.

Là-dessus, elle referma la porte d'un coup de pied et fit face à Aidan.

Ni l'un ni l'autre ne parla. Tous deux se regardèrent. Il s'abreuva de la vue de ses boucles qui s'échappaient de sa coiffe, de ses grands yeux, de son visage d'ange qui hantait ses rêves. Il délirait, pensa-t-il tandis qu'une faim plus grande que celle du corps s'emparait de lui.

— Par Dieu, murmura-t-il malgré lui. Vous m'avez manqué.

Elle laissa échapper un son doux, involontaire. Un instant, elle parut aussi fragile qu'un bibelot de verre filé, et il craignit qu'elle ne se brise.

Puis, elle secoua la tête et un changement plein de roublardise s'instaura en elle. Une lueur suffisante s'alluma dans ses yeux et elle mit les mains sur ses hanches.

— Vraiment ? Eh bien, vous, vous ne m'avez pas manqué.

Mais il voyait à travers sa façade. Il s'avança nonchalamment vers elle, au-delà des ombres qui planaient dans les coins de la cellule. Il lui toucha la joue, tressaillant presque à sa douce pureté.

— Non, *a gradh,* chuchota-t-il. Vous ne voulez pas que je vous manque. C'est différent.

— Je ne suis pas venue ici pour débattre avec vous, dit-elle d'un ton coupant, en s'écartant. Je veux m'assurer que vous savez que je n'ai rien eu à voir dans votre arrestation.

— Je le sais, à présent.

Et, dans son cœur, il le savait bel et bien. Elle n'avait aucune raison de lui vouloir du mal.

— Quand on m'a amené ici, j'ai cru au pire.

— J'ai essayé de vous prévenir.

Elle toucha sa manche, ses doigts perchés sur l'étoffe tel un oiseau effarouché.

— Si cela peut vous réconforter, j'ai des nouvelles de vos hommes.

La bouche d'Aidan s'assécha.

— Ils ont été arrêtés ?

— Au contraire. La contessa les a aidés à quitter Londres assez discrètement. Seuls Donal Og et Iago demeurent ici, et ils sont en sécurité à bord d'une galère vénitienne.

Aidan détourna les yeux ; ils le brûlaient, ainsi que sa gorge.

— *Cead mile buiochas,* murmura-t-il. Dieu merci.

Il ne voulait plus de sang innocent sur son âme. Avec l'impression qu'un poids lui avait été enlevé, il ajouta :

— C'est une bénédiction que vous soyez venue me dire cela.

— Je vous le dois, et bien plus encore.

Elle frissonna. Le petit réchaud qui tempérait la pièce se dressait près du lit. Comme il n'y avait pas d'autre endroit où s'asseoir, Aidan la conduisit jusque-là, appuyant doucement sur ses épaules jusqu'à ce qu'elle prenne place sur le mince et dur matelas.

Le temps se figea de la façon la plus étrange. Aidan se sentit emporté dans une fantaisie complexe. Il n'était pas irlandais, Pippa n'était pas anglaise. Rien n'existait au-delà du cercle enchanté qu'ils formaient à eux deux. A eux seuls, ils constituaient l'univers tout entier.

Il chassa cette pensée. Hors de sa cellule, le monde attendait. Et pour chacun d'eux, pour des raisons différentes, il était un endroit dangereux.

Avec une clarté aiguisée, il se rappela sa visite au jeune Richard de Lacey. L'image de la dame du portrait le hantait. Comme elle était charmante, cette lady Alouette, comtesse de Wimberleigh, qui portait une broche d'or, de rubis et de perles.

Ses jours en prison lui avaient donné le temps de réfléchir. Peut-être la ressemblance entre cette broche et celle de Pippa était-elle une pure coïncidence. Peut-être qu'Alouette avait perdu ou vendu le bijou.

« Ou peut-être, ne cessait de lui susurrer son esprit, Pippa est-elle apparentée à la comtesse de Wimberleigh. »

Il était sûr d'une chose : il ne dirait rien pour l'instant. Il ne voulait pas susciter ses espoirs pour qu'ils soient détruits par la suite. En outre, il ne savait rien de lord et lady de Lacey. S'ils étaient aussi hautains et intolérants que les autres nobles sassenach, ils n'accueilleraient pas volontiers une saltimbanque des rues comme Pippa ; de fait, ils ne voudraient sûrement pas croire qu'elle appartenait à leur famille.

Elle avait été rejetée si souvent dans sa vie. Il ne lui ferait pas subir une autre trahison.

A l'insu de Pippa, Aidan s'était mis en contact avec Rosaria, la contessa Cerniglia. Il n'avait confié qu'à elle seule ses soupçons à propos du lien entre Pippa et les

Lacey. Longtemps auparavant, il avait copié les symboles étrangers gravés au revers de sa broche. Deux jours plus tôt, il avait soudoyé un garde pour porter le message à la contessa. En réponse, elle avait promis de faire une enquête discrète.

— Vous paraissez si lointain, remarqua Pippa, interrompant ses pensées. Où étiez-vous ?

Il s'assit à côté d'elle et l'attira dans ses bras.

— Ma douce, j'étais plus près de vous que vous ne pouvez l'imaginer.

Elle posa sa joue sur son épaule.

— Vous pensiez à moi ?

— Oui.

Elle se pressa contre lui, glissant sa main dans la sienne. D'un mouvement aussi naturel que la respiration, il courba la tête et posa doucement ses lèvres sur les siennes, la goûtant, sentant la douceur de sa bouche, cherchant de sa langue la chaleur humide de la sienne. Elle se souleva contre lui comme pour fondre leurs deux corps. Elle enfouit les mains dans ses cheveux trop longs ; ses seins s'imprimèrent dans son torse ; elle bougea les jambes, frôlant ses cuisses d'une manière intime qui le brûla, sans qu'elle le sache.

Il s'écarta avant qu'il ne soit trop tard, et il essaya de ne pas voir la joie et l'aspiration dans son visage levé vers lui.

— C'est si dur de ne pas vous aimer, dit-elle avec la franche honnêteté qui lui était habituelle.

— Cela vous paraîtra plus facile quand vous me connaîtrez mieux.

Sa voix était rauque de frustration. Pippa était là, elle était prête, elle le désirait. Tous ses instincts lui soufflaient de la posséder. Et puis, tel un mur de pierre, son sens de l'honneur le retint.

Il ne devait pas la compromettre, pas maintenant, quand il était impuissant à la protéger du monde cruel. Si elle devait avoir un enfant — le bâtard d'un Irlandais —, la reine la bannirait et la disgracierait. Le bébé et elle seraient condamnés à mourir de faim.

Elle porta sa main libre à son visage ombré de barbe.

— Je vous connais, Aidan. C'est pour cela que je suis venue. Pouvons-nous…

Elle se mordit la lèvre.

— Nous devons parler.

— De quoi ?

— Ne prétendez pas ne pas le savoir.

— Le jeûne.

— Oui. Vous êtes déjà pâle et amaigri. Vous devez cesser.

Il la repoussa et se leva pour arpenter la petite pièce, ignorant le vertige maintenant familier qui s'emparait de lui.

— Vous a-t-on envoyée pour me dire cela ?

— Non.

Elle était délectable, ses vêtements et ses cheveux plaisamment dérangés, sa bouche pleine humide de ses baisers.

— Les prochaines personnes qu'ils vous enverront seront des sentinelles qui vous forceront à manger.

Cette idée glaça le sang d'Aidan. Il ne doutait pas que les officiels de la Tour mettraient ce plan barbare à exécution. Il ne doutait pas non plus de sa capacité à parer à cette tentative.

— De grâce, mangez, murmura-t-elle avec un tremblement dans la voix.

La voir ainsi, les yeux agrandis et soucieux, le démolit pouce par pouce, chaque mot minant sa volonté.

— Je ne peux pas, répondit-il. Ne me priez pas de me compromettre. Ils m'ont tout pris hormis mes convictions, et je mourrai avant d'y renoncer.

— Vous accordez une grande valeur à votre volonté, dit-elle. Qu'en est-il de votre peuple qui a besoin de vous ?

— Je le servirai mieux en mourant.

— Non !

Elle se leva d'un bond et se jeta sur lui, frappant son torse de ses poings.

— Ne parlez pas de mourir. Je ne vous laisserai pas faire.

Il lui prit les mains. Ses larmes se mirent à couler, ruisselant sur ses joues.

— Vous ne devez pas mourir. Si vous mourez, je vous tuerai.

— Une notion intéressante, rétorqua-t-il avec un humour noir. Voici comment marchent ces choses-là : pour l'instant, je suis un otage utile. Mais si les rebelles du Kerry tuent leurs otages anglais ? Si l'armée anglaise fait des représailles et confisque mes terres ? Si le nom du O'Donoghue Mór ne signifie plus rien ? Les Anglais n'auront plus besoin de moi. Je mourrai. Soit discrètement, en buvant une coupe de poison, soit en grande pompe sous la hache d'un bourreau, devant une foule de Londoniens, afin de servir d'exemple aux autres.

— Comment pouvez-vous en parler aussi calmement ?

— Parce que mon trépas ne se produira pas comme ils le prévoient.

Il prit une grande inspiration.

— Il se produira comme *je* le projette, et la honte en retombera sur la reine.

Pippa absorba son ultimatum comme une femme se

préparant à affronter une tempête. Sa tête était légèrement courbée, ses épaules affaissées, ses bras noués autour d'elle pour se protéger. Puis elle leva les yeux, et la tempête éclata.

— Vous êtes l'homme le plus borné, le plus sot, le plus têtu que j'aie jamais rencontré. Un lâche, un embarras pour la race des hommes.

Il ne put réprimer un sourire.

— Tout ceci est-il censé me persuader de manger ?

— Cela marche-t-il ?

— Non.

— Et si vous étiez libéré ?

Elle alla à la fenêtre et pressa ses mains sur le rebord. La lumière du jour tombait sur son profil délicat, et le soleil faisait briller ses longs cils.

— Et qui me libérerait, demanda-t-il doucement, alors qu'ils se sont donné tant de mal pour m'enfermer ?

Elle pivota et le regarda dans les yeux, et bien qu'elle fût propre et très bien habillée, elle ressemblait au paquet d'énergie téméraire qu'il avait aperçu pour la première fois sur les marches de St Paul.

— Je pourrais le faire, déclara-t-elle.

— Me faire sortir de la Tour de Londres.

— Oui.

— Nul ne s'est échappé de la Tour au cours de ce siècle.

— Le siècle n'est pas encore terminé. Du moins, je crois.

Si la proposition avait été faite par quelqu'un d'autre que Pippa, il l'aurait taxée de stupidité. Mais elle était tellement pleine de ressources qu'elle l'étonnait chaque jour.

— Fort bien, répondit-il calmement, avec prudence.

Vous me sortez de là et je mangerai un cochon rôti tout entier.

Elle eut un grand sourire.

— Je savais que l'idée vous plairait, ajouta-t-il.

Elle le prit par la main et le tira vers la table.

— Maintenant, mangez, dit-elle en prenant le pain blanc.

Il lui retira sa main.

— Non.

La peur et la colère flambèrent dans ses yeux.

— Vous le devez. Vous aurez besoin de vos forces.

— J'ai encore des forces pour un jour ou deux. Alors si vous comptez exécuter votre promesse, vous devrez faire vite.

— Mais il faut que vous mangiez maintenant, insista-t-elle. Voyez-vous…

— Non, je ne vois pas, gronda-t-il, puis il se rappela de baisser la voix. Si je mange, et si l'évasion échoue, alors je reculerai dans mon plan et j'aurai l'air d'un lâche.

— Elle n'échouera pas, assura-t-elle, les dents serrées.

— Tant que je serai prisonnier de notre Mère l'Angleterre, je ne toucherai pas à la nourriture. Vous ferez bien d'agir rapidement, ou vous sortirez un cadavre.

— Il souhaitera être mort avant que j'en aie terminé avec lui, marmonna Pippa à voix basse tandis qu'elle se faufilait le long du mur humide de la Tour du côté de la Tamise.

Il faisait nuit noire, et elle n'avançait qu'à tâtons et de mémoire. Là, le mur formait une avancée ; après le coin, elle trouverait un boyau nanti d'une grille en fer. Elle avait vu des manœuvres se servir de cette petite porte peu connue pour sortir des ordures et du fumier des écuries.

Elle savait que c'était un endroit sale et plein de rats, mais elle devrait le supporter. Le O'Donoghue Mór voulait s'échapper, et il comptait sur elle pour faire le travail.

La tête de mule.

Elle prit une grande inspiration, serra autour d'elle sa cape de chiffons et se glissa dans le passage. C'était juste ; la pierre humide l'érafla. Au bout, elle trouva une autre grille en fer.

Elle ne cessa de pester tandis qu'elle piquait le mortier à l'aide de sa dague. Le temps qu'elle dégage une des barres de fer et se coule dans l'ouverture, ses mains étaient en sang et elle avait épuisé sa provision de jurons.

Portant la barre, elle se faufila le long de la Tour Devereux. Un crieur annonça 9 heures. Pippa se hâta. Bientôt, la Cérémonie des Clés allait commencer.

Pourquoi Aidan n'avait-il pas voulu manger ? Elle aurait eu l'air d'une héroïne aux yeux de la reine, celle-ci aurait convoqué ses nobles et elle aurait retrouvé sa famille. Elle savait dans son cœur que c'était improbable, pourtant cela lui avait donné la douceur de l'espoir.

Mais l'entêté lord de Castleross n'avait pas confiance dans ses capacités. Il refusait de manger avant d'être libre. Elle essaya de se mettre en colère contre lui, de maudire son obstination, mais à la place elle était malade d'inquiétude. Et s'il mourait ?

Son triomphe à la Cour ne signifierait rien si Aidan n'était plus là. Si elle le perdait, il ne resterait rien de son cœur à partager avec une famille, si jamais elle retrouvait la sienne.

Pippa aperçut le premier garde. Empestant la bière, il musardait dans un cercle de torches, sifflotant entre ses dents. Elle s'approcha plus près. Il cessa de siffler et renifla l'air comme un chien sur une piste.

Malédiction. Elle aurait dû se débarrasser de la cape.

Avant qu'elle puisse bouger, il la regarda en clignant des paupières.

— Vous, là ! dit-il. Qu'est-ce que…

— Bonsoir, monsieur !

Ne lui laissant pas le temps de répondre, elle saisit sa main dans les deux siennes et donna un tour de reins. Bénie soit la troupe d'acrobates avec qui elle avait voyagé dans le Lincolnshire. Ils lui avaient appris comment, avec le bon élan, elle pouvait mettre un grand homme à plat sur le dos.

Le souffle du garde, aigri par la bière, le quitta d'un seul coup. Elle fit claquer sa langue avec sympathie.

— Ne dites rien et tout ira bien.

Il laissa échapper une respiration sifflante quand elle noua un bâillon sur sa bouche et lui attacha les mains à un poteau. Elle injuria copieusement Aidan O'Donoghue. Pour lui, elle mettait sa seule chance en péril. Mais elle savait au fond de son cœur que tout ce qu'elle désirait vraiment était qu'il survive.

A ce sujet, elle pensa à Mort et Dove, ses complices qui l'attendaient sur le quai du Galley. S'ils étaient bien là. Elle leur avait donné une couronne en or et leur en avait promis deux autres s'ils restaient sur place, agissant comme vigies, quand Aidan et elle arriveraient.

Elle avait l'intention de le voir partir, de lui souhaiter bon voyage et de retourner à sa nouvelle vie à la Cour.

Alors, pourquoi se sentait-elle si vide quand elle songeait à continuer sans lui ?

La question n'importait pas. Elle ne pouvait pas la laisser importer. Le garde grommela quelque chose à travers les chiffons qu'elle avait enfoncés dans sa bouche. Elle tira son épée courte de son fourreau.

— Je crains d'en avoir besoin, chuchota-t-elle. Et de vos chausses, aussi.

Il émit une protestation étouffée. Elle l'ignora, coupant les boutons qui tenaient ses chausses en place. Elles tombèrent autour de ses chevilles. Les mains tremblantes, Pippa les enfila, noua les lacets, puis prit son manteau accroché à la porte. Finalement, elle le laissa ligoté dans le noir et alla prendre son poste à l'entrée de la Tour Sanglante.

Le long manteau écarlate et l'énorme bonnet l'écrasaient, mais elle devait espérer que nul ne le remarquerait. Balançant sa lanterne, le geôlier en chef allait d'une porte à l'autre, suivi par un sergent et trois autres gardes. Pippa se mit au garde-à-vous, ainsi qu'elle l'avait observé pendant qu'elle mettait son plan au point.

— Halte ! dit-elle d'une voix grave. Qui va là ?

— Les clés, répondit le geôlier.

Pippa ne put se rappeler ce qui venait après.

— Les clés ? Les clés de qui ?

— De la reine Elizabeth, répondit le geôlier d'une voix pleine d'ennui.

— Donnez les clés. Tout va bien.

Elle tendit la main, priant qu'elle ne tremble pas.

Le geôlier hésita.

— Tombez-vous malade, Stokes ?

— Peut-être, monsieur.

Elle se racla la gorge.

Quand on lui passa les clés, elle leur substitua habilement celles qu'elle avait volées à Whitehall. Après la cérémonie, elle se rendit au pas de marche à la salle de garde avec les autres. Elle s'arrêta à la porte.

— Un problème, Stokes ? demanda quelqu'un.

Elle abaissa le bord de son bonnet.

— Je dois aller pisser.

Un garde prit une torche d'une applique du mur.

— Vous paraissez bizarre, ce soir, Stokes.

Elle lui arracha la torche.

— Non, ce qui est bizarre, c'est de mettre des innocents en prison.

Là-dessus, elle jeta la torche sur le toit de chaume et s'enfuit, priant pour un miracle tandis que les gardes hurlaient de frayeur et de rage.

Elle courut à la Tour Beauchamp, grimpa quatre à quatre l'escalier en colimaçon et ouvrit la cellule d'Aidan.

— Ne pensez pas une minute, dit-elle dans la pièce obscure, que j'ai oublié votre promesse à propos du cochon.

Il poussa une de ces exclamations celtiques qu'elle aimait tant, puis il la prit dans ses bras, la serrant si délicieusement fort que cela lui coupa le souffle. Il murmura des mots tendres en gaélique.

— Et cela signifie ? demanda-t-elle d'un ton acide.

— Que vous êtes un éblouissant petit miracle.

— Et une idiote, ajouta-t-elle, feignant de ne pas être touchée par ses paroles. Une idiote au cerveau malade.

Mortlock et Dove la surprirent. Telle une paire de chiens de garde ils se tenaient sur le quai du Galley, attendant patiemment ; il avait fallu le plus clair de la nuit à Pippa et Aidan pour se faufiler hors de la Tour et se rendre au bord de la rivière. Le chaume enflammé de la salle de garde avait fourni une diversion suffisante pour leur permettre de sortir dans Petty Wales Street, mais ils avaient échappé de justesse à une troupe de gardes en se cachant dans un puits abandonné. Même si elle ne voudrait jamais l'admettre, Pippa avait adoré chaque minute de l'aventure.

— Vous voilà enfin ! dit Dove. Tu as apporté le reste de notre paiement ?

— Vous l'aurez quand je me serai assurée que vous avez fait ce que vous avez promis, répondit-elle.

Mort et Dove soumirent Aidan à une longue inspection.

— Qui est l'aristo, au fait ? C'est celui qui t'a sauvée du pilori, non ?

— C'est tout ce que vous avez besoin de savoir.

Pippa devenait nerveuse. Ces deux-là n'avaient jamais été fiables, et elle n'aimait pas la façon dont ils reluquaient la belle tunique d'Aidan et la qualité de ses bottes en cuir. Il avait l'air las, les joues creusées par son jeûne. Pendant qu'ils se cachaient dans le puits, elle lui avait fait manger une miche de pain qu'elle avait apportée avec elle, mais il faudrait des jours avant qu'il recouvre ses forces.

— Vous avez la barque ? demanda-t-elle à Mort et Dove.

Mort plissa les paupières.

— Tu es bien pressée.

Aidan s'avança d'un pas vers lui. Malgré le manque de nourriture et de sommeil, il dominait Mort telle une montagne.

— Je crois, dit-il doucement, que la dame vous a posé une question.

Le nez crochu de Mort tressaillit, un signe de peur qu'elle reconnut.

— On est une dame, maintenant ? demanda-t-il avec dérision, tout en s'écartant d'Aidan.

— Oooh ! fit Dove, en feignant d'agiter un éventail devant lui.

Elle toucha la manche d'Aidan.

— Ignorez-les. Ils ont toujours été impossibles.

— Im-po-ssibles, répéta Dove.

Elle s'efforça de ne pas laisser voir son irritation, de ne pas laisser son regard dériver vers le milieu du large fleuve, où la galère vénitienne était à l'ancre, attendant.

— Dommage que vous n'ayez pas accompli la simple tâche de vous procurer une barque. Il va falloir que je trouve un passeur…

— Elle est là, dit Mort en pointant son pouce vers l'amont. Dans l'abri à bateaux, là-bas.

Elle les paya. Ils mordirent les pièces et hochèrent la tête, mais ne s'en allèrent pas.

— Ecoutez, dit-elle, je n'ai rien d'autre.

Elle quitta le volumineux manteau du garde et le laissa tomber par terre.

— On y va, alors, dit-elle en partant vers l'abri à bateaux.

En marmonnant, Mort et Dove disparurent dans l'ombre. Lorsqu'ils furent sur les marches de l'édifice branlant, Pippa se tourna vers Aidan.

— Vous savez ce que vous avez à faire.

— Prendre la barque pour rejoindre la galère vénitienne.

Il indiqua la masse sombre ancrée dans la partie la plus profonde de la rivière. L'aube pointait dans le ciel fumeux.

— La contessa m'a assuré que vous disposerez de l'asile diplomatique, là. Une fois que vous serez à bord, les Anglais ne pourront pas vous toucher.

La gorge nouée, elle pouvait à peine parler.

— C'est si dur de se dire adieu.

Il la prit contre lui.

— Je sais, ma douce. Même si je vis mille ans, je ne vous oublierai jamais.

En pleurant, elle leva son visage et attendit son baiser. Il effleura ses lèvres des siennes, puis leurs bouches s'accrochèrent l'une à l'autre, souffle, cœur et larmes mêlés jusqu'à ce que Pippa crie presque de douleur.

Elle interrompit le baiser et recula.

— Même si je ne vous aime pas, vous me manquerez comme le soleil me manque en hiver.

— Pippa…

— Saisissez-les ! tonna une voix dans l'obscurité. Attrapez les fugitifs !

Pippa jeta un coup d'œil en arrière vers le quai du Galley, et son cœur sombra dans ses genoux. En un clin d'œil, elle comprit son erreur. Mort et Dove étaient censés surveiller. A la place, ils avaient pris l'argent et s'étaient enfuis.

Droit vers les gardes de la Tour.

Son juron résonna sur l'eau. Le bruit de course venait de l'embouchure noire d'une allée devant eux.

— Apparemment, vos amis ont trouvé un compère plus offrant, dit Aidan d'un ton dégoûté. Que fait-on, maintenant ?

Elle lui saisit la main.

— Courez !

Ses bottes volées, trop grandes, la gênaient. Elle courut en trébuchant le long du quai, puis attrapa le bras d'Aidan et se débarrassa des bottes, les laissant derrière elle.

Elle était heureuse de l'obscurité précédant l'aube, car elle cachait son sourire de pur plaisir. Elle regrettait peu de choses de sa vie d'avant dans les rues, mais de temps en temps une bonne poursuite était excitante.

Peu de gens — et certainement pas les crieurs de nuit ou les gardes de la Tour — connaissaient le labyrinthe des rues de Londres aussi bien que Pippa. Elle pria que Mort et Dove n'aient pas offert leurs services comme guides.

— Restez juste à côté de moi, dit-elle à Aidan, courbant la tête pour passer sous une arcade en briques et pénétrer dans les bas-fonds d'East End.

Il était plaisant de courir pour sa vie avec un homme comme Aidan. Il était rapide et fort malgré son jeûne et ne posait pas de questions stupides. S'ils gardaient leur avance sur leurs poursuivants et restaient dans l'ombre, ils ne devraient pas avoir de problème à échapper aux gardes.

Elle s'enfila dans une allée encombrée, arrachant son baudrier en courant et le jetant dans un caniveau. Au bout de l'allée, ils émergèrent sur une petite place de marché qui s'éveillait pour la journée. La flèche de St Dunstan-of-the-East se dressait contre le ciel qui s'éclaircissait. Même de si bonne heure, des marchands étaient arrivés avec leurs charrettes et montaient hâtivement leurs auvents. Un bruit assourdissant de musique, de rires et de brouhaha emplissait l'air.

— Ah, c'est superbe, dit Aidan. Nous sommes arrivés au seul endroit où ils seront sûrs de nous trouver.

— Homme de peu de foi, le réprimanda-t-elle. Nous allons juste retourner d'où nous sommes venus.

Au moment où elle parlait, des cris excités retentirent dans l'allée. Les soldats avaient trouvé le baudrier.

Une méchante épine d'inquiétude perfora Pippa. Ils devaient se cacher. Elle donna un coup de coude dans une porte latérale de St Dunstan. Elle s'ouvrit pour révéler un escalier humide, aux marches branlantes.

— Qu'espérez-vous obtenir en nous piégeant dans la flèche d'une église ? demanda Aidan.

— Faites-moi confiance, répondit-elle. Ils ne regarderont pas ici.

Les marches grincèrent terriblement sous leur poids. Une odeur de pourriture épaississait l'air. Lorsqu'ils arrivèrent sur un haut palier, une plateforme donnait accès à la grosse cloche d'un côté et à une ouverture basse dans la flèche de pierre de l'autre.

Ils se précipitèrent dehors et se retrouvèrent sur une promenade qui entourait la flèche. La surface était dangereusement pentue. Des roucoulements venaient d'un pigeonnier dans un coin.

Dans un autre coin, quelqu'un avait tendu une corde à linge pour faire sécher des vêtements.

— Ah, c'est notre chance, dit Aidan en attrapant un justaucorps tout simple.

Il l'enfila par-dessus sa tunique. Il était juste sur son torse, alors il ne le laça pas. Un instant, Pippa contempla sa poitrine musclée et toute pensée la quitta.

Il esquissa un sourire.

— Il y a quelque chose pour vous, aussi.

Il prit une jupe brune usée et la lui tendit. Elle l'enfila par-dessus ses chausses et noua un carré de tissu sur ses cheveux.

— J'ai l'air de quoi ?

— D'un ange. D'un moment à l'autre, je m'attends à ce qu'il vous pousse des ailes.

— Très drôle.

Il lui caressa la joue du revers de ses doigts.

— Je n'essayais pas d'être drôle. Je…

— Ils sont là ! s'exclama une voix loin au-dessous d'eux.

Quatre hommes en armes s'enfilèrent dans l'escalier.

— J'aimerais que vous ayez dit vrai pour les ailes, murmura Pippa.

Il ne répondit pas, mais détacha la corde à linge et fit une boucle.

Des bruits sourds et des jurons résonnaient dans le vieil escalier.

— Accrochez-vous à moi, dit Aidan. Mettez vos bras autour de mon cou.

Tomber du toit d'une église dans les bras du O'Donoghue Mór était une façon aussi bonne qu'une autre de mourir, décida Pippa. Elle noua les bras autour de son cou robuste, savourant un instant la fermeté de sa chair. Grâce au ciel, il n'était pas mort de faim, finalement.

Brandissant des piques et des haches à long manche, les soldats émergèrent de l'escalier et se ruèrent à travers le toit. Trois dents aiguisées d'une fourche pointèrent vers eux. Aidan se tourna pour protéger Pippa de son corps. Elle crispa les paupières et enfouit son visage dans son torse.

Il fit un pas en arrière, puis sauta dans le vide en un arc très large. Ils tombèrent si vite que l'estomac de Pippa lui remonta dans la gorge. La corde vibra en se tendant complètement, sifflant sur les avant-toits du bâtiment.

Ils s'arrêtèrent d'une façon abrupte qui les secoua et se balancèrent dans le vide, heurtant le mur du clocher.

— Et maintenant, Votre Hauteur ? demanda Pippa d'une voix qui n'était qu'un coassement effrayé.

Elle s'accrocha plus fort à lui, passant ses jambes autour de sa taille et nouant ses chevilles. Il marmonna quelque chose en gaélique, et elle regarda son visage. Juste ciel, la faiblesse lui donnait le tournis.

— Je me demande à quelle distance est la rue, dit-il.

Elle jeta un coup d'œil à l'allée en dessous. De nombreux pieds en dessous. De nombreux pieds périlleux, à se rompre les os.

— Trop loin pour sauter.

Elle se risqua à lever la tête.

— Oh, là.

— Qu'y a-t-il ?

Muette, elle fixa la lumière de l'aube qui faisait briller

la hache d'une hallebarde. La hache s'abattit une fois, deux fois, trois fois sur la corde à laquelle ils étaient suspendus.

Pippa hurla. Ils sombrèrent, se séparant, ses jupes gonflant autour d'elle. L'esprit de Pippa se vida dans l'attente de la fin. A la place, elle heurta quelque chose et cessa de tomber. Elle entendit grogner Aidan.

Ils avaient atterri sur une sorte d'auvent en toile. Avant qu'elle puisse reprendre son souffle, il y eut un terrible bruit de déchirure et ils plongèrent de nouveau vers le bas.

Cette fois, ils ne tombèrent pas de beaucoup. Ils atterrirent dans un méli-mélo de toile sur quelque chose de doux et d'étrangement chaud. Pippa évalua la situation à travers ses sens embrumés. Ses narines frémirent et elle s'étrangla. Aidan et elle gisaient sur un tas de fumier, dans une charrette.

Aidan bougonna en gaélique et sauta de la charrette, tirant Pippa derrière lui tandis que le conducteur les fixait, stupéfait. La toile de l'auvent les avait protégés du plus gros de la saleté.

Ils se précipitèrent entre les stalles des marchands d'étoffe et les charrettes des maraîchers et des crémiers. Lentement, peu à peu, ils reprirent leur souffle, et Pippa réussit à maîtriser ses genoux qui tremblaient. D'une manière quelconque, elle eut la présence d'esprit de voler un morceau de fromage.

— Mangez, ordonna-t-elle. Ce n'est pas un cochon rôti, mais profitez-en.

Il dévora le fromage en trois bouchées. Pippa commença à respirer plus facilement. Mais alors qu'ils partaient vers la sortie est de la place, deux soldats arrivèrent face à eux.

Aidan émit un rire bref et vigoureux. Au lieu de s'en prendre aux soldats, il saisit Pippa dans ses bras et l'embrassa longuement, profondément. Elle poussa un petit gémissement de surprise, puis s'abandonna simplement à lui.

Il l'embrassa jusqu'à ce que les soldats soient passés, les prenant apparemment pour un couple d'amoureux plein d'ardeur. Puis, aussi brusquement qu'il l'avait enlacée, il la lâcha et se remit à courir.

Elle chancelait presque en essayant de le suivre. Il agissait comme s'il n'avait pas été affecté le moins du monde par un baiser qui lui avait quasiment enflammé le corps, maudit soit-il.

Des cris s'élevèrent de la flèche de l'église. Les hommes qui se trouvaient là-haut, tels des corbeaux noirs se découpant sur le ciel rose, gesticulaient frénétiquement pour alerter leurs concitoyens.

Pippa et Aidan coururent dans Fowler Street et tournèrent en direction de la Tamise. Lorsqu'ils atteignirent enfin le quai du Galley, ils étaient presque à bout de forces.

La barque était partie. Des volutes grises de brouillard tournoyaient autour de leurs genoux quand ils appelèrent le capitaine du bateau. Un canot se détacha de la longue galère et rama silencieusement vers eux.

Pippa plissa les paupières pour voir les deux hommes qui se trouvaient dans le canot. Elle ne les reconnut pas. Néanmoins, la contessa lui avait assuré que l'on pouvait se fier à l'équipage du bateau vénitien.

Elle frissonna.

— C'est de nouveau un adieu, milord. Vous auriez dû m'écouter, la première fois.

Un coin de la bouche d'Aidan se releva en un sourire ironique.

— J'avais besoin de nouveaux habits, de toute façon. Et naturellement… — il lui toucha le bout du nez — il convient que notre séparation ait été aussi périlleuse que notre rencontre.

— Notre séparation, murmura-t-elle, détestant le côté définitif de ce mot. Ah, Aidan, je ne vous oublierai jamais.

— Un sentiment touchant, dit une voix mélodieuse, teintée d'un accent étranger. Vous pourrez le lui dire durant le voyage.

La contessa sortit du brouillard, drapée dans une riche cape de velours noir. Derrière elle se tenait une escorte de gardes du corps vénitiens.

— Vous êtes en retard, ajouta-t-elle. La marée est haute, et ils allaient partir sans vous.

Le canot heurta doucement le quai. Aidan hésita.

— Un instant, milady.

— Vous ne disposez pas d'un instant, et Pippa non plus, déclara Rosaria d'un ton coupant. Si vous êtes pris maintenant, je ne vous offrirai pas davantage d'aide. Allez, montez, tous les deux.

Pippa réprima une exclamation.

— Je ne vais pas en Irlande !

— Vous le devez.

— Milady, murmura-t-elle en ravalant les larmes qui lui brûlaient la gorge, vous ignorez ce que vous me demandez. J'ai une place à la Cour, maintenant, et la reine…

— Pippa, montez dans ce canot avant que je vous jette dedans, coupa Aidan. La contessa a raison. Si vous restez, vous pourriez être arrêtée pour m'avoir aidé à m'échapper.

— Mais…

— Votre rôle dans mon évasion sera découvert, insista-t-il. Peut-être que si la fuite avait été plus discrète, nous aurions pu esquiver l'attention. Mais on vous a vue avec moi.

La contessa tendit quelque chose à Aidan. Il poussa Pippa vers le canot.

— Vous ne seriez pas traitée comme une prisonnière de haut rang, mais comme une vulgaire traîtresse. Connaissez-vous le châtiment pour cela ?

Rosaria fit passer le tranchant de ses doigts sur sa gorge, d'un geste éloquent.

Pippa se sentit glacée. Quelle sotte elle avait été. Elle avait acheté la liberté d'un homme au prix de ses rêves.

La contessa l'embrassa sur les deux joues et chuchota :

— Allez avec le O'Donoghue Mór. Il vaut mieux courir vers l'avenir que se raccrocher au passé.

Pippa se tourna vers Aidan. Il se tenait un pied sur le quai et l'autre dans le canot, sa grande main tendue vers elle, le visage totalement indéchiffrable.

Le soleil levant embrasa le ciel derrière lui et pendant un moment il eut l'air aussi splendide qu'un tableau dans une église. Ses cheveux noirs se déployaient dans la brise. Ses yeux étaient perçants, mais impénétrables.

— Venez avec moi, Pippa, dit-il enfin. Je vous promets que tout ira bien. Venez avec moi en Irlande.

# DEUXIÈME PARTIE

Il est doux de danser aux accents des violons
Quand l'Amour et la Vie sont beaux :
Danser sur des flûtes, danser sur des luths
Est rare et délicat.
Mais il n'est pas doux de danser dans les airs,
Les pieds ballants.

OSCAR WILDE
*La ballade de Reading Gaol*, st. 9

## Journal d'une dame

Ce n'est que maintenant, des jours plus tard, que je peux sécher mes larmes et prendre une plume. Oui, j'ai du chagrin comme n'importe quelle mère en aurait, car mon fils est parti à la guerre, mais ce n'est pas la raison de ma détresse.

Oliver est pareil à un dément, arpentant les pièces de Blackrose Priory et insultant tous ceux qui ont l'infortune de croiser son chemin.

Aucun de nous deux ne peut dormir la nuit ; nous n'avons pas pu fermer l'œil depuis que le message est arrivé de Londres. Un mauvais tour cruel ou un honnête rapport, je ne sais ce que c'est.

Je sais seulement que quelqu'un m'a écrit une missive, en copiant l'inscription qui se trouvait au revers de la broche des Romanov. Ce bijou singulier m'avait été donné par la belle-mère d'Oliver, Juliana. Je pensais qu'il était perdu à jamais.

La dernière fois que je l'ai vu, je l'avais épinglé à la robe de ma petite fille bien-aimée, juste avant de lui dire au revoir, sans savoir que je ne la reverrais plus.

Alouette de Lacey,
Comtesse de Wimberleigh.

# 11

Aidan chercha refuge dans une forteresse abandonnée au bord de la mer. Dunloe Castle avait abrité autrefois le O'Sullivan Mór, mais celui-ci était mort, comme tant d'autres, dans la grande guerre de Desmond contre les Anglais.

La grand-salle ventée était aussi morne et vide qu'une tombe pillée. Aidan tentait de ne pas songer au massacre qui avait eu lieu ici tandis qu'il attendait des nouvelles de Ross Castle et pensait à Pippa.

Elle avait détesté le voyage. Elle avait passé tout le temps dans une cabine exiguë, pliée en deux par le mal de mer et frissonnant de peur. Il s'était attendu à ce qu'elle relève la tête une fois à terre, mais elle était plus abattue que jamais.

Il alla à une fenêtre pour regarder dehors, et son cœur se souleva. Les collines arrondies, plus vertes que la verte Angleterre, portaient de solides colliers de murs en pierre sèche. Des moutons et du bétail paissaient dans la verdoyante abondance, et des tours se dressaient vers le ciel.

C'était là l'Irlande — une beauté tragique ignorant gaiement qu'elle était condamnée. Cette pensée l'emplit de la douleur aiguë et douce d'aimer ce pays, en sachant dans son cœur que c'était sans espoir.

En entendant un bruit de pas, il pivota. Iago et Donal Og entrèrent dans la salle.

— Les nouvelles sont arrivées ? demanda son cousin.

— Non.

Il retourna à la table et servit de la bière de bruyère pour eux trois.

— Si O'Mahoney ne revient pas d'ici l'aube, j'enverrai quelqu'un à ses trousses.

— Où est notre invitée ? s'enquit Iago. Son malaise est passé ?

— Elle est allée marcher dans les champs.

Aidan se pinça l'arête du nez.

— Si seulement je pouvais alléger sa mélancolie.

— Tu le pourrais ? demanda Donal Og.

— Oui et non.

Aidan sortit la lettre que la contessa lui avait mise dans la main lors de leur départ.

— Les symboles gravés au dos de la broche de Pippa sont du russe. La contessa a trouvé quelqu'un pour les traduire. « Sang, serments et honneur. »

Il frémit, se rappelant l'histoire de Pippa à propos de la bohémienne mourante.

Donal Og caressa sa barbe.

— La devise de quelqu'un ?

— C'est la devise d'une famille du nom de Romanov, au-delà des mers. Ils sont associés à une famille que nous connaissons bien.

Il prit une gorgée de bière, avant de poursuivre.

— La famille de Lacey.

Iago et Donal échangèrent un coup d'œil.

— Richard de Lacey ?

Aidan reposa son gobelet.

— Il pourrait être son frère.

— *Diablo !* murmura Iago.

Donal Og émit un sifflement.

Aidan avait tout déduit des informations recueillies par la contessa. Des années plus tôt, la peste avait frappé la maison de Lacey, et Oliver de Lacey avait été à l'article de la mort. Sa femme, craignant que leur seule enfant ne tombe malade à son tour, avait envoyé leur toute petite fille en voyage vers le royaume de Moscou, pour qu'elle reste avec la famille de sa grand-mère.

— Le bateau a été perdu, dit-il à ses compagnons. On n'a retrouvé aucun survivant.

— Mais tu penses qu'il y a eu une survivante, dit Donal Og.

— Et que son nom est Pippa, ajouta Iago.

Aidan sentit de nouveau cet étrange sursaut de nervosité dans ses entrailles.

— Philippa, dit-il. L'enfant perdue s'appelait Philippa.

Iago se caressa le menton.

— C'est Pippa. Ça doit l'être.

— Imaginez, dit Donal.

Il avala sa bière d'un trait.

— La petite va-nu-pieds a du sang noble. Tu le lui as dit ?

— Non !

Aidan se leva et arpenta la salle poussiéreuse.

— Vous ne devez rien lui dire. Rien.

— Mais c'est sa famille. Le désir de son cœur. Par ma foi, cousin, c'est d'une cruauté sans pareille de lui cacher cette information.

— Traite-moi d'homme cruel, alors, dit Aidan d'un ton coupant. Je ne dirai rien tant que je ne serai pas absolument certain.

— Tout concorde, intervint Iago. Elle ressemble à

Richard — les cheveux dorés, le sourire éclatant, le manque de révérence envers ses supérieurs…

— Vous ne l'aviez même pas remarqué avant que je vous dise ce que j'ai appris, fit observer Aidan. Je ne veux pas qu'elle soit blessée. Vous savez quels fats insupportables sont les nobles anglais. Les Lacey ont accepté leur perte il y a plus de vingt ans. Et s'ils ne voulaient pas rouvrir l'ancienne blessure ? Et s'ils ont honte que leur fille ait vécu comme une vulgaire saltimbanque, une voleuse ?

Donal Og hocha la tête, la compréhension se peignant sur son visage.

— S'ils la traitent d'usurpatrice qui a volé la broche ?

— Ou s'ils décident de l'accepter, renchérit Iago, et découvrent ensuite qu'elle est recherchée pour avoir aidé le O'Donoghue Mór à s'évader de la Tour de Londres ?

Aidan les regarda tour à tour.

— Maintenant, vous voyez pourquoi j'hésite.

Iago alla à la fenêtre et s'assit dans l'embrasure, où de faibles rayons de soleil tombaient sur lui.

— Ah, pourquoi nous tracassons-nous tellement avec cette vie éprouvante ?

Donal Og souffla.

— Y a-t-il un autre choix ?

Iago se tourna et s'agrippa au rebord de la banquette.

— Sur mon âme, il y en a un.

Donal Og se frappa le cœur de sa main.

— Les îles de la grande mer occidentale des Caraïbes.

Il imitait l'accent de Iago aux voyelles rondes et son timbre musical.

— Là où le soleil brille tous les jours, où la nourriture tombe des arbres, et où l'eau est si chaude que l'on peut s'y baigner nu.

— Tout est vrai, espèce de grand ogre irlandais. Bien sûr, je suis le premier à admettre qu'il existe quelques problèmes…

— L'esclavage, les maladies, l'Inquisition…

— Mais un homme peut vivre libre s'il est assez malin. Il y a des milliers d'îles inhabitées. Un homme peut faire ce qu'il veut de sa vie. Avec qui il veut.

— Ah, Serafina ! fit Donal en feignant de se pâmer.

— Pas étonnant que vous n'ayez pas de femme, observa Iago avec un rictus. Vous avez la cervelle d'un baudet. Non, c'est une insulte pour les ânes. La cervelle d'une brique de tourbe.

— Une brique de tourbe n'a pas de cervelle, tonna Donal.

— Précisément, dit Iago.

Tandis que leur conversation dégénérait en invectives, Aidan aperçut un mouvement sur la pente qui descendait vers la mer. Un éclair doré, une envolée de jupes brunes. Pendant un moment, il resta cloué sur place. Les collines et la mer qui s'écrasait sur le rivage étaient si vastes. Pippa paraissait aussi vulnérable qu'une feuille d'automne emportée par le vent.

Elle trouva un sentier à moutons descendant le long d'une falaise qui s'éboulait. Au-dessous d'elle, de traîtres brisants assaillaient la côte. En un instant qui lui poignit le cœur, il se rappela un autre détail que la contessa lui avait confié à propos d'Oliver de Lacey.

« Dans sa jeunesse, Wimberleigh avait la réputation d'être aussi imprévisible qu'intrépide. Ses humeurs passaient de la gaieté exubérante à la mélancolie. Certains — même ses demi-frères et sœurs — juraient qu'il avait sérieusement envie de mourir. »

Iago et Donal Og étaient trop occupés à se quereller pour le voir quitter promptement la grand-salle.

*
* *

Une sombre fascination attirait Pippa vers la mer. Maintenant, elle se sentait assez forte pour s'approcher de l'océan démonté, pour contempler la violence et le côté spectaculaire des vagues qui frappaient le rivage.

Elle emprunta un sentier qui descendait. La pente était parsemée de grands rochers gris autour desquels poussaient des touffes d'herbe et des fleurs sauvages. L'Irlande était sûrement le plus bel endroit qu'elle avait jamais vu. Elle était forte, sauvage et sans compromis — exactement comme Aidan O'Donoghue.

Le sentier se terminait par une grande faille entre deux parois. A l'intérieur de la fissure, des pierres brisées et du bois flotté étaient ballottés par la mer grondante. Elle s'arrêta au bord, goûtant l'air vif et salé et sentant le vent passer sur elle telle une grande caresse invisible. Le fracas des vagues explosant sur les rochers au-dessous emplissait l'air. Des perles d'écume touchaient son visage et s'accrochaient dans ses cheveux. Alors, brusquement, elle se retrouva perdue, engloutie par ses souvenirs. Poussant un cri sourd, elle sombra dans le monde de cauchemars qui habitait sa mémoire.

*Elle grimpait encore, encore, encore, luttant pour se frayer un passage dans l'eau qui s'engouffrait, passant d'un pont à l'autre. Elle ne pouvait plus voir Nourrice ni l'entendre réciter « sainte Marie, sainte Marie ». Les marins étaient tous partis. A part le chien, elle était seule, à présent.*

*Elle passa la tête à travers une écoutille carrée et se retrouva dehors, sous la pluie qui lui cinglait le visage, avec le tonnerre qui grondait et les éclairs qui illuminaient la nuit comme en plein jour.*

*Il ne fit clair qu'un instant, mais elle vit l'homme*

*à la veste rayée qui criait un moment auparavant de fermer les écoutilles et de rabattre les voiles. Il était tout emmêlé dans de la corde épaisse. Son visage était gris, ses lèvres noires, et ses yeux étaient grands ouverts comme ceux de la tête de cerf accrochée dans le relais de chasse de papa.*

*Elle s'agrippa à une échelle tandis que le chien titubait sur ses longues pattes maigres. Le bateau se mit à s'incliner et à grincer, s'élevant sur le côté d'une vague qui était plus haute qu'une montagne. Ils montèrent de plus en plus haut, comme quand elle était sur sa balançoire dans le jardin. Le grand navire resta un moment au sommet et parut se figer, en attente, avant de retomber.*

*Ils descendirent encore, encore et encore, des tonneaux roulant partout, se renversant les uns les autres comme des quilles. Un éclair fusa de nouveau. Dans le lointain, une forme sortit de la mer comme un grand rocher ou peut-être une des tours du palais de sa marraine.*

*Elle aurait voulu se souvenir du nom de sa marraine, car elle avait sûrement besoin d'aide, maintenant. Mais tout ce qu'elle put se rappeler fut que la dame avait des cheveux rouge vif, de méchants yeux noirs et une voix forte et autoritaire. Tout le monde l'appelait Votre Majesté.*

*Soudain, un grand tonneau de bois se détacha et roula droit sur elle comme si quelqu'un l'avait poussé…*

Pippa eut le souffle coupé lorsqu'elle fut brutalement jetée à terre. Elle ne trouva pas sa voix pour crier tandis qu'un grand corps dur la couvrait et la plaquait sur le gazon.

Finalement, elle recouvra sa respiration.

— Seigneur ! hurla-t-elle. Qu'est-ce que vous faites ?

Le O'Donoghue Mór pressait son corps sur le sien. Elle sentait son cœur battre à toute allure contre sa poitrine.

D'une certaine manière, cela lui fit plaisir. Il avait couru tout le long pour la rejoindre.

— Eh bien ? demanda-t-elle, d'un ton plus agacé qu'elle l'était réellement.

Elle était encore légèrement étourdie par... Qu'est-ce que c'était ? Une vision ? Un rêve éveillé ? Un vrai souvenir ? Puis les images pâlirent et disparurent.

Aidan se souleva en appuyant ses mains dans l'herbe, de chaque côté d'elle. C'était, s'avisa-t-elle avec un petit frisson d'excitation, la posture immémoriale des amants. Elle l'avait vue décrite dans un livre de sonnets répugnants que Dove avait volé à un bouquiniste de St Paul.

Le vent faisait voler les cheveux d'ébène d'Aidan, et le soleil faisait briller sa mèche tressée de perles. Ah, il *était* l'Irlande, dans toute sa douleur et sa splendeur ; comme le pays, il était beau, avec des traits accusés, indompté et indomptable. Elle brûlait de couler les doigts dans ses longues mèches.

— Attaquez-vous souvent des femmes qui ne se doutent de rien ? demanda-t-elle. Est-ce un rituel irlandais ?

— J'ai pensé que vous vous approchiez trop près du bord. J'ai voulu vous arrêter avant que vous ne tombiez.

— Ou que je saute ? Par ma foi, Votre Hauteur, pourquoi ferais-je une chose pareille ?

— Vous ne le feriez pas ?

— C'est l'acte d'une folle ou d'un lâche. Pourquoi voudrais-je mourir ? La vie est dure. Parfois, elle fait mal. Mais elle est si sacrément intéressante que je ne voudrais pas en manquer un seul morceau.

Il gloussa, puis rit pour de bon. Il y avait quelque chose de délicieusement intime dans la façon dont son corps vibrait contre le sien. Elle enfonça ses poings dans l'herbe pour s'empêcher de passer les bras autour de son cou. Une partie d'elle aspirait à s'abandonner à cette impulsion, une autre restait en retrait, résistant avec méfiance.

— Allez-vous vous ôter de là ou non ?

— Je n'ai pas encore décidé. Vous êtes très douce en certains endroits.

Il plaça ses lèvres tout près de son oreille. Avec une bouffée de son souffle chaud, il lui murmura l'une des choses les plus suaves qu'elle avait jamais entendue :

— C'est une chose rare, vraiment, qu'un homme se sente aussi parfaitement réconforté par une femme.

Elle se força à froncer les sourcils.

— Je sais ce que vous faites.

— Je me prépare à vous embrasser ?

Sa bouche plana au-dessus de la sienne.

Seigneur Dieu, ce qu'elle avait envie de sentir son goût en elle ! Elle usa de toute sa volonté pour dire :

— Je ne pense pas que vous le devriez.

Il abaissa sa bouche, puis, délibérément, la laissant sur sa faim, il tourna la tête pour taquiner son cou.

— Pourquoi ? chuchota-t-il.

— Vous essayez de me faire oublier combien je suis fâchée contre vous.

— Fâchée ? Pourquoi ?

Elle en fut stupéfaite.

— Parce que, espèce d'arrogant pourpoint rembourré, vous ne m'avez pas laissé le choix. Pensez-vous que je *voulais* venir ici ? *Voulais* être ballottée sur cet horrible bateau pendant une traversée sans fin ?

Elle s'extirpa de sous lui et s'assit sur ses talons.

— Je croyais que vous vouliez m'aider, dit-il. Comme je vous ai aidée, autrefois.

— C'était autrefois. Tout ce que je souhaitais, c'était une chance de gagner les faveurs de la reine.

A sa vive honte, sa voix se brisa.

— La reine allait m'aider à retrouver ma famille. Et je vous ai fait sortir de cette maudite Tour ! Tout ce que je voulais, c'était que vous mettiez fin à votre grève de la faim, et vous avez refusé de me l'accorder.

— Je ne le pouvais pas. Je devais rester ferme.

— Vous auriez pu plier juste pour que la reine me récompense.

— Et si l'évasion avait échoué ?

Elle n'eut pas de réponse, alors elle lui lança un regard noir.

— Pippa, dit-il, si cela signifie tant pour vous, nous pouvons prétendre que je vous ai forcée à venir avec moi comme otage.

— Cela ne serait pas si loin de la vérité.

— Nous pourrions nous arranger pour que vous soyez sauvée par les Anglais.

L'idée d'être prise en charge par des étrangers lui déplaisait fortement, mais elle ne pouvait lui laisser voir la vérité. Elle se redressa et lança :

— Ha ! Vous ne vous débarrasserez pas si aisément de moi, milord.

Aidan vit qu'elle était près de s'effondrer. Pippa, robuste survivante des bas-fonds de Londres, était au bord des larmes à cause du seul homme qui tenait à elle.

Il avait envie de la toucher de nouveau, de la serrer sur sa poitrine, mais c'était dangereux. Son sang était encore en feu à la suite de leur étreinte. Il ne serait peut-être pas capable de s'arrêter une deuxième fois.

— Parlez-moi davantage de cette récompense, *a gradh,* dit-il en écartant une boucle de sa tempe.

— La reine m'a fait une offre. Si je vous persuadais de manger, elle m'aiderait à retrouver ma famille. Mais tout ce à quoi vous pouviez penser était votre jeûne et votre honneur — votre stupide, précieux honneur.

La bouffée de colère qui s'empara d'Aidan fut soudaine et inattendue.

— La reine et vous avez conclu un marché ? C'est pour cela que vous vouliez que je mange ?

Aussi rapidement que la fureur l'avait gagné, elle s'évapora. Ainsi, elle avait passé un marché, en se servant de lui comme instrument. Au fond, ce n'était pas pire que ce qu'il avait fait.

— Ah, Christ !

Il l'attrapa et l'attira à lui.

— Je l'ignorais.

— Elle allait convoquer tous les nobles du royaume, envoyer une armée de clercs consulter les registres de recensement.

Elle saisit le devant de sa tunique.

— Peut-être que rien n'en serait sorti. Je sais que vous le pensez. Mais c'était ma seule chance. Et maintenant elle est passée.

— Vous auriez dû tout m'expliquer. Mais non, cela n'aurait rien changé. Je ne me serais pas compromis même pour vous accorder votre plus cher souhait. Le vrai prix aurait été payé par le peuple de ce district.

Elle souffla d'un air dégoûté.

— Je n'aurais pas pu vivre en paix avec moi-même si quelque chose de terrible était arrivé ici.

Il serra les dents pour se forcer à rester silencieux. Il savait jusque dans la moelle de ses os qu'elle était Philippa de Lacey.

Au lieu de le lui dire, il s'obligea à réfléchir. Les hautains Lacey pourraient la rejeter, ce qui serait plus douloureux pour elle que de ne jamais savoir qui elle était.

— Je suis désolé, murmura-t-il dans ses cheveux.

D'une manière ou d'une autre, je vous ferai rentrer en Angleterre. Et vous serez sans blâme, je le jure.

Elle s'écarta pour le regarder.

— Si tous vos éloquents discours étaient de l'or, je serais une femme riche, assurément.

Il se leva et l'aida à se mettre debout.

— Je n'ai jamais promis que je serais bon pour vous.

La brise agita ses boucles, qui atteignaient presque ses épaules, à présent.

— Vous avez été bon pour moi. N'en doutez jamais.

Il la prit par la main et ils gravirent la colline ensemble. Si quelqu'un lui avait dit qu'un jour sa meilleure amie au monde serait une protestante sassenach et une orpheline des rues, il l'aurait chassé en riant.

Et pourtant, la plus improbable des circonstances était devenue vraie.

Au sommet de la colline, O'Mahoney vint à leur rencontre. Le visage pâle et pincé, le messager était juché sur un cheval du Connemara épuisé.

— Quelles nouvelles ? demanda Aidan. Etes-vous allé à Ross Castle ?

— Je l'ai vu de loin.

O Mahoney jeta un coup d'œil à Pippa et passa au gaélique.

— Mauvaises nouvelles. Les remparts arborent les couleurs des Anglais.

Le temps que le petit groupe pénètre dans le district d'Aidan, Pippa avait cessé de se plaindre. Elle était toujours terrifiée de monter à cheval, mais on avait fait la sourde oreille à toutes ses protestations.

L'air vif de la mer fit place aux riches parfums verts

de bois et de pâturages. La forêt s'épaissit, et par endroits des branches et des débris jonchaient le sentier.

— C'est du sabotage, expliqua Donal Og en désignant un tas d'arbres cassés Les Irlandais encombrent les sentiers des bois pour ralentir l'avance des Sassenach.

Pippa frissonna. Ici la guerre était réelle, imminente. Ce n'était pas une vague idée dont on parlait à la Cour. Les arbres montaient à l'assaut du ciel, les troncs évoquant des piliers massifs, les feuilles formant un dais translucide. De la mousse veloutée poussait sur le sol. Le soleil, filtré par le feuillage, avait une luminosité verte. L'air fécond semblait en suspens.

Pas étonnant que les Irlandais croient aux enchantements, se dit Pippa. Seule la magie aurait pu créer un lieu si sacré et si silencieux. C'était comme se tenir dans une cathédrale ; les feuilles en forme d'étoiles, transpercées par les rayons du soleil, composaient de splendides vitraux.

— C'était un endroit superbe pour y passer son enfance, voilà longtemps, dit Donal Og, en poussant sa monture à la hauteur de Pippa.

— C'est ici que vous jouiez avec Aidan ?

Elle trouvait extraordinaire qu'une personne ait des liens avec un endroit particulier de la Terre. C'était une notion qui lui était étrangère.

— Jouer ? Non, c'étaient des affaires sérieuses. J'ai toujours été le plus grand, mais il était le plus courageux et celui qui réfléchissait le mieux. Mais si vous lui racontez que je vous l'ai dit, je vous traiterai de menteuse.

— Votre secret sera bien gardé.

Elle se les représenta, l'un brun, l'autre blond, fonçant à travers les bosquets, sautant par-dessus les nombreux ruisseaux qui gargouillaient ou se cachant dans une fente des rochers.

— Je ne suis pas surprise que Londres vous ait paru si

étrange, dit-elle. Ce lieu est un endroit à part. Un monde sauvage, magique.

— Comme toute magie, il a ses périls.

Donal Og fit claquer sa langue et trotta pour rattraper Aidan.

Ils avaient atteint la lisière de la forêt. Les bois pleins d'ombre s'ouvrirent soudain comme des portes majestueuses. Avec un cri émerveillé, Pippa se protégea les yeux. Les collines boisées entouraient une vallée brumeuse, bleue et verte. Des lacs parsemaient le paysage, et des petits champs délimités par des pierres se pressaient sur les rives.

Très loin, sur une avancée de terre qui pénétrait dans le plus grand des lacs, se dressait un château. Le donjon massif était construit en pierre claire et surmonté de remparts crénelés. De petites meurtrières trouaient les murailles.

Au sommet du donjon flottait la bannière d'Angleterre.

— C'est Castle Ross, dit Pippa.

— Oui, répondit Aidan d'une voix tendue.

Ils chevauchèrent en silence sur le reste du trajet. Les cent soldats d'Aidan campaient déjà sur les berges du lac central, attendant leurs ordres.

La tour principale du château brillait comme de l'albâtre, et les fondations étaient formées par une grande saillie de rocher. Une étroite bande de terre conduisait à une porte imposante et à une poterne. Les dents en fer de la herse relevée avaient l'apparence menaçante d'un sourire malveillant.

Un garde sortit pour les aborder.

— Halte ! Je vais appeler le maître.

Aidan le regarda à peine. Il passa sous l'arche voûtée

tandis que l'Anglais bredouillait et gesticulait avec frénésie.

— Attaque ! cria-t-il. Invasion ! Les hordes barbares sont sur nous !

Le poing de Donal Og s'abattit tel un marteau sur son crâne. L'homme chancela contre une barrière de bois, s'y accrocha brièvement et tomba, assommé.

Deux visages effrayés pointaient au-dessus d'une demi-porte à l'avant des écuries.

— Venez par ici ! lança Aidan d'une voix exaspérée. Depuis quand fuyez-vous le O'Donoghue Mór dans sa propre maison ?

Un jeune garçon poussa l'autre devant lui, et ils émergèrent du bâtiment. Aidan démonta et jeta sa bride au plus grand, un gamin maigre aux cheveux flamboyants.

— Comment vont les choses pour toi, Sorley Boy Curran ?

Le garçon courba les épaules et laissa tomber la bride sans l'attraper.

— Je vous demande pardon, milord, mais on nous a dit qu'on devait servir un autre maître, maintenant.

L'autre garçon, qui ressemblait assez au premier pour être son frère, hocha peureusement la tête. Pippa retint son souffle et regarda Aidan, même si elle voulait protéger ses yeux de l'expression de son visage. Elle le reconnaissait bien, le choc de la trahison. Il avait quelque chose de particulièrement vénéneux quand la traîtrise venait d'enfants.

Les deux garçons ne sauraient jamais ce qu'il en coûta à Aidan de leur sourire et de leur tendre de nouveau sa bride. Il parla en gaélique. Les gamins échangèrent un coup d'œil, répondirent à Aidan avec du soulagement dans la voix et prirent les chevaux.

— Par ici.

Aidan les conduisit à un escalier qui montait en spirale à l'extérieur du donjon. Il semblait soudain distant, étranger à Pippa. Son visage était sinistre et crispé, ses enjambées longues et décidées.

Tandis qu'ils gravissaient la haute tour, elle sentit une odeur de chou bouilli et de viande rôtie, et quelques instants après ils se retrouvèrent dans une immense grand-salle au plafond voûté en torchis. A un bout de la salle se trouvaient une large cheminée et une table où une troupe d'envahisseurs mangeait son repas de midi.

Tous quatre découvrirent ensemble le visage du nouveau maître de Ross Castle. Pippa battit des cils, stupéfaite.

— Seigneur Dieu, murmura-t-elle.

Aidan émit un dangereux bruit de gorge, un mélange de grognement et d'un juron en gaélique. Son expression donna la chair de poule à Pippa. Elle put seulement se demander quel effet elle produisait sur les Anglais.

Le O'Donoghue Mór marcha à grands pas vers la haute table. Son bras se détendit et son énorme main souleva l'usurpateur de son banc.

— Vous appréciez votre séjour, milord ? demanda-t-il d'une voix que Pippa n'avait encore jamais entendue.

Même en rougissant et en ouvrant des yeux ronds par manque d'air, Richard de Lacey réussissait encore à être ridiculement beau.

— Je… peux… vous expliquer, dit-il d'une voix étranglée.

Quatre gardes anglais se précipitèrent vers eux.

Richard leur fit signe de s'arrêter, et ils obéirent. Aidan relâcha sa pression d'un cran.

— Parlez ! aboya-t-il.

— C'est *moi* qui vais expliquer la situation, dit une forte voix féminine.

Une femme remarquable descendit de l'estrade. Elle

était habillée en noir du cou aux pieds, et avait la tête couverte d'un voile épais.

Le manque d'ornements ne rendait sa beauté que plus apparente. C'était comme voir le visage de la lune par une nuit sans nuages. Elle avait des joues lisses et parfaites, des yeux expressifs, une bouche arquée et de petites mains blanches. Une bourse contenant un livre de prières était attachée à sa ceinture.

— Felicity, dit Aidan d'une voix glaciale. Soyez brève dans vos explications, ou ce cher Richard pourrait expirer par manque d'air.

Felicity ? Pippa se tourna vers Donal Og et Iago pour quêter un indice, mais tous deux évitèrent soigneusement son regard.

— J'ai invité le lieutenant de Lacey à occuper Ross Castle, répondit la mystérieuse Felicity.

Aidan lâcha Richard, qui s'affala sur le banc et ouvrit son col.

— Oh, c'est fascinant ! explosa Pippa, incapable de contenir son sens de l'outrage. De quel droit offrez-vous la maison du O'Donoghue à des étrangers ?

Le silence dans la salle était total. Felicity fixa Pippa, la regardant avec un tel dédain qu'elle eut envie de l'étrangler.

La belle femme s'avança à pas mesurés pour se placer directement devant Aidan. Elle tendit sa délicate main de porcelaine et leva les yeux vers lui, tout en adressant sa réponse à Pippa.

Et d'une certaine manière, dans un coin reculé de son esprit, Pippa sentit venir la tornade d'émotions qui se ruait sur elle. Elle se prépara à subir une souffrance au-delà du supportable, sachant déjà ce qu'elle allait entendre.

— De quel droit ? Du mien, déclara la ravissante et poétique Felicity. En tant qu'épouse légitime d'Aidan.

## *Tiré des Annales d'Innisfallen*

Le jour où Aidan O'Donoghue a accepté d'épouser Felicity Browne fut un jour comme les autres — à une exception près.

Il est vrai que l'abbé voit la superstition d'un mauvais œil, mais moi, Revelin d'Innisfallen, je jure sur la divine poitrine de ma propre et pure mère que j'ai entendu retentir une corne de fées ce matin fatidique.

Certes, Aidan pensait qu'il n'avait pas le choix. Fortitude Browne, le père de Felicity, s'était élevé par le commerce et avait ce que les Sassenach appelleraient des ambitions. Il voulait que sa fille épouse un lord. Même un lord irlandais ferait l'affaire.

Le représentant de la loi Browne a requis le mariage comme une partie de la paix qu'il voulait conclure avec Ronan. Bien sûr, Ronan a refusé, mais Aidan y a vu un moyen d'apporter la paix au district. Ah, ce fut une belle rage qui s'empara de Ronan. Il en eut littéralement une « attaque » de fureur, et en est mort.

Aidan est convaincu qu'il a tué son père de sa propre main. Néanmoins, il a épousé Felicity — une protestante, puritaine de surcroît —, ainsi qu'il l'avait promis.

Elle était belle à la façon sans défaut d'une sainte de marbre — sacrée, distante, intouchable. Ce fut cette qualité, peut-être, qui attira le jeune Aidan. Le défi qu'elle représentait. La promesse que sous sa surface de porcelaine sassenach se cachait un cœur aimant.

C'est l'unique fois où Aidan aurait dû écouter son père. C'est l'unique fois où les instincts de Ronan O'Donoghue ne se sont pas trompés.

Revelin d'Innisfallen.

# 12

Si Aidan avait pu tuer quelqu'un de son regard, il l'aurait fait, et joyeusement. Il haïssait Felicity avec une virulence si aiguë et si venimeuse qu'il se demanda comment elle pouvait rester debout.

— Par tous les diables, que faites-vous ici ? murmura-t-il pour elle seule. Vous êtes censée être partie.

— Pensiez-vous, milord, que la piètre demande d'annulation de Revelin à l'évêque O'Brien suffirait à m'éloigner ?

Sa main était froide comme de la pierre.

Aidan s'écarta et regarda Pippa. Elle se tenait là, le cœur dans les yeux, et en cet instant il comprit.

Elle l'aimait. Quoi qu'elle dise, quelles que soient ses protestations, elle l'aimait.

Et maintenant sa trahison avait porté un coup fatal à son âme. En la regardant dans les yeux, il pouvait voir son amour pour lui mourir à petit feu.

— Son épouse, dit Pippa d'une petite voix claire. Vous êtes l'épouse du O'Donoghue Mór.

Le sourire de Felicity s'adoucit en une sympathie parfaitement imitée, et seul Aidan put percevoir la dure fausseté de son expression.

— Nous sommes mariés depuis près d'un an. Et qui êtes-vous donc ?

— Personne.

Pippa fit un pas en arrière, puis un autre.

— Absolument personne.

Là-dessus, elle pivota et s'enfuit.

Un juron déchira la gorge d'Aidan tandis qu'il la suivait hors de la grand-salle et dans l'escalier de pierre. Ignorant la disposition du château, Pippa arriva à un palier, poussa une porte basse de l'épaule et la franchit en trombe.

Elle donnait sur le chemin de ronde qui dominait le lac Lough Leane. Elle s'arrêta entre deux merlons.

Aidan se figea à plusieurs pieds d'elle. Un moment, une horrible terreur le saisit, la même peur qu'il avait éprouvée quand il l'avait vue au bord de la falaise, chancelant comme en proie à un rêve. Elle avait juste à se pousser en avant de quelques pouces et elle plongerait vers sa mort à des centaines de pieds au-dessous, dans le lac pavé de rochers.

— Je ne vaux sûrement pas la peine que l'on meure pour moi, dit-il doucement.

Elle le regarda avec une douleur assourdie dans ses yeux ternes, le visage pâle et pincé.

— N'y songez pas, dit-elle.

Il se risqua à avancer de quelques pas et s'appuya au mur.

— Vous voyez cette île, là-bas ?

Il la désigna du doigt et elle regarda à travers la brillante surface bleue du lac.

— Innisfallen ? demanda-t-elle.

— Oui.

— J'aperçois le clocher d'une église à travers les arbres. Pensez-vous que votre ami Revelin est toujours là, ou que Richard de Lacey a délogé aussi les chanoines ?

Elle parlait d'un ton acide.

— J'imagine qu'ils sont toujours là. L'île a peu de valeur stratégique.

— Il m'intéresserait de rencontrer Revelin. De rencontrer l'homme qui a été votre tuteur, chargé de faire de vous un homme d'honneur.

Elle le regarda avec une pitié perçante.

— Quelle déception vous devez être pour lui.

— C'est sans doute exact, répondit-il en se détestant.

Il se força à la regarder, alors que tout ce qu'il souhaitait était courber la tête de honte.

— Pippa, que dois-je vous dire ? Dois-je vous dire que je suis désolé ? Vous expliquer comment elle est devenue mon épouse et pourquoi elle n'est pas du tout une épouse pour moi ?

Cela, au moins, alluma une lueur d'intérêt dans les yeux de Pippa.

— Me relater tout cela n'expliquera rien. Cela n'expliquera pas pourquoi vous m'avez trompée. Pourquoi vous m'avez recueillie, offert des présents et traitée avec plus de gentillesse que personne ne m'en a jamais montré. Pourquoi vous m'avez tenue dans vos bras et embrassée, caressée, fait…

Elle se mordit la lèvre et détourna son visage.

— Au moins, écoutez-moi jusqu'au bout.

A part le souffle du vent, il n'entendit aucun son. Il retint son souffle jusqu'à ce qu'elle le regarde de nouveau et demande :

— Pourquoi ?

— Parce que je tiens à vous, Pippa. Dieu me pardonne, j'ai tenu à vous dès le début.

La brise semait sur le lac des rides brillantes. Elle le fixa, bouche bée. Elle paraissait aussi fragile et belle qu'une fleur toute fraîche, incertaine de sa position et de ce qu'elle devait faire.

Finalement, après un long silence meublé par le vent, elle frappa le mur de ses talons.

— Pourquoi devrais-je vous croire ?

— Je ne vous demande pas de me croire. Vous devriez pouvoir entendre la sincérité de ma voix et sentir que votre seul contact me rend brûlant, *a gradh*.

— De la concupiscence. C'est ce que je vois en vous. De la concupiscence et de la duperie.

Elle passa une main dans ses cheveux ébouriffés par le vent.

— Je ne vois pas une seule raison de croire un mot de ce que vous dites.

— Ne croyez pas les mots. Croyez ce que vous voyez et sentez.

— Je ne sais pas ce que je ressens, dit-elle. J'aimerais me mettre en rage contre vous et vous jeter des objets à la tête, mais je suis trop anéantie pour cela.

Elle le regarda par-dessus le sommet du merlon. Son visage était adouci par la souffrance et le désarroi.

— Pourquoi ne me l'avez-vous pas dit ?

Un frisson de dégoût pour lui-même parcourut Aidan.

— Au début, je ne voyais pas de raison de le faire. Vous étiez une étrangère qui n'avait pas besoin de connaître mes affaires. Plus tard, j'ai pensé que j'allais vous laisser à la Cour de la reine Elizabeth, et que je ne vous reverrais plus. Je ne parlais même pas de Felicity à mes amis, encore moins à des connaissances qui ne devaient pas durer.

Il tressaillit devant la douleur intense de ses yeux.

— Mais vous avez duré. Vous avez fini par signifier énormément pour moi. J'aurais fait n'importe quoi pour ne pas vous blesser, Pippa. Je n'ai rien dit parce que je savais que le jour viendrait où je devrais vous quitter. Egoïstement, je voulais vous laisser avec de la tendresse pour moi dans le cœur, et je me suis tu. Quand j'ai compris que vous veniez en Irlande avec moi…

Il hésita et contempla la ligne brisée des Macgilly's Reeks dans le lointain, qui se découpait sur le ciel bleu pommelé.

— Après cela, je n'ai pas pu trouver les mots, tout simplement. J'espérais que je n'aurais jamais à vous parler d'elle. J'avais une lettre de Revelin déclarant qu'une annulation allait être accordée. Elle était censée être retournée chez son père. Même ainsi, je n'ai pas d'excuse. J'aurais dû vous parler d'elle.

— Alors, parlez-m'en maintenant.

Il se redressa, puis mit un genou en terre devant elle, tendant une main.

— De grâce, descendez.

Elle hésita, et cette brève méfiance le transperça. Il l'avait perdue. L'ancienne Pippa se serait jetée dans ses bras. Enfin, elle prit sa main et descendit.

— Je voudrais que nous soyons seuls quelque part, loin du reste du monde, dit-il.

— Vous souhaitez l'impossible. Le monde ne disparaîtra jamais.

Elle frémit et serra ses bras autour d'elle.

— Votre épouse non plus.

Il se leva, lâcha sa main et émit un rire dur.

— Oui, elle est là. Et elle a livré mon château à l'ennemi.

Il s'appuya de l'épaule au mur de pierre et écouta un moment le bruit du vent dans les arbres.

— Néanmoins, cela n'excuse pas ma duperie.

— Elle est la raison pour laquelle vous ne m'avez jamais fait l'amour, n'est-ce pas ?

Il hocha la tête.

— Pour la pire des raisons, je lui ai fait un serment. Je suis tenu de respecter ce serment.

Pippa eut un sourire qui se moquait d'elle-même.

— Au moins, c'est une miette pour ma vanité. Chaque fois que vous vous arrêtiez et me laissiez de côté, je pensais que quelque chose en moi vous repoussait.

Si elle n'avait pas été aussi sérieuse, il aurait ri. A la place, il dit :

— C'est tout le contraire, *a stor.* Il n'y a rien au monde que je trouve plus magnifique que vous.

Il sourit.

— Cela vous surprend-il ? Ne soyez pas si pâle, ma douce. Dès la première fois où je vous ai vue faire votre numéro à St Paul, je vous ai trouvée complètement captivante. J'ai même aimé vos chansons dans la baignoire. Ah, Pippa, vous vous êtes donné tant de mal pour me divertir, afin que je vous garde. Ce que vous ne saviez pas, c'est que j'avais envie de vous garder pour toujours. Mais je ne le pouvais pas.

Il jeta un coup d'œil à la porte qui menait au château.

— Pourquoi l'avez-vous épousée ? demanda Pippa.

— Dans l'intérêt de mon peuple.

Il eut un rire amer.

— Comme cela paraît noble dit ainsi. J'ai épousé Felicity afin de former une alliance nécessaire avec le représentant de la loi anglais de Killarney. Mon père travaillait fiévreusement pour achever la construction de Ross Castle. J'avais le choix entre demander Felicity en mariage ou subir une attaque de la forteresse.

— Mais ce n'est pas si inhabituel, dit-elle avec une

crédulité touchante. La noblesse ne se marie-t-elle pas toujours pour des raisons pratiques ?

— C'est la raison que j'ai donnée. En vérité, j'ai épousé Felicity pour défier mon père.

Là. Après tout ce temps, il le reconnaissait. Il éprouva de nouveau ce flot brûlant d'émotion provoqué par la pensée de Ronan O'Donoghue. Il ferma les yeux et laissa le vent balayer son visage.

Il se rappelait tout avec une netteté aussi tranchante qu'un rasoir : la façon dont son père avait soufflé, incrédule, puis son hurlement de rage et les coups, deux, donnés à pleine main sur son visage, si rudes que sa tête était allée d'un côté à l'autre. Il n'avait pas riposté et d'autres coups avaient suivi, jusqu'à ce qu'il s'effondre sur le sol et lève la main pour étancher le sang qui coulait de sa lèvre fendue.

Ronan O'Donoghue aurait tué son fils de ses propres mains s'il en avait eu le temps, Aidan en était certain. Tandis que le vieil homme frappait à coups redoublés et qu'Aidan restait assis sur ses mains pour se retenir de lui rendre la pareille, la vérité longtemps enfouie avait fait surface.

— Vous n'êtes pas mon fils, avait tonné Ronan, mais le rejeton d'un mercenaire sassenach, un bâtard ! Votre mère déloyale m'a fait croire que je vous avais engendré, mais je lui ai finalement extorqué la vérité en la battant.

La vieille nausée monta à la gorge d'Aidan. Il pressa le dos contre le mur et inspira à travers ses dents serrées. Il ne saurait jamais avec certitude si son père avait dit la vérité ce soir-là. Les rumeurs comme quoi Máire O'Donoghue était morte des mains de son époux paraissaient fondées. Et Ronan n'avait jamais engendré d'autre enfant, alors ses accusations étaient peut-être vraies aussi.

— Le sang parle ! avait hurlé Ronan. Je pensais que

je pouvais faire un vrai guerrier de vous, mais dès l'instant où je tourne le dos, vous rampez dans le giron des Sassenach.

Les coups et les braillements avaient continué. La haine avait formé une boule de glace dans la poitrine d'Aidan. Il n'avait pas voulu se défendre, car sa rage était trop forte. Il ne pouvait pas se fier à lui-même pour ne pas tuer son père.

Et puis, finalement, il l'avait tué quand même. Ronan s'était arrêté de crier au milieu d'une phrase, le bras levé pour frapper de nouveau. Son visage cramoisi s'était tordu, ses yeux s'étaient exorbités et il était tombé en avant.

Sa lourde masse avait atterri sur Aidan. Lentement, le corps en feu à la suite de la pluie de coups, Aidan s'était dégagé et levé. Il se rappelait avoir contemplé son père un long moment. Il se souvenait d'avoir descendu l'escalier en colimaçon en marchant — pas en courant — pour envoyer quelqu'un chercher le barbier-chirurgien.

— Aidan ?

La voix douce de Pippa l'arracha à ses souvenirs infernaux.

— Continuez.

Aidan se surprit lui-même. Il lui raconta tout. Pour la première fois, il révéla à une autre personne chaque détail hideux et humiliant de cette nuit.

— Mon geste de défi a été la hache qui a tué mon père, conclut-il. Il est mort de rage contre moi à cause de Felicity. Sa mort m'a causé une énorme culpabilité, alors j'ai fini de construire le château selon ses plans.

Elle écoutait sans détacher les yeux de lui. Elle le regardait comme s'il était devenu un étranger. Elle était pâle et immobile, mais plutôt qu'avec dégoût ou accusation, elle le considérait avec sympathie.

— Je pensais que les gens qui avaient une famille étaient heureux, dit-elle enfin.

Nouant ses mains dans son dos, il arpenta le chemin de ronde.

— Quelques heures après avoir épousé Felicity, j'ai su que j'avais fait une erreur.

— Quelques heures ?

Elle rougit.

— Vous voulez dire la nuit de noces ?

Il cessa de marcher.

— J'ai suspecté que quelque chose n'allait pas quand elle m'a interdit le lit conjugal. Pour le cas où j'aurais mal compris, elle m'a déclaré qu'elle resterait vierge jusqu'à ce que tous mes sujets et moi renoncions à la foi catholique et embrassions la nouvelle religion réformée.

— Elle accordait un prix élevé à sa vertu.

Il sourit à l'humour sombre de Pippa.

— Cela ne s'est pas avéré une incitation suffisante. Traitez-moi de bizarre, mais je ne trouve rien d'attirant à briser des statues et à maudire le pape.

Son sourire disparut.

— Dans tous les sens qui comptent, je n'ai jamais été marié. Pourtant, je suis consumé de culpabilité à propos de mes sentiments pour vous.

Elle gémit doucement et recula comme pour résister à l'envie de se jeter dans ses bras.

— Qu'avez-vous l'intention de faire maintenant ?

Le cœur d'Aidan battait lentement, lourdement. Il s'autorisa à passer la main sur sa joue, légèrement.

— Quand je l'ai épousée, je n'avais aucune idée qu'il était possible de tenir à une femme comme je tiens à vous.

Il avait envie de lui dire qu'il l'aimait, mais il ne le

put pas. Pas maintenant. Pas quand il ignorait ce qu'il pouvait lui offrir.

Elle inclina la tête de côté de telle sorte que sa joue s'appuie dans sa paume, et il sentit la chaleur de ses larmes. Cela le vainquit. Il la prit dans ses bras et pressa ses lèvres sur ses cheveux.

— C'est trop tard pour nous, n'est-ce pas ? murmura-t-elle.

— C'est ce que le bon sens me dit. Mais mon cœur me souffle que nous trouverons un moyen.

— Aidan…

— Nous n'avons pas été correctement présentées, lança soudain Felicity de l'ouverture arrondie de l'escalier.

Une lueur glacée de haine brillait dans ses yeux couleur de bleuets.

Aidan et Pippa se séparèrent pour l'affronter. Elle se tenait debout non loin d'eux. Une étrange turbulence couvait dans ses yeux. Elle avait toujours été bizarre et fanatique. Elle paraissait tendue comme un ressort.

Pippa mit ses mains sur ses hanches et lui fit face sans fléchir.

— Vous pouvez m'appeler mademoiselle Vrai-Cœur.

— Mademoiselle ? répéta Felicity d'un ton sifflant. Le mot semble convenir. A moins que ce ne soit *catin* ?

Pippa resta éveillée cette nuit-là, fulminant au sujet de Felicity. Sur l'insistance de Richard, on lui avait donné une chambre privée en tant qu'invitée d'honneur.

Au fond d'elle-même, elle admirait Felicity, avec réticence. Etre mariée au O'Donoghue Mór et rester chaste était un exercice de volonté que Pippa ne pourrait jamais espérer montrer.

— Il n'a qu'à me faire signe, et j'accours, marmonna-t-elle en donnant des coups de poing dans son oreiller. Au moins, cette garce intolérante a le courage de ses convictions.

Entre-temps, Aidan essayait de négocier un traité avec Richard. Ses hommes voulaient la guerre. Elle les avait entendus discuter dans la salle de garde. Ils parlaient en gaélique, mais elle avait pu glaner un peu de ce qu'ils disaient. Elle en comprenait assez pour savoir avec quel désespoir Aidan aimait son pays et son peuple.

— Felicity, femme stupide, stupide, murmura-t-elle dans l'obscurité venteuse. Vous n'avez aucune idée de ce que vous manquez.

S'il écartait Felicity, raisonnait Aidan, alors les termes de reddition qu'elle avait signés en tant que lady de Castleross seraient nuls et non avenus. Il n'y aurait pas d'accord avec les Sassenach. Mais il connaissait le pouvoir du clan Browne. Leur rage pourrait engendrer un vrai massacre.

Debout à la fenêtre de la chambre située en hauteur qu'il occupait depuis son enfance, il sentit son cœur se soulever. La bataille aurait lieu qu'il garde Felicity ou non, et selon Revelin, il avait l'autorisation de Rome de la répudier. Il devait la renvoyer à son père à Killarney.

La honte l'abattrait. Mais c'était elle qui avait trahi les vœux de son mariage en lui interdisant sa couche.

La pensée d'être libre l'enivrait. Libre de montrer à Pippa ce qu'il avait dans le cœur. C'était comme une bénédiction du ciel. Dieu, comme il la voulait !

Il en aviserait Felicity dès le lendemain matin. Elle avait peut-être chassé Revelin, mais elle ne l'empêcherait pas, lui, d'exécuter l'annulation.

Un loquet émit un déclic et la porte de sa chambre s'ouvrit doucement. Il pivota, tendant la main vers son épée.

Une silhouette vêtue d'une cape et d'une capuche entra dans la pièce.

— Retenez votre main, milord, dit une douce voix féminine. Je vous en prie.

Elle tomba à genoux dans le clair de lune.

— Felicity ?

Il laissa retomber son bras.

— Que faites-vous ici ?

Elle rabattit sa capuche et ouvrit sa cape, révélant qu'elle ne portait qu'une fine chemise transparente.

Il se figea, cloué sur place. Pour la première fois, il voyait ses cheveux dénoués, lisses et aussi luisants que du bois poli. Il vit aussi les pointes sombres de ses seins généreux se presser contre la toile. Il vit encore la peau d'ivoire de sa gorge, avec le pouls qui battait doucement dessous.

Elle leva vers lui son visage parfait et il reconnut la turbulence inquiétante qui agitait ses yeux, plus prononcée qu'auparavant.

Elle inspira profondément.

— Je suis venue ici pour faire ce que j'aurais dû faire la nuit de notre mariage. J'aurais dû me donner à vous, alors. Mais le Seigneur m'a parlé et m'a dit d'attendre.

— Je vois. Et maintenant le Seigneur vous dit que vous pouvez écarter vos jambes pour moi ?

Elle tressaillit à sa grossièreté.

— J'ai eu tort de me refuser à vous. Je le sais, à présent. Je m'en suis rendu compte au moment où je vous ai vu tenté par les démons de la concupiscence pour une autre femme.

— Non, Felicity. Vous vous en êtes rendu compte

quand vous avez compris que j'allais vous écarter et annuler votre traité avec les Anglais.

Son expression demeura sereine, impassible. Il admira sa maîtrise d'elle-même, bien que ce fût une qualité qui le déconcertait.

— Je ne pense pas du tout au traité, insista-t-elle. Des questions plus importantes sont en jeu. Des questions de l'âme.

— Madame, dit-il, vous êtes une menteuse.

— Non !

Elle se remit sur ses pieds. La chemise se plaqua contre elle quand elle se précipita vers lui. Sa silhouette était dessinée par le clair de lune argenté.

— Je vous veux, milord, mon amour. Je vous ai toujours voulu. Vous savez sûrement combien il a été dur de me retenir de vous supplier de me prendre. Je vous en supplie maintenant, Aidan. Je peux vous donner des enfants…

— Felicity, dit-il doucement, comme à regret. Vous n'aurez jamais cette chance.

Avant qu'elle pût protester, il continua :

— La vie est courte, et elle n'attend pas que nous décidions quand et comment la vivre.

Il repensa fugacement à la façon dont il avait d'abord été ébloui par sa beauté, sa pureté. Et par l'idée que leur union unirait aussi leurs deux peuples.

— Nous avons tous les deux fait l'erreur d'essayer de contrôler quelque chose qui est hors de notre portée.

Elle se jeta contre lui et couvrit son visage de baisers. Pris par surprise, il recula.

— Felicity, de grâce. Ne rendez pas ceci pire que ce n'est déjà.

— Tout ira bien, murmura-t-elle d'une voix voilée. Aidan, vous êtes mon époux !

Elle s'approcha encore, et pour l'éviter, il se leva,

sortit sur le balcon en pierre. L'air froid d'une nuit claire passa sur lui. Elle le suivit et s'accrocha à lui, gémissant et l'embrassant sur la bouche, le menton, tout ce qu'elle pouvait atteindre.

— Vous n'avez jamais compris, dit-elle, sa voix lui faisant l'effet d'un murmure glacé dans son oreille, ses bras avides l'enlaçant.

Elle était maladroite et insistante, et de nouveau Aidan éprouva une bouffée de regret à l'idée que toute tendresse qu'ils auraient pu partager avait été condamnée dès le début.

— Je vous aimais grandement, milord, dit-elle.

— Non, Felicity, et je ne vous ai jamais aimée vraiment non plus.

Ses bras continuaient à l'emprisonner. Il souhaitait qu'elle le lâche.

— Nous devons mettre un terme à ceci. Maintenant. Cette nuit. Revelin tient les papiers prêts.

— Je ne vous laisserai pas me couvrir de honte !

Au début, il ne sentit rien ; puis une douleur aiguë et brûlante le transperça. Il se figea, trop stupéfait pour bouger. La garce l'avait frappé dans le dos. Elle leva le bras pour lui porter un nouveau coup.

Il poussa un cri et l'écarta. La blessure le lançait douloureusement, ce qui ajoutait à son choc. Elle brandit sa petite dague et se rua sur lui.

Il la saisit par les deux poignets. Des images passèrent devant ses yeux qui se brouillaient, et il s'avisa qu'il était sur le point de s'évanouir.

— Ne faites pas ceci, Felicity. C'est de la folie, vous m'entendez ?

Elle essaya d'abaisser le couteau, mais il resserra son emprise.

— C'est vous que vous détruisez, femme, pas moi, dit-il, les dents serrées.

En pressant un peu plus, il pouvait lui briser le poignet, mais il ne voulait pas la blesser.

— Retournez dans votre famille. Blâmez-moi de tout. Dites-leur que je suis un barbare, que je vous battais ou vous forçais à dire le rosaire. Nous pouvons prétendre que notre stérilité est ma faute, nous pouvons dire n'importe quoi…

— Jamais ! Espèce de scélérat papiste !

La lame tremblait dans sa main.

Il appuya son pouce sur son pouls, trouvant le nerf. Elle laissa tomber la dague et s'affala mollement contre lui. Du sang chaud coulait dans son dos. Il se sentait aérien, sans substance, comme s'il pouvait flotter. Il avait besoin de s'asseoir, de mettre sa tête entre ses genoux, d'appeler Iago pour panser sa blessure.

Mais il devait d'abord s'occuper de Felicity.

— C'est fini, murmura-t-il. Toute cette vilaine farce est terminée. Mettons-y fin maintenant avant de nous faire plus de mal.

Elle leva les yeux vers lui.

— Mais je vous aime. Et vous m'aimez.

Il était certain qu'elle ne voyait pas l'ironie de ses paroles, adressées à l'homme qu'elle venait de frapper.

— Je vous voulais pour courroucer mon père et contenter le vôtre, expliqua-t-il. Vous me vouliez afin de poursuivre votre croisade réformée. Nous nous trompions tous les deux. C'est fini.

— Non, dit-elle en reculant.

Elle sauta sur la rambarde en pierre. Le vent s'empara de l'ourlet de sa cape et souffla ses beaux cheveux longs en un nuage noir autour de son visage tourmenté.

— Pas tout à fait fini, Aidan.

— Bon sang, Felicity !

Il fit un pas en avant, en chancelant.

— Que faites-vous ? Descendez, s'il vous plaît.

Il s'entendit répéter les mots qu'il avait dits à Pippa peu de temps auparavant. Mais Pippa n'était pas déterminée à le détruire à n'importe quel prix. Ses yeux ne brillaient pas de cet éclat argenté, maniaque.

Un raclement se fit entendre au-dessus d'eux, le grincement de charnières, peut-être. Aidan l'ignora et tendit la main.

— Je ne pensais pas ce que j'ai dit, chérie, déclara-t-il d'un ton enjôleur. Je vais vous prendre dans mon lit cette nuit, vous faire l'amour, vous rendre si heureuse.

— Vos mensonges arrivent trop tard.

Elle empoigna le devant de sa chemise et le déchira, libérant ses seins pâles. Puis elle se griffa sauvagement la poitrine, lacérant sa chair de vilaines raies rouges.

— Vos mensonges ne sauveront aucun de nous, maintenant. Ils vont vous condamner à l'enfer. D'ici demain matin, tout le monde saura que vous m'avez tuée.

Il bondit vers elle, mais elle fut plus rapide : elle fit un pas en arrière et tomba, tomba, ses cheveux et sa cape se déployant autour d'elle, son visage un ovale d'un blanc cru qui disparut dans l'obscurité.

Aidan s'appuya à la rambarde et vomit. De la sueur perla sur son front tandis que la colère s'emparait de lui. Même dans la mort, elle le contrôlait. Le matin venu, on le traiterait de meurtrier.

A moins qu'il ne parte maintenant, en secret, et ne revienne qu'avec une armée derrière lui.

Richard de Lacey tendit un mouchoir à Pippa. Elle se sécha les yeux et les leva vers lui.

— Combien en avez-vous ?

— Encore quatre, je pense.

Elle renifla d'un air malheureux.

— Il m'en faudra plus que cela.

Le soleil ne s'était pas montré. Une pluie maussade tambourinait sur l'avant-toit du petit cabinet de travail où elle était assise avec Richard et une femme nommée Shannon MacSweeney.

Shannon était venue à l'aube pour voir si les rumeurs qui couraient à Killarney étaient exactes. Avec ses cheveux d'un roux vif, sa haute taille et son port fier, elle évoquait une torche enflammée tandis qu'elle tapotait l'épaule de Pippa et observait Richard de ses pénétrants yeux verts.

— Ainsi, elle est bien morte, dit-elle.

— Oui.

— Et le O'Donoghue Mór l'a-t-il attaquée et jetée dans le vide ? C'est ce que son père affirme, et ce que son cousin Valentine Browne a annoncé au puits du village.

— C'est totalement faux ! s'exclama furieusement Richard. J'ai tout vu. J'ai entendu des voix et j'ai regardé par ma fenêtre, qui est juste au-dessus du balcon. Elle a frappé Aidan dans le dos, puis a bondi sur la rambarde, en déchirant sa chemise pour faire croire qu'il l'avait violentée.

La voix de Richard s'enroua d'horreur et d'affliction.

— Il a essayé de la faire descendre, mais elle a sauté.

Pippa pressa le mouchoir sur ses yeux, souhaitant pouvoir effacer l'image évoquée par ses paroles.

— Pourquoi s'est-il enfui ? murmura-t-elle. Cela donne l'impression qu'il est coupable.

— Il a eu raison de fuir, déclara Shannon. S'il était resté, on l'aurait pendu avant le coucher du soleil.

— Je parlerai en sa faveur, insista Richard.

Elle eut un rire amer.

— Pensez-vous que cela compterait ? Fortitude Browne cherche toutes les excuses pour se débarrasser d'Aidan O'Donoghue.

Empli d'une fureur froide, le O'Donoghue Mór parcourait la péninsule Iveragh, rassemblant des rebelles dans tous les villages et les hameaux. Il n'était pas difficile de trouver des hommes violents et mécontents pour le suivre dans sa quête : reprendre Ross Castle. Depuis une génération, la domination anglaise leur courbait le dos sous la cupidité et l'injustice. La récente pendaison de rebelles par Fortitude Browne, en représailles pour la mort de Felicity, les avait poussés au point de rupture.

Ils prenaient volontiers les armes, et en l'espace d'un mois une formidable armée fut regroupée sur les rives du lac Leane.

Pippa, qui avait passé la majeure partie du temps à Innisfallen en compagnie du chanoine Revelin, arriva en barque au coucher du soleil. Elle aperçut Iago qui entraînait une compagnie d'archers. Voir leurs flèches perforer des cibles de paille à forme humaine rendait tout très réel, d'une façon glaçante. Ils avaient l'intention de tuer les Anglais jusqu'au dernier.

— Où est Aidan ? demanda-t-elle à Iago.

Il élargit les yeux.

— Vous ne devriez pas être ici.

— Répondez-moi, Iago.

Le grand Noir regarda Revelin, qui était venu avec elle.

— Elle ne devrait pas être ici.

— Et qui donc va l'en empêcher ? riposta Revelin avec

son fort accent. Elle est pareille à un bélier, frappant le bon sens d'un homme jusqu'à ce qu'il la supplie quasiment de faire ce qu'elle veut.

Un humour pincé pointa dans le sourire d'Iago.

— Je vois que vous avez appris à connaître notre Pippa.

— Eh bien ? insista-t-elle, parlant brusquement pour cacher sa nervosité. Où est-il ?

Il tendit un doigt.

— Juste là, à la lisière des bois, près de la source du ruisseau.

Il lui toucha l'épaule et la regarda avec des yeux bruns troublés.

— Il y a un monument élevé à sa mère, là. Et je crains qu'il n'ait forcé sur le whisky, *pequeña*.

Elle rejeta la tête en arrière et partit vers la source.

— J'ai déjà vu des hommes pris de boisson.

Néanmoins, l'anxiété lui serrait la poitrine tandis qu'elle traversait le camp. Les soldats étaient silencieux, leur tension palpable, tels des fils invisibles tendus en travers du camp.

Les dernières semaines avaient été une période turbulente pour tout le district, les Anglais criant au meurtre après la mort de Felicity, les Irlandais proclamant passionnément l'innocence d'Aidan, et Richard de Lacey, toujours installé à Ross Castle, se montrant étrangement silencieux. Se préparant sans doute à la guerre.

Pippa gravit un petit sentier boueux qui menait à la source. Une belle croix celtique en pierre se dressait près de l'eau qui gargouillait.

Aidan ne sembla pas l'entendre approcher. Il était assis sur un large rocher, les coudes sur les genoux, une outre en peau se balançant au bout de ses doigts, et ses cheveux, plus longs que jamais, tombant devant son visage en mèches décoiffées.

Malgré son apparence hagarde, il avait encore tout l'air d'un chef, farouche, fort et invaincu, mais étrangement réticent, comme s'il jouait un rôle qui ne lui convenait pas.

— Aidan, dit-elle doucement.

Il leva les yeux vers elle. Elle vit la rage terrible et le défi intrépide qui brûlaient dans ses prunelles si bleues. En cet instant elle comprit, perçut son tourment comme s'il l'avait étalé devant elle. Il se considérait comme un homme mort. Se faire tuer dans le siège du château ne serait que pure formalité.

— De grâce, dit-elle en pénétrant dans le vallon. De grâce, ne faites pas cela. Trouvez un autre moyen, Aidan. Je vous en supplie.

— Trouver un autre moyen.

Son ton dur, rendu rauque par la boisson, la railla.

— Que suggérez-vous ? Que j'épouse une Sassenach pour maintenir la paix ? Ou que j'en assassine une autre quand elle deviendra un fardeau ?

Elle retint son souffle pour contenir son horreur.

— Vous vous blâmez, n'est-ce pas ?

Sa voix tremblait.

— Revelin disait que vous le feriez.

— Revelin se trompe rarement.

L'angoisse qu'elle perçut dans sa voix la toucha. Au fond de lui, Aidan O'Donoghue était un homme décent et aimable avec trop de responsabilités et trop peu de choix. Elle s'accroupit près de lui et s'assit sur ses talons.

Elle prit l'outre et la porta à ses lèvres. Elle était encore chaude de sa bouche. Elle la renversa et but longuement, l'observant entre ses cils. Il la regardait, l'air sceptique. Le fort breuvage alluma un brasier dans son estomac, mais elle ne se permettrait pas d'avoir un haut-le-cœur ou de flancher.

Le plus calmement possible, elle reposa l'outre.

— Eh bien ? demanda-t-il.

— Cela vous renverserait un cheval de trait.

Il eut un rire bref, qu'il réprima, puis les ombres tombèrent de nouveau sur lui.

— Ce n'était pas votre faute, insista Pippa. Ni la mort de votre père, ni même celle de Felicity. Tous deux ont été victimes de leur propre haine.

Il fixa la croix sculptée. Une inscription en gaélique était gravée en bas.

— Je donnerais cher pour vous croire.

Il prit une longue gorgée pour se réconforter et s'essuya la bouche de sa manche. Il paraissait débauché, sans espoir, distant.

Pippa ne l'avait jamais vu ainsi, et elle ignorait comment l'atteindre. Il était si amer et tendu qu'elle craignait qu'il explose à tout moment.

— Votre mère s'appelait Máire, dit-elle en suivant du doigt les lettres et les volutes. Est-ce son nom, là ?

— Oui.

— Parlez-moi d'elle.

— Ah, un autre heureux sujet.

Il but de nouveau, puis jeta l'outre dans l'herbe. Les forts relents de whisky piquèrent les yeux de Pippa.

— Il paraît qu'elle était infidèle à mon père et que je suis à moitié sassenach. Du moins, c'est ce qu'elle a avoué alors que mon père la battait pour la dernière fois.

Ebranlée, Pippa posa la main légèrement, d'un geste hésitant, sur son avant-bras. Ses muscles étaient noués.

— Une femme en tourment dirait n'importe quoi. D'après Revelin, Ronan était un homme haïssable et haï.

Elle inspira à fond pour se donner du courage et dit finalement ce qu'elle était venue dire :

— Si vous attaquez le château avec ces hommes, vous agirez exactement comme lui. Est-ce ce que vous voulez ? Devenir votre père ?

Il lui arracha son bras et la fusilla du regard.

— Vous ne savez pas de quoi vous parlez.

Elle avait envie de fuir sa colère, mais elle resta là, transpercée par son regard.

— Si, milord. Vous me l'avez dit vous-même. Ronan O'Donoghue a sacrifié des vies d'hommes sans se soucier des veuves et des orphelins qu'ils laisseraient derrière eux. Si vous avez aussi désespérément besoin de vous sentir coupable, sentez-vous coupable de cela. Pas de votre père abattu par une attaque de rage ou de Felicity se suicidant.

Il bougea si rapidement qu'elle n'eut même pas le temps de crier. L'empoignant par les épaules, il la mit debout. Ses doigts s'imprimaient dans sa chair.

— Assez, dit-il entre ses dents. Je n'en entendrai pas davantage. Ces affaires ne vous concernent pas. Allez-vous-en, à présent, et laissez-moi faire ce que je dois.

Elle baissa les yeux sur ses doigts.

— Vous avez dit que vous teniez à moi. Est-ce ainsi que vous le montrez ?

Il marmonna d'un ton crispé en gaélique, puis la lâcha. C'était là sur son visage, la détermination, la désolation, l'expression traquée d'un homme qui n'a plus de choix.

— Pippa…

Elle se détourna et s'enfuit.

Il avait décidé de prendre le château à l'aube. A cette heure, Richard de Lacey avait sûrement appris qu'une armée se rassemblait, mais des renforts n'avaient pas eu le temps d'arriver.

Ross Castle avait la réputation d'être imprenable, et peut-être l'était-il. Mais pas pour Aidan. Il avait personnellement supervisé l'organisation de ses défenses. Avec de la chance, ses hommes et lui franchiraient l'étroite route sans être contrés et arriveraient au moins aussi loin que la salle de garde avant d'affronter l'ennemi.

La fraîcheur du petit matin, chargée de brouillard, le pénétra jusqu'à la moelle. Il ne cessait d'entendre la voix de Pippa. « Est-ce ce que vous voulez ? Devenir votre père ? »

Des questions dures. Des choses que nul n'osait lui demander, et auxquelles il n'osait pas répondre. Ne pouvait-elle voir qu'il n'avait pas le choix ?

Il se tourna vers les hommes silencieux qui attendaient derrière lui. Vêtus de leurs tuniques et fourrures traditionnelles, les pieds nus, grossièrement armés, ils dégageaient une colère aiguisée par des générations de soumission. Ils voulaient ce combat, se rappela Aidan. Ils étaient prêts. Plus que prêts.

Iago et Donal Og interceptèrent son regard et hochèrent la tête pour donner le signal à leurs troupes.

— Dieu soit avec nous tous, dit-il en gaélique.

Donal Og cligna de l'œil.

— Et puissions-nous tous aller au ciel avant que le diable sache que nous sommes morts.

Des rires nerveux parcoururent les rangs. Aidan pivota et prit les devants vers la forteresse. Il s'attendait à voir des sentinelles placées en avant-garde quitter leur poste pour aller prévenir de Lacey, mais dans la forêt ils ne rencontrèrent qu'un blaireau et des oiseaux.

Ses espoirs s'accrurent lorsqu'ils traversèrent la chaussée naturelle formée par la péninsule qui s'avançait dans le lac. Les occupants sassenach ne levèrent pas un doigt pour les arrêter.

Lorsqu'il trouva les portes principales non barrées, il éprouva le premier frisson d'appréhension. Il se tourna vers Donal Og et murmura :

— C'est un piège.

Son cousin hocha sombrement la tête.

— Sûrement. On continue ?

— Oui.

Aidan passa le premier, malgré les offres de quelques hommes. Il voulait se montrer différent de son père.

Ils traversèrent la cour intérieure et pénétrèrent dans la salle de garde. La faible lumière révéla six formes massives près des fenêtres et de l'escalier. Aidan se prépara à se battre, mais constata rapidement que quelque chose n'allait pas.

Il fit signe aux hommes derrière lui de s'arrêter et s'avança seul. Par la Vierge Marie, les gardes étaient-ils morts ?

Un long ronflement saccadé emplit l'air.

Il sursauta violemment. Quand il comprit quelle était la situation, il poussa un soupir de soulagement.

— Désarmez-les, ordonna-t-il à ses hommes.

— Milord, répondit quelqu'un d'une voix incrédule, ils ont déjà été désarmés.

— Leurs pieds et leurs mains sont liés, observa Iago.

Ils quittèrent la salle de garde pour emprunter l'escalier. A chaque palier, ils découvrirent un Anglais endormi. C'était étrange, comme si les *sidhe* avaient jeté un sort à tout le château.

Le temps qu'ils atteignent la grand-salle, Aidan commençait à penser que la victoire était à sa portée.

Mais du palier il entendit des voix et se figea. Il pencha la tête pour écouter.

— Bon, dit une douce voix féminine. Et celui-ci ?

Le rire argentin de Revelin, très reconnaissable, résonna dans l'air brumeux.

— Tout doux, ma chère. Je crois que vous êtes cernée.

— Oh, soyez châtré et…

Pippa s'interrompit quand Aidan entra dans la salle, suivi de Donal Og, Iago et d'une première troupe. Elle se redressa et lui décocha un grand sourire, le sourire le plus délicieux qu'il avait jamais vu.

— Bienvenue, Votre Eminence, dit-elle.

Il alla à grands pas à la table sur laquelle était posé un jeu de *fidchell*.

— Au nom du ciel, que se passe-t-il ici ?

Revelin caressa sa longue barbe blanche.

— Eh bien, milord, il semble que la jeune dame soit sur le point de perdre ses pions clés et la partie.

— Je veux dire *ici*.

Exaspéré, Aidan désigna d'un geste les hommes éparpillés dans la salle.

— Ah, eux.

Revelin courba la tête d'un air sage.

— Nous les avons drogués.

— Oui, confirma Pippa.

Elle indiqua une pile d'épées, de boucliers et de dagues au pied de l'estrade.

— Nous avons mis leurs armes ici. Cela vous convient-il ?

— Nous avons aussi envoyé le coffre-fort du château sur la côte pour le sauvegarder.

Shannon MacSweeney avait parlé d'un coin de la salle où elle brodait placidement.

— J'ai dû leur dire au sujet du coffre d'or, Aidan, ajouta son amie d'enfance. J'espère que cela ne vous ennuie pas.

Elle caressa les cheveux dorés de Richard de Lacey, allongé sur un coussin près d'elle.

— J'espère que cela ne l'ennuie pas non plus.

Pendant un moment, Aidan ne put parler. Quand il retrouva sa voix, il répéta :

— Vous les avez drogués.

— C'est juste, répondit Pippa.

— Un peu de potion de Tristram dans le whisky, expliqua Revelin. Enfin, peut-être plus qu'un peu.

Il se remit à étudier le jeu.

— Et aussi dans le porridge et la bière, ajouta Pippa. Et je crains d'en avoir mis dans le vin pour faire bonne mesure. Mais vous feriez mieux de vous hâter et de les vaincre, ou de faire ce que vous faites quand vous prenez un château. Quand ils se réveilleront, ils risquent d'être de méchante humeur.

Aidan s'approcha de la table. Il se tint immobile, à la regarder, s'abreuvant de la vue de son visage, tout doux dans la brume du matin. Il la fixa si longtemps qu'elle rougit.

— Vous devriez vraiment vous hâter, milord, dit-elle.

— Je vais le faire.

Pour la première fois depuis plus d'un mois, il sourit. Cela faisait du bien de sourire.

— Mais il y a une chose que je dois faire d'abord.

— Quoi ?

— Ceci.

Il passa ses bras autour d'elle et se pencha pour poser un long baiser voluptueux sur sa bouche. Comment avait-il pu oublier ce qu'elle signifiait pour lui ?

Mais jamais, pas un instant, il n'avait oublié combien il l'aimait.

— Si vous avez l'intention de me remercier de la même manière, dit Revelin, vous serez mal reçu.

Aidan se redressa, sans quitter des yeux le visage de Pippa.

— Je lui réserverai mes baisers, si cela ne vous ennuie pas.

La tension qui régnait parmi les hommes se dissipa en gros rires. Donal Og se frappa la poitrine comme un guerrier de l'ancien temps.

— Venez, soldats ! brailla-t-il. Occupons-nous des prisonniers avant qu'ils se réveillent et nous fassent suer pour la victoire !

## Journal d'une dame

Nous avons reçu un rapport très perturbant de Richard en Irlande. Il semble que ses forces et lui aient été contraints — par des moyens qu'il n'explique pas dans ses lettres — d'abandonner Ross Castle et de se retirer à Killarney. Encore plus déconcertante est la nouvelle qu'il s'est épris d'une Irlandaise et a l'intention de l'épouser avant que l'interdiction des unions entre Anglais et Irlandais n'entre en vigueur. Imaginez ! Mon Richard, jeune marié !

Je crains que ses devoirs envers l'Angleterre n'atténuent sa joie. Il a demandé des renforts, mais d'après Oliver, il est peu probable que plus d'hommes soient envoyés, car les forces de la reine atteignent leurs limites.

Cependant, Oliver lui-même est tout à fait capable de lever une armée et même d'envoyer une flotte de bateaux, car la Compagnie Moscovite est devenue immensément riche grâce au commerce inauguré par son père.

Un voyage en Irlande nous permettrait peut-être d'enquêter sur la véracité du mystérieux message que nous avons reçu de là-bas et qui a réveillé une foule de souvenirs si suaves et si douloureux.

Pour l'heure, je vais mettre mes soucis de côté. L'adorable contessa Cerniglia revient en visite à Blackrose Priory. Elle apporte toujours les ragots les plus délicieusement choquants.

Alouette de Lacey,
Comtesse de Wimberleigh.

# 13

— Voulez-vous m'épouser ?

Aidan leva les yeux du document qu'il était en train d'étudier. La stupeur peinte sur son visage découragea Pippa, mais elle se força à rester calmement debout au milieu de la chambre de comptes, attendant sa réponse.

Il lui décocha un doux sourire distrait, les yeux embrumés par des pensées lointaines.

— Je suis désolé. Je ne vous ai pas bien entendue. Je pensais que vous veniez de me demander de vous épouser.

— C'est ce que j'ai fait.

Ses sourcils remontèrent.

— Vraiment ?

— Vraiment.

Ses sourcils redescendirent et se froncèrent.

— Oh.

De son pouce, il corna le coin de la lettre posée sur le bureau, puis son visage s'assombrit et il la retourna.

Un silence embarrassé tomba entre eux tandis que le soleil de l'après-midi, qui entrait à flots par une fenêtre étroite, dessinait des motifs paresseux sur le sol de pierre.

« Sotte », se dit-elle. Elle avait vécu toute sa vie dans la crainte du rejet, au point qu'elle avait appris à se protéger de toute forme d'intimité. Et voilà qu'elle s'exposait à l'ultime rebuffade — de la part de la personne qui pouvait la blesser le plus profondément.

Il était trop tard pour retirer sa question, alors elle se réfugia dans une pose suffisante, les mains sur les hanches et le menton relevé en un geste de défi.

— Eh bien ? Le voulez-vous ?

— Est-ce que je veux vous épouser ?

Il goûta la question comme s'il s'agissait de quelque boisson exotique. Comme il était follement attirant cet après-midi-là, pensa Pippa. Trois semaines après avoir signé les termes de la reddition anglaise avec Richard de Lacey, le O'Donoghue Mór paraissait être un nouvel homme, plein de vigueur et d'assurance, seigneur de son domaine.

Richard et son armée s'étaient repliés sur la rive nord du lac Leane, près de Killarney. Aidan était chez lui, à présent, vraiment chez lui pour la première fois depuis qu'elle le connaissait, et il semblait à l'aise.

Etonné, également, tandis qu'il était assis les coudes sur la table, les doigts joints.

— Pardonnez-moi, mais n'est-ce pas la façon usuelle que l'homme demande la femme en mariage ?

— Je ne connais rien à la façon usuelle. Je ne connais que ma façon.

Elle rejeta la tête en arrière comme si sa réponse n'importait pas vraiment.

— Je sais que le mariage est une affaire grave, et qu'un chef n'a jamais épousé une étrangère, mais…

— Comment savez-vous cela ?

— Revelin me l'a dit.

— Ah, Revelin le sage. Que vous a-t-il dit d'autre ?

— Que vous diriez oui.

Elle était si embarrassée qu'elle put à peine articuler les mots.

Aidan se leva lentement, avec la grâce d'un prédateur, et contourna le bureau.

— Revelin ne comprend pas la situation.

Par la pure force de sa volonté, elle se retint de fondre de honte. Elle afficha un sourire étincelant et lui fit un clin d'œil, faisant comme si tout cela n'avait été qu'une plaisanterie.

— Bien sûr, dit-elle d'un ton bref. L'idée est complètement absurde. Vous avez absolument raison de refuser…

— Je vous adore de tout mon cœur, dit-il doucement.

Elle lâcha un soupir involontaire. Une onde de chaleur l'envahit, si bien qu'elle rougit tout entière et que ses espoirs remontèrent jusqu'à ce qu'elle ait du mal à respirer.

— Et je ne peux pas vous épouser, poursuivit-il. Pas maintenant. Peut-être jamais.

Le cœur de Pippa se changea en pierre. Le vieux tourment la traversa comme une bourrasque, le sentiment trop familier d'abandon. C'était l'engourdissement qui l'avait saisie alors qu'elle se tenait sur une plage d'Angleterre balayée par le vent, lors de l'enterrement de la vieille Mab ; c'était la sensation glaçante d'isolement qu'elle avait éprouvée chaque fois qu'une troupe de saltimbanques se séparait ; c'était l'attitude distante qu'elle se forçait à adopter même sur le parvis grouillant de St Paul.

Elle pensait qu'elle s'était préparée à la blessure, mais elle avait sous-estimé sa force. Si les paroles d'Aidan avaient été des coups, elles l'auraient tuée ; elles étaient mortelles à ce point.

Se détournant, voulant sortir avant qu'il voie sa douleur, elle parvint à marmonner :

— Je vois.

Elle ne se remettrait pas rapidement, cette fois, il n'y aurait pas de rire insouciant pour cacher ses larmes.

Il lui barra le passage et lui prit les mains.

— Non, mon amour, vous ne voyez pas. Venez ici.

Il l'entraîna sous une porte basse et dans un escalier en spirale, puis lui fit franchir la porte d'une tour. Ils émergèrent sur la partie ouest du chemin de ronde. C'était une journée parfaite, le soleil était doux sur la cime des arbres et le lac reflétait le clair ciel bleu.

— Regardez bien cette beauté, dit-il, debout derrière elle et lui parlant à l'oreille, d'une manière intime. Qui sait quand vous en reverrez une semblable ? Elle est trop ravissante, trop touchante pour durer.

Pippa n'était pas sûre s'il voulait parler du paysage ou de leurs sentiments.

— Pourquoi dites-vous cela ?

— Parce qu'on ne nous laissera pas tranquilles ici, à vivre, à nous aimer, à faire des enfants et toutes les choses que les gens ordinaires rêvent de faire.

Les espoirs de Pippa commencèrent à sombrer sous le poids de sa logique.

— Vous voulez dire que Richard va revenir.

Elle sentit ses larges épaules se raidir comme s'il se préparait à porter un lourd fardeau.

— Avec des renforts. Et il ne se contentera pas de prendre Ross Castle. Il devra me prendre aussi.

— Non, dit-elle. Ne pourriez-vous simplement vous entendre avec lui ? Pourquoi aurait-il besoin de vous faire prisonnier ?

— S'il ne s'agissait que de Richard, je ne m'inquièterais pas. Bien qu'il soit sassenach, il s'est comporté avec honneur.

Il la fit tourner dans ses bras pour qu'elle soit face à lui.

— Felicity a une famille puissante.

La mention de la défunte épouse d'Aidan fit passer un

frisson sur la peau de Pippa. Elle s'accrocha à ses bras, se sentant soudain malade et prise de vertige.

— Son père continue à soutenir que vous avez tué sa fille, n'est-ce pas ?

Aidan hocha la tête, et ses pensées se portèrent sur la lettre posée sur son bureau.

— Il a juré de me faire pendre.

Le frisson se changea en une peur glacée. Elle voulait plaquer ses mains sur ses oreilles, fermer les yeux, chasser ce sentiment de menace.

Mais Aidan avait raison. Il ne s'en irait pas. Un homme avait perdu sa fille. Comment pourrait-il s'apaiser avant que justice soit faite à ses yeux ?

— Je souhaite toujours vous épouser.

Il sourit tristement et posa ses lèvres sur son front.

— Aujourd'hui peut-être.

— Je crois que je l'ai souhaité dès l'instant où je vous ai vu. Alors, n'essayez pas de me dire que ce sentiment passera.

Il semblait avoir du mal à l'enlacer doucement ; elle sentait une grande tension en lui.

— Si vous ne possédez qu'une fraction du désir que j'éprouve pour vous, alors votre souhait est compréhensible.

— C'est plus que du simple désir, insista-t-elle. C'est comme le souhait de retrouver ma famille, en plus fort. Je me suis rendu compte d'une chose, c'est que si je vous ai, je n'ai plus besoin d'eux. Il est probablement impossible de découvrir la vérité, de toute façon.

— Mais si vous deviez apprendre qui ils sont ?

Sa voix semblait tendue, ses paroles forcées.

— Je serais peut-être curieuse à leur sujet. Mais je n'y tiens plus. Je n'ai plus envie de savoir.

Il ferma les yeux, et une expression de tourment

assombrit son visage. Toutefois, lorsqu'il rouvrit les paupières, il souriait.

— Ma douce, mon adorable Pippa, dit-il, abaissant sa bouche pour l'embrasser. Y a-t-il quelque chose que vous ne direz pas ?

— Je ne pense pas.

Elle frémit quand il se pencha pour goûter ses lèvres.

— Pas à vous.

Il approfondit son baiser, et elle sentit l'amour et le désir couler si richement dans son sang qu'elle gémit sous ce plaisir ardent. Elle en tremblait encore lorsqu'il s'écarta.

— Vous savez, chuchota-t-elle, je suis sûre qu'il y a de pires raisons de se marier qu'un désir brûlant.

— Je suis certain que vous avez raison, répondit-il, un peu de son ancien rire transparaissant dans sa voix.

Mais alors qu'il étudiait son visage levé vers lui, il redevint sérieux.

— Mon cœur, vous avez besoin d'un époux sur qui vous pouvez compter, pas de quelqu'un qui risque de finir sur un gibet.

Elle serra les poings et frappa son torse.

— Ne parlez pas ainsi !

— Mais si j'étais capturé par l'officier Browne ? insista-t-il. Que feriez-vous, alors ?

Elle se força à rire.

— Je suppose, milord, que je serais une veuve assez riche.

Il rit aussi et pencha de nouveau la tête pour l'embrasser. Juste avant que leurs lèvres ne se joignent, elle crut voir un éclair de sombre désespoir dans ses yeux. Mais quand sa bouche chaude couvrit la sienne, elle oublia tout de leur macabre conversation.

*
* *

« Je suppose, milord, que je serais une veuve assez riche. » Les paroles de Pippa, même dites en plaisantant, se cramponnaient à l'esprit d'Aidan comme de la bardane à la crinière d'un cheval.

Tard le soir, alors que toute la maisonnée dormait, il monta jusqu'au point le plus élevé de Ross Castle, là où il pouvait poser un pied dans un créneau et regarder au-delà du lac vers les lointaines montagnes.

Comme la vie était simple pour ses prédécesseurs, pensa-t-il. Simple et brutale. Un chef gouvernait son domaine aussi loin que ses yeux pouvaient porter.

Maintenant les Sassenach étaient venus, conservant la brutalité, l'augmentant, créant des complications auxquelles l'Irlande n'était pas préparée. Les Irlandais perdraient beaucoup d'eux-mêmes dans cette guerre ; Munster était en pièces, et même le grand rebelle, le comte de Desmond, avait été acculé dans les montagnes brumeuses de Slieve Mish.

Aidan songea au flot de lettres furieuses, d'avertissements et autres proclamations qu'il avait reçu après avoir fait la paix avec Richard. Il ne pouvait pas dire combien de temps il pourrait tenir à distance la force de la fureur de Browne. Un mois ? Six mois ? Il savait seulement qu'on viendrait le chercher ; c'était la façon de faire des Sassenach.

Il en était donc là. Felicity avait gagné. Elle l'avait vaincu.

Sauf dans un domaine.

Un doux sourire qui venait du cœur se dessina sur ses lèvres tandis que le vent de la nuit soulevait ses cheveux. Elle n'avait pas réussi à détruire son amour pour Pippa.

Il abattit fortement son poing sur le haut du mur. Il

nota une tache de sang, mais n'éprouva pas de douleur, seulement une profonde et calme exultation à la décision qu'il avait prise.

Oui, il allait épouser Pippa. Il allait arracher de la joie aux mâchoires du désespoir. Et secrètement, à son insu, il préparerait pour Pippa un avenir sans lui.

« Je suppose, milord, que je serais une veuve assez riche. »

— Et vous le serez, ma bien-aimée, murmura-t-il dans la nuit tranquille. Vous le serez.

Ils furent mariés par Revelin d'Innisfallen. Le chanoine rayonnait quand il tendit son livre à Aidan pour l'offrande d'argent à l'Arrha ; sa voix résonnait de triomphe lorsqu'il bénit l'anneau torsadé des O'Donoghue.

Pendant la messe de célébration qui suivit, Pippa resta assise en ouvrant de grands yeux, captivée. Les mystères sacrés l'intriguaient. Elle se demandait pourquoi les Réformateurs trouvaient si menaçantes des choses comme des prières et des chants en latin, des nuages d'encens et une foi inébranlable. La petite chapelle ventée de Ross Castle ne croulait certainement pas sous des richesses décadentes, et Rome semblait à des mondes de là. Les gens rassemblés ici exprimaient une piété pleine de simplicité susceptible de faire changer d'avis n'importe quel puritain.

Ou peut-être pas n'importe lequel. Jusqu'au jour de sa mort, Felicity Browne O'Donoghue s'était vouée à convertir ces gens à la foi réformée. Plus obstinés que leur maîtresse, les habitants de Ross avaient résisté, la poussant à une frustration insupportable. « Quel gâchis », pensa Pippa. Dieu était Dieu, quelle que soit l'église qu'une personne fréquentait, quelles que soient les prières qui étaient offertes.

Alors même que le souvenir de Felicity la glaçait, une petite exultation malveillante se faisait jour dans son esprit. Elle était là, mariée à l'homme qu'elle adorait, parce que Felicity s'était donné la mort.

Emplie de remords, elle jeta un coup d'œil à Aidan. Il était agenouillé, la tête courbée. Ses cheveux de jais tombaient en avant, sa mèche mêlée de perles accrochant la lumière des bougies. Son visage paraissait fort et intense, curieusement déterminé, et si beau que cela lui serrait le cœur.

Elle fut soudain saisie d'une terrible crainte. Au nom du ciel, que faisait-elle ? Elle, une vulgaire fille des rues, épouser un chef irlandais. C'était de la folie. *De la folie.*

Elle dut faire un subtil mouvement de détresse, ou émettre un son, car Aidan referma sa main sur la sienne et rencontra ses yeux. *« Pax vobiscum »,* dit-il, répétant les mots que Revelin venait de prononcer.

Elle ferma les yeux et chancela vers lui. Oui, la paix était avec elle. Elle s'installa autour d'elle tel un manteau doré, l'enveloppant, la réconfortant, la guérissant. Toute sa vie, elle avait cherché la paix de savoir qu'elle était aimée. Aidan O'Donoghue lui donnait cela. La magnitude de son don la frappa, et une larme perla sous ses cils.

D'un geste aussi léger que l'aile d'un moucheron, il essuya la larme. Elle ouvrit les yeux et rencontra son regard d'une intensité qui lui coupa le souffle.

— Il vaudrait mieux que ce soit des larmes de bonheur, murmura-t-il.

— Vous devez l'espérer, sinon ce sera une très longue nuit, rétorqua-t-elle sur le même ton, essayant d'alléger le moment et résistant à l'envie de renifler fortement. Je suis votre femme, maintenant. Que pourrais-je souhaiter de plus ?

Son sourire contenait une telle promesse qu'une vague de frissons la parcourut.

— Cela, dit-il en se penchant pour dessiner secrètement le contour de son oreille de sa langue, est quelque chose que nous explorerons cette nuit.

Les chambrières parlaient dans un gaélique rapide, mais leurs clins d'œil appuyés, leurs pinçons et petites tapes amicales délivraient un message universel de paillardise bon enfant. Pippa s'aperçut que même pour les femmes mariées d'un certain âge, il y avait quelque chose d'excitant à préparer une jeune mariée pour son époux.

Avec force gloussements et soupirs, elles la mirent nue et la baignèrent dans de l'eau de source chaude où macéraient des herbes odorantes. Une fille expliqua, avec un fort accent, que de la rosée du matin avait été ajoutée au bain afin de lui conserver une très belle peau. Pippa se prélassait avec délices ; les bains étaient encore une nouveauté pour elle et les soins aimables d'autres femmes plus nouveaux encore. Sibheal, la sage-femme locale, avait des mains fortes, capables, qui la dorlotaient. Avec un rire teinté d'ironie, elle raconta la naissance du O'Donoghue Mór, mimant d'une façon très drôle la taille prodigieuse — sous tous ses aspects — du futur chef.

La gaieté continua à enfler et à bercer Pippa telle une brise amicale. Quand Sibheal l'aida à sortir de la baignoire pour la sécher et peigner ses cheveux, elle éprouva un doux choc de réminiscence. Juste un instant, elle se sentit choyée d'une façon qui évoquait le caractère doux-amer d'un rêve lointain. Etait-ce le toucher d'une mère, qu'elle se rappelait vaguement ? La sensation disparut rapidement et elle sourit, mais son cœur battait très fort en comprenant qu'elle s'était presque souvenue de sa mère.

Les deux autres chambrières la frottèrent d'huile de rose jusqu'à ce que sa peau soit douce et souple, puis elles la drapèrent dans un vêtement vaporeux de fine toile blanche. La chemise était trop large, glissant sur ses clavicules.

Sibheal remonta l'encolure et fit claquer sa langue.

— Il faut un bijou pour la fermer.

— J'ai exactement ce qu'il faut.

Pippa alla chercher son sac, qui paraissait usé et misérable dans la chambre propre et soignée. Elle en sortit la broche en or.

— Ceci la tiendra en place.

La sage-femme fixa le bijou sur son épaule, et Pippa lui décocha un sourire reconnaissant. Même privée de ses perles et de son rubis, la broche était le seul lien qu'elle possédait avec un passé qu'elle ignorait. Et elle trouvait réconfortant de la porter lors de sa nuit de noces.

Les femmes s'affairèrent un moment encore avec ses cheveux, jusqu'à ce qu'ils forment une masse de boucles couronnée par des soucis tout frais. Puis, en faisant une révérence et en reculant vers la porte, les deux plus jeunes chambrières sortirent.

Sibheal conduisit Pippa jusqu'à une chambre privée située en haut du donjon, au-dessus de la grand-salle. Une couronne d'églantines ornait la porte. Les femmes avaient décoré la chambre nuptiale de guirlandes de fleurs sauvages odorantes. Le lit était énorme et luxueux, une tête de lit en chêne sculpté et de grands pans de toile drapant l'intérieur d'un mystère parfumé. Dans les draperies et les draps, les servantes avaient glissé de petites offrandes — des bouquets d'herbes et des pétales séchés — pour apporter la chance et l'abondance au jeune couple.

Quand Sibheal fut partie, Pippa resta au milieu de la chambre et se contenta de regarder.

— La mise au lit est une affaire sérieuse, dit-elle à voix basse.

— En effet, ma chère.

Ses vêtements flottant derrière lui telles des ailes cassées, Revelin entra dans la pièce, suivi par deux acolytes aux pieds nus qui trébuchèrent sur leur tunique en jetant un coup d'œil à la jeune mariée.

Pippa rougit, mais leur dédia un sourire de pur bonheur. « Qu'ils regardent tout leur soûl, pensa-t-elle. Qu'ils sachent à quoi ressemble une femme quand ses rêves finissent par s'accomplir. » Elle était l'épouse du O'Donoghue Mór.

L'un des garçons fit le tour de la chambre en balançant un encensoir qui laissait sortir des bouffées intermittentes d'une fumée richement parfumée; l'autre tenait une cuvette d'eau bénite. Revelin prit une branche verte de sorbier, la trempa dans l'eau et en aspergea le lit en récitant des bénédictions.

— Notre secours est en Vous, ô Seigneur, qui avez fait le ciel et la terre. Bénissez ce lit, que tous ceux qui y couchent puissent reposer dans Votre paix, soient préservés et vieillissent et se multiplient au fil des jours, amen.

Puis, d'un air penaud, il se tourna vers Pippa.

— Je suppose que la branche de sorbier est un peu païenne.

Elle inspira nerveusement.

— Je prends toutes les bénédictions que je peux recevoir.

Revelin vint se placer devant elle, grand et droit, sa barbe et ses cheveux blancs lui donnant une dignité de seigneur même si l'étincelle qui brillait dans ses yeux démentait son aspect sévère.

— Je n'ai jamais eu de fille, murmura-t-il, mais si j'en avais une je prierais Dieu qu'elle vous ressemble.

Pippa se haussa sur la pointe des pieds et l'embrassa sur la joue.

— Je n'ai jamais connu mon père, confessa-t-elle, mais à présent j'ai l'impression de le connaître. Merci, Revelin.

Il posa la paume de sa main sur son front et murmura quelque chose en gaélique. Puis il s'en alla, et elle resta seule dans la chambre.

Deux bougies brûlaient dans des supports accrochés à la tête de lit, et quelques braises luisaient dans un réchaud. Tout paraissait riche et doré. Pippa se sentait dorlotée et délicate, telle une princesse dans une tour enchantée, l'air chargé de promesses. Tout était exactement tel qu'elle l'avait rêvé, hormis un détail mineur.

Elle n'avait jamais imaginé qu'elle aurait peur.

Elle était effrayée ; il pouvait le voir tout de suite.

Aidan se tenait sur le seuil de la chambre et s'abreuvait de sa vue. Ou du moins de ce qu'il voyait d'elle. Le dos tourné, la tête légèrement penchée, elle s'attardait près de la fenêtre.

Enveloppée d'une étoffe blanche vaporeuse et d'ombres troublantes, elle paraissait aussi mince et droite qu'un jeune bouleau. Ses cheveux tombaient sur ses épaules et dans son cou, et une couronne de fleurs ornait leur masse bouclée.

— Vous avez quitté le festin de bonne heure, dit-il, la gorge serrée. Le harpiste nous a divertis pendant une heure encore.

C'était un petit mensonge. Il ne se trouvait pas dans la grand-salle, non plus, mais enfermé dans son cabinet de travail avec Donal Og et Revelin, mettant au point les documents qui régenteraient l'avenir de Pippa lorsqu'il mourrait. Il lui laisserait le trésor de Ross Castle et un sauf-conduit pour l'Angleterre afin qu'elle se rende à Blackrose Priory, dans l'Hertfordshire, chez Oliver et Alouette de Lacey.

— Aidan ?

Elle interrompit ses rêveries et il lui en sut gré, car c'étaient des pensées mélancoliques.

Il n'avait pas compté être aussi excité par son apparence, mais il l'était. A cette heure, il aurait dû savoir que l'inattendu était habituel en ce qui concernait Pippa.

Sa seule réaction au son de sa voix fut de se raidir.

— Tout va bien, *a gradh,* dit-il en traversant la chambre pour se placer derrière elle. Vous pouvez vous retourner. Ce n'est que moi, vous vous souvenez ? Aidan.

Elle bougea comme si une force adverse retenait son dos — lentement, péniblement, jusqu'à ce que finalement elle soit face à lui.

— Que vous ? releva-t-elle. Seulement le O'Donoghue Mór, lord de Castleross, descendant de rois ? J'ai dû perdre l'esprit. Je ne suis pas à ma place ici.

Malgré ses paroles de défi, il ne put lui répondre tout de suite. Il était trop occupé à la regarder. Elle était parfaite. Trop belle. Ce n'était pas la perfection distante d'une statue de marbre, mais le charme vibrant d'une jeune mariée des *sidhe*. Elle était chaude et rayonnante, la bouche pleine, la lèvre inférieure vulnérable, ses grands yeux incertains.

— Milord ?

Elle croisa les bras autour d'elle comme pour se protéger.

— Pourquoi me regardez-vous ainsi ?

Il mit un genou en terre.

— Par Dieu, vous êtes charmante. Vous avez l'air d'une fée vierge, toute blanche, dorée et aussi pure que la pluie.

Elle se mordit la lèvre et le dévisagea d'un air soucieux.

— Et ceci est censé me mettre à l'aise ?

Il rit doucement, en se relevant.

— J'étais honnête, mon amour. Vous produisez un curieux effet sur moi. Ce n'est pas souvent que je profère des poésies ou des louanges à la beauté.

— Etre considérée comme une beauté est très nouveau pour moi.

Un sourire timide flotta sur sa bouche.

— Cela ne m'était pas arrivé avant que je vous rencontre.

Tout ce qu'il put faire fut de garder les mains sur ses côtés, et de s'empêcher de la dévorer des yeux.

— Et maintenant, puis-je vous toucher, milady de Castleross, ou allez-vous me faire souffrir plus longtemps ?

Son sourire s'élargit, passant de mélancolique à malicieux.

— Vous voulez dire que j'ai le choix ?

Il hocha la tête, se demandant où il trouvait la force de supporter son désir.

— De fait, c'est mon droit de vous jeter sur le lit, sur le dos, et d'agir à ma guise avec vous, sans tenir compte de vos préférences. Toutefois, vous suscitez en moi un honneur que j'ignorais posséder.

— Vraiment ?

— Vraiment. Je ne ferai rien pour vous blesser. Je vous toucherai quand vous me direz de vous toucher et m'arrêterai quand vous me direz de le faire.

Elle inspira profondément et se dirigea vers le lit, s'arrêtant dans le cercle de lumière des bougies.

— Pourquoi dirais-je quelque chose d'aussi stupide que « arrêtez-vous » ?

Il déglutit, la gorge péniblement sèche.

— Ce sera votre prérogative. Et mon défi.

A ce moment-là, l'une des grosses bougies blanches de la tête de lit crachota et brilla plus fort, illuminant la chambre. Sa chemise de nuit était, d'une certaine manière, plus séduisante qu'une totale nudité. Elle moulait les pointes de ses seins et la lumière la traversait, révélant des formes hautes et rondes. L'étoffe était également tendue sur ses hanches, laissant voir l'ombre de sa féminité.

Il laissa échapper un grognement.

— Pippa, pour l'amour du ciel, dites-moi que je peux vous toucher ! Vous me mettez en pièces.

Elle marcha vers lui et pressa ses petites paumes chaudes sur son torse. Ses yeux s'élargirent lorsqu'elle perçut les battements accélérés de son cœur.

— Il y a quelque chose de si attirant dans la franchise, dit-elle.

— Je ne pourrais certainement pas cacher mon désir pour vous, admit-il.

Ah, Dieu, il était dur. Brûlant. Il la convoitait douloureusement. Etait-ce son idée de la torture ?

— Eh bien ?

Sa voix était aussi rauque qu'un gond rouillé.

Elle garda ses mains en place. La chaleur qui en émanait le consumait.

— Je ne veux pas que vous me touchiez.

Un grognement de frustration s'échappa de lui.

— Pour l'amour du Christ, femme…

— Toucher n'est pas assez, poursuivit-elle avec une honnêteté qui lui parut presque insupportable. Je veux plus que cela. Je vous veux autour de moi, en moi, partout à travers moi. Comprenez-vous ?

Il ne put que hocher la tête. Quel bien avait-il fait, quelle merveille avait-il accomplie, pour que Dieu lui donne cette femme ?

Il serait bien sot de tenter sa bonne fortune, se dit-il, alors il laissa la question sans réponse et glissa les bras autour d'elle. Il retint délibérément son étreinte ; il la taquina et les allécha tous les deux avec ce qui allait venir. Lentement, il fit descendre un doigt le long de sa joue, parcourut la ligne de sa mâchoire, s'arrêta sous son menton afin de relever sa bouche pour un baiser.

Elle était telle une fleur pleinement épanouie, les lèvres humides et mûres, se dépliant pour lui, s'entrouvrant pour le recevoir. Sa bouche la dévora, s'abreuva d'elle, et elle était le délice le plus suave qu'il avait jamais goûté.

Il l'avait déjà embrassée, certes, mais ces baisers avaient toujours été gâtés par sa culpabilité. Ce baiser-ci était celui d'un nouvel époux à sa jeune épouse, d'un homme qui adorait la femme qu'il tenait dans ses bras.

Elle se pressa contre lui, ne pouvant cacher sa surprise lorsqu'elle découvrit l'évidence de son désir. Il fit glisser une main dans son dos et la pressa plus près encore. Au bout d'un long moment, il quitta sa bouche pour descendre le long de sa gorge. Elle s'arqua en arrière afin de s'offrir davantage à lui ; elle passa une jambe autour de lui. S'il n'y avait pas eu leurs vêtements, ils auraient été complètement joints.

— Ah, murmura-t-elle, Aidan…

— Allez-vous bien ? Suis-je… Ceci est-il inconfortable ?

Elle se redressa et coula les doigts dans ses cheveux.

— Je n'avais aucune idée qu'un homme était…

Elle rougit et détourna les yeux.

Il était intrigué, à présent. Il baisa son oreille et chuchota :

— Etait quoi ? Continuez ce que vous alliez dire.

— Eh bien, naturellement j'ai entendu des plaisanteries paillardes à ce sujet, mais je ne me doutais pas que votre… que son… vous savez…

Il rit doucement, même si étant donné son état actuel, la gaieté était légèrement torturante.

— Vous n'êtes pas claire, ma douce.

Elle inspira à fond.

— J'ai juste été surprise de constater que ce que je prenais pour une partie du corps assez bénigne pouvait se changer en un… euh… outil aussi intéressant.

Il s'écarta, secoué par le rire.

— Un outil, répéta-t-il.

Elle releva le menton.

— Je l'ai entendu appeler par des noms plus ridicules que celui-là. Certains hommes baptisent même le leur.

— On ne voudrait pas qu'un parfait inconnu prenne des décisions pour nous.

L'embarras de Pippa se dissipa dans des gloussements, puis sa bouche se détendit en un sourire rêveur, réconforté, complètement dépourvu de la peur qu'il avait sentie en elle quand il était entré.

« Grâce au ciel », pensa-t-il. Il avait banni sa frayeur. Maintenant, il n'y avait de place que pour le plaisir. Pourtant, il savait que sa confiance était fragile. Il dut faire appel à tout son contrôle pour aller doucement.

Il toucha la vilaine broche en or sur son épaule.

— Puis-je ?

Elle hocha la tête.

— Bien sûr.

Un instant, la signification de la broche le transperça de culpabilité. Il se força à écarter ce sentiment et défit l'épingle. Le vêtement glissa à terre avec un murmure de protestation. Aidan éprouva une nouvelle bouffée d'une chaleur intense.

— Vous pouvez dire que je suis intéressant, murmura-t-il, mais cela ne vaut pas ce que je vois quand je vous regarde.

— Ce doit être le bain. Ou l'huile de rose.

— Ah, amour, c'est vous. Simplement vous.

Il fut surpris d'entendre sa propre voix s'altérer. La vérité était qu'elle l'émouvait, lui faisait ressentir quelque chose au-delà du désir et de la passion. Lorsqu'il la regardait, se tenant tranquillement à la lueur des bougies, il éprouvait une émotion si pure et si douce que son âme en tremblait.

Les mains mal assurées, il ôta sa chemise, puis resta à la contempler pendant qu'elle le contemplait en retour, et le silence, lourd de désir, plana entre eux.

— Et maintenant ? chuchota-t-elle au bout d'un moment, promenant son regard sur ses cicatrices. Pourquoi hésitez-vous ?

— Parce que je ne sais que faire avec une femme comme vous.

Il prit sa joue dans sa paume.

— Vous avez vaincu votre peur de cette nuit, mais il semble que la mienne commence seulement.

— Vous avez peur ?

— Oui.

Sa joue était aussi douce que du satin contre sa paume rêche.

— Je veux que cette nuit soit parfaite.

Elle retint son souffle, et il fut choqué de sentir une larme chaude sur sa main.

— Vous ne voyez pas ? murmura-t-elle. Elle est déjà

parfaite. Je le savais quand vous avez dit que vous n'avez jamais été avec une femme que vous aimiez.

Il poussa un grognement en glissant les bras autour d'elle, transporté par le contact chaud et soyeux de son corps dévêtu et enfouissant son visage dans ses cheveux.

— Vous rendez tout si simple, *a gradh*.

Il la poussa doucement en arrière afin qu'elle s'incline sur le lit, et elle l'observa à travers la brume dorée de la lumière des bougies tandis qu'il se penchait pour ôter ses bottes et ses chausses.

Ah, oui, elle rendait les choses simples. Elle, qui n'avait jamais appartenu à personne, avait maintenant une place dans son cœur. Et lui, qui n'avait jamais été aimé, la regardait dans les yeux et voyait qu'elle l'adorait.

Alors, pourquoi était-il encore effrayé ?

Tandis qu'il s'allongeait près d'elle et sentait son corps superbe se blottir contre lui, la réponse jaillit telle une étincelle dans son esprit.

Il connaissait la vérité sur son passé ; il connaissait les réponses auxquelles elle aspirait. Mais il n'osait pas accorder à Pippa les désirs de son cœur de peur de la perdre plus tôt qu'il n'aurait à le faire.

Puis elle passa ses bras minces autour de son cou et l'étincelle mourut, et il ne connut plus que le besoin de lui donner de la joie. Et elle rendait cela facile. Mince, souple et chaude, elle était pareille à un jeune arbuste au printemps, attirée par lui, jouissant de ses caresses comme s'il était le soleil.

Il se dressa sur un coude et posa sa bouche sur la sienne. Sa main descendit, encerclant ses seins et son ventre, dessinant la courbe d'une hanche et frôlant la douceur de l'intérieur d'une cuisse. Sous sa douce pression, elle écarta légèrement les jambes, timidement, et il retint une exclamation sous l'excitation qui le consuma.

Quelque chose en elle en appelait à sa tendresse. Bien après que la plupart des hommes l'auraient clouée au lit pour plonger en elle, il l'aima avec sa bouche, ses mains et des mots doux chuchotés en gaélique. De sa langue, il écrivait des mots d'amour sur sa peau, jusqu'à ce qu'elle retienne son souffle de plaisir ou crie de joie.

— Ah, petit cœur, dit-il. J'ai envie de vous toucher si profondément. Mais je ne veux pas vous faire mal.

— C'est le fait d'attendre et de désirer qui fait mal, répondit-elle, pas celui de toucher.

Il la couvrit de son corps dur.

— Comme vous êtes délicieusement naïve, chuchota-t-il en lui mordillant le lobe de l'oreille.

Il ajouta en gaélique :

— Et j'ai l'intention d'en tirer honteusement profit.

— Mais vous êtes un si bon professeur, répondit-elle.

Et puis, en gaélique :

— Et j'apprends vite.

Pendant un moment, il fut trop stupéfait pour réagir, puis il rit doucement dans son oreille.

— Jeune coquine. Depuis quand parlez-vous le gaélique ?

Elle baissa la tête et lécha une des cicatrices de son torse. Sa bouche et sa langue le brûlèrent au fer rouge, et il poussa une exclamation de plaisir.

— Je vais vous laisser le deviner.

— Alors moi, je vais vous laisser comprendre ceci…

Il revint au gaélique et, en utilisant des termes qu'elle ne pouvait pas connaître, il décrivit avec des détails explicites et pleins d'amour ce qu'il avait envie de lui faire.

— Je n'ai aucune idée de ce que vous avez dit, reconnut-elle, en faisant descendre ses mains et s'attardant sur ses hanches, mais j'aimerais que vous vous dépêchiez.

— Non, je ne me dépêcherai pas. Nous avons toute la nuit.

— Mais…

— Chut. Faites-moi confiance.

— Je voulais juste dire…

Il pressa ses doigts sur ses lèvres.

— Vous avez parlé tout au long de notre premier baiser et failli tout gâcher. Et cela n'a-t-il pas été bien mieux quand vous vous êtes tue ?

Elle ouvrit la bouche, de surprise, sous ses doigts.

— Je ne puis croire que vous vous rappeliez notre premier baiser.

— Comment pourrais-je l'oublier ? Il a changé ma vie.

Avec un cri étouffé, elle jeta les bras autour de son cou.

— La mienne aussi. Ah, Aidan, je vous aime tant.

Il ne fut pas surpris de le lui entendre dire enfin. Il savait depuis longtemps qu'elle l'aimait, mais il avait compris aussi pourquoi elle avait résisté avant de le lui avouer. Elle craignait d'être abandonnée. Le fait qu'elle lui confesse maintenant son amour ne pouvait signifier qu'une chose : elle croyait qu'il ne la quitterait jamais. Et il ne la quitterait effectivement jamais, pas de son plein gré.

Mais il y avait des choses qu'il ne pouvait pas contrôler.

Ecartant cette pensée, il s'abandonna à toutes ses envies de l'embrasser et de la caresser, la préparant si complètement à recevoir son amour qu'une rougeur envahit tout son corps. Elle se souleva contre lui et fit bouger ses hanches en un rythme inconscient, impatient.

Presque fou de désir, il savait qu'il ne pourrait se contrôler beaucoup plus longtemps. Il la tâta d'une main douce qui cherchait une réponse, adorant le velours lisse et chaud de sa féminité, la douceur de fleur de sa chair virginale, la moiteur brûlante qui lui indiquait qu'elle était aussi prête que lui.

Il se plaça sur elle, excité à en perdre le sens par le frôlement de ses seins contre son torse et la façon totalement naturelle dont elle ouvrit les jambes et l'enserra entre elles — comme si leurs deux corps étaient des éléments conçus pour s'adapter parfaitement l'un à l'autre et ne former qu'un tout.

Il se souleva et s'arrêta, baissant les yeux sur un visage qui lui paraissait plus beau que le soleil, puis il l'embrassa doucement, laissant sa langue lui montrer ce que leurs corps allaient faire. Elle gémit et le serra entre ses jambes, l'attirant plus près. Le besoin et la fièvre embrasaient l'âme d'Aidan.

— Je veux plus, murmura-t-elle entre deux baisers, et alors elle suça sa langue, manquant de lui faire perdre son contrôle. Plus, insista-t-elle. Je veux tout. *Maintenant.*

Il se pressa encore plus contre elle, mais il hésita, si réticent à la faire souffrir qu'il tremblait presque sous l'effort. Quoi qu'il ait attendu d'elle, ce n'était pas cette générosité absolue qui ne remettait rien en question, ni cette passion franche et irrésistible. Pourtant, elle lui donnait tout ceci et davantage avec un altruisme qui le laissait muet d'émerveillement. Elle avait allumé un feu dans la nuit sombre de son âme, et chacun des gestes qu'il faisait envers elle, chaque caresse, chaque baiser, avaient pour but de lui montrer ce qu'elle signifiait pour lui.

Pendant un moment encore il se retint, s'écartant pour la contempler une dernière fois dans toute son innocence.

Et finalement, il s'enfouit dans sa chaleur qui donnait

tant, et elle cria et l'entoura de toute part. Quand son pucelage se rompit, elle ouvrit de grands yeux et son soupir tremblant ne fut pas un soupir de douleur, mais de bienvenue, comme si elle comprenait que cet instant liait leurs cœurs pour toujours.

Aidan se mit à bouger en elle en lents assauts qui le portèrent à la limite de son contrôle. Elle s'arquait contre lui avec un instinct soufflé par l'amour et le désir, et il abaissa une main entre eux pour l'aider, car il savait ce qu'elle recherchait sans le savoir.

Il la toucha en un endroit qui la fit frissonner et réprimer une exclamation, puis elle enfonça les doigts dans son dos tandis que de longs spasmes soyeux se resserraient autour de lui. Son abandon et son plaisir auraient fait réagir une pierre, et Aidan, fait de chair et de sang, était beaucoup moins résistant. Il prit ses hanches qui se soulevaient dans ses grandes mains et s'enfonça encore plus profondément en elle, assouvissant enfin le besoin qui le torturait. Le pic de volupté fut si intense et prolongé qu'il eut presque l'impression de monter au ciel — il ne voyait derrière ses paupières closes qu'une brillance éblouissante, et l'univers tout entier semblait se réduire jusqu'à être contenu dans la petite femme passionnée qui se trouvait sous lui, et qui se cramponnait à lui comme si elle ne devait jamais le lâcher.

Il se détendit, allongé sur elle, et attendit que son pouls et son souffle reviennent à la normale. Mais il ne tarda pas à se sentir de nouveau aussi brûlant et excité que jamais.

— *A stor*, fit-il en écartant de sa bouche une boucle humide pour pouvoir chuchoter à son oreille. Est-ce que tout va bien, mon amour ?

— Non, répondit-elle d'une petite voix effrayée.

Il leva la tête et baissa les yeux sur elle.

— Vous avez mal ? Avez-vous besoin de vos chambrières, de…

— Aidan, calmez-vous.

Elle lui caressa la joue d'une main tremblante.

— Tout ce dont j'ai besoin, c'est vous.

Inquiet de lui avoir fait du mal d'une manière quelconque, il s'allongea avec précaution à côté d'elle et remonta les couvertures. Il écarta ses cheveux en désordre de son visage et découvrit que ses joues étaient mouillées de larmes, ses yeux élargis et troublés.

— Mon amour, parlez-moi, de grâce.

Elle lui décocha un sourire tremblant.

— Je n'aurais jamais cru que je vous entendrais un jour me supplier de parler.

— J'adore vous entendre parler. Je l'ai toujours adoré. J'aime même vous entendre chanter.

Elle soupira.

— Vous êtes si bon pour moi. Si bon. Je vous en prie, que mes larmes ne vous tourmentent pas. C'est si… déroutant. Je ne suis pas triste et je n'ai pas mal. Simplement, je n'avais jamais pensé, jamais imaginé, combien il pouvait être doux pour un homme et une femme de faire l'amour.

Il pressa ses lèvres sur sa tempe.

— Vous me soulagez beaucoup.

Elle emmêla ses doigts à ses longs cheveux.

— Si j'avais su que cela ressemblerait à ceci, je me serais donné plus de mal pour vous séduire depuis longtemps.

— Ah. Alors, nous devrons rattraper le temps perdu.

— Je suis entièrement d'accord, Votre Eminence.

Elle était une joie pour lui dans cette sombre période. Jusque-là, il avait réussi à éviter de penser à l'avenir. Ce qu'il avait fait était le mieux pour elle. Elle le comprendrait quand le temps viendrait.

Elle le caressa hardiment, et sa réaction instantanée lui coupa le souffle.

— Encore ? fit-il d'une voix enrouée, incrédule. Maintenant ?

— Oui, dit-elle. Montrez-moi que la première fois n'a pas été un coup de chance. Montrez-moi que ce sera toujours ainsi pour nous.

— Mais ça ne le sera pas, *a stor.*

Le visage de Pippa se défit.

— Non ?

— Non.

Il parcourut de la main la longueur de son corps, découvrant dans ce nid de boucles qu'il adorait de la douceur, de la moiteur, son attente de lui.

— Je trouverai autant de façons de vous aimer qu'il y a d'étoiles dans le ciel.

Et tandis que le harpiste jouait dans la grand-salle au-dessous, Aidan souffla les bougies et se mit en demeure d'exécuter sa promesse.

## *Tiré des Annales d'Innisfallen*

Que Dieu tout-puissant, Roi des Cieux, me rende froid et mort pour l'éternité si j'ai mal agi.

Je connais Aidan O'Donoghue depuis l'instant où il a pris sa première respiration, alors que je le tenais dans mes mains reconnaissantes et pleurais comme une vieille tante célibataire, le sang de la naissance le couvrant encore.

Quand je l'osais, quand Ronan était occupé ailleurs, je donnais au garçon l'amour paternel que son propre père lui refusait. Je n'ai jamais eu envie de m'interroger à ce sujet, mais je me suis toujours senti responsable de son bonheur.

Certains diraient que je dépasse mes prérogatives, que je devrais me tenir en retrait avec le regard distant d'un chroniqueur et laisser les événements de sa vie se dérouler. Ah, fripon fourrant son nez partout que je suis, j'ai perdu mon objectivité voilà des décennies.

Ainsi, ils sont mariés. Ainsi, ils vont arracher un peu de joie aux dures épreuves qui les attendent. Est-ce là un crime si méchant ?

Revelin d'Innisfallen.

# 14

Pippa devenait superstitieuse quand il s'agissait de compter les jours ou même les heures de sa vie avec Aidan à Ross Castle. Une petite partie d'elle, pleine d'appréhension, lui soufflait de ne pas tenter le sort en se réjouissant par trop de son bonheur ou en se demandant si elle le méritait.

Elle refusait d'envisager l'avenir, de s'appesantir sur le fait que les forces de Richard de Lacey s'étaient retirées à Killarney, manifestement pour se regrouper et attendre des renforts.

Telle une rêveuse sur un nuage, elle voguait à travers chaque journée, chantant jusqu'à ce que les habitants du château aient envie de rentrer sous terre. Et elle apprenait, avec une maladresse empreinte de gravité, ses devoirs en tant que lady de Castleross.

Ses mains qui pouvaient jongler avec n'importe quoi semblaient incapables de maîtriser les subtilités du filage et de la couture. Finalement, Sibheal avait eu pitié d'elle et lui avait dit que la maisonnée s'en porterait mieux si elle se contentait de superviser ces tâches. De préférence de loin.

Les commentaires étaient faits avec bonne humeur, et Pippa écartait les bras d'un geste impuissant tandis que les autres riaient, soulagées.

Aidan les trouva ainsi un matin après le petit déjeuner. Ses bottes résonnèrent avec un bruit menaçant sur les dalles de la grand-salle.

— Que se passe-t-il ici ? cria-t-il.

Les femmes se figèrent et le regardèrent, bouche bée. Sans prévenir, il prit Pippa par la taille.

— Je ne pensais pas entendre de nouveau des rires de femmes sous mon toit, dit-il.

Les servantes pouffèrent et chuchotèrent. Le cœur de Pippa lui sembla emplir sa poitrine, se gonflant d'un bonheur exubérant.

— Milord, Sibheal était en train de commenter mes talents de fileuse.

— S'ils ressemblent à vos talents de chanteuse, elle a ma sympathie.

Se forçant à prendre un air sévère, elle le repoussa.

— Vous êtes un vilain et cruel époux, Aidan O'Donoghue, dit-elle en imitant son accent irlandais.

— Vraiment ?

Il haussa les sourcils, les yeux plus bleus que le lac Leane.

— C'est bien dommage, milady, car je suppose que cela signifie que je ne peux vous montrer votre surprise.

Elle agrippa le devant de sa tunique.

— Une surprise ! Ah, quelle langue acérée et trop prompte est la mienne. Je suis votre épouse qui vous adore, et vous êtes le plus superbe des époux.

Il frotta son nez de son pouce à ces flatteries. Les servantes qui comprenaient l'anglais sourirent devant tant de gaieté. Aidan la prit contre lui.

— Regardez-les sourire de nous, mon amour. Maintenant que vous êtes ici, c'est de nouveau le printemps après un long et lugubre hiver.

Ses paroles touchèrent Pippa telle une caresse. Mais

sa joie disparut, car elle réalisa que l'hiver en question était son mariage avec Felicity.

— Venez, milord.

Elle l'entraîna vers l'escalier qui conduisait hors de la grand-salle.

— Vous m'avez promis une surprise.

— En effet.

Sa présence était pour elle comme une bouée invisible qui la soulevait et l'emportait, l'emplissant d'une chaleur qu'elle n'avait jamais éprouvée auparavant.

Elle ne savait pas, avant, qu'il était possible de ressentir toutes ces choses. C'était comme de découvrir une nouvelle couleur dans l'arc-en-ciel ou de voir une étoile filante — quelque chose d'inattendu, de terriblement excitant.

Tandis qu'ils traversaient la cour ensemble, faisant un signe de la main à Sorley Boy Curran et à son frère, elle pressa sa main et dit :

— En vérité, je n'ai pas besoin de surprises, Aidan. Je ne puis songer à rien qui me rende plus heureuse que je le suis déjà. D'ailleurs… Oh !

Elle s'arrêta, le regard fixe. Là, devant les écuries en pierre recouvertes de chaume, il y avait un jeune garçon qui tenait la bride d'un cheval sellé et prêt à partir.

— C'est une jument du Connemara, mon amour, dit Aidan. Elle est à vous.

Pippa fit un pas vers la jument. Elle était magnifique, de couleur brun foncé, avec une selle et des accessoires noirs.

— Eh bien ? demanda-t-il avec un empressement touchant. Qu'en pensez-vous ?

— C'est le plus beau cheval que j'aie jamais vu. Mais vous savez quelle piètre cavalière je suis.

— Vous n'êtes pas une piètre cavalière.

Il la conduisit à la jument et posa les mains sur sa taille.

— Juste inexpérimentée.

Avant qu'elle comprenne ce qui arrivait, il la souleva et la plaça sur la selle d'amazone. Lorsqu'elle eut passé sa jambe autour de l'arçon, le siège lui parut aussi confortable qu'une chaise de salle à manger.

Comme toujours, la hauteur la surprit, et elle s'accrocha à la crinière de la jument. Un palefrenier amena un autre cheval, et Aidan monta et lui sourit.

— Shelagh a été élevée et entraînée pour être la monture d'une dame. Je pense que vous serez satisfaite.

— Où allons-nous ?

Il ne répondit pas, mais le regard bref et brûlant qu'il lui décocha lui fournit un indice. Il possédait une étrange capacité à s'exprimer avec ses yeux ; elle pouvait le regarder et l'entendre lui dire sans paroles qu'elle était belle, qu'il désirait la contenter et qu'elle le rendait heureux.

De temps en temps seulement, elle distinguait des ombres secrètes dans ses prunelles et n'osait pas en parler. Pour la première fois de sa vie, elle était vraiment heureuse, et même si elle savait que c'était égoïste, elle voulait que rien ne vienne perturber le délicat équilibre de leur vie.

Elle refusait de voir les forces anglaises campées aux abords de Killarney, refusait de tenir compte des coups d'œil soucieux que Revelin lui avait jetés la dernière fois où elle était allée le voir à Innisfallen.

Avec une bouffée de culpabilité, elle songea à la lettre qui avait été apportée de Dublin la veille. O'Mahoney s'était montré si grave quand il la lui avait remise, expliquant que le lord député avait appris qu'un voleur détournait des revenus de la Couronne dans le Kerry. Nul doute qu'on en tiendrait Aidan pour responsable, aussi.

Elle s'en inquiéterait plus tard, se promit-elle. Mais pas maintenant. Pas quand Aidan la regardait avec une si douce promesse dans les yeux. Elle voulait juste que leur idylle dure toujours. Tout simplement.

« Non, admit une petite voix dans sa tête. Ce n'est pas si simple que cela. » Elle voulait une réponse à la seule question qu'elle craignait de poser : Aidan l'aimait-il vraiment ?

Une part d'elle-même devait le croire, car elle se sentait protégée et chérie quand elle était avec lui. Mais une autre petite partie, froide et sombre, insinuait des doutes dans son esprit. Que savait-elle de l'amour ? Personne ne l'avait jamais aimée ; comment pourrait-elle savoir ce que c'était ?

Cette même petite voix malveillante émettait un autre doute. Toute sa vie, elle avait été abandonnée par tous les amis qu'elle avait trouvés. Comment pouvait-elle être certaine qu'Aidan était différent ?

Elle ne pouvait pas l'être.

« Le lien du mariage n'est-il pas suffisant ? se réprimanda-t-elle. Il l'est par Dieu ! »

Ils traversèrent la péninsule et chevauchèrent le long des berges du lac. C'était le plein été, et les bois étaient couverts de feuillage et tapissés de mousse, de fougères et de lichen, le tout d'un vert vif et lumineux. La riche odeur de terre de la forêt emplissait l'air. Le lac était aussi bleu et aussi profond qu'un saphir.

— Tant de beauté, dit-elle. Elle submerge presque les sens.

— Oui, répondit Aidan, qui ne regardait pas le lac, mais elle.

Ils gravirent un sentier sinueux, et au bout d'un moment ce fut comme s'ils étaient les seules personnes sur la Terre, tant ils étaient isolés. Elle entendit le cri d'un faisan et un bruit de feuilles tandis qu'un petit animal courait se cacher, mais à part le piétinement des sabots et de temps à autre le renâclement d'un cheval, la forêt était silencieuse.

Ils suivirent un cours d'eau sur un lit de rochers, et un instant plus tard Pippa détecta un grondement sourd et lointain. Intriguée, elle tendit le cou en avant pour regarder devant elle. Aidan tira sur sa bride et lui fit signe de continuer à avancer.

Le changement fut si saisissant qu'elle en eut le souffle coupé. De chaque côté du sentier, des arbres couverts de mousse émeraude s'élevaient vers le ciel tels des piliers. Les hautes branches formaient une voûte au-dessus de leur tête, le soleil passait à travers et emplissait l'air d'une chaleur miroitante. Puis, plus loin, les frondaisons s'ouvraient sur le ciel d'été, et Pippa vit une cataracte. Elle surgissait d'une grande faille dans la montagne et se précipitait au-dehors avec une telle force que l'eau était blanche d'écume, cascadant depuis les hauteurs. Sur les rochers au-dessous, un fin brouillard emplissait l'air et formait des arcs-en-ciel dans les rayons de soleil.

— C'est la Chute de Torc, dit Aidan en démontant avant de l'aider à mettre pied à terre. Certains vous diront que c'est un lieu de puissante magie.

Tandis que ses pieds touchaient la couche moelleuse de feuilles et de mousse, Pippa leva la tête vers lui et lui sourit.

— Je n'en doute pas le moins du monde.

Il rit doucement en attachant les chevaux à une branche, à un endroit où ils pouvaient brouter les tendres pousses au bord du torrent grondant.

— Une Sassenach qui croit à la magie irlandaise ?

— Absolument.

Elle courut à lui et l'enlaça, adorant sentir sa solidité

contre elle. Il était son tendre protecteur, tout ce qu'elle avait toujours pensé qu'un homme devait être, et tout ce qu'elle n'avait jamais osé rêver trouver en un époux.

Elle leva son visage vers lui.

— Ceci n'est-il pas aussi une puissante magie ?

— Si.

Il l'embrassa tendrement, ses grandes mains la tenant comme si elle était un trésor.

— Et, oui, milady, vous êtes devenue mon enchantement favori.

— Aidan !

Elle se haussa sur la pointe des pieds pour l'embrasser.

— Je vous aime au-delà des mots.

— Tiens donc ! Je ne vous ai jamais vue à court de mots. N'êtes-vous pas la fille impertinente qui disait qu'elle ne m'aimait pas ?

Elle souffla.

— Si c'est ce que vous préférez, alors non. Je ne vous aime pas.

Elle glissa les mains sous sa cape et les étala sur son torse.

— Est-ce clair, milord ?

Il inspira vivement.

— Oui, ça l'est. Vous avez une façon très puissante de ne pas m'aimer.

— Attendez de voir ce que je peux faire quand je vous aime.

Elle lui ôta sa cape et enleva la sienne, les étalant sur la terre meuble dans une nappe de soleil verte et dorée.

— Venez ici, et je vais vous montrer.

Enivrée par l'air pur, elle se sentait dévoyée et effrontée, aussi libre qu'un oiseau s'envolant d'une falaise. Pièce par pièce, elle lui ôta ses vêtements, riant de sa stupéfaction et lui demandant son aide pour se dévêtir.

Il y avait quelque chose de païen, de délicieux et, oui, de magique, à se tenir nus dans la forêt, avec le soleil et la brume tournoyant autour d'eux. Pippa avait une étrange sensation de justesse, comme si des pouvoirs païens avaient arrangé leur union, comme si les éléments eux-mêmes sanctionnaient leur amour.

Ils restèrent l'un face à l'autre et elle put voir que lui aussi percevait les extraordinaires forces invisibles qui palpitaient à leur entour. Peut-être que des millénaires plus tôt, alors que le monde était encore jeune, deux autres amants étaient venus ensemble dans ce sanctuaire silencieux nimbé de brume.

— Aidan, dit-elle, ce seul mot lourd d'émotion.

Elle posa les mains sur son torse nu et effleura du bout des doigts ses épaisses cicatrices.

— Vous ne m'avez jamais parlé de ceci.

Un coin de sa bouche se releva en un demi-sourire.

— Je pensais que Iago le ferait. Il vous dit tout.

— Je sais seulement qu'il a les mêmes.

— Cela fait partie d'un rite d'initiation pratiqué par les gens de la tribu de sa mère. J'étais à un âge très impressionnable quand je l'ai connu. J'ai trouvé ses cicatrices très intéressantes.

Elle promena ses doigts sur lui et éprouva un élan de désir.

— Je crois que je comprends.

Il eut un rire sourd.

— En bref, mes propres cicatrices sont le résultat d'un ennuyeux voyage en mer, d'une grande outre de whisky et d'un excès de fierté masculine.

Elle s'approcha d'un pas.

— Cela a dû être très douloureux.

— Pas autant que la rossée que mon père m'a donnée quand il a vu ce que j'avais fait.

Il parlait d'un ton léger, mais elle perçut dans sa voix une trace de ressentiment.

— Vous êtes comme moi, dit-elle. Vous avez aussi été abandonné, d'une certaine façon.

— Sauf que celui qui m'a abandonné est resté à proximité, et que j'ai senti son déplaisir chaque jour de ma vie.

— C'est un miracle que nous sachions comment aimer.

— Non, c'est le destin. Nous étions faits pour nous aimer, *a gradh.*

Elle se pencha en avant et pressa ses lèvres sur les cicatrices qui parcouraient la majeure partie de son torse. Quand elle sortit sa langue, il retint une exclamation et devint rigide. L'idée que le toucher puisse le maintenir sous son pouvoir emplit Pippa d'une sensation entêtante. Ce sentiment de libération la poussa à se montrer hardie et elle promena ses mains sur lui, ses caresses devenant une éloquente déclaration d'amour. Elle descendit plus bas, lui arrachant un cri délicieux quand ses mains et ses lèvres trouvèrent son sexe dressé. Dénuée de toute timidité, elle l'aima avec une audace dont elle ne se serait jamais crue capable. Elle continua jusqu'à ce qu'il lâche un son rauque — un cri de plaisir, un appel à la miséricorde. Il la releva et l'embrassa d'une manière affamée, puis ils s'allongèrent sur les capes étalées et elle s'empala sur lui. Elle trouva le rythme qu'il lui avait appris, et tandis qu'il redessinait de ses mains avides ses seins et ses épaules, elle se soulevait et le chevauchait, contrôlant son allure jusqu'à ce qu'enfin celle-ci la contrôle elle-même, la possède, et qu'elle ne puisse plus faire autre chose que de se laisser emporter vers le summum de la volupté.

Elle déversa son amour sur Aidan et elle était comme la grande cataracte jaillissant du cœur de la montagne, explosant et se dispersant en une brume aux couleurs de l'arc-en-ciel.

Lorsqu'il fut à son tour saisi de spasmes, un moment plus tard, elle s'effondra sur son torse et resta immobile, écoutant les battements sourds de son cœur, se sentant anéantie.

Finalement, avec la douceur qu'elle avait aimée chez lui dès le début, il l'allongea près de lui, la prenant dans ses bras.

— Vous êtes tout à fait remarquable, dit-il enfin.

Elle eut un rire saccadé.

— Je n'agis que par instinct. Dieu merci, vous êtes un homme patient.

Elle sourit tandis que des ondes de plaisir la parcouraient doucement. Elle sentait la chaleur et la passion dans tout son être, surtout à l'endroit où son cœur battait. Puis une pensée stupéfiante jaillit de sa torpeur satisfaite, et elle leva la tête pour regarder Aidan.

— Je me demande si nous avons fait un enfant, déjà.

Sa réaction fut inattendue. Bien qu'il la tînt toujours dans ses bras, il parut se rétracter légèrement.

— Je suppose que nous ne le saurons pas avant quelques semaines.

Elle embrassa sa mâchoire.

— J'aspirais à avoir un enfant, avant, dit-elle. Je me disais toujours que si j'avais un bébé à moi, je ne l'abandonnerais jamais, jamais. Je l'aimerais et le couvrirais d'attentions, et le tiendrais si près de mon cœur qu'il ne craindrait jamais que je le laisse.

— Oh, Pippa.

Il lui caressa la joue.

— Et ressentez-vous encore cette aspiration ?

— Eh bien…

Elle se retourna et prit son menton dans ses mains.

— Ce n'est plus vraiment une aspiration. C'est une attente.

Une rougeur gagna sa gorge.

— Après tout, nous sommes tous les deux en bonne santé, et nous avons… C'est-à-dire… chaque nuit…

— Et même de jour, lui rappela-t-il.

— Oui, nous avons fait très loyalement notre devoir.

Elle s'interrompit et éclata de rire.

— Vous savez exactement ce que je veux dire, Aidan O'Donoghue, alors je ne continuerai pas ce discours embarrassant. Nous aurons des enfants, et ils grandiront forts et heureux…

Elle s'arrêta de nouveau. Le changement en lui fut si subtil qu'elle faillit ne pas le remarquer, mais elle vit une ombre descendre sur lui. Ses yeux s'assombrirent, prenant la couleur du lac le soir.

Un frisson la parcourut.

— Aidan ?

— Oui, mon aimée ?

— Vous ne pensez pas que ceci peut durer, n'est-ce pas ?

Il resta immobile et l'étudia un long moment. La Chute de Torc continuait à gronder dans le silence qui planait entre eux. Finalement, il se redressa en poussant sur ses mains.

— Nous ferions bien de rentrer.

Très tendrement, il l'aida à se rhabiller, puis enfila ses chausses.

Elle s'assit sur ses talons et lui prit la main.

— C'est encore pire si vous ignorez ma question, Aidan. Vous m'effrayez.

Il se rassit, la regardant en face. Sans chemise, le torse couturé, ses cheveux tombant sur ses épaules, il avait l'air d'un dieu sauvage, le seigneur des bois, qui avait le pouvoir de changer les saisons.

Tandis qu'elle scrutait ses yeux tristes et profonds, elle comprit enfin.

— Maudit soyez-vous, murmura-t-elle.

— Pippa…

Elle lui arracha ses mains.

— Vous m'avez trompée. *Encore.*

— Non, mon amour, je…

— Vous ne m'avez jamais parlé de vos tourments. Et moi, sotte que je suis, je ne vous ai jamais interrogé. Vous m'avez fait croire que tout irait bien.

Sa tirade arracha un sourire las à Aidan.

— N'est-ce pas ce qu'un époux doit faire ? Pippa, écoutez. Vous êtes si enjouée et intelligente. Avec vous, je me sens toujours maladroit et inepte. Mon cœur me dit de vous protéger. Est-ce si mal ?

— Oui. Quand quelque chose vous ronge de l'intérieur. Vous ne pouvez me cacher des choses. Lorsque je vous ai épousé, c'était pour partager vos peines et vos joies. Tout ce qui est moins que cela n'est pas juste envers moi. Tout ce qui est moins que cela me relègue au statut d'une enfant — une enfant ignorante et gâtée.

Il posa les mains sur ses épaules.

— Alors que dois-je faire, Pippa ? Que voulez-vous entendre de moi ?

Une tempête faisait rage dans ses yeux.

— Vous voulez partager mes craintes, c'est ce que vous voulez ?

Sa passion la prit de court. Elle sentit le picotement de la peur, mais elle le regarda dans les yeux et dit :

— Oui.

— J'ai essayé de vous l'expliquer quand vous avez dit que vous vouliez m'épouser. Notre victoire en reprenant Ross Castle n'est que temporaire. Les Sassenach vont revenir pour s'en emparer de nouveau. Fortitude Browne me tient pour responsable de la mort de Felicity, et qui dit que je suis exempt de culpabilité ?

— Elle s'est suicidée, dit Pippa avec désespoir.

— A cause de moi. Ce n'est pas quelque chose que je peux écarter d'un haussement d'épaule. Et l'officier Browne ne le fera pas non plus.

— Vous ne pouvez en être sûr. Peut-être…

— Ah, niez-le si vous voulez. Vous avez posé la question. Vous avez insisté pour savoir.

Elle se détourna, avec l'impression d'avoir été frappée.

Il se leva et acheva de s'habiller. Quand ils furent prêts tous les deux, il la hissa sur sa jument. A ce moment-là, toute sa colère l'avait quitté.

Et toute magie avait quitté le vallon.

Il lui décocha un sourire de regret.

— Voyez-vous pourquoi j'ai gardé mes craintes pour moi ?

Elle l'embrassa.

— Oui, mais vous n'auriez pas dû le faire. Ces nouvelles n'entament pas mon amour pour vous. Elles le rendent plus profond. Pouvez-vous le comprendre ?

Il porta sa main à ses lèvres et la baisa.

— Alors, nous n'en parlerons plus.

Un matin au début de l'automne, les nouvelles arrivèrent avec une promptitude cruelle qui frappa Aidan comme un coup à l'estomac. Ce fut Donal Og qui les apporta.

Aidan se trouvait avec Pippa dans la chambre de comptes,

lui montrant la façon d'estimer les provisions pour l'hiver. Même si elle ne le savait pas, il prévoyait le jour où elle devrait continuer sans lui, et il voulait qu'elle soit bien préparée. Chaque jour, elle lui devenait plus précieuse. Il y avait une aura autour d'elle, un rayonnement ; elle était telle une pierre rare, étincelante et magnifique à contempler.

Ah, cet éclat. Elle ne l'avait pas lorsqu'il l'avait rencontrée. Il considérait comme un petit miracle que son amour pour elle le lui ait donné.

Ce matin-là, un sombre pressentiment étreignit son cœur quand son cousin approcha. Donal avançait à grandes enjambées, ayant toujours l'air d'un géant de légende, les épaules raides et courbées.

Aidan se pencha pour embrasser sa femme, puis sortit dans la salle de garde. Donal et lui s'arrêtèrent et se regardèrent. Ce fut douloureux pour Aidan de lire la défaite sur le visage de son cousin.

— Quelles nouvelles de Killarney ? demanda-t-il, s'armant de courage.

Donal Og s'adossa à un mur.

— Elles ne sont pas bonnes. Fortitude Browne a imposé une lourde amende à tous les propriétaires de cottages. Un acte punitif dû à l'insurrection du printemps dernier. Et il a interdit la messe pour sept semaines.

Aidan jura.

— Le scélérat. La foi est tout ce qui reste à ces gens.

Donal Og jeta un coup d'œil dans la chambre de comptes. Pippa était assise à la table, la tête baissée, absorbée dans les registres et les comptes d'Aidan. Du menton, il désigna un chemin qui sortait de la forteresse et conduisait aux berges du lac.

— Ainsi, cela empire, dit Aidan lorsqu'ils furent dehors.

Son cousin, le plus grand, le plus fort, le plus intrépide des hommes du Kerry, se laissa tomber à terre et enfouit son visage dans ses mains.

— C'est fini, Aidan. Nous aurons beau lutter, ils nous briseront. Ils sont trop nombreux, trop entêtés.

Le cœur d'Aidan tambourina dans sa poitrine. Il n'avait jamais vu Donal si plein d'un sinistre fatalisme.

— Je pense que tu ferais mieux de commencer par le début. Que projettent-ils ?

— De nous écraser comme des fourmis sous leurs bottes. Les renforts sont arrivés. C'est une flotte de huit navires, Aidan. Et d'autres soldats sont arrivés de Pale.

— Joints aux forces de Richard de Lacey, cela leur donne une armée au moins cinq fois plus importante que la nôtre, dit Aidan.

Donal Og prit une pierre, se leva et la lança si loin dans le lac qu'Aidan ne la vit pas disparaître.

— Il est clair qu'ils veulent une reddition sans résistance.

Aidan restait debout, à écouter le grondement de son sang dans ses oreilles. Son monde s'écroulait ; il pouvait perdre Pippa. Quand il pensait à ne plus jamais entendre le son de son rire, à ne plus voir le soleil du matin sur son visage, à ne plus la tenir dans ses bras tandis qu'elle dormait, il se sentait comme un homme sur le point de mourir.

— Se rendre sans résistance.

Il leva des yeux lugubres vers son cousin.

— C'est un changement chez les Sassenach, non ?

Donal Og hocha la tête.

— Par le passé, ils prenaient un grand plaisir à passer

les Irlandais par l'épée. A ton avis, que signifie cette nouvelle offre de merci ?

— Je crains que ce soit comme tu as dit. La fin. Les Sassenach viendront que nous nous battions ou que nous nous rendions. La question maintenant est d'espérer qu'ils traiteront les gens comme des hommes, pas comme des esclaves.

Sans qu'il s'y attende, une image de Richard de Lacey passa dans son esprit. Il était sassenach, certes, mais il possédait une humanité qui était rare chez les Anglais vivant en Irlande.

Porteuse de plus d'espoir que cela, était la nouvelle que Richard avait épousé une Irlandaise. Shannon MacSweeney était une femme solide et obstinée ; Aidan la croyait tout à fait capable de conquérir le cœur de son époux anglais. Il sourit presque, imaginant de petits enfants de Lacey parlant le gaélique.

Au bout d'un moment, Iago trouva Aidan et Donal Og au bord du lac.

— Il y a des jours, dit-il sombrement, où je suis tenté de prendre une barque et de ramer vers l'horizon.

Aidan tenta de sourire.

— C'est une idée, mon ami. Mettre les voiles et laisser le vent nous emporter où il veut.

Iago fit un clin d'œil.

— J'espérerais atteindre San Juan. Ma Serafina m'attend toujours.

Donal Og souffla.

— Après toutes ces années ?

Iago le fusilla du regard.

— Le cœur ne compte pas les années.

— Cela dépend de ce que la dame a dans la tête.

— Quelles nouvelles ? demanda Aidan avec impatience.

Iago recouvra son sérieux.

— Un héraut des nouvelles forces anglaises est arrivé et attend dans la grand-salle.

Aidan n'attendit pas d'en apprendre plus. Empli d'un calme glacé, il s'empressa de retourner au château.

Une femme l'attendait, seule. Il s'arrêta et la considéra fixement, surpris. Elle se tourna lentement vers lui, le visage aussi serein qu'une déesse de toile florentine.

— Milady.

Il se courba sur la main qu'elle lui tendait.

— C'est un honneur de vous accueillir.

La contessa Cerniglia poussa un soupir résigné.

— Je sais que c'est inhabituel, mais je voulais être celle qui vous parlerait. Pippa est-elle ici ?

— Oui, mon épouse est dans la chambre de comptes.

La contessa sourit.

— Ah, voilà une nouvelle. Je parierais qu'elle est radieuse.

Il jeta un coup d'œil au rouleau de parchemin qu'elle tenait à deux mains.

— Pour le moment.

Il la conduisit à une chaise et lui offrit une coupe d'hydromel.

Elle se mit à parler, et rien de ce qu'elle dit ne surprit Aidan. Les Anglais demandaient une reddition totale. Qu'il résiste ou non, Ross Castle tomberait aux mains de l'ennemi et il serait contraint soit de partir, soit de gouverner en tant que vassal anglais.

— Ainsi, mes seuls choix sont de riposter ou de capituler, dit-il.

— Les deux se termineront de la même manière, déclara-t-elle avec une sympathie sincère. Et si vous vous rendez, il n'y aura pas de pertes humaines.

« A part ma propre vie », pensa-t-il.

— Comment puis-je me fier aux promesses des Sassenach ? demanda-t-il.

Elle but une longue gorgée d'hydromel, puis reposa soigneusement la coupe.

— A cause de l'homme qui conduit les forces anglaises.

— Oh ? Et qui est-ce ? Sûrement pas cette marionnette peinte en rouge d'Essex ?

— Non. C'est le comte de Wimberleigh, Oliver de Lacey.

Quand Pippa fut profondément endormie cette nuit-là, Aidan se glissa hors de leur lit. En silence, dans le noir, il enfila sa tunique et ses chausses, puis sortit ses bottes à la main. Dans la cour, un chien-loup gronda dans sa direction ; il le fit taire d'un mot apaisant.

Il passa les heures fraîches et sombres de la manière qu'il avait passé maintes nuits troublées. Il prit une barque et rama jusqu'à Innisfallen.

Dans le sanctuaire de la chapelle, tandis que le vent chantait à travers les hautes fenêtres étroites, il tomba à genoux et essaya de prier.

Mais au lieu de louer le Tout-Puissant, son esprit bourdonnait des nouvelles que la contessa avait apportées.

Pippa ne savait rien encore, et Rosaria était convenue que ce n'était pas à elle de l'informer. Cette décision, cette souffrance, appartenaient à Aidan et à lui seul.

Le fait qu'Oliver de Lacey était venu — et avait amené son épouse — confirmait ce qu'Aidan avait suspecté en voyant le portrait d'Alouette. Il avait attendu ce moment depuis qu'il leur avait envoyé le message indiquant que leur fille était vivante.

Les parents de Philippa de Lacey étaient venus la chercher.

Mais c'était à lui de décider des termes de la reddition.

Se rendre. C'était un mot si banal. Et maintenant il incluait non seulement ses devoirs en tant que O'Donoghue Mór, mais aussi en tant qu'époux de lady Philippa de Lacey.

Il repassa en revue ce que la contessa et lui avaient appris. La famille était d'un lignage ancien et respecté. A en juger par les termes offerts, lord Oliver était plus juste et droit que ses pairs. Et d'après Rosaria, son épouse était adulée par tous ceux qui la connaissaient.

— Seigneur !

Il abattit ses poings sur la balustrade de l'autel.

— Une prière éloquente, sans nul doute, dit une voix ironique.

Aidan se leva et regarda en arrière, dans la nef. La lumière grise d'avant l'aube dessinait une haute et mince silhouette.

— Ne dormez-vous jamais, Revelin ?

— Je ne voudrais pas manquer quoi que ce soit.

— A mon avis, vous n'avez rien manqué du tout.

Le chanoine hocha la tête, sa longue barbe balayant sa poitrine.

— Quand j'ai appris le nom de l'homme qui conduit les renforts, j'ai su qu'il était la dernière pièce manquante du puzzle. Avez-vous décidé ce que vous allez faire ?

Aidan jeta un coup d'œil à la croix surmontant l'autel.

— Presque.

— Demandez-vous ceci : que peuvent lui donner les Lacey que vous ne pouvez lui donner ?

— La sécurité qu'elle n'a jamais connue.

Les mots arrivèrent d'emblée, comme s'ils attendaient d'être prononcés.

— Ils pourraient la gâter et la choyer. Si elle était libérée de moi, elle pourrait peut-être trouver un jour un lord anglais convenable qui lui offrirait la solidité d'une existence installée au lieu de l'emporter dans d'impossibles aventures.

— Ainsi, vous dites que vous ne pouvez rester à Ross Castle ?

— Et être l'épagneul des Sassenach, jouant un rôle pour des miettes ?

Avec une certitude glacée, Aidan comprit que chaque jour de plus où Pippa resterait avec lui la mettrait davantage en danger.

Revelin hésita, puis se racla la gorge.

— Au moins, ce serait un moyen de garder Pippa.

Aidan contracta sa mâchoire. Il dut se forcer à prononcer les mots.

— Pourquoi voudrait-elle de moi, alors ?

Revelin lui toucha l'épaule.

— Parfois, le plus courageux est de savoir quand se rendre, quand lâcher prise.

Aidan chassa la main qui cherchait à le réconforter. Il passa d'un pas raide devant le chanoine et retourna à Ross Castle avec de farouches coups de rames. Grimpant l'escalier quatre à quatre, il monta jusqu'au parapet le plus haut et émergea en trombe sur le chemin de ronde alors que l'aube naissait.

Ce château était la gloire du clan O'Donoghue. Il devrait représenter le summum de sa réussite.

Mais comme il le méprisait. Il l'avait méprisé dès le début, quand il n'était qu'une petite bâtisse sur les rives du lac Leane. Son père avait été déterminé à en faire un monument de défi.

— Vous m'avez laissé un héritage de haine, dit-il entre ses dents.

Il monta entre deux merlons et regarda au loin, d'une hauteur vertigineuse.

L'aurore était rouge sang. Le ventre des nuages au-delà des montagnes était lourd et gonflé d'une tempête à venir. Mais pour l'instant, le matin était clair et écarlate. Il pouvait déjà voir le pouvoir corrosif des propriétaires anglais. Des champs qui s'étendaient autrefois à perte de vue devenaient enclos en parcelles nettes et froides. Les églises étaient vides à part le vent qui soufflait au travers. Des images sacrées saccagées, des prêtres passés par l'épée ou exilés dans des îles battues par la mer. Les petites fermes disparaissaient comme de la poussière emportée par la brise.

Pendant un moment, le paysage s'écarta tel un rideau, et il vit le parfait visage ovale de Felicity aussi nettement que si elle se tenait devant lui. Elle était morte, et personne n'en avait payé le prix.

Qu'avait-elle ressenti, en chutant vers sa mort ?

Aidan imagina que c'était ce qu'il éprouvait maintenant — une sensation sauvage, hors de contrôle, le fait d'être projeté vers un destin si certain qu'il semblait prévu depuis toujours.

Il jeta un dernier long regard à l'aurore écarlate, et il sut dans son cœur qu'il ne pouvait y avoir qu'un seul choix.

Pippa sourit dans son sommeil quand les bras d'Aidan l'enlacèrent. Les yeux encore fermés, elle inspira profondément. L'odeur des vents du lac s'attardait dans ses cheveux noirs.

Elle cligna des paupières et vit que c'était à peine le point du jour.

— Où êtes-vous allé ? demanda-t-elle.

— Sur le chemin de ronde. Pour regarder. Réfléchir.

Il tendit la main au-delà de la tenture de lit et lui offrit un verre d'eau fraîche. Elle but longuement, avec gratitude.

Il n'y avait aucune raison qu'elle le perçoive, mais elle discerna en lui un relent de désespoir. Elle posa son verre et étreignit son époux, pressant sa joue sur son torse chaud.

— Je vous aime, Aidan, chuchota-t-elle.

Il enfila les doigts dans ses cheveux et releva son visage vers lui, l'embrassant fortement et profondément. En quelques instants, ils se retrouvèrent à faire l'amour avec une ferveur qui emplit Pippa d'un étrange sentiment de panique et de joie.

Il n'était pas tendre avec elle ; elle ne souhaitait pas qu'il le soit. Il était intense et agité, comme les vagues qui frappaient les rochers de la côte. Son amour était une tempête d'émotions brutes et c'était ce qu'elle désirait, totalement, sans qu'il retienne rien, sans qu'il la protège de son pouvoir implacable.

Il y avait une beauté âpre dans sa façon de faire l'amour. Il la tournait et la retournait, sa bouche et ses mains trouvant des endroits d'une sensibilité poignante. Son excitation semblait emplir toute la chambre. Le ciel qui apparaissait par la fenêtre ouverte était en feu et il était en feu aussi, et ses caresses l'embrasaient.

Il la caressait encore et encore, sa bouche et sa langue la brûlant jusqu'à ce qu'elle crie, le suppliant d'abord d'arrêter, puis l'implorant tout de suite après de continuer.

Quand enfin, il plongea en elle, le soleil s'était levé et la lumière brillait derrière lui, auréolant ses longs cheveux en désordre et le désespoir à vif peint sur son visage.

— Maintenant, oui, maintenant, dit-elle en se haussant vers lui et en joignant leurs deux corps, complètement emportée par le maelstrom de sa passion.

Ils se heurtèrent et se séparèrent, encore et encore, adversaires aimants pris dans une lutte d'amour, une bataille qui ne pouvait s'achever que par une reddition totale des deux parties. Il courba la tête et embrassa son cou, puis ses baisers descendirent et se firent plus rudes, ses dents la mordant. Une part distante de Pippa observait tout cela avec surprise. C'était comme s'il voulait la marquer du sceau de sa passion. Comme s'il voulait imprimer en elle une image qui ne pâlirait jamais.

Et elle le désirait, ce plaisir brut, et elle le lui chuchota à l'oreille d'une voix pressante. Elle monta de plus en plus haut, telle une feuille dans le vent, et chaque fois qu'elle pensait qu'il ne pourrait pas l'emmener plus haut il le faisait, l'emportant si loin qu'elle craignait de regarder en bas, si haut qu'elle redoutait que la chute ne la tue.

Et puis cela ne compta plus. Elle le regarda dans les yeux et vit une flamme de dévotion qui ne mourrait jamais, et sa crainte se dissipa.

Elle cria son nom et jeta son âme aux quatre vents.

La retombée fut à la fois longue et rapide, et elle s'acheva par une étrange obscurité écarlate. Plus tard seulement, elle se rendit compte qu'elle était provoquée par ses paupières crispées.

— Ah, Aidan.

Sa propre voix lui parut étrangère.

— Oui, mon aimée ?

La sienne aussi.

— Je pensais qu'après toutes ces fois où nous avons fait l'amour, vous m'aviez tout montré.

— Et maintenant ?

Un sourire allégeait son ton.

— Je me trompais. C'est chaque fois nouveau. Mais particulièrement cette fois.

Il l'embrassa, posant avec précaution sa bouche sur la sienne, redevenu doux et tendre.

— Cela vous a-t-il dérangée ?

— Non.

Pourtant, elle ne pouvait nier l'impression, qui s'éveillait lentement, que quelque chose entre eux avait changé.

— Je vous aime. Une partie de mon amour pour vous a à voir avec des moments comme celui-ci. Mais…

— Qu'y a-t-il ?

Il la transperça du regard.

— C'est ridicule. Aucune importance.

— Dites-moi.

Elle hésita, luttant pour écarter cette pensée. Finalement, elle se força à dire :

— Vous m'avez fait l'amour comme si c'était la dernière fois.

## JOURNAL D'UNE DAME

L'Irlande est plus belle que je n'ai jamais imaginé qu'un pays puisse l'être. Les rapports que nous entendions à Londres ne concernaient que les champs incendiés, les guerriers peints et hurlants, le peuple affamé poussé à la violence.

Peut-être n'est-ce dû qu'à la chance, mais nous n'avons vu que des paysages verts et bleus, des falaises impressionnantes, des lacs couleur de saphir et des montagnes émeraudes. L'Irlande est un endroit où l'inattendu se réalise, aussi je suppose que c'est un endroit aussi bon qu'un autre pour affronter ce que je dois affronter maintenant.

Bien qu'Oliver m'ait suppliée de rester en Angleterre et d'attendre des nouvelles de lui, j'ai insisté pour venir. La contessa a été d'une compagnie agréable durant le voyage, et elle a fait de son mieux pour me préparer aux événements à venir.

Oui, elle a fait de son mieux.

Mais une mère peut-elle être préparée à rencontrer, face à face, la fille qu'elle a crue morte vingt-deux ans auparavant ?

ALOUETTE DE LACEY,
Comtesse de Wimberleigh.

# 15

— Il n'y a pas de moyen facile de vous dire ceci, déclara Aidan.

Une fois leur jeûne rompu, il avait emmené Pippa dans le plus bel endroit de Ross Castle. C'était un jardin au bord du lac, un fouillis de joncs et de massettes, avec des canards et des hirondelles de mer qui fusaient des marécages.

Elle leva les yeux vers lui avec le doux sourire paresseux d'une femme qui avait été bien et totalement aimée, et qui avait été éveillée sans regret par un baiser avant l'aube.

Une femme qui n'avait aucune idée qu'elle avait été dupée.

— De quoi s'agit-il, mon amour ?

Elle se pencha pour cueillir une fleur et la glissa derrière son oreille.

Il hésita, s'accordant de la regarder une dernière fois pendant qu'elle l'aimait encore. Quand il aurait parlé, elle ne le contemplerait plus jamais avec une telle adoration. C'était comme savoir qu'il la voyait pour la dernière fois. Sa confiance et son acceptation totales, sans réserve, auraient disparu dans quelques instants, alors pour l'heure il s'abandonna à l'égoïsme, prenant le temps de jouir de son affection.

Tandis qu'il la regardait en train de l'observer, il se dit

qu'il y avait une sorte de magnificence dans leur amour condamné. Quelque chose de majestueux, à la vaste envergure. Leur passion était trop immense et trop brûlante pour durer aussi longtemps que ses rêves.

— Aidan ?

Elle pencha sa tête dorée de côté.

— Pourquoi me regardez-vous ainsi ?

— J'ai des nouvelles, dit-il. Elles concernent votre famille.

Elle lui décocha un sourire qui le fit fondre.

— Vous êtes ma famille.

— Je veux dire la famille que vous recherchiez.

Une étrange détresse passa dans ses yeux. Il comprit que c'était du déni.

— Vous êtes tout ce que je veux et dont j'ai besoin, dit-elle.

— Non, c'est votre quête de vous-même qui vous a conduite à moi. Il y a longtemps, vous m'avez demandé de vous aider à trouver ce qui s'était passé, comment vous aviez pu être perdue à un si jeune âge.

Elle pâlit.

— Qu'avez-vous appris ?

Aidan devint très conscient des ombres fraîches, de l'odeur bleue du lac et de la façon dont le soleil matinal la nimbait.

— Je crois que vous êtes lady Philippa de Lacey. La fille d'Oliver et d'Alouette de Lacey, le comte et la comtesse de Wimberleigh.

Elle ne fit absolument aucun mouvement. Au bout d'un moment, il craignit qu'elle n'ait pas entendu.

Puis, finalement, elle parla d'une voix morne et calme.

— Philippa de Lacey.

— Oui, mon amour.

— Mes parents sont le comte et la comtesse de Wimberleigh.

— Oui.

— Et Richard ?

— Votre jeune frère.

Maintenant qu'il connaissait la vérité, il se demandait comment il n'avait pas vu la ressemblance plus tôt. Par son apparence, Richard de Lacey était un modèle de perfection dorée, avec un sourire angélique, des yeux rieurs et une intelligence profonde, inattendue. Donal Og avait raison. Pippa — ou Philippa, comme il devrait penser à elle maintenant — était l'équivalent féminin de Richard.

— Comment avez-vous découvert cela ?

— Cela a commencé avec votre broche. Quand vous me l'avez montrée la première fois, j'ai copié les inscriptions gravées au revers. Avec l'aide de la contessa, j'ai appris que c'étaient des caractères cyrilliques. Les mots sont russes. Ils signifient « Sang, serments et honneur. » C'est une devise familiale.

Il passa une main dans ses cheveux. Tant de temps avait passé depuis cette révélation.

Elle retint son souffle.

— C'est un mensonge !

— Ces mots sont les mêmes que ceux que la vieille bohémienne vous a dits.

— Comment en avez-vous conclu que c'est une devise de la famille de Lacey ? demanda-t-elle, sa voix se faisant plus forte.

— J'ai vu une broche identique sur un portrait de lady Alouette, peint voilà vingt-cinq ans. Elle avait le rubis et les douze perles, comme vous me l'avez dit.

Il avait envie de faire les cent pas, mais il se força à rester immobile et à continuer.

— La contessa a appris que lord et lady Wimberleigh ont perdu une petite fille — leur premier enfant — dans une tempête en mer. Ils l'ont crue morte.

— Quand avez-vous su cela ?

— Le jour où j'ai été arrêté et conduit à la Tour.

— Vous le savez depuis ce moment-là.

Sa voix monta sous l'effet de la stupeur.

— Comme cela a été méchant de votre part de ne rien me dire.

Elle pressa ses deux mains sur son estomac comme pour l'empêcher de se retourner.

— Pippa…

— Bien sûr, vous ne pouviez me le dire, poursuivit-elle d'un ton assourdi. Comme vous ne pouviez me parler de votre femme. Vous aviez besoin de moi pour vous aider à vous évader de la Tour de Londres. Vous deviez me maintenir dans un état de dévotion servile pour que je fasse ce que vous vouliez.

Ses paroles, bien que proférées calmement, le cinglaient comme des coups de fouet. Il en accepta la morsure, l'absorba comme la brûlure d'un fer rouge.

— J'ai mérité cela. Mais en vérité, je me souciais de vous. Je voulais être sûr, pour que vous n'ayez pas de faux espoirs. Je voulais être certain que les Lacey vous accepteraient, et ne vous accuseraient pas d'être une usurpatrice. Et quand nous sommes arrivés ici, je n'ai pas vu la nécessité de vous le dire. Je pensais que vous n'auriez jamais l'occasion de rencontrer votre mère et votre père.

— Parce qu'après vous avoir aidé à vous échapper, je suis devenue une hors-la-loi qui ne peut pas retourner en Angleterre.

— Exact, dit-il.

— C'est vous qui avez fait de moi une hors-la-loi.

— Juste, encore. Pippa…

— Non !

Pour la première fois, elle s'adressa à lui en criant.

— Je ne veux plus d'excuses. Vous avez trouvé la réponse à mes rêves, et vous ne me l'avez pas dit.

— Je suis désolé, mon aimée. Je voulais vous protéger de toute blessure.

Elle eut un rire amer.

— Je trouve cela curieux, car je n'ai jamais autant souffert que depuis que je vous ai rencontré. Dites-moi, pourquoi avez-vous décidé, subitement, de me faire ces révélations ?

L'effet fut presque trop dramatique : alors qu'elle parlait, un nuage obscurcit le soleil, plongeant la matinée dans une pénombre gris-jaune.

— Ils souhaitent vous voir, dit-il.

Il devait espérer qu'Alouette et Oliver de Lacey soient aussi aimables et aimants que la contessa le prétendait.

— Ils sont à Killarney, où ils attendent de vous rencontrer.

Elle frissonna.

— Mes parents sont venus me chercher.

— Oui, mon amour.

— Ils m'ont tenue pour morte, et maintenant ils veulent me voir. Pour s'assurer que je suis digne d'eux. Que mon sang est assez bleu.

Il fit un pas en avant, tendant la main pour la réconforter. Il toucha son épaule. Elle s'écarta, laissant échapper un douloureux bruit de gorge.

La prédiction d'Aidan que ces révélations détruiraient son amour pour lui s'était réalisée. Il n'y avait plus qu'une chose à faire pour trancher complètement les liens.

— Je pense que vous devriez aller les rejoindre.

Elle releva vivement la tête et étouffa une exclamation.

Oui, c'était le coup fatal. Le coup de grâce. Son amour pour lui mourait sous ses yeux.

— Mon cœur, reprit-il doucement, Oliver de Lacey a amené une armée suffisante pour passer tout le Kerry par l'épée. Je suis contraint de conclure un accord avec lui.

— Et je fais partie de cet accord ?

— Il ne serait pas assez grossier pour le dire.

Bien sûr, c'était l'une des exigences tacites.

— Voudriez-vous faire quelque chose pour moi ? demanda-t-elle d'une petite voix froide.

— Oui, mon amour ?

Elle tressaillit au mot tendre.

— Voudriez-vous, je vous prie, me laisser tranquille ? Voudriez-vous, je vous prie, rester hors de ma vue aujourd'hui ?

Il ne comprenait que trop bien de quoi elle avait besoin. Ses manières et sa contenance évoquaient un soldat choqué par la bataille, si dévasté émotionnellement que sa faculté de penser et de sentir était émoussée.

Il l'observa un moment de plus. Elle paraissait la même, et pourtant différente. Elle était sa Pippa bien-aimée, sa Pippa dorée, mais quelque chose avait changé. L'étincelle qui éclairait son âme s'était éteinte. Elle semblait creuse, vide. Un beau vaisseau glacé.

— Adieu, mon amour, dit-il.

Il tourna les talons et s'éloigna.

— Je commence à croire qu'on ne meurt pas d'un cœur brisé.

C'était beaucoup plus tard ce jour-là, et Pippa avait ramé jusqu'à Innisfallen pour chercher raison et sagesse auprès de Revelin.

Il lui tendit un mouchoir pour sécher ses yeux et se

moucher. Plus d'une douzaine de mouchoirs semblables gisaient à ses pieds dans le jardin, devant le sanctuaire de l'île.

— Pourquoi dites-vous cela, mon enfant ? demanda le chanoine.

— J'ai essayé plusieurs fois de mourir d'un cœur brisé, et chaque fois, j'ai dû vivre avec.

— Alors, vous n'étiez sans nul doute pas destinée à périr, dit-il. Vous étiez destinée à guérir et à continuer.

— Ah ! Comme cela paraît noble. Et simple.

— Les mots sont simples. L'action ne l'est pas.

Un coup de vent rabattit la capuche de Revelin, révélant sa couronne de cheveux d'un blanc de neige.

Pippa se força à sourire, faiblement.

— Vous êtes bon pour moi. Je n'ai nul droit d'attendre que vous preniez de décision à ma place. Je suppose qu'il n'y a pas de décision à prendre, d'ailleurs. Je dois aller chez les Lacey.

Prononcer les mots à voix haute la parcourut d'un frisson.

— Apparemment, ils ne vous rejetteront pas.

Ses yeux la brûlèrent de nouveau, et elle battit des cils pour retenir d'autres larmes.

— Je suppose que non, puisqu'ils sont venus aussi loin et ont amené une armée avec eux. C'est Aidan qui m'a repoussée, ajouta-t-elle amèrement.

— Pensez-vous qu'il le voulait ?

— Il a fait en sorte que ni lui ni moi n'ayons le choix.

— Il y a un choix à faire, dit le vieux chanoine. Le choix d'avoir ou non confiance. C'est à vous de faire ce choix.

Il la laissa seule, alors, dans le jardin sous le ciel gris, à respirer l'air lourd. Délibérément, consciente de chacun de ses mouvements, elle se leva et marcha jusqu'à la côte rocheuse d'Innisfallen. Elle monta dans la barque légère et détacha la corde, puis s'assit et ferma les mains sur les rames.

Elle ne rama pas mais se laissa dériver, perdue dans ses pensées. Elle n'était pressée d'aller nulle part. Son regard se posa sur le sac qui contenait toutes ses possessions. Elle l'avait traîné avec elle toutes les années de sa vie, le long des milles qu'elle avait parcourus, l'emplissant d'objets qui n'avaient de sens que pour elle. D'une main tremblante, elle sortit la broche abîmée et l'épingla à son épaule.

Elle avait si souvent imaginé ce jour-là. Le jour où elle rencontrerait sa famille. Comme il avait été différent, dans ses fantaisies. Son cœur manqua un battement, et elle inspira profondément.

« Du calme. Pense à une chose à la fois. Pense à Richard. »

Le lien de parenté expliquait beaucoup de choses à son sujet — pourquoi il l'attirait, pourquoi elle était si à l'aise avec ses serviteurs, pourquoi elle avait compris un avertissement en russe à propos d'une bougie qui tombait, pourquoi elle semblait connaître sa maison sur la Tamise.

Une vague de stupeur la frappa quand elle comprit que la dame rousse de ses brumeux souvenirs, sa marraine, était la reine Elizabeth en personne.

Et Richard de Lacey, le plus bel homme du monde, était son frère.

« Dommage qu'il soit l'ennemi », pensa-t-elle avec une pointe de regret. Mais l'était-il ? Si elle allait chez les Lacey à Killarney, rejoindrait-elle la cause anglaise ? Vaudrait-elle mieux que les Sassenach, les étrangers venus envahir le district ?

Non, elle serait toujours comme cette barque, ballottant sans but, emportée par une tempête de circonstances. Peut-être, pensa-t-elle avec une lueur d'espoir, quelque chose de bon sortirait-il de tout ceci. Elle pouvait en appeler aux puissants Lacey, peut-être gagner leur sympathie pour les Irlandais. Elle saisit les avirons et se mit à ramer, réfléchissant.

Les Lacey étaient des étrangers pour elle. Elle ne disposait que des preuves d'autres personnes attestant qu'elle était Philippa de Lacey. Elle ne serait jamais certaine de la vérité avant de l'avoir ressentie dans son cœur.

De grosses gouttes de pluie la frappèrent et trouèrent la surface du lac. Au début, elle n'éprouva pas de peur, seulement de la contrariété d'être surprise par la pluie froide. Le temps, songea-t-elle sombrement, semblait en accord avec l'état de son cœur. Les semaines qui avaient suivi son mariage avec Aidan avaient été les journées dorées du plein été, des jours aux nuages qui passaient dans le ciel et au soleil abondant, des nuits à la splendeur éclairée par la lune, dans les bras de son époux.

Puis le vent prit de la force, soulevant des crêtes d'écume à la surface de l'eau. Elle tenta de ne pas se rappeler comment ils s'étaient aimés — profondément, avec une complète certitude… du moins l'avait-elle cru. En vérité, leur amour avait été construit sur les mensonges d'Aidan. Elle avait été béatement ignorante, se promenant au soleil de sa vie, sans avoir conscience de l'orage qui s'amassait au loin. Sans savoir quelle destruction il pouvait entraîner.

Un éclair déchira le ciel, illuminant brièvement les hauteurs majestueuses et nimbées de nuages des Macgilly's Reeks. La pluie tomba plus vite, plus fort, en denses pans glacés qui la poussèrent de côté et firent pencher la barque.

— Non ! Oh, Dieu, non !

Ses dents claquaient ; elle les serra et pria, les mâchoires crispées.

— Je vous en prie, mon Dieu, non... Sainte Marie...

Elle plongea dans le chaos qui régnait dans sa tête.

*Sainte Marie... Les paroles de Nourrice tambourinaient en elle, même si Nourrice avait disparu, aspirée par la rivière grondante d'eau de mer qui s'était abattue sous le pont. Le chien ne cessait d'aboyer, de gémir et de chanceler, mais il était le seul qui restait en vie, alors elle s'accrocha à son cou trempé.*

*Le bateau montait et descendait, petit bouchon de liège allant d'un côté à l'autre. Mais au bout d'un moment il y eut un grand craquement, comme la fois où le chêne était tombé dans le jardin de grand-père Stephen.*

*Quand un éclair illumina de nouveau la mer, elle put voir pourquoi le bateau s'était arrêté : un grand rocher escarpé, aussi haut qu'une flèche d'église, avait ouvert un trou dans la coque. Elle se cramponna à une grosse corde mouillée jusqu'à ce qu'une autre grande vague arrive. Lors de l'éclair suivant, elle vit une autre vague qui se dressait telle une montagne de verre noir.*

*Le bateau fut soulevé, puis plongea dans l'eau. Une armée de gros tonneaux se détacha, roulant vers elle sur le pont follement incliné. Quelque chose — le vent ? une vague ? — l'emporta et la projeta dans la mer. Elle vola à travers un espace froid et noir, et l'eau la heurta violemment lorsqu'elle la frappa...*

Un hurlement monta dans la poitrine de Pippa tandis que l'eau du lac submergeait la barque. Elle pouvait à peine distinguer la côte brumeuse. L'embarcation s'enfonçait de plus en plus, échappant finalement à son contrôle avant de commencer à sombrer.

Elle cessa de hurler, car par-dessus la tempête elle entendit le jappement faible et rauque d'un chien. Puis le vent gronda à ses oreilles et elle glissa dans l'eau froide, se cramponnant à une rame tandis que la barque disparaissait.

Elle éprouva une bouffée de regret, car les Lacey étaient venus de loin pour la voir. Puis elle ne sentit plus rien du tout. L'eau se referma sur elle, et au-dessous de la surface elle n'entendit plus la tempête. Au-dessous de la surface, tout était aussi silencieux qu'une tombe.

A l'apogée de la tempête, deux cavaliers se rencontrèrent près d'une hutte de berger abandonnée dans les collines qui surplombaient le lac. Aidan démonta et conduisit son cheval dans l'abri sombre. Fortitude Browne, le représentant de la loi de Killarney, fit de même.

Aidan était venu seul, même s'il savait fort bien qu'une troupe de soldats anglais trempés par la pluie attendait au pied de la colline. Browne était un homme très prudent quand il s'agissait de sa sécurité.

Le O'Donoghue Mór avait démantelé son armée et envoyé ses hommes dans les collines, car c'était l'une des premières exigences de Browne.

Pendant quelques instants ils restèrent l'un face à l'autre, sans parler, laissant la pluie froide couler sur leurs visages. Même à la faible lueur du soir assombri par l'orage, Aidan pouvait voir la haine sur le visage mince et ascétique de l'Anglais. Il avait des lèvres fines et des pommettes hautes, la mâchoire cruelle et des yeux durs. Il gardait la main sur son épée, mais Aidan ne craignait pas qu'il s'en serve. Pas ici. Pas maintenant.

— Vous ne croirez pas ceci de moi, dit le chef irlandais, mais je suis navré que Felicity soit morte.

— Vous auriez dû y penser quand vous l'avez assassinée.

Aidan s'attendait à cette accusation virulente.

— Non, sir, je ne l'ai pas assassinée, mais ma culpabilité est profonde. Felicity serait en vie aujourd'hui si nous ne nous étions jamais rencontrés, si nous ne nous étions pas mariés.

Browne émit un son étranglé et se détourna, appuyant un bras sur le linteau affaissé de la porte et fixant d'un œil noir l'orage déchaîné.

— Vous vouliez épouser cette mendiante. C'est pourquoi vous avez poussé Felicity à la mort.

Aidan inspira entre ses dents serrées.

— Milord, nous savons tous les deux qu'elle a perdu la raison. Elle s'est donné la mort. Il y a eu un témoin, un Anglais comme vous.

De la vapeur montait des murs herbeux de la hutte.

— Peut-être, poursuivit-il, suis-je responsable de n'avoir pas vu sa folie.

— Vous l'avez *rendue* folle, espèce de meurtrier ! L'état de son esprit était votre faute !

Aidan n'éprouvait pas de colère, seulement une grande lassitude.

— Avez-vous jamais pensé à l'état de son esprit quand vous l'obligiez à rester à genoux sur la pierre pendant des heures, ou à réciter les Ecritures pendant des nuits sans sommeil ?

Silence. La pluie tombait si fort qu'elle obscurcissait presque le lac. Pippa détestait les orages, et maintenant qu'Aidan connaissait son passé, il comprenait pourquoi. Il était heureux qu'elle soit allée à Innisfallen pendant que le temps était encore clair. Comme lui-même l'avait fait, elle allait chercher de la consolation sur l'île du lac. Revelin lui procurerait chaleur et abri ; il lui conseillerait d'aller rejoindre les Lacey.

Crispant les mâchoires contre la douleur brûlante de la perdre, il attendit que Browne parle de nouveau.

L'Anglais lui refit face, passant la main dans ses épais cheveux mouillés.

— Ne souillez pas le nom de ma fille en le prononçant à voix haute. D'après la lettre que vous avez confiée à la Vénitienne, vous êtes prêt à accepter mes conditions.

Aidan eut un sourire dénué d'humour.

— Je n'irai pas jusqu'à appeler vos exigences concernant ma reddition des *conditions.*

— Vous méritez d'être écartelé, de mourir à petit feu.

La voix de Browne trembla, et Aidan sentit un élan de sympathie. Cet homme avait perdu sa fille, après tout. Elle était belle, surnaturelle et rare avec sa peau pâle et parfaite ; dans ses moments de lucidité, avant qu'elle se mette à le haïr, elle s'était montrée plaisante et douce.

— A partir du moment où vous acceptez de remplir votre part de ce marché du diable, dit-il, je vous suivrai comme votre prisonnier.

— Parfait.

Browne alla à la porte et fit un signe du bras. Quatre hommes approchèrent, qui poussèrent Aidan contre le mur et lui attachèrent de froids anneaux en fer aux chevilles et aux poignets.

Browne conduisit son cheval sous la pluie battante. Il sourit.

— Je prendrai grand plaisir à envoyer le O'Donoghue Mór en enfer.

*
* *

Un parfum subtil flottait dans l'air. Pippa frémit, stupéfaite et effrayée par un rêve si vivace qu'il contenait des odeurs.

C'était un parfum que tous ses instincts reconnaissaient et auquel ils répondaient, car c'était la douce, l'unique odeur de sa mère.

*Sa mère.*

S'était-elle noyée ? Etait-elle au paradis ? Elle se força à ouvrir les yeux pour bannir le rêve. Or elle ne rêvait pas, mais était couchée dans un lit qu'elle ne connaissait pas. Comment était-elle arrivée là ?

Elle battit des cils à la lumière des bougies et remarqua, en passant, les riches tentures qui lui étaient étrangères.

Puis elle tourna la tête sur l'oreiller et vit la femme.

*Maman.*

Son cœur sut enfin qu'elle était rentrée chez elle.

Saisie par le choc, la joie, la crainte et le soulagement, elle se redressa dans son lit et remonta ses genoux contre sa poitrine. Elle fixa la femme, et celle-ci, petite, aux cheveux sombres, la fixa en retour.

La lueur de bougies vacillait à la lisière de sa vision. Elle inspira et ferma les yeux, et de l'obscurité surgit un souvenir si clair que la scène aurait pu se passer la veille.

*Maman la serrait sur son cœur, et Philippa sentait sa bonne odeur de linge propre et de soleil.*

— *Au revoir, ma petite chérie, chuchota maman d'une curieuse voix qui se brisait. Je veux que tu emportes ceci avec toi pour te rappeler ta maman et ton papa pendant que tu seras loin.*

*Maman épingla la broche d'or et de rubis sur la plus*

*belle robe de Philippa. Puis elle ôta la petite dague cachée à l'intérieur.*

— *Je vais garder cette partie. C'est plus sûr ainsi, Philippa...*

— Philippa, dit la femme.

Pippa rouvrit les yeux.

— Je suis Philippa, dit-elle d'une voix douce et étonnée. Votre fille.

— Oui. Oh, oui, ma chérie, oui.

L'Anglaise aux cheveux sombres l'enveloppa de ses bras. Le parfum de linge propre et de soleil était aussi évocateur maintenant qu'il l'avait été plus de vingt ans plus tôt. C'était l'odeur du réconfort, de l'amour, de maman.

Mais entre elles béaient des décennies d'éloignement. Pippa s'écarta. Alouette de Lacey parut sentir son besoin de s'ajuster à la situation et la lâcha.

Un moment plus tard, un homme entra dans la chambre. Alouette alla à sa rencontre, lui prit la main et le conduisit au chevet du lit. Au début, Pippa pensa que c'était Richard, puis elle s'aperçut qu'il était plus âgé, même s'il était d'une beauté dorée qu'elle n'avait jamais vue chez aucun autre homme.

*Papa.*

Elle resta assise, parfaitement immobile, et ils ne bougèrent pas non plus, la dévisageant comme elle les dévisageait. Une tempête de sentiments la balaya : la confusion, l'incrédulité, la rage et une terrible impuissance.

Mais pas d'amour.

Quand elle les regardait, elle ne voyait que deux beaux étrangers avec des larmes coulant sur les joues.

Finalement, elle retrouva sa voix.

— Vous êtes Alouette et Oliver de Lacey, le comte et la comtesse de Wimberleigh.

— En effet.

Les yeux de lord Oliver étaient bleus. Pas du bleu de flamme de ceux d'Aidan, mais d'une couleur plus claire, et ils brillaient de larmes quand il lui prit la main et la pressa sur son cœur. Puis il lui donna son baiser spécial : une joue, l'autre, les lèvres et le nez, toujours dans cet ordre. Et son cœur commença à se rappeler le doux toucher de cet homme.

— Bienvenue à la maison, Philippa, ma fille chérie.

— Il a été condamné à mort ? demanda Donal Og à la contessa, à voix basse.

Il était venu à cheval de Ross Castle, à toute allure, et l'odeur du vent et de la pluie s'accrochait à ses vêtements et à ses épais cheveux blonds.

Elle le considéra en silence, solennellement, incapable de parler avant de ravaler la boule qui lui serrait la gorge. Elle le fit enfin, déglutissant avec effort, et prit sa grande main dans la sienne.

— J'ai tenté tout ce que j'ai pu. Wimberleigh aussi. Fortitude Browne refuse de retirer ses accusations contre Aidan.

Donal Og lui arracha sa main et frappa sa paume de son poing. Elle tressaillit devant la force du coup. La lanterne suspendue à un crochet dans les écuries l'éclairait étrangement, le faisant paraître encore plus grand et plus redoutable que d'habitude. Elle s'était arrangée pour le rencontrer ici, en secret, non loin de la résidence d'Oliver de Lacey à Killarney.

— Tout ce que mon cousin a toujours voulu, dit lentement Donal Og, c'est qu'on le laisse en paix. Son père ne l'a pas permis. Ni Felicity. Et même maintenant qu'ils sont morts, ils le tiennent dans un nœud coulant.

Le cœur de Rosaria pleurait pour lui, pour eux tous.

— Mon amour, je suis tellement désolée.

Il la prit par les épaules, l'attirant contre lui.

— Je dois aller trouver Aidan, le libérer de sa prison…

— Non ! coupa-t-elle. Ah, Donal, je craignais que vous ne vouliez le tenter. C'est le plus sûr moyen de vous faire tuer, Aidan et vous. Il ne viendra pas avec vous, et vous serez capturé.

— Je le forcerai à venir avec moi. Je suis plus grand que lui, je l'ai toujours été.

— Vous êtes plus grand que n'importe qui. Mais pensez avec votre cerveau, pas avec vos muscles. Si vous enlevez Aidan, Fortitude Browne va noyer le Kerry tout entier dans un bain de sang, le sang d'innocents.

Donal Og crispa farouchement la mâchoire et jeta un regard noir au plafond.

— Dieu, ah, Dieu, tuez-moi maintenant afin que je n'aie pas à voir ceci jusqu'à la fin.

La contessa pressa une main tremblante sur sa joue.

— Retrouvez vos forces, mon bien-aimé. Vous en aurez besoin.

Une vague de frustration s'abattit sur elle. Elle avait utilisé toute son adresse, tout son charme, tous ses considérables pouvoirs de duplicité pour convaincre l'officier de la loi de montrer de la pitié.

— Tout ce que j'ai pu arracher à Fortitude Browne, avoua-t-elle, c'est l'assurance que personne d'autre ne serait passé par l'épée.

Donal Og arpenta les écuries.

— C'est *lui* que je devrais passer par l'épée. L'envoyer en enfer avec sa folle de fille.

— Réprimez cette impulsion. Browne est malhonnête ; il faut seulement en trouver des preuves.

« Et nous en avons besoin, ajouta-t-elle en elle-même, avant qu'il exécute sa sentence contre Aidan. »

— Je vais écrire de nouveau au lord député de Dublin.

Donal Og relâcha son souffle en un sifflement abattu. Il ouvrit les bras et lui décocha un sourire las.

— Venez ici, ma douce.

Elle obéit volontiers, trouvant du réconfort dans l'étreinte d'un homme qui ne ressemblait à aucun de ceux qu'elle avait connus.

— Que va-t-il advenir de nous ? murmura-t-il dans ses cheveux. Dois-je disparaître comme un loup blessé dans les sauvages contrées du Connaught, où même les Sassenach craignent d'aller ?

— J'ai une meilleure idée. Wimberleigh a affrété un de ses navires pour vous et tous ceux qui veulent partir. Il a des provisions pour six mois, et un équipage expérimenté vous conduira où vous voudrez.

Il gloussa.

— Iago sera heureux de l'entendre. Il va nous faire mettre le cap sur les Indes occidentales avant la fin de la semaine.

— Est-ce un sort si horrible ?

Il la serra plus fort.

— Oui, si cela signifie vous quitter, ma douce.

Du fond de son désespoir, elle tira un rayon d'espoir.

— Y a-t-il une loi qui dit que je ne puis venir avec vous ?

Il baissa les yeux sur elle, médusé, et finalement joyeux — avec prudence.

— Vous feriez cela ? Vous me suivriez en exil ?

— Je vous suivrais au bout de la Terre s'il le faut, dit-elle.

— Ah, suave Rosaria. C'est probablement là où je vais vous emmener.

Au matin, Pippa se leva et s'habilla après un profond sommeil qui la surprit. Tandis qu'elle faisait sa toilette et se préparait, elle réfléchit aux événements extraordinaires de la veille.

Ses muscles étaient endoloris d'avoir combattu la tempête, et son esprit était plein de tout ce qui était arrivé. Selon Oliver, une patrouille anglaise l'avait aperçue qui essayait de regagner la rive à la nage. Alerté par les chiens, un homme avait plongé juste après l'avoir vue disparaître. Elle était à moitié noyée, inconsciente. Ils l'avaient ramenée directement au manoir.

Après avoir vu ses parents, elle avait avalé un bouillon et du vin, puis sombré dans le sommeil.

La grand-salle de Killarney House était vaste et baignée de soleil. A la suite de l'orage, les jardins qui se trouvaient autour étaient d'un vert brillant. Elle ne fut pas surprise de voir un grand chien à longs poils gambader dans le verger. Un barzoï, un lévrier russe. Papa en élevait. Et elle se souvenait à présent que le plus beau de chaque portée était baptisé Pavlo.

Tous trois — Oliver, Alouette et Richard — bondirent sur leurs pieds quand elle entra dans la pièce. Elle les balaya d'un regard lent et troublé.

— Voulez-vous rompre votre jeûne avec nous ? demanda Alouette.

— Je n'ai pas faim.

Pippa perçut de l'impatience dans sa voix et la tempéra d'un sourire forcé.

— Merci.

Les mains froides, elle dégrafa la broche et la poussa à travers la table vers sa mère.

— Je crois que ceci vous appartenait, autrefois.

D'une main tremblante, Alouette sortit une petite dague acérée au pommeau incrusté de pierres précieuses et la glissa dans le fourreau formé par la broche.

— Avant moi, elle appartenait à lady Juliana, votre grand-mère.

Pippa hocha la tête.

— Elle avait l'habitude de chanter pour moi. Je me souviens de bribes d'une chanson russe.

Alouette voulut lui rendre la broche, mais elle fit signe que non.

— Fut un temps où cette broche était la seule chose de valeur que je possédais. La seule chose qui m'appartenait. La seule à laquelle j'étais liée.

Richard demanda :

— Les perles et le rubis ont-ils été volés ?

— Je les ai vendus. Pour survivre.

Il rougit et baissa les yeux sur ses mains. Oliver émit un son angoissé.

— Philippa. Ma fille. Dieu, quand je pense combien vous avez souffert, je me méprise. D'une certaine manière, j'aurais dû sentir que vous étiez en vie. J'aurais dû parcourir toute l'Angleterre pour vous trouver.

Pippa avait la gorge serrée, et cependant elle restait distante de ces trois belles personnes bien nourries et bien habillées.

— Vous ne savez rien de moi, dit-elle. Rien de la souffrance que j'ai endurée, rien de la solitude qui m'a habitée douloureusement pendant tant d'années.

— Nous avons souffert aussi, Philippa, dit doucement Alouette. Plus que vous ne l'imaginez. Nous pleurions la fille que nous croyions perdue.

Pippa durcit son cœur. Une longue habitude la faisait résister à les aimer.

— Les circonstances, apparemment, n'ont été douces pour aucun de nous.

— Nous avons été privés de notre amour mutuel, dit Oliver, mais un miracle nous a réunis.

— Pas un miracle. Aidan O'Donoghue.

Cela faisait mal rien que de prononcer son nom.

— Mon époux.

Sa déclaration fit pâlir le visage d'Alouette et rougir celui d'Oliver. Richard passa une main dans ses cheveux dorés.

— Ainsi, vous l'avez épousé.

— Un chef irlandais rebelle, dit Oliver.

— Un catholique, dit Alouette.

— Un homme !

Pippa abattit les mains sur la table.

— Vous me parlez d'amour simplement comme quelque chose qui existe entre nous du fait des liens du sang. Ce n'est pas de l'amour. C'est de la parenté. L'amour est quelque chose qui se gagne par la constance, l'attachement, les attentions, la dévotion — les choses qu'Aidan m'a données, pas vous.

— Philippa, commença Alouette, nous l'aurions…

— Mais vous ne l'avez pas fait.

Elle ne ressentait pas de colère, juste de l'exaspération.

— Ce n'est la faute de personne. De fait, Aidan m'a aimée alors que j'étais morte pour vous. Il m'a aimée quand j'étais le moins aimable. Quand j'étais pauvre, grossière, sans toit et affamée. Quand je ne me souciais de rien d'autre que de savoir quel allait être mon prochain pigeon.

Alouette pleurait sans bruit, ses larmes tombant d'yeux

ressemblant tellement à ceux de Pippa que c'était comme regarder dans un miroir.

— Je suis navrée de votre chagrin, reprit-elle. Nul n'est à blâmer. J'aime mon époux.

Oui, c'était vrai. Le choc d'apprendre la vérité au sujet des Lacey l'avait fait s'en prendre à Aidan, mais elle savait qu'elle n'avait jamais cessé de l'aimer.

— Rien de ce que vous pouvez dire ne changera cela.

Richard se racla la gorge.

— Alors pourquoi étiez-vous sur le lac, fuyant vers Killarney ?

Sa question glaça le sang de Pippa. Elle porta une main à sa gorge et se mit à aller et venir. Elle tremblait intérieurement, se demandant si elle avait détruit l'amour d'Aidan en le quittant sur des mots aussi amers.

Finalement, elle se tourna vers ses parents et son frère.

— Il m'a informée de votre convocation.

— C'était un appel du cœur, dit Oliver. Je voulais voir ma fille.

Il sourit. Ce sourire fit renaître toute la magie de ses premières années. Pendant un instant il ne fut plus un étranger, mais son papa aimant qui la faisait rire. Il dessinait des marionnettes d'ombres sur le mur de la nurserie, le soir. Il lui montrait comment cacher à maman le porridge qu'elle ne voulait pas manger. Il lui donnait le baiser de bonne nuit le plus spécial du monde — une joue, l'autre, les lèvres et le nez, toujours dans cet ordre.

— Je ne vous ai pas encore dit, reprit-il, combien vous me paraissez belle.

Ces paroles tirèrent son cœur dans une direction, mais la pensée d'Aidan le tirait dans une autre.

— Nous aurons peut-être plein de temps pour nous

rendre visite dans l'avenir, dit-elle, mais je dois retourner auprès d'Aidan. Vos troupes ont menacé son peuple. J'ai l'intention de rester à son côté et de me battre…

— Ma douce, dit Oliver en contournant la table et en tendant les mains vers elle, je ne peux vous laisser retourner auprès de lui.

— Ne me touchez pas !

Elle tira la dague d'Aidan de son fourreau.

Son père leva les mains en signe de supplication et de reddition.

— Philippa, vous me comprenez mal. Nous n'avons aucune objection à votre mariage avec Aidan O'Donoghue, pas plus que nous n'objectons au mariage de Richard avec Shannon, malgré son caractère hâtif. J'admire votre loyauté envers les Irlandais.

— Alors pourquoi essayez-vous de m'éloigner d'Aidan ?

Elle posa la dague.

— Je vais aller à Ross Castle dans l'heure.

— Philippa, intervint sa mère, il n'y est pas. Il n'est pas à Ross Castle.

L'appréhension fit battre ses tempes.

— Que voulez-vous dire ? Qu'est-il arrivé ? L'avez-vous tué ?

Ce fut Richard qui parla. Il mit un genou en terre devant elle.

— Philippa, la famille Browne pense qu'Aidan a assassiné sa femme. Tout le monde sait que Felicity était folle. Elle s'est suicidée, mais son père exige rétribution. Il a adressé un ultimatum à Aidan, lui ordonnant de me remettre Ross Castle et de se livrer à lui.

Elle haussa le menton.

— Aidan ne capitulerait jamais devant Fortitude Browne.

Oliver crispa la mâchoire, puis parla avec un dégoût évident.

— Browne a promis de faire brûler une famille irlandaise par jour jusqu'à ce que le O'Donoghue Mór se rende.

— Ne pouvez-vous rien faire ? demanda-t-elle à son père. Vous êtes un lord, un noble. Intervenez, empêchez Browne de…

Oliver pressa les mains sur la table et inspira profondément.

— J'ai essayé. Je suis resté debout toute la nuit à écrire des lettres, à envoyer des messagers à Cork, Dublin et Londres, mais je n'ai pas d'autorité ici. Dans le district de Browne, je n'ai guère plus d'influence qu'un simple soldat.

Paraissant très affligé, Richard se releva.

— Le O'Donoghue Mór sait qu'il est dépassé en nombre, qu'il a peu de provisions, qu'il est face à un hiver de disette.

— Que dites-vous là ? demanda Pippa d'une voix âpre qu'elle ne reconnut pas.

Oliver prit ses mains dans les siennes.

— Ma douce, il n'avait pas le choix. La nuit dernière, il a démantelé son armée et s'est rendu à Fortitude Browne.

Elle lui arracha ses mains et courut à une banquette dans l'embrasure d'une fenêtre, souhaitant se rouler en boule et faire disparaître le reste du monde.

— Il le savait, murmura-t-elle pour elle-même, en se mettant à trembler. Il savait que cela allait arriver.

La veille au matin, elle l'avait presque deviné. Il l'avait aimée comme si c'était la dernière fois.

Elle sentit la main d'Alouette sur son épaule.

— Dieu, dit Pippa, oh, Dieu, il voulait que je parte

en colère, il voulait que je vienne chez vous. Il avait tout prévu. Pourquoi ne l'ai-je pas vu ?

— Il ne voulait pas que vous le deviniez, dit Alouette.

Pippa releva les yeux. « Essayez de mieux faire, maman », pensa-t-elle. Mais nul ne pouvait faire disparaître cette blessure.

— Que va-t-il se passer maintenant ? demanda-t-elle. Va-t-on l'envoyer en jugement au château de Dublin ?

Ses parents échangèrent un coup d'œil.

— Ne me mentez pas, se récria-t-elle. Je ne vous pardonnerai jamais de me mentir.

Ce fut Oliver qui lui dit ce qu'elle avait redouté tout du long dans son cœur.

— Il va être pendu.

Le battement sinistre d'un tambour rompait la tranquillité de la matinée. L'air était frais tandis qu'Aidan marchait le long du *boreen* vers l'échafaud, dressé sur une colline à un mille de là.

En déférence à son rang, ses pieds et ses mains n'étaient pas liés, et il portait sa belle cape bleue pour écarter le froid du début d'automne. Ses cheveux tombaient sur ses épaules.

Une troupe de douze soldats l'entourait : trois devant, trois derrière, trois de chaque côté. L'officier Browne chevauchait à l'avant, vêtu de noir et drapé dans une grave dignité de puritain. Il n'y avait pas de danger qu'Aidan essaie de s'échapper. Avec une cruauté acérée et bien affutée, Browne s'était assuré de sa coopération.

Des Irlandais bordaient la route, ralentissant l'allure de la marche funèbre. Ils pleuraient fort et sans honte, leurs pleurs entrecoupés d'un mélange bien celtique de jurons et de bénédictions.

Le bruit de son peuple affligé affectait curieusement Aidan. Il s'efforçait de ne rien sentir, mais ils rendaient la chose si difficile. Il avait fait de son mieux pour eux.

Au moins, il n'aurait pas à affronter Pippa ce jour-là. Plus que jamais, il était certain d'avoir fait le bon choix — renoncer à son amour et la pousser dans le sein de sa famille.

— Dieu vous bénisse, milord !

Les cris venaient de toute part, des deux côtés de la route, devant et derrière, et même au-dessus, car un groupe d'adolescents pleins de défi étaient montés dans les arbres pour l'acclamer et jeter des glands aux soldats.

— Et soyez tous bénis aussi.

Sa voix résonna, forte et claire, et malgré sa grande fatigue il se tint très droit. Il n'avait pas dormi la nuit dernière, avait passé tout le temps à ressasser les clauses de sa reddition.

Ross Castle et tous ses domaines devaient tomber sous la juridiction de Richard de Lacey. Iago et Donal Og, ainsi que sa centaine d'hommes, devaient obtenir la clémence et être envoyés en exil. Iago jurait qu'il trouverait le paradis. Donal Og le mettait au défi de le faire.

Fortitude Browne avait accepté tout cela assez aisément. Ce qu'il voulait avant tout, c'était la mort du O'Donoghue Mór.

Et c'était ce qu'il allait avoir.

Ils étaient encore à un quart de mille de l'échafaud, sur une colline isolée au-dessus du lac Leane, quand il entendit le bruit d'un cheval au galop.

Il regarda par-dessus les têtes de son escorte et vit un cavalier solitaire qui dévalait une colline verdoyante. Il ne connaissait qu'une personne qui montait à cheval avec une maladresse aussi intrépide.

Pippa.

Au nom du Christ, pourquoi était-elle venue ?

Elle s'engouffra à travers la foule des spectateurs. Fortitude Browne tira sur la bride de son grand cheval.

— Eh bien, qu'avons-nous là…

— Arrêtez ! cria-t-elle, mettant hardiment son cheval en travers du *boreen* et forçant les soldats à s'arrêter.

Elle démonta maladroitement, dans une envolée de jupes, et écarta les membres de l'escorte.

Comme elle était ravissante, le teint échauffé, rose et dorée comme une pêche mûre, les yeux humides, les lèvres entrouvertes. Elle s'arrêta devant Aidan, poussa un cri étranglé et jeta les bras autour de son cou.

Tout l'amour qu'il avait jamais éprouvé pour elle revint à flot, jaillissant à travers lui comme une fontaine de soleil. Il l'embrassa, la goûta, et se traita sept fois de sot pour l'aimer autant.

— Votre ruse n'a pas marché, chuchota-t-elle contre sa bouche. Vous avez essayé de détruire notre amour, pour que vous perdre ne me fasse pas mal.

Tandis qu'elle parlait, les soldats restaient à l'arrêt, frottant les pieds par terre et fixant cet étonnant spectacle. Mais Aidan les oubliait, tout comme Pippa semblait le faire.

— Vous auriez dû vous en douter, Aidan. Je vous aimerai jusqu'à la fin des temps.

Une chaleur brûlante lui noua la gorge, et ses yeux le piquèrent. Il prit sa joue dans sa paume et pressa sa tête sur son torse.

— Quelle brute égoïste je suis, dit-il. Vous tenir dans mes bras. Une dernière fois.

Néanmoins, il ne voulait pas qu'elle le voie mourir,

qu'elle voie la charrette chassée de sous ses pieds, le nœud coulant se resserrer, son corps secoué de sursauts et ses jambes se balançant en l'air.

— Dites-moi adieu ici et maintenant. Je vous en supplie, ne terminez pas ce voyage avec moi.

Elle s'écarta et le fixa.

— Comment pouvez-vous faire ceci ? Comment pouvez-vous choisir la mort au lieu de courir pour votre vie ?

Il désigna d'un geste la foule des Irlandais.

— Si je fuyais, ils en paieraient le prix.

Il put lire sur son visage les mots qu'elle ne prononcerait pas : « Eh bien, laissez-les payer ! » Et une petite part égoïste de lui-même agréa avec elle.

Comme il se sentait étrangement revigoré, à présent, à tenir contre lui la femme qu'il aimait ! Il parvint même à sourire.

— Ma bien-aimée, dit-il, il est trop tard pour nous. C'est ironique, non ? Quand nous nous sommes rencontrés, il était trop tôt. Maintenant, il est trop tard.

Elle prit une longue inspiration tremblante.

— J'ai supplié mon père et mon frère d'intervenir pour vous.

— C'est inutile. Ne tenez pas les Lacey pour responsables de ceci. Ils n'ont aucune autorité pour arrêter l'officier Browne.

— Ainsi, vous avez renoncé à tout. A Ross Castle. A nous. A la vie. Je ne vous laisserai pas faire !

Il passa le revers de ses doigts sur sa joue échauffée et tressaillit presque à la douceur de la toucher.

— Pas à nous, mon aimée. Jamais. Ma foi a subi maintes épreuves, mais il y a quelque chose en quoi je crois de tout mon cœur : l'amour ne meurt jamais. Je ne trouverai jamais un amour aussi parfait que le nôtre dans ce monde ou dans l'autre.

— Oh, Dieu !

Elle tourna la tête et pressa ses lèvres sur sa paume, avec désespoir.

— Je serai toujours avec vous, poursuivit-il. C'est mon serment. C'est ma promesse. Je serai dans la brise tiède qui caressera votre visage, dans les premières senteurs du printemps, dans le chant de l'alouette, dans le volètement que vous sentez dans votre cœur quand vous éprouvez de la joie ou de la peine.

Sa main glissa jusqu'à son menton. Il se pencha et posa ses lèvres sur les siennes solennellement, en silence, pendant que derrière eux son peuple sanglotait.

— Me faites-vous confiance, Pippa ?

Elle le fixa, comme si le plus léger mouvement la ferait se briser. Mais au fond de ses yeux, au-delà du chagrin, au-delà du désespoir, il vit la force de son amour qui brûlait comme une flamme brillante et ferme.

— Merci, murmura-t-il, sachant qu'elle comprendrait sa gratitude. Merci pour cela.

C'était le dernier don qu'elle lui faisait. Un amour pur et éclatant qui l'emporterait à travers le temps et l'espace, quels qu'ils soient, qui étaient destinés à les séparer.

Fortitude Browne aboya un ordre. Gentiment mais fermement, un soldat écarta Pippa du milieu. Un instant, une folle panique brilla dans ses yeux, mais Aidan la raffermit de son regard.

— Laissez faire, ma chérie, ma bien-aimée, murmura-t-il.

Il but des yeux une dernière image d'elle — de grands yeux, des lèvres douces, des boucles agitées par le vent. Sa main tendue vers lui. Il avait envie de la saisir, souhaita qu'elle puisse l'entraîner dans un monde magique et invisible, mais il s'obligea à répéter :

— Laissez faire.

Elle recula hors de la route. Les soldats reprirent leur position autour de lui. Au son régulier du tambour, le O'Donoghue Mór fut conduit à la mort.

## *Tiré des Annales d'Innisfallen*

Comment un homme parle-t-il d'une vie qui se termine avant que sa meilleure partie ait commencé ?

Moi, Revelin d'Innisfallen, trouve impossible de tirer les mots de mon cerveau triste et chagriné, aujourd'hui.

Tout comme je trouve impossible de prier, un grave problème pour un homme qui a voué son existence à l'étude et à la prière.

Mais à quoi est bonne la foi quand l'injustice triomphe dans ce monde mauvais ?

A quoi est bonne la prière quand le Tout-Puissant est éternellement sourd à mes supplications pour le compte du meilleur homme que j'aie jamais connu ?

J'espérais que la lettre de Dublin et mes efforts — et ceux de la contessa — porteraient des fruits, mais, hélas, il est trop tard.

Il est temps pour moi d'y aller, maintenant, pour être avec le O'Donoghue Mór lors de son heure la plus désespérée.

Et puisse le Tout-Puissant, sourd ou pas, avoir pitié de l'âme de mon lord Aidan.

REVELIN D'INNISFALLEN.

# 16

— C'est appelé un *quoi ?* demanda Donal Og, contemplant l'objet que Iago avait dessiné sur le pont du navire avec un morceau de charbon de bois.

— Un ananas.

Iago regarda la contessa avec une patience forcée.

— *Señora*, vous devriez dire à votre époux de faire plus attention. Il aura beaucoup de choses nouvelles à voir dans les îles des Caraïbes. Il sera perdu sans mes informations.

La contessa décocha un sourire plein d'adoration à Donal Og.

— Mon époux a eu une longue nuit. Laissez-lui du temps. Nous ne sommes qu'à un jour de l'Irlande. Nous avons des semaines de navigation devant nous.

Iago secoua la tête en feignant le désespoir.

— Malheur à nous tous ! Ce bateau va sombrer sous le poids de vos sentiments pleins de sève.

— Ce bateau est insubmersible, déclara la contessa en soufflant d'un air supérieur.

Elle observa un couple de dauphins qui bondissaient près de la proue.

— C'est un bâtiment de la Compagnie Moscovite. Lord Oliver m'a assuré qu'il est complètement sûr en mer et approvisionné pour six mois.

— Il nous faudra moins de six semaines pour atteindre San Juan si les vents restent aussi favorables qu'aujourd'hui. Ah, San Juan ! *Amigos*, une nouvelle vie nous attend !

Iago écarta les bras pour inclure les gardes du corps, l'équipage et tous ceux du château qui avaient choisi de partir avec eux en exil.

Un lourd bruit de bottes sur les planches de bois résonna jusque sur les ponts. Tout le monde regarda vers la dunette.

Là, se tenant au bastingage en cuivre, ses cheveux noirs flottant dans le vent, se dressait le O'Donoghue Mór.

Des hourrahs montèrent tels des drapeaux de signalement. Aidan sourit, mais c'était un sourire vide, qu'il ne ressentait pas dans son cœur. Car son cœur pleurait la femme qu'il avait laissée derrière lui.

Avec une brusquerie déconcertante, ceux qui le détenaient ne l'avaient pas conduit au gibet sur la colline, mais à un bateau bien approvisionné ancré dans la baie de Dingle.

Sa libération avait été arrangée, avait-il appris, par Oliver de Lacey. Aidan ne saurait jamais quelle pression Wimberleigh avait exercée, mais le lord protecteur de Dublin avait découvert le nom de l'homme qui détournait les revenus de la Couronne à son profit. Quelques instants seulement avant que la sentence d'Aidan ne soit exécutée, des soldats étaient arrivés en trombe de Dublin avec le décret du lord député. Fortitude Browne était renvoyé en Angleterre, en disgrâce.

Cela avait été un triomphe doux-amer. Même si Browne était parti, Aidan avait perdu son domaine. Il ne pourrait jamais réclamer Ross Castle, car un autre représentant de la loi haïssant les Irlandais prendrait la place de Browne. Aidan était vivant, mais sans Pippa une part de lui était froide et morte. Il savait qu'il ne la reverrait jamais. Nul doute que son père ne considérait pas un chef irlandais exilé comme un époux convenable. Une fille comme Philippa devait être chérie et gardée près de soi, pas envoyée à l'aventure dans un pays inconnu.

Savait-elle qu'il avait été épargné, ou sa famille avait-elle jugé préférable de lui laisser croire qu'il était mort ?

Il se la représenta, couchée dans la splendeur procurée par la richesse de son père, pensant à lui avec mélancolie. Il se demanda combien de temps il durerait dans son cœur. Un an ? Deux ? Elle était encore jeune ; elle apprendrait peut-être à aimer un autre homme. Mais sûrement pas — à Dieu ne plaise — avec l'amour débordant qu'elle avait partagé avec lui, et qui consumait tout.

Cette seule pensée lui déchira le cœur, et il tressaillit sous la douleur. Pourtant, il ne lui souhaitait que du bien. Un jour, quand la souffrance se serait atténuée en une peine lancinante, il s'autoriserait à l'imaginer avec un autre homme, un Anglais conventionnel qui lui offrirait une affection tranquille et sûre pour les années à venir. Un homme à qui elle pourrait se fier pour ne jamais la quitter.

Mais pourrait-elle oublier la passion incandescente qui avait illuminé leur univers durant un été magique ?

— Voile en vue ! cria la vigie depuis son poste. A bâbord de la proue !

Tout le monde se précipita au bastingage. Des matelots grimpèrent aux enfléchures. Deux drapeaux colorés flottaient sur la dunette du navire qui approchait.

— Ils nous signalent de venir, dit le capitaine. Ils veulent nous reconnaître.

Les instincts d'Aidan s'embrasèrent d'appréhension, mais il en déféra au capitaine.

— C'est une loi de la mer, déclara l'Anglais au visage buriné par le vent, et des ordres furent lancés le long du pont. Nous devons parlementer avec eux. Dieu nous protège.

Aidan resta où il était, agrippant le bastingage du pont supérieur tandis que les deux navires se rapprochaient l'un de l'autre. Il se prépara au pire. D'une manière quelconque, se dit-il, Browne avait trouvé le moyen de le ramener au gibet.

Puis il cligna des paupières dans l'éclat du soleil d'automne, sans en croire ses yeux. Une femme se tenait debout sur le pont de l'autre bateau, agitant les bras, le soleil faisant briller ses boucles dorées.

— Pippa !

Son cri puissant retentit comme un coup de tonnerre sur l'eau. Le temps que les deux navires arrivent assez près l'un de l'autre lui sembla durer une éternité.

Il arpenta le pont en jurant, certain que le moment qu'il attendait n'arriverait jamais. Même quand les vaisseaux furent assez près pour l'abordage, le temps lui parut se traîner.

— Patience, milord, dit Iago. Stabiliser les bateaux pour installer une planche d'abordage prend du temps.

— Par Dieu, je n'ai pas le temps !

Aidan saisit un cordage qui pendait d'une vergue. En dépit des protestations générales, il y attacha un grappin et l'envoya vers l'autre navire. Le crochet se fixa au troisième essai, et sans la moindre hésitation Aidan enfila une poulie sur le cordage et se lança pour traverser.

Il heurta le bastingage du pont, rebondit et frappa la coque. Ignorant ses meurtrissures, il escalada la rambarde et atterrit sur ses pieds devant Pippa.

Ses yeux verts brillaient comme les plus étincelantes des étoiles.

— Je ne puis croire que vous êtes ici, dit-elle.

Il poussa un cri de pure joie et la saisit dans ses bras.

Ils s'embrassèrent longtemps et si vigoureusement qu'il fallut un ferme raclement de gorge paternel pour les interrompre.

Aidan s'écarta pour faire face à un homme plus âgé au grand sourire, qui passait un bras autour d'une femme menue. Alouette de Lacey portait la broche de Pippa épinglée à son corselet.

— Vous êtes lord et lady Wimberleigh, dit-il. Mes remerciements. Je vous dois la vie.

— Pour notre fille, ce n'était pas suffisant, répondit Oliver. Elle ne nous a pas laissés en paix jusqu'à ce que nous l'emmenions vous rejoindre dans cette folle aventure.

— C'est vrai, acquiesça Pippa en se blottissant contre son époux. Je ne puis imaginer comment aucun de vous a pu penser que je me contenterais de rester assise à broder des mouchoirs pendant que vous parcouriez le monde.

Elle pressa une main sur le large torse d'Aidan.

— Je suis née pour partir à l'aventure avec lui.

Elle jeta un coup d'œil à l'autre navire, où la contessa et tous les hommes s'étaient rassemblés au bastingage.

Prenant une grande inspiration, elle s'écarta d'Aidan et embrassa son père et sa mère. Ils pleuraient tous les trois, feignant de ne pas le remarquer.

— Transmettez mon affection à Richard, et embrassez pour moi mes autres frères et ma sœur que je dois encore rencontrer, dit Pippa.

— Avec la flotte de la Compagnie Moscovite à notre disposition, dit Oliver, je les amènerai pour de nombreuses visites.

Sans honte, il s'essuya le visage de sa manche.

Alouette toucha la broche en or.

— Es-tu sûre que tu ne veux pas prendre ceci comme souvenir ?

Pippa sourit à Aidan.

— Je n'en ai pas besoin, maman. Plus maintenant. J'ai tout ce qu'il me faut.

— Je pourrais la faire regarnir et l'apporter aux Indes occidentales.

— Maman, je serai très heureuse de votre visite. Mais pour ce qui est de la broche, gardez-la pour vos petits-enfants.

La poitrine d'Aidan se serra d'espoir.

— Nous ferons en sorte que vous en ayez de nombreux.

— Alors emportez notre amour, rien de plus, dit Oliver.

— C'est tout ce dont nous avons besoin, répondit Pippa.

Aidan attrapa la poulie et souleva sa femme dans ses bras. Elle noua les bras autour de son cou, s'accrochant à lui tandis qu'il montait sur le bastingage. Avec un rire de pure exultation, il s'élança. Un moment, ils furent suspendus au-dessus de l'eau agitée. Puis, poussés par une bourrasque de vent, ils atteignirent l'autre bateau et atterrirent avec une secousse sur le pont.

— Vous me portez, dit Pippa d'une voix essoufflée.

— Oui.

— Je ne puis croire que vous me portez.

— De nouveau, lui rappela-t-il.

— Oui, de nouveau, répondit-elle en riant.

## *Tiré des Annales d'Innisfallen*

C'est une grande bénédiction, c'est sûr, de poser mes pauvres vieux yeux sur ce que lord Richard m'a apporté aujourd'hui, deux ans après son entrée en fonction comme maître de Ross Castle.

C'est une liasse de lettres et de croquis d'une île dans la mer des Caraïbes. Elle a été apportée par lord et lady Wimberleigh, qui rentrent d'une visite dans les îles pour voir leur premier petit-fils.

Imaginez un endroit parsemé de tant d'îles verdoyantes que des hommes déterminés peuvent simplement accoster sur l'une d'elles et la revendiquer comme la leur ! C'est exactement ce qu'ont fait Aidan O'Donoghue et ses joyeux aventuriers. Iago a été leur guide ; ils se sont approvisionnés à San Juan — où une fiancée attendait Iago, le ciel soit loué ! — et sont partis. Ils ont fondé une grande plantation où ils font pousser de hautes cannes qui fournissent du sucre, chose stupéfiante. Je ne l'aurais jamais cru, si le navire de Wimberleigh n'était arrivé chargé à ras bord de sirop de sucre.

En plus de la bénédiction d'un petit garçon potelé aux cheveux noirs, ma lady Philippa attend de nouveau un enfant. La contessa et elle doivent accoucher le même mois. Puisse Dieu Tout-Puissant les protéger et protéger leurs bébés.

Le O'Donoghue Mór dit que je ne dois plus l'appeler ainsi, et que je dois cesser de faire la chronique de sa vie. Il me dit que le récit de tout ce bonheur, constant et inlassable, serait très ennuyeux à lire.

C'est ainsi que je referme cet épais volume, façonné avec du rire et des larmes, sur une vie bien vécue, sur le triomphe du cœur. Je n'écrirai plus sur Aidan O'Donoghue parce qu'il me l'a demandé.

Mais je penserai souvent à lui, et c'est une promesse faite trois fois. Je penserai toujours à lui comme au O'Donoghue Mór, le dernier des grands chefs, le seigneur du crépuscule.

REVELIN D'INNISFALLEN.

# REMERCIEMENTS

Remerciements particuliers à :

Barbara Dawson Smith, Betty Traylor Gyenes et Joyce Bell pour toutes ces heures généreuses de critique et de soutien ;

Aux nombreux membres du Genie Romance Exchange, un comité d'érudits, de fantaisistes, de rêveurs et de femmes sages autour d'un bulletin électronique ;

Au *Bord Failte* du comté de Kerry, en Irlande ;

Et à la sublime Trish Jensen pour son œil de lynx et ses talents de relectrice d'épreuves.

## A paraître le 1er septembre

*Best-Sellers n° 434 • suspense*

**Pour te retrouver - Heather Gudenkauf**

*Calli a été enlevée.* Lorsqu'elle découvre que sa fille de sept ans a disparu, Antonia Clark s'effondre dans la chaleur étouffante de l'été. Qui lui a pris sa fille, ce petit être doux et rêveur qu'elle aime de tout son cœur et qui s'est étrangement enfermé dans le mutisme trois ans auparavant ? Elle a pourtant tout fait pour être la meilleure des mères, pour offrir, à Calli et à son frère, un foyer chaleureux. Et pour les protéger. Mais elle a sans doute commis des erreurs. De graves erreurs même. Désespérée, Antonia ne sait plus aujourd'hui à qui faire confiance. Doit-elle continuer à taire les lourds secrets qui pèsent sur sa famille, ou au contraire sortir de l'isolement et accepter l'aide que lui propose un ami d'enfance, le shérif adjoint Louis ?

*Best-Sellers n°435 • suspense*

**Mortelle confidence - Heather Graham**

Indigo. C'est le dernier mot prononcé par un inconnu qui s'effondre brutalement sur Jessy Sparhawk, en pleine nuit, un poignard planté dans le dos. A peine remise de ce choc, Jessy est assaillie par de terrifiantes visions de cet homme, animé d'un profond désir de vengeance. Cauchemars éveillés ? Divagations ? Et quel peut bien être le sens de cette confidence mortelle ? Terrorisée, Jessy se confie à Dillon Wolf, le détective en charge de l'enquête qui, immédiatement sensible à son récit, lui offre sa protection. Une protection bien utile car déjà, Jessy aperçoit l'ombre effrayante d'une nouvelle victime.

*Best-Sellers n°436 • suspense*

**Dissimulation - Carla Neggers**

Quand elle découvre que Norman Estabrook, l'un de ses amis, est en réalité un véritable traitre, Lizzie Rush, fille d'un célèbre agent secret, se retrouve face à un terrible dilemme. Car malgré ses réticences, elle ne peut passer sous silence le terrible secret qu'elle a découvert. Elle se résout donc à transmettre toutes les informations dont elle dispose au FBI, afin que Norman soit arrêté. Pourtant, en agissant ainsi, elle sait bien qu'elle se met en danger. D'autant que la police souhaite profiter de sa situation privilégiée auprès de Norman pour en apprendre davantage. Et c'est ainsi que bien malgré elle, Lizzie se désigne comme la cible de la vengeance de cet ex-ami .

*Best-Sellers n°437 • thriller*

**Le cercle du mal - Karen Rose**

Brisée lors de son adolescence par la mort violente de sa sœur jumelle, ainsi que par le suicide de leur mère, Alexandra Fallon n'a jamais voulu revenir à Dutton, sa ville natale. Mais l'horreur refait brusquement surface treize ans plus tard, lorsqu'un appel pressant émanant de sa ville natale lui demande de revenir au plus vite en Georgie : Hope, sa petite nièce de quatre ans, a été retrouvée enfermée dans un placard, en état de choc... Prête à tout pour venir en aide à Hope, mais aussi pour retrouver la mère de la fillette, Alexandra accepte de coopérer avec Daniel Vartanian, l'agent du FBI chargé de l'enquête. Mais à peine l'enquête a-t-elle commencé qu'une série de meurtres rappelant celui dont a été victime la sœur d'Alexandra vient de nouveau frapper la tranquille communauté de Dutton...

*Une nouvelle enquête de l'agent Daniel Vartanian*

*Best-Sellers n°438 • roman*

**L'héritage des Selby - Lynne Wilding**

Orpheline et enfant unique, Vanessa Forsythe a tout quitté pour suivre Bren Selby, un séduisant Australien qui incarne ce qui lui a toujours manqué. Car en l'épousant, c'est un clan qu'elle intègre. Un clan dont elle perpétue le nom en donnant naissance à un fils. Loin de Londres, la voici désormais maîtresse d'Amaroo Downs, un ranch perdu au milieu des terres inhospitalières de l'ouest australien. Mais les proches de Bren ne voient pas d'un bon œil l'arrivée de cette étrangère sur leurs terres. Avec courage, Vanessa s'en accommode. Jusqu'au jour où un scandale, surgi du passé, menace de détruire son bonheur si fragile. Se peut-il que l'héritage des Selby auquel elle croyait tant ne soit finalement qu'une chimère ?

*Best-Sellers n°439 • thriller*

**Coupable innocence** - Nora Roberts

A peine s'est-elle installée dans la maison que sa grand-mère lui a léguée à Innocence, Mississippi, que la célèbre violoniste Caroline Waverly découvre le cadavre d'une jeune femme sauvagement assassinée. Edda Lou a été torturée avant de mourir, et son corps porte la signature barbare du meurtrier : entailles, scarifications. Mais il y a pire encore : ce meurtre, le troisième commis dans la petite ville, est sans doute l'œuvre d'un habitant d'Innocence. Les soupçons se portent sur Tucker Longstreet, le dernier amant en date de la victime, qui avait eu une dispute avec elle juste avant sa mort. Caroline, elle, ne veut pas croire à la culpabilité de Tucker. Mieux même : le personnage la fascine.

*Best-Sellers n°440 • historique*

**Le prince du scandale** - Nicola Cornick

Pour sauver l'honneur de sa famille, Catherine Fenton a accepté d'épouser un scélérat, un félon qui soumet son père à un ignoble chantage afin de s'approprier son héritage. Un sacrifice auquel elle se résigne sans hésitation. Jusqu'au jour où elle rencontre le baron Benjamin Hawksmoor, un homme totalement infréquentable dont les liaisons sulfureuses et les dettes de jeu font jaser tout Londres. Subjuguée bien malgré elle par celui que tous surnomment le « prince du scandale », Catherine n'a d'autre choix que de lui résister. Mais Benjamin semble décidé à la conquérir et met tout en œuvre pour lui faire rompre sa promesse…

Composé et édité par les
*éditions* Harlequin
Achevé d'imprimer en juin 2010

à Saint-Amand-Montrond (Cher)
Dépôt légal : juillet 2010
N° d'imprimeur : 100537 — N° d'éditeur : 15097

*Imprimé en France*